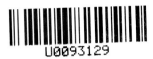

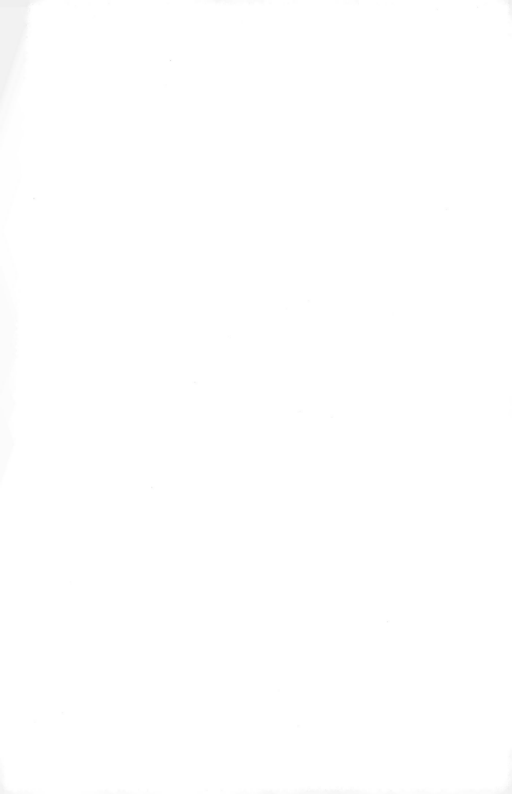

全新譯校 經典新版世界名著 9

Don Quixote de la Mancha

唐吉訶德

〈上〉

〔西班牙〕塞萬提斯 著
魏曉亮 譯

經典新版　世界名著

閱讀經典名著確實是不一樣的宴饗。人們對於經典名著，不會只說「我讀過」，而是說「我又讀了」。事實上，我每次去讀它，都會讀出新的東西，新的精神。

——當代義大利名作家、後設小說大師卡爾維諾（Italo Calvino）

真正的光明，絕不是永遠沒有黑暗的時候，只是永不被黑暗掩沒罷了。真正的英雄，絕不是永遠沒有卑下的情欲，只是永不被卑下的情欲所征服罷了。閱讀經典名著，永遠可以使人自我昇華，不陷於猥瑣。

——法國名作家、諾貝爾文學獎得主羅曼羅蘭（Romain Rolland）

閱讀文學經典、世界名著，能夠滋潤現代人的心靈，使人對世事、愛情與人性重新有一番體悟。

——美國現代名作家、諾貝爾文學獎得主海明威（Ernest Hemingway）

台灣曾出版的世界名著與文學經典可謂汗牛充棟，然而，細察譯文品質與內容，大多是三十至五十年代大陸譯者的手筆，其行文用語的方式與風格，早已與當代讀者的閱讀習慣、閱讀趣味脫節，以致不再能喚起讀者的關注。這一套「經典新版　世界名著」是全新譯本，行文清晰、流暢、優雅，用語力求充分符合當代人的品味。故而，是「後真相時代」中尋求心靈滋養者最適切的選擇。

譯者序

荒誕的騎士魅力

魏曉亮

一提起唐吉訶德的名字，大家心裡馬上就能浮現出那個騎著破驢、跟著個胖侍從、身披鎧甲、年紀一把但常常天真地要與風車、羊群作戰的哭喪臉騎士的滑稽形象。唐吉訶德是世界文學殿堂中最出彩的人物形象之一。小說《唐吉訶德》也不愧爲西方文學史上最偉大的文學作品之一。

小說的作者米格爾・德・塞萬提斯・薩維德拉（一五六四至一六一六）一生艱辛，經歷奇特。他二十一歲時因捲入薩拉曼卡城皇家院內的一次爭鬥，被判以砍去右手的刑罰。

塞萬提斯爲了躲避判刑，逃離家鄉前往義大利。在那裡他先參加了羅馬軍隊，後又爲西班牙神聖兵團作戰。在與土耳其人的多次戰鬥中，他衝鋒陷陣，多次受傷，左手致殘。七年之後，他帶著獎章及推薦信準備回國，途中不幸被阿爾及爾人捕獲，判作勞役。幾次越獄都沒成功，直到五年後由家人和朋友交付巨額贖金，才得以返回家鄉。

此時他已經三十三歲，左手殘廢，但他面臨的是家庭的債務和失業。他兩次結婚都不幸福，爲了養家糊口，他找到一份納稅員的工作。但是又因他稅收工作不力，賬目混亂被關進監獄。《唐吉訶德》就是在他經歷坎坷，窮困潦倒的境遇下孕育出的作品，其中自然映照出作者自我的體驗和情感。

二〇〇二年五月，在諾貝爾文學院等機構舉辦的一次評選活動中，《唐吉訶德》被來自世界五十四個國家和地區的一百名作家推選爲人類歷史上最優秀的虛構作品。《唐吉訶德》何以具有如此巨大魅力？不論《唐吉訶德》的題材（理想與現實的衝突）多麼永恆，唐吉訶德的性格如何複雜，這部作品之所以成爲世界最佳，其根本原因在於作者塑造了唐吉訶德和桑丘這樣兩個典型性的人物形象。

唐吉訶德是個沒落的紳士地主，因看騎士小說入了迷，自命爲遊俠騎士，要遍遊世界鋤強扶弱，維護正義和公道，實行他所崇拜的騎士道。他單槍匹馬，帶了侍從桑丘，出門冒險，但受盡挫折，一事無成，回鄉鬱鬱而死。

作品將唐吉訶德自身的現實與他幻想中的騎士英雄形象形成鮮明的矛盾對比。塞萬提斯將一些思想感情和道德品質寫進了這個荒誕的人物中，使他充滿現實性。唐吉訶德陷進虛狂幻想時，與桑丘的現實樸素形成鮮明矛盾對比。《唐吉訶德》整部書中的對比都使得這部書顯示出了它的無限魅力。這種魅力就是它長期不衰的原動力。

唐吉訶德的性格非常複雜，不同時代、不同國家的讀者對他都有各不相同的理解。《唐吉訶德》剛出版時，人們只把它看作一個逗人發笑的滑稽故事，一個小販叫賣的通俗讀物。它最早受到重視是在十七世紀的英國，英國小說家菲爾丁強調了唐吉訶德的正面品質，他指出，這個人物雖然可笑，但同時又讓人同情和尊敬。

到了十八世紀，法國人則把這個西班牙騎士改裝成一位有理性、講道德的法國紳士。到了十九世紀，在浪漫主義的影響下，唐吉訶德又變成一個悲劇性的角色，既可笑又可悲。一些文學大師對《唐吉訶德》的評價也不盡相同。英國的拜倫慨歎唐吉訶德成了笑柄；法國的夏多布里昂看到的是唐吉訶德的傷感；德國的希雷格爾把唐吉訶德精神稱爲「悲劇性的荒謬」或「悲劇性的傻氣」；而海涅對唐吉訶德精神則「傷心落淚」和「震驚傾倒」。

《唐吉訶德》採用諷刺誇張的藝術手法，把現實與幻想結合起來，現實的描寫在小說中占了統治地位。作者以史詩般宏偉規模，以農村爲主要舞台，出場人物以平民爲主，人數近七百之多，在廣闊的社會背景下，繪出一幅幅各具特色而又互相聯繫的社會畫面，對西班牙的社會世態、人情習俗、當代的重要事件都做了反應。

作者塑造人物虛實結合，否定中有歌頌，荒誕中有寓意，並採用了對比手法。讀了這部書，有很多地方使我感到不可思議，但同時又由於這些對比的存在，使我深信這部書具有它的現實性，彷彿那個活脫的唐吉訶德就在那裡進行他的遊俠旅程。

《唐吉訶德》之所以享有盛譽，除了作者高超的人物塑造能力之外，小說還揭示了人類精神層面的固有矛盾。人類從精神層面上總有一對矛盾：理想和現實。這是第一位的。《唐吉訶德》利用文學形式將這對矛盾揭示得深刻而生動，可以說是淋漓盡致，使得每代人都感受到果真如此，予以認同。

從藝術角度講，塞萬提斯通過《唐吉訶德》的創作奠定了世界現代小說的基礎，就是說，現代小說的一些寫作手法，如真實與想像、嚴肅與幽默、準確與誇張、故事中套故事，甚至作者走進小說對小說指指點點，在《唐吉訶德》中都出現了。塞萬提斯早在十七世紀就寫出了《唐吉訶德》，可以說他是現代小說第一人，正因爲他是第一人，所以《唐吉訶德》對西班牙文學、歐洲文學，及至整個世界文學的影響是不可估量的。

中國有句古話：「嬉笑怒罵皆文章。」《唐吉訶德》正是一部嬉笑怒罵，五味俱全的著作。閱讀小說，讀者在忍俊不禁的同時，更能引發一系列的深入思考，這也正是塞萬提斯創作這部書的良苦用心。就讓我們一起跟隨這位西班牙的沒落騎士，開始荒誕而又發人深省的人生之旅吧！

目錄

Contents

下部 chapter

上部

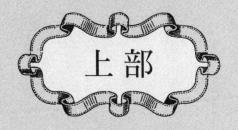

致貝哈爾公爵

吉布拉雷翁侯爵、貝那爾咖薩爾、巴尼阿瑞斯伯爵和阿爾戈塞爾城子爵，以及加比利亞、古利艾爾和布林吉利歐斯三個村的領主們[1]。

我深知您非常喜歡閱讀和蒐集各類書籍，尤其是那些語言新奇、內容高雅、不落俗套的著作。所以現在，我懇求您能幫忙將《奇情異想的紳士唐吉訶德》這本書傳於後世，同時也再次懇請您能以寬宏的胸襟來接納、呵護這部作品。這部著作和其他出自於學識淵博之人筆下的大多數一般作品不同之處是，它文字並不高雅、內容也不廣博，要依仗您垂庇，才敢拋頭露面，不怕某些無知妄為的批評家吹毛求疵，一筆抹殺。

把這種東西作為獻禮，實在不足掛齒；我深信，您高尚的品德，定能夠明白我對文學的一片赤誠之心，不致唾棄吧。

米格爾・德・塞萬提斯・薩維德拉

1. 貝哈爾公爵名堂阿隆索・狄艾果・羅貝斯・台・蘇尼咖和索托馬姚，是西班牙十七世紀一位有錢有勢的權貴。當時風氣，書籍出版式一定要獻給一個有權勢的人，希望得到他的庇護。塞萬提斯顯然不大願意寫這篇獻辭，他大部分抄襲了費南鐸・台・艾爾瑞拉廿五年前獻給另一位貴人的獻辭。貝哈爾公爵並沒有理會塞萬提斯的頌揚。塞萬提斯也沒有再提到這位公爵。

前言

親愛的讀者，我想，不用我賭咒發誓，你也一定會相信，我是十二分願意地想讓這部作品能夠達到語言上盡善盡美、內容上可圈可點的水準。然而，按自然界的規律，物生其類，我也不能例外。

世界上一切不方便的事、一切煩心刺耳的聲音，都聚集在監牢裡；那裡誕生的孩子只會脾氣古怪，皮肉乾瘦。我無才無學，只勉強寫出了這麼一個性格怪癖、腦子裡總是亂七八糟念頭的小破孩兒的一生[2]。我不了解除此之外，還能夠演繹出來別的什麼故事。

這個孩子倒很適合他生長的環境。那裡彙聚有一切悲歎的聲音、一切哀怨的情緒。而你知道的，晴朗的天空、清新的田野、淙淙的泉水以及平靜的心情、舒適恬淡的生活，才能激發人的靈感，讓它像泉水一樣湧出大腦，如此才能創作出令人驚歎和欣喜的作品。

在一般情況下，一位父親即便是生了一個又醜又笨的兒子，他也會被親情蒙蔽雙眼，不僅看不到兒子的缺點，反而以缺點爲傲，逢人就誇他的兒子是如何聰明伶俐。因此，我要說的是，儘管我看起來像是《唐吉訶德》的親生父親，但事實上我是他的繼父。

2.《唐吉訶德》第一部是否在監獄裡寫成，註釋者所見不同。有的以為這裡只是打個比喻，有的認為作者確是身在獄中。

親愛的讀者，我不願隨波逐流，像別人那樣，幾乎含著淚水求您對我這個兒子大度包容，不要揭他的短。因爲你和他非親非故，你有自己的判斷、自己的主見，而且相當地智慧。在自己家裡，你就可以像國王一樣決定什麼地方徵稅什麼地方不徵稅，主宰著一切。所以，你不需要受任何約束，不需要承擔任何責任，可以對這個故事任加評判。

正如俗話說的那樣：只要在自己的大衣掩蓋下，想殺國王都可以[3]。所以您不受任何約束，也不承擔任何義務，您對這個故事有什麼意見，可以任意評價：說它好，沒人會獎勵你；說它不好，也沒人會指責你。

我只想把這個故事原原本本地呈獻給您，而不想用序言和卷首慣有的一大串十四行詩、讚美之詞來點綴。因爲，我可以告訴你，寫成此書固然費心，但卻遠不止像撰寫這篇前言如此費力。

有一天，我把筆夾在耳朵上，胳膊肘撐著桌子，用雙手托著腮幫，面對眼前的白紙苦苦思索，心裡琢磨著如何下筆。此時，突然進來一位朋友。活潑可愛、諳熟世事的他，一見我若有所思，就問我在想什麼。

我直言不諱，說在考慮該如何爲唐吉訶德的傳記寫一篇序言，正在動腦筋，覺得是一樁苦事，簡直不想寫，甚至連這位大勇士的傳記都不想出版了。我曾經很多次地提起筆來，結

3. 西班牙諺語，又一說：「在自己的大衣掩蓋下，可以對國王發號施令。」

果由於不知道該怎樣下筆而一次次地把筆放下。

我坦率地對他說：「我已經默默無聞很多年了，如今年歲已高，卻又要顯露自己，拿出這麼一部乾草一般乏味的傳奇故事，實在有點不太合適。這樣的故事既缺少文采，辭藻平淡，又沒有新意，學識淺薄，並且文中也沒有批註、評語，末尾沒有註釋、附錄。我的這部作品完全不像我所見到過的其他著作。那些作品儘管有些荒誕，但滿篇卻都是亞里斯多德、柏拉圖等一大串哲人學者們的箴言警句，一看就覺得作者是個博雅之士，令人肅然起敬。俗話說，眾口鑠金、積毀銷骨。每次想到讀者看這本書時的感受，我就有點誠惶誠恐了。

「還有，你試想其他作家引用《聖經》的架勢！那架勢，簡直就像在告訴你，他們都是聖托馬斯[4]和其他神學聖徒的轉世。他們在援引這些名句時費盡心思地裝得一本正經：先講一段風流情種的故事，然後給出一個符合教義的忠告，讓人聽著有興趣、讀著有味道。

「然而，我的書中卻沒有這些東西。我的書裡沒有眉註和章節附註，更沒有旁徵博引名家名句，就像別人那樣，按字母順序在卷首列一個名單，從亞里斯多德開始一直到塞諾封、索伊洛或是塞歐克西斯，雖然其後的兩位大師，一個是批評專家，一個是畫畫高手[5]。

「我的書在正文之前，甚至沒有出現來自公爵、侯爵、伯爵、貴婦或者其他出名的詩人

4. 指聖托馬斯．阿奎那（一一二五至一二七四），義大利基督教神學家。
5. 亞理斯多德這個名字以第一個字母A開頭。塞諾封是古希臘哲學家蘇格拉底的學生；索伊洛是古希臘的批評家，以愛挑剔責罵著名；塞歐克西斯是古希臘畫家，後兩人的名字是以最後字母Z開頭的。

創作的十四行詩。其實我有兩三個朋友是這方面的行家，如果我向他們求詩，他們一定會答應，並且他們的詩絕不會輸於國內最著名的詩人。總之，親愛的先生和朋友們，我想，我決定將唐吉訶德先生暫且存封在拉．曼卻的文獻庫裡，等老天派人前來爲他彌補缺欠的東西，都怪我才疏學淺，生性怠惰，懶得在別人的著作裡去搜羅那些我自己也說得出來的話，由此我才一直在發呆。這麼一說，你應該明白了吧。」

聽完這樣一番話，我的朋友一拍腦門，哈哈大笑起來，緊接著說道：

「看在上帝的份上，兄弟，我認識你這麼久，一直沒有看清你，今天才開了眼睛。實話說，我一直都認爲你精明能幹，現在看來，你跟我料想得真是天懸地隔。

「真是沒想到，完全可以在很短的時間內做的事，居然把像你這樣老練且曾經見過大風大浪的人，嚇得畏首畏尾，都想放棄了？我真想不通，這種小事怎麼能把你弄得束手無策呢？我覺得，你這種理由不是因爲沒有本事，而是由於你太懶、不肯用心。你要是想知道我說的是真的。那你就認真聽著，只需片刻，我就能解決你的所有難題，彌補你提到的讓你犯難的種種遺憾。你會發現，因爲這些缺憾而讓你做出放棄出版你那著名傳記的傻瓜行爲是否值得？」

聽他這麼一說，我當時就呆住了。「那就請快說吧，」我急忙催促道，「你打算怎樣彌補那些缺陷，消除我的顧慮呢？」

他說：

「首先，你覺得在卷首沒有放上那些聲名顯赫和有頭有臉之人的賀詩讚語，這樣不太好。其實，這些你只需要拿出一丁點力氣，自己去寫，之後隨便安上你想用的名字就可以了。比如，你可以假借印度胡安長老[6]或者特拉比松達[7]的國王。我聽說他們全都是聞名遐邇的詩人。就算不是，若是有學究或學士在背後攻擊，說你搗鬼，你可以只當耳邊風，他們證明了你寫的是謊話，也不能剁掉你寫下這句謊話的手呀。

「至於你所提到的在頁眉書邊做註腳，你完全可以引用經典以及那些經典的著者，只需要憑記憶談一下相應的格言或者拉丁文就可以了。要不你索性花點力氣查一下，比如你講到自由和奴役，就可以引：

為黃金出賣自由，並非好事[8]

然後，作爲註釋，標明霍拉斯[9]或者其他說過此類話的人名。如果談到死神的權力，就引：

6. 即傳說中信奉基督教的東方統治者——祭司王胡安，據說他是國王兼祭司，統治「波斯與亞美尼亞以東的遠東」，其領地印度物產豐富、國富民安。
7. 中世紀騎士小說中經常提到的國家。
8. 原文是拉丁文。出自《伊索寓言》中，狼和狗的故事。
9. 古羅馬詩人。

死神踐踏平民的茅屋，照樣也踐踏帝王的城堡[10]

「如果談到上帝讓我們對敵人也要友愛，你就援引《聖經》。可以照本宣科，直接引用上帝的原話：

我告訴你們，要愛你們的仇敵。

「提到惡念，你可以拿《福音》書說事：

從心裡發出來的惡念[11]。

「要是談到沒有一成不變的友情，加東正好有兩句詩：

你交運的時候，總有許多朋友；
一旦天氣陰霾，你就孤獨了[12]。

10. 原文是拉丁文。出自《頌歌集》第一卷第四首頌詩，作者霍拉斯。
11. 原文是拉丁文。見《新約．馬太福音》第五章第四十四節。
12. 原文是拉丁文。見《新約．馬太福音》第十五章第十九節。

「有了這些拉丁文的東西，人們至少會把你看作是精通古典的學者，這在當代也能名利雙收呢。

「至於結尾的註釋，你可以這樣寫：如果書中提到了什麼巨人，你就說那個巨人是歌利亞斯。如此一來，幾乎不費吹灰之力就可以在相應的章節講上一大段註釋：『據《列王紀》記載，巨人歌利亞斯，又名歌利亞脫，斐利斯人，在泰瑞賓托山谷被牧羊人大衛用卵石擊斃。』」

「如果你要賣弄自己精通古典文學和世界地理，就要儘量在你的故事裡談到塔霍河，如此又能列舉一段註釋：『塔霍河以西班牙的一位君主而得名，發源於某地，緊靠名都里斯本的城牆注入大洋，因富含金沙而知名，等等。』」

「要講盜賊嘛，那你可以說說加戈，他的故事，我滾瓜爛熟。說到風塵女子，有蒙鐸涅都主教，主教能夠爲你提供拉米亞、拉依達和茀蘿拉的典故[13]，她們的名字會讓您名聲大噪。如果說到殘忍，你可以談到奧維德這美狄亞的故事也是爲你準備的。要說妖女巫婆，荷馬不得不提，那裡引用咖里普索，從維吉爾那裡引用喀爾刻的故事。要是談論勇士，《紀事》中的尤利烏斯·凱撒，他就是勇士中的典範。而且，普魯塔克的作品中，還有數都數不清的亞

13.蒙鐸涅主教名堂安東尼歐·台·圭瓦拉，他的《書信集》裡講述了這三個妓女的故事。塞萬提斯借此譏諷他。

歷山大。

「要談論愛情，只要你稍懂土司咖納語[14]，就可以去閱讀雷翁．艾布雷歐[15]，您會發現他的作品中的愛情故事用之不盡。要是你不願意從國外去找，本國就有馮塞咖，他所著的《對上帝的愛》[16]中包含了你和其他那些最爲挑剔的人在這方面能夠用到的所有材料。

「總之，你要做的事情就是列出這些名字，把我剛才說的這些故事塞進你的書中，而後我來幫你寫批註和集釋。我向上帝發誓，一定把你書頁邊上的空白全都塡滿，書的末尾還要費掉四大張紙供你註釋呢。」

「咱們再來看看人家有而你沒有的那份作家姓名表吧。彌補這點缺陷很容易。你只需要找一份作家姓名列表。就像你說的一樣，從A到Z按照字母的順序列到你的書上。你幾乎可以原封不動地把那份名單抄到自己的書裡。

「當然，這種做法很像是在欺騙，因爲你並沒有引用到那些人，但是，這樣做也沒事，因爲不定哪個傻瓜還眞會相信你在自己那樸實無華的作品中逐一援引過他們的言論呢。這一大張姓名表即使沒有別的用，至少可以平白爲你的書增添意想不到的聲望。況且，也不會有人去較眞去核實你是否用過那個名錄，這事跟他根本沒有關係。

14. 指義大利語。
15. 葡萄牙猶太人，新柏拉圖派的理論家，用義大利著《戀愛對話》，一五三五年出版。
16. 馮塞咖的這部書於一五九四年出版。

「我忽然想到，你曾經說過你的書缺少那些裝飾門面的東西。實際上這些東西根本沒有意義。因爲它們完全是對騎士書籍的諷刺。這種小說，亞里斯多德從來沒有談到，聖巴西琉沒有提及，西賽羅的書也根本沒有論述過。你這部奇情異想的故事，不用精確的核實，不用天文學的觀測，不用幾何學的證明，不用修辭學的辯護，也不準備向誰說教，把文學和神學攪和在一起——一切虔信基督教的人都不該採用這種大雜燴的文體來表達思想。

「在寫作的過程中，只需要模仿，模仿得越逼真，看起來也就越好了。書的內容決定了它的表達方式。你寫這本書的目的是爲了消除騎士小說在社會上和在讀者心中的影響和聲望，所以大可不用求助於哲人的箴言、《聖經》的教條、詩人捏造的事蹟、文人的辭藻、詩人的典故，只需講得乾脆俐落、富含新意，用簡明恰當的詞清楚地表明自己的意圖、講明自己的觀點，讓大家都能一看即懂，不晦澀、不複雜就行了。

「在書中，你只需要想方設法讓鬱鬱寡歡的人笑顏逐開；讓活潑開朗的人喜上眉梢；讓呆頭呆腦的人覺得趣味橫生；讓聰明的人爲它嘖嘖稱奇；讓嚴肅的人不敢小瞧此書；讓精明的人也不得不誇獎一番就行了。

「總之，你一定要把目光對準這類令少數人討厭、多數人喜歡的騎士書籍好看的根源，去細細琢磨。你如能貫徹自己的宗旨，功勞就不小了。」

我靜靜地聽著朋友的忠告，他的話句句在理，句句說到我的心坎上。我認爲他的這些話非常有道理，所以就抄錄了下來當作序文。

和藹的讀者啊，讀完這篇序文，你會發現我的朋友是那麼聰明，而我又是多麼走運，在最急需幫助之時遇到了這位聰明的顧問。你能讀到這樣一部直筆的信史，也大可慶幸。

據蒙帖艾爾平原一帶的居民說，唐吉訶德是當地最純潔的情人、最勇敢的騎士。但是，我並不會因向你介紹這位多麼高尚、多麼正直的騎士而邀功，只是希望你可以感謝我讓你認識他的侍從——著名的桑丘．潘沙。因爲你會在他的身上，瞭解到不同於無數淺薄的騎士小說中的侍從所具有的智慧與品德。

就寫到此處吧，願上帝保佑你健康平安。也不忘了照顧我。再會吧！

chapter 1 知名紳士唐吉訶德的日常

不久以前，在拉．曼卻的一個地方，具體的名字我記不清了，住著一位紳士[17]。他的家裡備有一支長槍、一面古盾牌、一匹瘦馬和一隻獵犬。

這位紳士的生活習慣很特別：他吃午餐的時候，桌上的牛肉多於羊雜燴[18]，晚餐的時候基本上就只吃涼拌肉。週五全是扁豆[19]，週六只吃雜碎煎雞蛋[20]，週末會多一到兩隻野鴿子。這些食譜會花掉他每年收入的四分之三。

他收入的剩餘全部用來製備節慶穿的黑呢外套、絲絨褲子、絲絨鞋以及平時必不可少的好成色的棕色粗呢衣裝。

17. 指紳士地主，沒有爵位，不算是貴族，是平民與貴族之間的階級。
18. 西班牙那時的羊肉比牛肉貴。
19. 星期五是天主教的齋日，不吃肉。
20. 星期六在西班牙是吃小齋的日子，不吃肉。

這位紳士家中有一個四十來歲的女管家、一個不滿二十歲的外甥女，還有一個能備馬、會種地，什麼都能幹的雜役。

這位紳士五十出頭，體格健朗，身材瘦弱，面容消瘦。他習慣早起，愛好打獵。有人叫他吉哈達，也有稱他吉沙達的。但是，依據可靠的判斷，他的名字很可能叫吉哈那。不過這點在本書無關緊要，咱們只要不失故事的真相就好了。

且說這位紳士，一年到頭閑的時候居多，閑來無事就熱衷於讀騎士小說。他讀得如此癡迷，竟然完全忘記打獵以及管理家庭事務。

他在這點上執著得簡直跟中了邪似的，甚至賣掉了很多耕地以換來他能弄到的所有騎士小說。在騎士小說中，他覺得寫得最棒的是斐利西阿諾·台·西爾巴的書。因爲，他認爲，西爾巴的清晰紋理和糾纏複雜的思維就像寶石一樣閃閃發光。

在他的文章中經常出現的「你以無理對待我的有理，這個所以然之理，使我有理也理虧氣短；因此我埋怨你美，確是有理」，還有「……崇高的天用神聖的手法，把星辰來增飾了你的神聖，使你能値當你的偉大所當値的價値」之類的語句，都令這位紳士讚不絕口。

這位可憐的紳士常被諸如此類的話語弄得神魂顛倒。他爲了弄明白其中的含義，往往會徹夜不眠。

其實，要搞懂這些句子，就算是亞里斯多德再世，恐怕也未必能講出什麼來。這位紳士尤其是對堂貝利阿尼斯打傷人和自身所受的刀劍之傷一直耿耿於懷。因爲，按照他的推理，即便是經過名醫大師的調理，堂貝利阿尼斯的臉上和身上肯定也會留下傷痕累累。

儘管這樣，這位紳士還是對作者在書的最後所提到的，要續寫永無止境的故事的承諾非常贊同。他屢次手癢癢地要動筆，真去把故事補完。如果不是中間不斷產生了很多其他更爲重要的想法，我想他會毅然續寫下去，而且也能把它寫完。

這位紳士常常和當地的神父（一位西宛沙大學[21]畢業的博學之士）爭論一些毫無意義的事情，比如，關於英格蘭的巴爾梅林·台·英格拉泰拉和高盧的阿馬狄斯·台·咖烏拉，這兩個人之間到底誰是更加出色的騎士，諸如此類。

不過，同村的理髮師尼古拉斯認爲，這兩個騎士的業績都比不上太陽騎士。非要說出有誰能夠與之相提並論的話，那也只有高盧的阿馬狄斯·台·咖烏拉的兄弟咖拉奧爾。因爲這位騎士具備許多優良的品德，不是裝模作樣的騎士，也不像他哥哥那樣動輒就哭哭啼啼的，而且談到驍勇善戰，他也不差。

總之，這位紳士沉浸在書裡，每夜從黃昏讀到黎明，每天從黎明讀到黃昏。這樣廢寢忘食地苦讀讓他思維枯竭，失去了神智。他的腦子裡全是從書上看來的諸如魔法、打架、挑戰、對陣、傷殘、調情、戀愛、憂喜和其他種種難以想像的荒誕不經的事。

在他的內心深處，他對自己在書上讀到的那些虛構杜撰的故事都是深信不疑的。對這位

21. 一所小規模的大學，這類大學是當時人經常嘲笑的。

紳士來說，除此以外，世界上再也沒有其他真實的歷史紀錄可言。他認爲熙德·如怡·狄亞斯[22]的確是一位非常優秀的騎士，但是也不能和火劍騎士相比，因爲火劍騎士只要將手中寶劍一揮，就能攔腰斬斷兩個凶蠻而龐大的巨人。

相對而言，他更爲崇拜貝那爾都·台爾·咖比歐。因爲他曾經仿照赫拉克利斯懸空扼殺地神的兒子安泰的計謀，在隆塞斯巴列斯使有魔法護身的羅爾丹斃命。

他還非常喜歡巨人莫岡德，因爲在傲慢無禮的巨人族成員中只有他顯得彬彬有禮。但是，他最爲推崇的是瑞那爾多斯·台·蒙達爾班，尤其是當看到他走出城堡，一路劫掠，並從異國他鄉盜回來據載是純金鑄造的穆罕默德人像的時候。他還要把出賣同夥的奸賊咖拉隆狠狠地踢一頓，爲此他情願賠掉一個管家媽，甚至再貼上一個外甥女。

就這樣，他已經完全失去理性，天下的瘋子從沒有像他那樣想入非非的。他要去做一個真正的遊俠騎士！

他認爲，這麼做既能揚名立萬，又能精忠報國。他準備操兵躍馬，闖蕩天下，一方面能增加自己的閱歷，另一方面能把從書上看來的遊俠騎士的經歷親自演練一番，除暴安良、建功立業。一旦功成名就，他的大名就可以流芳百世。

可憐的紳士認爲，他憑藉自己雙臂的力量，就可以登上特拉比松達[23]的王位。於是，他做

22. 是十二世紀的西班牙民族英雄，著名軍事統帥，史詩《熙德之歌》的主人公。
23. 據騎士小說，勇敢的騎士瑞那爾多做了這個地方的皇帝。

著這樣的白日夢，想像著從中所能得到的無限樂趣，終於按捺不住想要立刻動手實現自己的理想。

這位紳士所做的第一件事情就是翻出那些祖輩留下來的、幾百年裡被遺忘在角落裡的、鏽跡斑斑的盔甲。

他把這些盔甲賣力地擦拭乾淨，並竭盡全力去加以修復，可是發現一個大缺陷，這裡面沒有掩護整個頭臉的全盔，只有一只不帶面甲的頂盔。爲此，他發揮了自己的才智，動手用紙板做了個面罩安裝到那個盔體上，使頭盔看起來完整一些。

爲了試驗一下自己的傑作是否牢固，能否經受得住刀劍的劈砍，他拔出劍砍了兩下，結果一劍劈下去之後，令他大失所望，整整一星期的工夫白費了。

這個頭盔不堪一擊，讓他感到非常氣惱。他只得重新再做一次作爲補救。這次，他在裡邊襯上了幾條鐵皮，他相信這樣定然會萬無一失，所以就不想再試了，就權當它是一個完美的頭盔好了。

接著他想到自己的馬。這頭可憐的牲口，儘管蹄子早已經開裂了不止八瓣，毛病比郭內拉的那匹皮包骨頭的馬還要多[24]，可他卻覺得，即使是亞歷山大的駿馬布賽法洛和熙德的巴比艾咖，也難以與他的這匹「寶馬」媲美。

---

24. 郭內拉，十五世紀義大利君主斐拉瑞宮裡的弄臣，他那匹瘦馬常常做為他取笑的資料。

為了給心愛的坐騎取個得意的名號，他用了整整四天的時間。心想：牠主人是大名鼎鼎的騎士，牠本身又是一匹駿馬，沒有出色的名字說不過去。於是，他絞盡腦汁地尋找一個既能配得上遊俠騎士的身分，又符合他實際情況的名字。

主人的身分變了，坐騎的名字理所當然地也應該隨之變化，至少要足以讓牠可以名震天下，與他本人即將從事的新行當和新職業相匹配。

就這樣，他苦思冥想，取好了又否認掉、否定了重新思考，反覆思來想去，最後他決定叫牠「駑騂難得[25]」，覺得這個名字高貴、響亮，表明牠從前是一批駑馬，現在卻稀世難得。

他為自己的馬取了這樣中意的名字後，就開始想著給自己也取一個。這一次，他又想了八天之久，最後才決定叫「唐吉訶德」。

正如前面所提到的，這部真實故事的作者正是由此推斷出他的真正姓氏應該是吉哈達[26]的，而不是像另外一些人認為的吉沙達。

唐吉訶德給自己取下這個名字之後。隨後又想到，書中英勇無畏的阿馬狄斯不滿足於這樣的自稱，而是在名字前面加上了家鄉和祖國的名字，以期望這樣能使自己得以揚名，所以他自詡「阿馬狄斯·台·咖烏拉」。

25. 原文Rocinante是由Rocin（役馬）和ante（從前）合併而成，音譯應作「羅西南特」，現譯作「駑騂難得」，則有音義兼顧之意。
26. 吉哈達與吉訶德聲音相近。

受這一故事的啓發，唐吉訶德決定要像真正的騎士那樣，也將故鄉的名字加到自己的名號之前。於是，他把自己的名字確定爲「唐吉訶德・台・拉・曼卻」。他覺得，這樣既標明了自己的籍貫，而且地名爲姓，可以爲本鄉增光。

此時，唐吉訶德已經算是「萬事俱備，只欠東風」了。他的盔甲已經收拾乾淨，頂盔已經改成頭盔，馬已經取了名字，自己也已經定了名號，剩下的唯一缺憾就是：他還沒有心中仰慕的意中人。

就像騎士小說中所描寫的那樣，沒有心上人的遊俠騎士就像是沒有枝葉的枯樹、沒有靈魂的軀殼。唐吉訶德夢想成爲一名真正的騎士，他心裡暗自想：「遊俠騎士可以經常遇見巨人。如果我走運，和巨人一交手就將他打翻在地，把他打敗，並使他臣服。之後，我難道不準備命令他去拜見我的意中人嗎？他應當走上前去跪在她面前，畢恭畢敬地說：『小姐，鄙人是馬林德拉尼亞島主、巨人卡拉庫良布洛，有一位贊不勝贊的騎士唐吉訶德・台・拉・曼卻和我決鬥，把我打敗了，命我到您小姐面前來，聽您差遣。』」

噢，每當唐吉訶德聯想到這裡，他的心裡是多麼得意揚揚呀！尤其是當他找到適當的意中人時，他就更加得意忘形了！

原來，在離唐吉訶德所在村子不遠的地方，他見到一位頗有姿色的農家女子。據說唐吉訶德曾經有段時間暗戀她，儘管現在看起來對方對這些事一無所知。那位女子名叫阿爾東沙・洛倫索。在唐吉訶德看來，阿爾東沙・洛倫索就是他心儀的最佳人選。於是他開始急切想給她取一個與自己的名號相配的名字，這個名字要取得有點兒公主或者貴婦的高貴氣質才行。

阿爾東沙・洛倫索是托波索人，因此唐吉訶德決定稱呼她為「杜爾西內婭[27]・台爾・托波索」。唐吉訶德認為這個名字既好聽又新穎，並且很有意義，跟他本人的「唐吉訶德」的名號以及他給其他東西所取的名字一樣別致。

27.「杜爾西內婭」是由「甜蜜、美好」一詞演變而來。

chapter 2

不可思議的第一次離家出遊

唐吉訶德做好種種準備，急不可待地要去實現自己的計畫。現在是時不我待了：那麼多冤屈需要他去洗雪、那麼多不義之事需要他去匡正、那麼多強暴的壞人需要他去剷除、那麼多債務需要他去清償。現在不做，更待何時。

就在這炎熱的七月的一天早晨，天還沒亮，唐吉訶德就已經披掛整齊，準備出發了。他騎上駑騂難得，戴上自己隨意拼湊完整的頭盔，拿起皮盾，操起長槍，從後門溜出院子，來到了荒郊野外。

他沒告訴任何人自己的想法，也沒有被任何人看見，心裡興奮極了，暗自慶幸自己的理想這麼容易就要開始轉變成現實了。可是他剛到郊外，忽然想起一樁非同小可的事情，差點使他放棄剛剛開始的事業。

那就是，他想到了自己現在還不是一個正式的騎士。

按照騎士道的規矩，他沒有資格和任何騎士交戰。就算有了騎士的頭銜，作爲新出道的騎士，也只能佩戴白色的頭盔，披素色的盔甲，在建立相應的功績之前，盾牌上不能有任何徽章。

這樣一想，他心裡就開始犯愁了。不過，對騎士的癡迷最終還是戰勝了他的奇思怪想。他決定像小說裡看到的大多數人所做的那樣，懇請碰到的第一個人封自己爲騎士。至於白盔素甲，他打算等有空閒的時候再把現有的盔甲擦拭一遍，讓它比銀鼠皮還要白。他這麼一想，放了心繼續趕路。這無非是信馬而行，他認爲這樣碰到的事才是真正的奇遇。

唐吉訶德，這位新手冒險家，一邊走一邊自言自語：「終將有一天，記錄我的壯舉的真實故事廣傳於世的時候，無須懷疑，這位學識淵博的作家，一定會這樣描寫我踏著曙光開始的初征：『金紅色的太陽神阿波羅剛把自己那秀美的金髮揮灑在無垠的大地上，羽色斑斕的小鳥也在調弄琴弦般的舌頭婉轉地啼叫，歡快地迎接玫瑰色黎明女神的到來。女神剛剛遠離多疑的丈夫的床邊，現身於拉・曼卻住戶的門旁。鼎鼎大名的騎士唐吉訶德・台・拉・曼卻離開了他溫暖的羽絨被窩，騎上寶馬駑騂難得，遊弋在古老而著名的蒙帖艾爾原野[28]上。』」

他確實是往那片田野上遊蕩。他接著說道：「我應該把不朽的功績銘刻在青銅之上、雕琢在石碑之上、刻畫在壁板之上，在某個偉大的時代才能得以問世！啊，還有你，很幸運地

28. 有名的戰場，一三六九處西班牙的「暴君彼得」在這裡被他弟弟打敗。

撰寫這部傳奇的睿智的作者啊，無論你是誰，我懇求你一定不要把我的坐騎駑騂難得遺忘，牠是我所有行程和終生事業的忠誠伴侶啊。」

接著，唐吉訶德就像墜入愛河的戀人似的喃喃自語著：「噢，杜爾西內婭公主啊，我這顆心已經被您所俘虜了！你嚴詞命我不得瞻仰芳容，你這樣驅逐我，呵斥我，真是對我太殘酷了。我的美人啊，我聽憑你轄制的這顆心，只爲一片癡情，受盡折磨，請你別把它忘掉啊。」

唐吉訶德還說了很多諸如此類的荒唐話，都是從書上學來的一套，字眼兒也儘量摹仿。他一直自言自語，走得很慢，太陽卻很快就升到了頭頂，火辣辣的。在烈日的炙烤之下，他即使還剩下那麼一點兒腦筋，大概也被太陽給熔化了。

唐吉訶德幾乎走了一整天，沒碰上什麼值得記載的事。這讓他很失望，因爲他巴不得馬上碰到個人，可以施展自己兩臂的力量，彼此較量一下。

有人覺得，唐吉訶德的第一次歷險應該是發生在拉比塞峽口的那件事情。另外也有人說，應該是那次風車之險。對此，我專門的核實過，並且在拉．曼卻的地方誌上找到了有關的記載：

那天，唐吉訶德走了整整一天，一直沒有歇腳，到了傍晚時分，已經饑腸轆轆、人困馬乏。唐吉訶德四處張望，希望能找到一個可以休息的古堡或者牧人的茅屋。終於，他望見前方不遠處有一家客棧。他彷彿看見了指引的明星，他不僅救急有門，也有了可供宿息的居處。他急忙趕路，到那裡已經暮色蒼茫。

此時，恰巧客店門口站著兩個年輕女人，所謂跑碼頭的娘們。她們是跟當夜在店裡投宿的幾個騾夫一起到塞爾維亞去的。在我們這位出來闖蕩世界的騎士的眼裡、心中和想像之中，他在外邊看到的所有事物的狀況和事件發生的過程，簡直就跟書裡描寫的一樣。

一走近客店，唐吉訶德就覺得這是一座尖頂城堡，有四個塔樓，閃著銀光，那裡的吊橋、溝壕與書上描繪的城堡的所有種種附屬設施一模一樣。

在離客店還有一小段距離的地方，唐吉訶德一把勒住了駑騂難得，等著某個侏儒從矮城牆上面探出頭，吹起號角，通報有騎士來臨。然而，等了很久，也遲遲未見什麼動靜，而駑騂難得又急欲奔向馬棚，他只好無奈地繼續前行，朝著他眼中的城堡走去。

唐吉訶德趕到客店之時，天色已經完全黑了。就在此時，一個在麥稈地裡放豬（我冒昧直呼其名了。按西班牙風俗，人們在講話中說出髒字的時候，不管是有意無意，都需要說一句「對不起」或「請原諒」，但那種畜生就叫那個名字）[29]的豬倌正好吹響了號角。唐吉訶德立馬認爲這就是侏儒在通報他的來到。於是，唐吉訶德不勝欣喜，徑直衝到客棧門口那兩位女士的跟前。

那兩個放蕩的年輕女人，看到唐吉訶德那副持矛握盾的奇怪裝扮，害怕地想要退回到客

29. 當時西班牙的習慣，說到骯髒的東西須道歉，豬是那時代認為最骯髒的東西。

店裡去。不過唐吉訶德看來，卻認爲這兩個風塵女子是正在城堡門外散心的淑女、貴婦。

唐吉訶德瞧她們躲避，料想是害怕，於是就掀起硬紙做成的護眼罩，露出一張又乾又瘦、沾滿塵土的臉，斯文和悅地對她們說：

「尊貴的女士們，你們不用躲避，也不用怕我粗野。我們騎士向來不會對任何人失禮，更不用說對像你們這樣的大家閨秀了——兩位高雅的氣質和非凡的風采已經彰顯了你們的身分。」

兩位女士正在端詳他，盡力張望那拼湊的護眼罩[30]遮住的嘴臉。在她們聽到自己竟然被稱爲閨秀的時候，這種稱呼和她們的實際身分的天壤之別，使她們情不自禁地大笑起來。唐吉訶德看她們笑得前俯後仰，感到非常生氣，說道：

「淑女應該舉止端莊，莫名的大笑有失氣度。我這樣說的意思不是想讓兩位掃興和氣惱。說實話在下的心裡只希望能爲兩位效勞。」

兩個女人聽了這套話莫名其妙，又瞧他那古怪模樣，越發笑得狂烈。我們的騎士開始對此大爲惱火。要不是店主及時走出來，事情可能會更糟。

店主是個胖子，性情非常溫和。看著眼前這個人手握長槍皮盾、盔甲齊備的稀奇古怪打扮，他原本也想和那兩個女人一樣哈哈大笑一番。不過他心裡又犯嘀咕，害怕那人手中的兵器，所以還是小心翼翼、好臉相應地招呼唐吉訶德。他說：

30. 面甲分上下二部分，扣合在一起：上部護眼，下部護口鼻。

「紳士先生，您若是來住店的，小店一張床也擠不出來了。其他東西倒多得是。」

唐吉訶德看到城堡的主人——在他眼中那間客棧就是城堡，店主也就變成了堡主——對他謙恭有禮，隨聲應道：

「對我來說，咖斯底利亞諾[31]，隨便怎樣都能湊合。因爲我的服裝是甲冑，我的休息是鬥爭……」

店主心想，那人稱他咖斯底利亞諾[32]，一定是以爲他是本分老實的咖斯底利亞本地人了。其實他是安達路西亞人，並且出生在海邊的聖路加碼頭。說狡詐，他一點都不亞於加戈[33]；比刁蠻，他也不會比學生或家奴遜色。隨後，他答道：

「這麼說來，閣下的臥床一定是『硬石頭』，而睡眠則是『長夜清醒』嘍？既然如此，您完全可以待在寒舍裡一年不休息，更別說是一夜了。」

店主一邊說一邊揪住了鞍鐙。唐吉訶德很困難、很吃力地下了馬，因爲他已經一整天沒有東西下肚了。

然後，唐吉訶德吩咐店主好好照看他的馬，說天下一切吃草料的牲口裡數牠最好。店主

31. 指城堡長官，亦指咖斯底利亞人。

32. 在西班牙語中，「咖斯底利亞諾」有幾種意思，可以解釋為「城堡長官」，也可以叫作「咖斯底利亞人」。唐吉訶德把客店當成了城堡，所以這個詞從他嘴裡出來就是「城堡主人」之意，即「堡主」；客店老闆沒有城堡的概念，所以就理解成了「咖斯底利亞人」。

33. 神話裡極狡猾的竊賊。

瞥了瞥那頭牲口，認爲牠完全沒有唐吉訶德說得那麼好，甚至連一半也達不到。

店主把馬牽進了牲口棚之後，又返回來看看客人還有沒有別的需要。此時，那兩個年輕女人已經和唐吉訶德言歸於好，正幫著他脫盔甲。

雖然已經摘下了護胸和護背的甲，但她們卻無論如何也拿不掉護脖子的部分和那胡亂拼湊起來的頭盔。

唐吉訶德的頭盔用幾根綠色的帶子紮著，那帶子還打了個死結。如果要想取下來，就必須得把帶子剪斷。不過，唐吉訶德就是不願意那麼做。

看來，唐吉訶德只能戴著頭盔過夜了，那副滑稽可笑的怪樣真是不可理喻。

他把替他脫卸盔甲的兩個跑碼頭妓女當作堡壘裡的高貴女眷，因此他一口文縐縐的腔調：

從來女眷們款待騎士，
哪像這一次的殷勤周至，
她們是款待唐吉訶德，
他呀剛從家鄉到此，
公主照料他的馬匹，
他自己有小姐服侍[34]。

34. 這是模仿《朗賽洛特之歌》。朗賽洛特是英國亞瑟王的圓桌騎士之一。

「尊貴的女士們，我的馬叫作駑騂難得，我自己的名字是唐吉訶德。我本來不想讓二位效力，這樣會讓二位在瞭解鄙人之前暴露在下的身分。然而，我卻迫不及待地想借用朗賽洛特的這首古老歌謠來描述我們現在的情景。二位已經知道了在下的名號。尊貴的女士們，如果鄙人有機會為二位效勞，鄙人願意盡力為二位效犬馬之勞。」

唐吉訶德的殷勤表白猶如對牛彈琴，兩個女人不知所云，也就沒有理睬他，只是問他想吃什麼東西。

「我吃什麼都行，」唐吉訶德笑答，「因為我感覺很該吃些東西了。」

唐吉訶德到客棧的那一天正好是星期五[35]。客棧供應的食物只有一種魚（星期五是齋日，不能吃肉，但可以吃魚）。這種魚在咖斯底利亞叫醃鱈魚，在安達路西亞叫鹹鱈魚，在其他一些地方叫鱈魚乾，也有叫小鱒魚的。於是她們就問他是否可以將就著吃點小鱒魚，因為沒別的魚給他吃。

「多幾條小鱒魚就抵得上一條大鱒魚了，」唐吉訶德回答說，「這就好比八個銀瑞爾[36]銅錢等同於一個值八的大銀瑞爾。更何況小鱒魚更鮮嫩，就像牛犢肉比老牛肉好、羊羔肉比老羊肉好一樣。最好你們趕緊拿來，背著這一身盔甲又沉又累，空著肚子實在撐不住。」

35. 天主教的齋日，不吃肉，可吃魚。
36. 瑞爾，西班牙幣名。一個銀瑞爾可以兌三十四文小錢。

店家把桌子擺在門口，因爲那兒涼快。店家給他端來了一份醃得不好也沒煮熟的鹹魚乾，另外還有一塊和他的盔甲一樣黑漆漆、髒乎乎的麵包。不過，真正能令人捧腹的，還是唐吉訶德的吃相。

他戴著頭盔，掀起護眼罩，拿了東西吃不到嘴裡，得別人把東西送到他嘴裡去。於是，其中一個女人就擔起了這一重任。至於喝水，那就更麻煩了。最後，還是店主靈機一動，想出了妙招：他找來一節蘆葦，打通中間的隔膜，一頭插進唐吉訶德的嘴裡，再從另一頭灌酒進去。這樣，唐吉訶德才止了渴。

爲了不弄斷那繫著心愛的頭盔的帶子，唐吉訶德心甘情願地受這份罪。

就在這時，有一個閹豬匠進了客店。這個人邊走邊嘟嘟地吹了幾聲蘆笛。這一刻，唐吉訶德更加無疑地認爲自己身處於某個著名的城堡，不僅把鹹魚乾當成了大鱒魚，黑麵包當作精美的糕點，娼妓成了貴婦，店家成了堡主，而且還有樂隊佐餐。這讓唐吉訶德更加堅信，自己做下出來闖蕩世界的決定實在英明。

不過，唐吉訶德還有一樁心事未了，他還沒有封授騎士。這件事情非常重要，因爲在唐吉訶德的思想裡，如果沒有騎士的封號，就不能名正言順地行俠仗義。

chapter 3
自封騎士的滑稽經過

唐吉訶德心事重重，匆忙結束了簡單的客棧晚餐。隨後，他把店主叫到一旁，拉著店主走進馬棚，雙膝跪下對他說道：

「英勇的騎士，我只有一事相求。這事會增長您的名譽，也是爲人類造福，請您惠然應允；要不，我就跪在這兒一輩子不起來。」

店主看到客人跪在自己面前，又聽到他這套話，驚慌失措，不知該如何是好。他不知怎樣回答，只能再三請唐吉訶德趕緊起身。不過他看到唐吉訶德執意不起，就只好答應了他。

「尊貴的先生，」唐吉訶德說道，「閣下果然豪爽。您既已答應，我就告訴您吧。我是個遊俠騎士，一心想周遊世界，獵奇冒險，拯救苦難的人，盡騎士的本分。我急需一個騎士的頭銜，幹這些事才名正言順。懇請您明天能封我爲騎士。我今天晚上將借用貴堡禮拜堂履行祈祝兵甲[37]的禮節。明天，我已經說過，您就可以封我。」

那個店主本來就是個奸詐之徒，他一開始就覺察到這位客人的神智不太正常，聽了這番話，他心裡越發了然，決計迎合他，借此晚上可以逗笑取樂。於是，他就說唐吉訶德的願望和訴求合乎情理，他舉止不凡，儀表堂堂，一看就是位高貴的騎士，能有這種想法實屬正常。

店主還添油加醋地說道，他本人年輕時也曾從事過那一光榮的職業，遊歷四方、探險尋奇。他去過利阿朗的島嶼、格拉那達的環城大道、瑪拉咖的竿網漁場、賽果比亞的貿易市場、果都巴的馬駒山、瓦蘭西亞的橄欖莊園、聖路加的銀色海灘、塞維利亞的古寺聖地、托雷都的小酒店[38]等等很多地方。他的手腳曾經很俐落，做過很多轟轟烈烈的事情，也幹過引誘一些寡婦、糟蹋幾個少女、朦騙幾個孤兒的勾當，到後來，西班牙全國的大小法庭竟然沒有不知道他的。

闖蕩江湖之後，他隱居在這座城堡裡，通過自己的積蓄，加上別人的資助，開這個客店維持生計，悉心接待形形色色的遊俠騎士。這樣做完全是出於對騎士精神的難以割捨的情感。當然，也希望騎士們會答謝他的熱心幫助，從而分些財產給他。

店主告訴唐吉訶德，他的堡壘裡沒有小禮拜堂供客人看守盔甲；小禮拜堂已經拆掉，準

37. 待封的騎士在舉行封授儀式前夕，須徹夜在禮拜堂裡守著自己的兵甲禱告。
38. 這都是流氓小偷活躍的地方。

備重蓋新的呢；不過據他所知，不得已的時候，隨便哪裡都可以看守盔甲，當天夜裡，唐吉訶德便可在城堡的院子裡守夜。要是上帝保佑，第二天早上就能舉行各項受封的儀式，讓唐吉訶德成爲真正的騎士，而且是全世界最貨真價實的騎士。

接著店主問唐吉訶德身上有沒有帶錢。唐吉訶德回答說沒有帶分文，因爲他在遊俠騎士的傳記中從來沒有見過誰帶著那些東西。

店主說，那就是他的失誤了。騎士小說裡沒有提到，那是因爲作者們認爲，像金錢和換洗衣服之類明顯的必需物品就沒必要贅述了，但並不能由此認爲騎士是不帶這些東西的。店主不但相信且也應該核實過，所有的遊俠騎士全都是帶著滿滿當當的錢袋，以作不時之需。另外，騎士也一定會帶著幾件乾淨襯衣，還有一個小藥箱，以備治療傷病。如果在荒郊野外拚殺受傷的話，不一定每次都能碰到好心人營救。除非是有位智若神明的魔法師朋友突然從天上的雲裡派下仙女或者小矮人什麼的給騎士送來靈水。那種靈水只需喝一滴，傷口立即就能痊癒，完好如初。

但是，這樣的情況也是很難碰到的，爲了安全起見，以往的騎士們總是會讓他們的侍從帶上金錢和療傷用的紗布、藥膏之類的必需品的。要是沒有侍從（此種情況也頗為少見），騎士就自己隨身攜帶，將這類東西裝在一個幾乎看不見的褡褳袋[39]裡面，像寶物一樣放在馬背

39. 西班牙人出門攜帶的旅行袋，往往用色彩鮮明的毛織品製成。

上。只有在這種情況之下，遊俠騎士才攜帶褡褳袋。因此，店主告訴唐吉訶德（他們馬上就要成為教父和教子了，所以能對此事指手畫腳）：以後出門一定要帶錢，還得置備剛才講的那些東西，碰到意外就知道多麼有用。

唐吉訶德答應會牢記這些教誨的，隨後，就聽從店主的安排，到客棧旁邊的一個大院子裡去舉行祈祝兵甲的儀式。唐吉訶德整理好他的全副甲冑，放到水井旁邊的水槽上，他挽起皮盾、提上長槍，煞有介事地在水槽前面來回踱步。這時候，天已經漆黑一片了。

店主把這位客人的瘋病告訴了所有的旅客，又講他要看守盔甲，等待那受封騎士的典禮。大家都對唐吉訶德這種古怪的發神經方式感到非常詫異，紛紛在遠處觀望。唐吉訶德一會兒從容地來回踱步，一會兒又停下來倚著長槍長時間地注視著盔甲。

夜色已濃，一輪皓月皎潔明亮。因此，這位剛剛出道的騎士的所作所爲都被在場的人看得一清二楚。就在此時，住店的一位騾夫想起來打水飲他的一群騾子，他得把唐吉訶德堆在水槽裡的盔甲挪開。這位騎士看見他走向水槽，就大聲喝道：

「喂，你，你是什麼人？你這個膽大包天的騎士，要是膽敢碰一位最勇敢的、還從未動過武的勇士的兵甲，你可要想清楚了。如果不想因爲自己的冒失掉腦袋的話，就給我把東西好好地放在那兒，別動。」

騾夫聽了這番話要是小心在意，就安全無事了；可是他滿不理會，抓起水槽上甲冑的皮帶，遠遠地把它甩開。看到這一動作，唐吉訶德吃了一驚，仰望長天，心中想著（從神態上推測）意中人杜爾西內婭，念叨著：

「啊，我的小姐啊，在這顆臣服於您的心靈第一次蒙受羞辱的時刻，快來助我一臂之力吧。但願我能在這初次戰鬥中得到您的護佑。」

唐吉訶德一邊振振有詞，一邊扔掉他的盾牌，雙手舉起長槍，對著騾夫的腦袋奮起一擊，當即就把騾夫打得一跟頭摔倒在地上。要是這騾夫再挨這麼一下的話，也許小命也難保了。隨後，唐吉訶德撿起被扔掉的兵甲，又像之前那樣若無其事地踱起步來。

過了片刻（由於被打倒的那個騾夫還昏迷未醒），另外一個對剛才發生的一幕毫不知情的騾夫也過來餵自己的騾子。他正要挪開甲冑騰出水槽，唐吉訶德二話不說，也沒向任何人懇請幫助，就再次甩掉盾牌，挺起長槍。這一次，唐吉訶德雖然沒有將騾夫打得金星四濺，但也把他打得昏天暗地的。客店裡的人都聞聲趕來，店主也在內。唐吉訶德一見就跨上盾牌，按劍喊道：

「漂亮的心上人啊，我這脆弱心靈的寄託和力量的源泉！我這個爲您顛倒的騎士正面臨著巨大的危難，需要您的垂憐！」

他這麼一喊，覺得勇氣倍增，哪怕全世界所有的騾夫一起向他發起攻擊，他也不會退縮。被打騾夫的同伴們（他們以為那兩個同伴受了傷），全都開始從遠處向他投石頭，他只能用盾牌抵擋，並且由於擔心兵甲受損，所以不敢離開水槽半步。店主大喊一聲，讓大家停手，因爲他已經對大家說過唐吉訶德是瘋子。正因爲他是個瘋子，即使他把在場所有的人都殺了，也不能給他治罪。

唐吉訶德叫嚷得更厲害了，他稱那群人叛徒。還說城堡的堡主是個無恥小人、騎士中的敗類，竟然讓他們這樣對待一個遊俠騎士。如果他已經被店主授予了騎士稱號，絕對會讓店主自食其果的。

「你們這夥下賤小人，我不跟你們計較。你們扔吧！向前吧！來吧！儘量跟我作對吧！回頭你們瞧瞧，你們這樣愚蠢粗暴，對自己沒什麼好處！」

唐吉訶德的威嚴把那些攻擊他的人震住了，再加上店主苦苦的勸阻，他們也就不再向他扔石頭了。唐吉訶德也默許他們抬走了被打傷的同伴。隨後他重新以原先的平靜和從容繼續進行他的祈祝兵甲的儀式。

店主受不了這位客人的胡鬧，決計直接了當，馬上把那倒楣的騎士封號授予他，免得再出亂子。於是，店主向唐吉訶德表示，爲那幫蠢人在他毫不知情的情況下幹下的蠢事表示致歉。他說，那些膽大妄爲的人也得到了應有的懲罰。

店主對唐吉訶德說，已經和他提過城堡裡沒有禮拜堂，因此也就不用講究什麼形式，不需要什麼禮拜堂了。他自己對授銜儀式也有瞭解，受封騎士的重要環節在於用手掌擊打頸窩和用劍平拍肩膀。這個程序，即使是在荒郊野地也能完成。至於祈祝兵甲，兩個鐘頭的時間就足矣，何況他已經足足做了四個鐘頭。

唐吉訶德信以爲真，非常願意聽從堡主的安排，以求儘快獲得騎士授銜。等他封授了騎士稱號，如果再受攻擊，一定會把全堡壘的人殺個一乾二淨，除非堡壘長官特別關照的，才賣面子手下留情。

聽了這些話，店主心裡一驚，不免擔憂起來。於是他立即找來用於登記騾夫們取用草料的帳本，點燃僕人拿來的一根蠟燭，和兩個風塵女人一起，來到唐吉訶德面前。

店主讓唐吉訶德雙膝跪下，翻開帳本念念有詞（如同在虔誠地禱告一般）。念到一半，突然停了下來，店主舉起手來，在唐吉訶德的頸窩狠狠地打了一巴掌。接著，店主又拿起唐吉訶德自己的佩劍，在他的肩膀上結實地拍了一下。

整個過程中，店主嘴裡一直都像在念經似的振振有詞。然後，店主又讓其中一個女人爲他繫上佩劍。那女人手腳很麻利，但一直都小心翼翼，因爲儀式中的每一個舉動都讓她忍不住想笑，可是兩個女子領教過這位新騎士的本領，忍住沒笑。這位貴小姐替他掛劍的時候說：

「願上帝保佑閣下成爲幸運的騎士，戰無不勝。」

唐吉訶德忙問她叫什麼名字，讓他知道自己是受了誰的恩，將來憑力氣贏得榮譽，可以分一份給她。那個女人很謙恭地回答說自己叫托蘿沙，父親是托雷都的鞋匠，家住桑丘・卞那牙[40]商場大街。托蘿沙還說，不論到了哪裡，她都願意聽他的差遣，並把他奉爲主人。

唐吉訶德要求她務必自重，出於愛護，他賜予她「堂」的尊稱。從今往後，她要在名字

40. 托雷都的菜場。

之前冠以尊稱，自報「堂娜托蘿沙」。那女人滿口應承了下來。

另外那個女人幫唐吉訶德套上了踢馬刺，兩個人之間進行了一番和剛才完全一樣的對話。唐吉訶德也問她姓名，她回答莫利內拉，父親是安德蓋拉的一個本分的磨坊主。他也要求她使用尊稱，名曰「堂娜莫利內拉」，同樣也對她做了一連串關於效勞和報答的許諾。

這一整套前所未見的儀式匆忙收場以後，唐吉訶德迫不及待地要騎馬出遊。於是他備好駑騂難得，翻身跨馬。接著又擁抱了客棧店主，對他說了許多稀奇古怪的話，萬分感激店主封他為騎士的大恩大德，他那套話異想天開，簡直無法轉述。

店主巴不得他出門，答詞雖然風格相似，卻簡潔得多。他連住店的錢都沒要，就歡送客人走了。

chapter 4

離開客店後的奇遇

唐吉訶德離開客店的時候，已經天色微明。他因爲最終受封爲騎士而洋洋得意、喜不自勝，真是「人逢喜事累死馬」。他突然想到了店主說過必須帶上備用物品的忠告，尤其是現金和衣服，於是就決定回家去取，並順便再找個侍從。

說到侍從，唐吉訶德考慮請那個農夫街坊來做。這個人家境貧困，子女眾多，當個騎士侍從倒是挺合適的。心意已定，他就鞭策著駑騂難得向自家村子的方向飛奔而去。這匹馬彷彿嗅到了自己馬房的氣味，跑得腳不沾地，十分起勁。

沒走多久，唐吉訶德就感覺到忽隱忽現地聽見右側的樹林裡有什麼人的哭喊聲。他暗自竊喜：

「感謝上天照應，叫我馬上有機會盡盡本分，實現自己的雄心壯志。這聲音，不管是個男人還是女人的，肯定是個弱者，急需我去救助。」

於是，他趕緊掉轉韁繩，讓駑騂難得朝聲音傳來的方向跑去。他進入樹林之後沒走一會兒，就看見一匹母馬拴在一棵橡樹上，另外一棵樹上綁著一個半大的孩子，那個孩子光著上身，最多不過十五歲的樣子，哭喊之聲就是從他的嘴裡發出來的。一個人高馬大的農夫正用皮帶狠狠地抽打他，一邊打還一邊斥罵和數落他：「少說話，多留神！」

那孩子不停地哀求：

「我的主人啊，我下次不敢了，我對上帝發誓，下次一定改過，保證以後看羊多多留心！」

唐吉訶德見到這個情形，憤怒地大聲喝道：

「你這膽大包天的騎士，太不像話了，跟沒法還手的人逞能算什麼好漢！請您上馬，拿起你的長槍（拴馬的樹旁還真的插著一根長槍），我會讓你看清楚，你這樣的行為不過是個膽小鬼！」

農夫忽見一個渾身披掛的人舉槍在他頭上揮舞，怕性命難保，連忙好言回應：

「騎士先生，我懲罰的這小子是我的傭人，在這一片放羊，可是他太粗心了，每天都弄丟一隻羊。我要收拾收拾這個冒失鬼，他就說我沒安好心，故意賴他的工錢，天地良心，他可是在胡說八道！」

「你這下流東西，竟在我面前說『他撒謊[41]』？」唐吉訶德罵道，「頭頂上的太陽可以作

41. 按西班牙規矩，在尊長面前說別人撒謊是嚴重的失禮；平輩間如果說到別人撒謊也得先道聲歉。

證，我恨不得用這把長槍刺穿你的心。少廢話，馬上把工錢付給他。要不然，老天做主，我現在就了結了你的性命！你馬上把他放下來！」

農夫一聲不發，低頭解下了他的傭人。

唐吉訶德朝那孩子問，主人欠了他多少工錢。

孩子答道，一個月七個瑞爾，總共欠了九個月的。

唐吉訶德心頭一算，一共是六十三個。於是，他轉身責令農夫，如果他不想找死，就馬上還錢。

驚恐的農夫連忙解釋，他知道自己處境危險，而且剛才還起過誓（其實他什麼誓也沒發過），但是，應該向這個傭人付的工錢確實沒有這麼多。因爲還需要扣除預支給他的三雙皮鞋的錢，還要扣除他生病時放血花掉的一個瑞爾。

「就那樣算吧，」唐吉訶德不緊不慢地說，「不過，預支的鞋錢、治病的錢和你無緣無故地抽打他相抵消了。他把你花錢買的皮鞋的皮穿破了，你把他身上的皮打爛了。他生病的時候，是你請的理髮師放了血，但他現在本來好好的，你卻打得他頭破血流。你知道嗎？他不欠你錢了。」

「紳士先生，糟的是我身上沒帶錢。您讓安德瑞斯跟我回家，我一定如數付清工錢，一個瑞爾也不少他的。」

「跟他回去？」那孩子說，「不可能！不，大人，我不敢回去。等您一走，他扒了我的皮的。」

「放心，他不會的，」唐吉訶德說，「我只要命令他服從我，他就得以騎士的名義對我發誓。他是一個騎士，只要他能按騎士道的規矩立個誓，我就放了他。他保證會把工錢付給你的。」

「瞧您說的，大人，」那孩子說，「我這個主人哪裡是什麼騎士，他根本也沒有受封過任何騎士的稱號。他不過是金達拿爾的闊佬胡安．阿爾杜多而已。」

「我怎麼會賴帳呢？安德瑞斯小兄弟，」農夫搶過了話頭，「求你跟我一道回去，我憑騎士的一切稱號發誓，一定把工錢付給你，像我剛才說的那樣，一個瑞爾不短你的；甚至還要給你添上點兒油水呢。」

「油水我就免了你，」唐吉訶德說，「只要按數付清以前的欠款，我就很滿意啦。你可一定得兌現自己的承諾啊。否則的話，我也按騎士的規矩起誓，一定會回來找你算帳的。即使你藏得比蛇還隱蔽，我也會找到你的。你聽好了，我就是除暴安良的英勇騎士唐吉訶德。再見吧，你要是不想挨我剛才說的那頓打，別忘了你許的願和發的誓。」

唐吉訶德說罷一蹬馬刺，一眨眼的工夫，駑騂難得就馱著他遠離了那主僕二人。農夫看著他走出了樹林，不見了蹤影，就轉過身對夥計安德瑞斯笑嘻嘻地說：

「我的寶貝，過來啊，根據剛才那位除暴安良的騎士的吩咐，我現在就把欠你的所有工錢都還給你。」

「本來就應該這樣，」安德瑞斯說，「您按那位好心的騎士的話去做就對了。希望他能長命百歲。他真是位勇敢而又公正的判官。我相信，您如果不付給我工錢，他肯定會回來兌現自己的諾言。」

「我也一定怎麼說就怎麼幹，」農夫皮笑肉不笑地回答，「只為我愛你深，所以要多欠你點兒，好多多還你。」

那農夫說著一把拽過孩子的胳膊，重又把他綁回樹上，狠狠地鞭打這可憐的孩子，把他打得半死。

「快喊啊，安德瑞斯先生，」農夫說，「你去叫那個愛打抱不平的騎士啊，看他能不能管得了你。不過，事情還沒完呢，我真想活剝了你的皮，你不就怕這個嗎？」

最後，農夫還是把那個孩子放掉了，任他去找他那位判官來公正判決。安德瑞斯憤然跑開，發誓要找到勇士唐吉訶德，告訴他的大判官這個主人是如何背信棄義，讓這位勇士好好地收拾那個壞蛋主人。

但是，他終究是哭著離開樹林的，而他的東家卻在那裡獰笑。

英武的唐吉訶德的打抱不平，原來是這樣收場的。

他卻為此得意非凡，感覺自己的騎士生涯從此有了一個極為順利美好的開始。

唐吉訶德歡歡喜喜地朝著自家村子的方向走去，嘴裡還喃喃地念叨：

「世界上最美的人兒啊，杜爾西內婭啊，你真能算得上是當今世上最有福氣的女人了。

因爲你竟然有幸能令一位英武的騎士爲你臣服，而且你可以隨心所欲地使喚他，特別是像唐吉訶德一樣將會名揚千古的英勇騎士。人人皆知，這位騎士昨天剛剛才封授騎士，今天就懲治了那個窮凶極惡之人的罪惡行徑：殘忍的敵人剛才無故鞭打一個嬌弱的孩子，他把那傢伙手裡的鞭子奪掉了。」

此時，唐吉訶德到了一個十字路口。他忽然想到書本裡的遊俠騎士停在交叉路口考慮選擇哪條路的情節。唐吉訶德當然也得慎重選擇。所以他駐足沉思了一會兒。有了主意之後，他決定放馬縱韁，任由駑騂難得做出選擇。

那馬自然初衷不改，沿著歸槽的路奔去。剛剛走了不到半里地，他就看到迎面來了一路人馬。後來打聽才知道，那是一夥準備到穆爾西亞去做絲綢買賣的托雷都商人。他們一行六人，都打著陽傘，四個傭人騎馬跟隨，還有三個步行的騾夫。

從遠處一望見他們，唐吉訶德立即本能地想到他的騎士精神又有了表現的機會。他總是想方設法地要套用書上看來的情景，回憶起有一個情形和現在的情形很類似。他打算仿照書上的行徑演練一番，隨即他振作精神，踏穩馬鐙，握緊長槍，用盾牌護在胸前，踱步到大路中間，等待著那幾位遊俠騎士（他認定了那些人是騎士）的靠近。

當那隊人馬走到了唐吉訶德可以看得清楚並且能聽到他們說話的地方，唐吉訶德提高嗓門厲聲喝道：

「站住！你們是否承認在全世界，唐吉訶德的女皇、舉世無雙的美人——杜爾西內婭是最美的女人？要是你們不承認，就休想從這兒通過！」

一群商人聽了都停步端詳這發話的人，他們從唐吉訶德的打扮和言行上，立刻明白他們碰上了瘋子。不過，他們仍然顯得鎮定自若，想聽聽唐吉訶德還有什麼下文。他們當中一位愛開玩笑，也很風趣，就說：

「騎士先生，我們不認識您提到的那位漂亮的女士，可以讓我們見見她嗎？如果她果真像您所說的那麼美麗，也無須您多費唇舌，我們定會心甘情願地承認您的說法。」

「要是讓你們瞧見了，」唐吉訶德反問道，「這麼明擺著的事，你們承認了有什麼稀罕呢？我就是要你們在沒有見過她的情形下，就相信、承認，而且維護、效忠和捍衛她美麗的容顏。否則，我就要和你們這群狂妄自大的人刀兵相見了。現在，按照騎士的做法，你們挨個過來和我單打獨鬥吧。或者，就依照你們這種人的習慣，一齊放馬過來。我在此恭候，真理永遠和我站在一起！」

「騎士先生，」那商人並沒有被嚇著，「我們不能昧著自己的良心，去接受那件沒有看見、也沒聽說過的事（更何況還可能嚴重影響阿爾咖利亞[42]和埃斯特瑞瑪杜拉的各位女皇與王后的名聲）。因此，鄙人願以在場的諸位之名，煩請您讓我們見一見那位夫人的畫像。哪怕那畫像只有麥粒般大都行。常言道『拿到了線頭兒，就抽開了線球兒[43]』嘛，這樣的話，我

42. 是當時西班牙人口最稀少的地區，埃斯特瑞瑪杜拉是當時西班牙最落後的省份。
43. 西班牙諺語。意思是有了線索，便知底蘊。

們心裡就有了底，你也能如願以償。我們甚至都已經對她十分仰慕了，哪怕畫像上的她瞎了一隻眼睛，而另一隻眼睛還在淌著硫黃朱砂。為了能讓您高興，隨您要怎麼恭維我們就怎麼恭維。」

「卑鄙的惡徒！」唐吉訶德暴跳如雷，「你們給我聽好，她眼睛裡要流出來什麼東西的話，絕對不會是你說的那些東西，而是琥珀和絲絨包裹的麝香[44]。她更不是獨眼或駝背，她比瓜達拉瑪的紡車軸還要筆直[45]。你們如此褻瀆我意中人的絕世美貌，絕對會遭到報應！」

他說罷斜托著長槍，怒氣衝天，直奔那個商人。如果不是駑騂難得突然半途跌倒，那個冒失的商人就遭殃啦。可惜的是，駑騂失蹄一栽，牠的主人也隨之摔在地上，滾出了很遠。唐吉訶德被摔得暈頭轉向，爬不起來：長槍、盾牌、踢馬刺、頭盔，還有一身沉重的古代披掛，使他幾乎動彈不得。唐吉訶德一邊掙扎著要爬起來，一邊叫道：

「別跑，你們這群膽小鬼，強盜！你們不要得意，是我運氣差，都怪我的馬！」

對面人群中的一個騾夫，脾氣不大好，聽這個倒楣貨倒在地上還口出狂言，忍不住要回敬他一頓好打。他走到唐吉訶德面前，拾起他的長槍，掰成了幾截。他拿著其中的一截，劈頭蓋臉地給了唐吉訶德一頓亂打。可憐的唐吉訶德雖然身披盔甲，不過還是被打得很狼狽。騾夫的雇主們大聲制止他別再打人，馬上住手。可是騾夫打得正起勁，哪肯甘休呢。停手

44. 在西班牙當時是用棉花包裹著由國外輸入的。
45. 西班牙語中「獨眼」一詞還有「扭曲」之義。瓜達拉瑪是西班牙的一個城市，以盛產紗管聞名。

前，他還撿起剩下的幾段槍柄，扔到唐吉訶德的身上。唐吉訶德也是個個性倔強的人。雖然他的身上受著棍子敲鼓般的猛打，嘴裡卻仍罵得厲害。他詛天咒地，斥罵那些他認爲是土匪的一夥人。

騾夫們打累了，商人們開始繼續趕路，一路上只顧談論這挨揍的倒楣蛋。唐吉訶德看看周圍沒人以後，再一次努力想爬起來。但是他在正常情況下都不能自行站起來，而現在已經被打得遍體鱗傷了，又怎麼能爬起來呢？儘管如此，唐吉訶德的心裡仍然是高興的。他認爲這是遊俠騎士理所當然應受的痛苦，並把過錯全都歸咎到馬的身上。

chapter 5

騎士的不幸遭遇

唐吉訶德認識到自己真的沒法動彈了，就應用慣技：默想他書上讀過的那些情節。片刻，他那不同尋常的腦子裡立即浮現出來巴爾多維諾斯在山中被卡洛多打傷後偶遇曼圖阿侯爵[46]的一幕。

這是個婦孺皆知、家喻戶曉並且令他深信不疑的故事。即便這樣，這故事的真實性絕不會比記錄穆罕默德的豐功偉績好到哪兒去。唐吉訶德覺得這個故事與自己現在的處境一樣。於是他強忍著巨大的傷痛在地上打滾，同時還有氣無力地念誦著詩，據說是那位綠林騎士[47]受傷之後吟唱過的詩篇：

46. 這是歐洲古代民間傳說的情節，查理大帝之子卡洛多因愛上了巴爾多維諾斯的妻子而想將其除掉，巴爾多維諾斯負傷後得到了曼圖阿侯爵的幫助。

47. 巴爾多維諾斯的別號。

我最愛的美人，先進你在何處？
你為何看不到我的傷痛？
美人啊，你真的是毫無所知呢，
還是虛情假意不再忠貞？

唐吉訶德不斷地誦唱著那首詩歌，一直背到：

噢，你啊，曼圖阿侯爵大人閣下，
我的娘舅啊，尊貴的血脈至親！

無巧不巧，唐吉訶德剛念到這裡，他同村的鄰居——一位農夫碰巧經過此處。那農夫去磨坊碾麥子，看到有人在地上打滾，就想走上前去看個究竟。唐吉訶德聽到有人問自己話，就把那人當成了書中主人公的娘舅曼圖阿侯爵。因此，他完全沒有回答農夫，而是照搬書中的情節，繼續演繹書中的故事：他訴說起自己遇到的遭遇，王子跟自己的老婆偷情，講得全是歌謠裡的那一套。

農夫聽了這一派胡言，莫名其妙，他摘掉了唐吉訶德那已被棍棒打爛了的面罩，擦掉他臉上糊著的塵土。髒爛的面罩下面露出了唐吉訶德消瘦的臉，農夫一眼就認出他來，同情地問道：

「吉哈那（他在頭腦正常、從待人和氣的紳士變成遊俠騎士之前大概是這麼稱呼的）先生，是誰把您弄成這個樣子的？」

隨人家怎麼問，他只顧把那歌謠背下去。農夫無可奈何，只好幫他解掉胸甲和護背，好看一下他的身上有沒有負傷。

奇怪的是，他竟然沒有發現一丁點血跡或傷口。農夫想法把他從地上攙了起來，又費了很大的勁，把他扶上了較爲穩妥的驢背。

農夫收拾好兵甲，連那已經斷成幾截的槍，都綁到了駑騂難得的背上。他一手牽著馬的韁繩，一手揪著自家毛驢的籠頭，向村子所在的方向走去。

一路上，他一直心想著唐吉訶德那些胡話的意思。此時的唐吉訶德也很難受，疼痛的身軀在驢背上搖搖晃晃的，還不時大聲地長吁短歎，鬧得那農夫一再追問他到底哪裡不舒服。看來唐吉訶德可能是中了邪，他總是把現在的情形和故事裡的相似情節套上。這會兒，他拋開了巴爾多維諾斯，又扯進了被安德蓋拉總督羅德利戈捉住後，帶回總督署關了起來的摩爾人阿賓德來。

由此，當那農夫再一次問他有什麼感覺時，他竟然用那個摩爾俘虜對羅德利戈的對白作答。這和他從霍爾黑·蒙台瑪姚講述這一故事的書《狄亞娜》中看到的一模一樣。唐吉訶德把那個故事演繹得跟真事似的。

農夫聽他這麼胡言亂語，就跟見了鬼似的。但是，那農夫倒是由此知道了他的街坊是個瘋子了，他一心只想趕快回村，這樣就不會被唐吉訶德喋喋不休的囈語攪得心煩了。其中，唐吉訶德對農夫說道：

「羅德利戈閣下，請先生記住，我剛才說到的那位哈麗法美人，就是現今那位國色天香杜爾西內婭。我過去、現在和將要創建的偉大事業，全都是仰仗她的名義進行的[48]。」

農夫沒好氣地回答：

「先生，您可看看清楚。恕我直言，我不是羅德利戈，也不是什麼曼圖阿侯爵。我是貝德羅·阿朗索，您的鄰居。您吶，既不是巴爾多維諾斯，也不是阿賓德來，而是厚道的紳士吉哈那先生！」

「我自己是誰，我不知道嗎？」唐吉訶德反駁，「我還清楚，我不僅能像剛才所說的那幾個人那樣厲害，還可以做法蘭西十二武士，甚至比得過世界九大英雄，因爲，我要創建的偉大功績，必定會超越他們中間的每一個人，甚至他們加起來也難以和我相比。」

他們說著話，到村已經天色暗淡了。農夫要等天黑了進村，免得人家看見這位挨打的紳士騎著這麼下賤的牲口。當他看著天色差不多完全黑下來的時候，才進村，來到唐吉訶德家

48. 霍爾黑·蒙台瑪姚的《狄亞娜》第四卷裡，講摩爾人阿賓德來和哈麗法美人的戀愛。

的門口。這個時候，唐吉訶德的家裡正熱鬧得很。唐吉訶德的兩個摯友——村裡的神父和理髮師傅來了。管家大聲地對他們說：

「貝羅．貝瑞斯神父，您認為我的主人遭了什麼難？三天沒見他的人影了，還有那馬、那盾、那槍、那盔甲也都無影無蹤。我是才疏學淺的女流之輩，但是我估計，他一定是被那些可惡的騎士小說攪昏了頭，我認為絕對錯不了。我想起來了，他經常一個人在那兒念叨，說是要當什麼遊俠騎士，要到外面去闖蕩天下。這些書可真夠邪惡的，竟然把全拉．曼卻最聰明的腦瓜子都給毀了。」

那外甥女也這麼說，還說得多些：

「尼古拉斯師傅。有好多次，我舅舅沒日沒夜地捧著那些害人的妖書不放。看完之後，他就抓起劍，對著牆壁又劈又砍。筋疲力盡了，他就說自己消滅了四個同高塔一樣的巨人。他還說流的汗是在搏鬥中受傷流的血。接著，他喝下一大罐涼水，身體舒服了些，他的心也緩和了一些，又開始說那水是他的朋友——大魔法師、博學多才的「艾斯忌諱」（指騎士小說中常見的魔法師阿爾基菲）給他送來的瓊漿玉液。不過，都是我的錯。我沒有提前把舅舅的這些荒唐的言行告訴你們，好趁他還沒變成現在這樣之前管管他，也不至於搞成現在這個樣子了。他有好多書就像邪說異端一樣，該一把火燒掉。」

「我也是這麼想的，」神父應道，「咱們就這樣定了，明天就把它們燒掉，免得別人讀了以後重蹈覆轍。」

裡面說話，外面聽得見。那農夫才明白他這位街坊的病情，於是就高聲喊道：

「快開門啊，各位大人，身負重傷的巴爾多維諾斯和曼圖阿侯爵老爺來了！安德蓋拉總督、英勇的羅德利戈押解著被活捉了的摩爾人阿賓德來老爺也來了！」

聽到門外的喊聲，全屋的人應聲而出。他們分別一眼認出了朋友、東家和舅舅，一齊湧上去和唐吉訶德擁抱。仍趴在驢背上無法下來的唐吉訶德說道：

「你們大家別亂，都是我這匹馬的罪過，害我受了重傷回來，快把我扶到床上去吧。如果可以的話，請把女法師烏爾干達（騎士小說中魔法師阿爾基菲的妻子）找來，讓她爲我療傷。」

「哎，你們瞧瞧，」管家歎道，「真倒楣！我早就看透我們東家瘸了哪一條腿！您就快進屋吧，就算那個烏爾干達不來，我們也能把您的病治好。依我看，那些騎士書真是該燒，瞧它們把您給害成什麼樣子了！您別嫌煩，我就是要說，而且還會一直說下去。」

他們隨即抬他上床，檢查他身上的傷痕，可是沒找到一處。唐吉訶德說他不過是摔傷而已。那時，他正跟十個世上少見、無法無天的大膽狂徒打得激烈。但是，他的坐騎駑騂難得把他摔了一大跤。

「對啊，對啊！」神父說道，「竟然還有狂徒出場？我發誓，明天天黑之前，我一定要把那些書全部燒掉。」

眾人問唐吉訶德很多話，他一句不答，只要求給點東西吃，讓他睡覺；那是他最迫切的需要。大家按照他的意思把他安頓好之後，神父便從農夫那兒詳細瞭解了他遇到唐吉訶德的經過。農夫原原本本地講了一遍，包括剛發現唐吉訶德時和回來路上他說過的那些胡話，這就更堅定了神父焚書的決心。第二天，神父就與朋友理髮師傅尼古拉斯一起到了唐吉訶德的家中。

chapter 6 書房有趣大清查

唐吉訶德一直在酣睡，他那些害人的書都在書房裡。神父就找到了他的外甥女，讓她拿出放著唐吉訶德那些可惡書籍的房門鑰匙。外甥女馬上就把鑰匙給了他。他們三個人加上管家一起進了書房，看到有一百餘冊裝幀精美的大書，而且還有許多薄冊子[49]。管家一見到那些書，忙出去拿了一盆聖水和一柄灑聖水的帚子進來說：

「給您這個，神父大人。往這個屋裡灑些聖水吧，可別因爲咱們要清除這些東西，使其離開塵世，而讓書裡那許多的妖魔、法師都跑出來加害我們。」

神父瞧管家媽這麼實心眼，忍不住笑了。他讓理髮師把那些書一本一本地遞給他，看裡面講些什麼，也許有幾本可以免於火刑。

「不行啊，」外甥女堅定地說，「這些東西全都是害人的，一本也不要留！最好全部從

49. 西班牙的騎士小說一般是對開本的大書，詩歌和牧歌體傳奇往往用小四開或十二開本印行。

窗口扔到院子裡去，堆成一堆，一把火都給燒了。要不然就全部把它們搬到後園去，在那兒燒，免得煙氣熏人[50]。」

管家媽也這麼說，她們倆一心要把那些無辜的東西處死。但神父卻認爲至少應該看過書名後再確定是否燒掉。理髮師把四卷《阿馬狄斯・台・咖烏拉[51]》遞到神父手裡，神父皺緊眉頭說：

「看來這是當時應運而生的東西。我聽說這是西班牙的第一本騎士小說，其他小說都是模仿這本所寫。既然這本書是這股歪風的始作俑者，我覺得應該燒掉，絕對不能留！」

「不，先生，」理髮師並不贊同，「我也聽說過，它是所有騎士書裡寫得最好的。所以我覺得它應該是唯一值得保留下來的作品。」

「此言有理，」神父說，「憑這點，暫且緩刑。咱們看看旁邊那本是什麼。」

「這本是——」理髮師應道，「《艾斯普蘭狄安的豐功偉績》，阿馬狄斯的嫡親兒子。」

「平心而論，」神父說，「父親的長處不能歸功於兒子。管家太太，您打開那扇窗戶，把它扔到後園去，就讓它葬身火海吧。」管家欣然答應。於是，「艾斯普蘭狄安」就飛到了後園，靜候著烈火焚身。

「然後這一本是，」理髮師說，「《希臘的阿馬狄斯》，看來，這邊基本上都是阿馬狄斯

50. 因為天井狹小，四周有樓房擋住，煙氣不散；後院寬敞，圍牆也最矮。
51. 一五〇八年出版，是西班牙騎士小說的鼻祖，但不是最早的一部。

的子孫。」

「那就把它們一起請到後園，」神父說道，「什麼女王賓底基內斯特拉，什麼牧人達利耐爾，還有他們的歌曲之類的，還有作者的那些莫名其妙的胡說八道，全都通通燒掉。就算我親爹裝扮成了遊俠騎士，我也會把他一齊燒掉的。」

「對，就是得這樣！」理髮師傅附和道。

「我也這麼看。」外甥女也附和道。

「就是得這麼做，」管家再次表明態度，「來吧，把它們全都扔到後院去吧。」

大家開始一起往外搬書。書實在太多了，女管家乾脆不走樓梯了，把書通通從窗口扔了出去。

神父看到一本厚書，就問：「那個大傢伙是什麼？」

「這個嘛，」理髮師傅回答，「《堂奧利房德・台・蘿拉》。」

「這本書的作者還寫過《群芳圃》，」神父說，「這兩本書之間，我還真的難說，哪個不太荒唐。這本書應該去後園，因爲它荒誕之極。」

「接下來是《茀蘿利斯瑪德・台・伊爾加尼亞》。」理髮師傅說。

「是茀蘿利斯瑪德先生？」神父反問，「那就趕緊請他到後園去吧。雖然他身世離奇、業績不凡，但卻冷漠殘忍。管家太太，把這本，還有那本，一起打發到後園去吧。」

「太好啦，我的老爺，」管家高興地回應。看得出來，她確實是很樂於此事。

「這本是《普拉底爾騎士》。」理髮師傅又翻出了一本。

「那是本古籍，」神父說，「不過，我沒看出它有什麼值得寬恕的理由。別考慮了，一起扔出去吧。」

他們又翻開了一本，封面寫著「十字架騎士」。

「這本書標題這麼神聖，可以不計較它的內容荒謬。可是常言道：『魔鬼就躲在十字架後面』，送它去火裡吧。」

理髮師傅遞來另外一本：

「這本是《騎士寶鑑》。」

「我清楚這部大作，」神父說，「裡面寫的是瑞那爾多斯·台·蒙達爾班，還有比加戈更壞的強盜朋友，也講到了十二武士和真正的史學家杜爾賓。說到阿利奧斯陀，要是講本國語嘛，我會奉他爲上賓。」

「我倒是有本義大利語原文的，」理髮師說，「只可惜看不懂。」

「你看懂了也沒什麼好處，」神父回答，「因此，那位上尉先生（指《奧蘭陀的瘋狂》的卡斯蒂利亞語文本的譯者赫羅尼莫·德·烏雷亞）還不如不把它弄到西班牙來，被翻譯得面目全非。翻譯詩都有這毛病；不論功夫多深，技巧多精，總不能像原詩一樣美好。」

理髮師傅十分贊成神父的言論，認爲神父是一位善良的基督徒，又熱愛真理，他說出來的一定是絕妙的大實話。理髮師傅又找來一本《巴爾梅林·台·奧利巴》，旁邊還有一本《巴爾梅林・台・英格拉泰拉》。神父一看，說道：

「那個奧利巴，應該先撕碎了再燒，連灰都別剩；至於《巴爾梅林・台・英格拉泰拉》嘛，要把它當作稀世珍品藏起來。嗯，我看，需要專門做一個匣子，就像亞歷山大在波斯帝國達利歐大帝的戰利品中發現的，並拿去保存詩人荷馬作品的寶盒那樣。尼古拉斯師傅，如果你沒有意見，就讓這一本和《阿馬狄斯・台・咖烏拉》免受火刑。其餘的也別挑挑揀揀的了，全都燒了算了。」

「那樣不好吧，夥計，」理髮師傅說，「我手裡的可是大名鼎鼎的《堂貝利阿尼斯[52]》啊。」

「你說那部書啊，」神父說，「它的二、三、四卷中火氣過旺，需要來點大黃清一清火。另外，書中所有有關光榮堡的內容，和其他一些更爲荒唐的地方，也應該完全刪掉。這樣吧，咱們不妨暫緩定案，瞧它悔改的情形，再酌定是從寬發落還是依法裁判。這段時間，您先拿回家去。注意，誰都不能看。」

「這樣不錯，」理髮師笑答。

神父已經懶得再去翻弄其餘的騎士小說了，隨即就讓管家媽把所有大部書都扔到了後園去。女管家燒書之心比織布的心思還要急切，一聽到理髮師的話，她立即就像馬夫扔草料似的，抱住七八本就從窗口朝外扔。因爲一次抱得太多，有一本掉到了理髮師的腳邊。理髮師

52. 騎士小說裡的英雄。

很想看看那書是什麼，原來是《著名的白騎士悌朗德傳》。

「天吶，」神父說，「這是白騎士悌朗德！快把它拿給我！老夥計，說真的，我從這本書中得到過極大的享受和無盡的樂趣。這本書中有勇敢的騎士堂吉利艾雷宋，有他弟弟湯瑪斯，還有騎士封塞咖。從風格上說，這部書可以說是世上最好的書：書裡的騎士同常人一樣要吃喝睡覺，有的還會死在臥榻上，他們臨終也會立下遺囑。就像這一類的情節，在同類書中絕對找不到。也正是由於沒有那些胡編亂造，作者也只好受罰，被弄到苦役船上去終身勞役。你拿回家去看看，就知道我說的都千真萬確。」

「好吧，就這麼辦，」理髮師傅答道，「不過，剩餘的這些薄冊子該怎麼處理呢？」

「這些書，」神父說，「不太像是騎士書，我想應該是詩歌。」

他隨手翻開一本，是霍爾黑・蒙台瑪姚的《狄亞娜[53]》。」料想其餘的都是一類，就說：

「這些跟那些小說不同，不應該被燒掉，它們沒有、也不會發生騎士小說那樣的禍害。這類書對人的思想是有益無害的。」

「得了吧，神父先生，」外甥女插話了，「您完全可以下令，把剩下的書像那些小說一樣都燒掉。因爲我那舅舅治好騎士病後，如果再讀上這種書，難保不想去當牧人什麼的；他要是突發奇想去當什麼詩人，那就更加麻煩了。」

53. 這是牧歌夾雜散文的傳奇。

「你說得有理，」神父說，「最好提前避免這種危險。那咱們就從蒙台瑪姚的《狄亞娜》開始，我的意見是不燒，但要把有關女巫費麗西亞和仙水的部分以及幾乎所有的八言詩通通刪掉，只留下書中的散文。這樣就是同類書中的上乘佳作了。」

「那這本書，」理髮師傅說，「也叫《狄亞娜》，薩拉曼咖人的所謂《續集》。這裡還有一本，書名一樣，作者是希爾・波羅。」

「這樣好了，」神父說，「薩拉曼咖人的那本，把它也扔到後園去吧。至於希爾・波羅的那本嘛，可以把它看作出自阿波羅本人之手[54]，保存起來。繼續幹吧，老夥計，咱們可得抓緊點兒了，天色不早啦。」

「這裡是——」理髮師又翻出一本說，「是《愛情的運道十卷》，作者是薩狄尼亞詩人安東尼歐。」

「我以教職發誓，」神父認真地說，「自從阿波羅、繆斯成爲詩人以來，還從來沒有人寫下這麼有趣而經典的書。從書的思想性上說，它在那些已經問世的詩歌作品裡是最優秀的。沒讀過這本書，就等於是沒有讀過真正有趣的東西。老夥計，把它給我吧。」

神父把那本書當寶貝似的放在了身邊。理髮師傅接著說道：

「那這幾本《伊貝利亞的牧人》、《艾那瑞斯的仙女》和《療妒篇》呢？」

54. 在希臘神話中，太陽神阿波羅同時也主掌詩歌。

「隨你怎麼處置吧，」神父態度很堅決，「把它們都交給女管家。不值一提，這裡邊的細節是說不完的。」

「還有本是《費利達的牧羊人》[55]。」

「那個不是牧人，他是一位睿智的大臣。這本書應該被當作稀世珍寶保存起來。」

「這裡有一本，是《羅貝斯・瑪律多那多詩歌集》[56]。」

「此書的作者是我的好朋友，他親口朗誦起來聲調悠揚，簡直迷人，誰聽了都傾倒。那些田園詩稍微有點長。不過，詩歌長一點也沒關係，把它和留下來的那幾本放在一起吧。旁邊的那本書是什麼？」

「米蓋爾・台・塞萬提斯的《咖拉泰》[57]，」理髮師傅回答。

「這位塞萬提斯可以說是我多年的至交了。我知道，這個人的晦氣多於才氣。他的書構思不錯，很有新意，只是到現在還沒有結局，等著看他許諾要寫的續篇吧。而今，人們對他的要求苛刻了點。等到他把所有的文章都補齊之後，或許能夠得到理解。在此期間，你就把它拿回家收著看看吧。」

「嗯，正合我意，」理髮師傅點點頭，「下面是一套，有三部作品：果都巴的陪審員胡

---

55. 一五八二年出版，作者蒙答爾佛是塞萬提斯的朋友。
56. 一五八六年出版，作者是塞萬提斯所賞識的。
57. 塞萬提斯的牧歌體小說。

安·儒富的《奧斯特利阿達[58]》、堂洛倫索的《阿饒咖那[59]》和巴倫西亞詩人克利斯多巴爾的《蒙塞拉德[60]》。」

「哦，這三部算是西班牙語裡最優秀的史詩了，」神父眼睛一亮，「它們足以與義大利最有名的作品媲美，應該被當作西班牙詩歌最珍貴的文學遺產保留下來。」

神父沒心思多看，不問情由，要把其餘的一併燒掉。正好，理髮師已經又翻出了一本《安傑麗咖的眼淚[61]》。

「啊，如果把這麼好的書也拿去燒掉，」神父說，「我可真的要掉眼淚了。這本書的作者不僅是西班牙，而且是世界著名的詩人之一。他翻譯過奧維德的幾個故事，譯筆相當精彩。」

58. 講述阿饒咖之戰，作者是參與這場戰役的戰士，白天作戰晚上寫詩記述日間的戰事。
59. 一五八四年出版，描述奧地利堂胡安的功績。
60. 一五八八年出版，描述一個修士的故事。
61. 該書於一五八六年出版，作者索托是塞萬提斯的朋友。

chapter 7

好騎士的第二次出遊

這時候，唐吉訶德的喊聲傳到了他們的耳朵裡：

「來吧，來吧，英勇無畏的騎士們！顯示你們矯健身姿的時刻到了！現在是宮廷騎士們占了上風！」

他們聽到叫嚷忙趕去，其餘的書就沒再檢查。所以，有些見所未見、聞所未聞的著作，其中肯定包括像是《西班牙的獅子[62]》、《咖羅雷阿[63]》和堂魯伊斯．台．阿比拉寫的皇帝逸事，也都全被投進了火中。這些書，要是被神父看到了，還有逃脫厄運的可能。大家看到唐吉訶德時，他已經站在了臥室，正在竭力喊叫，到處亂扎亂刺。他們馬上抱住他，硬把他按在床上。過了一會兒，唐吉訶德平靜下來，他對神父哀求：

62.費西利亞．咖斯德利亞諾著，歌頌雷翁古國的英雄。

63.黑隆尼莫．塞姆貝瑞著，歌頌查理五世的戰績。

「杜爾賓大主教閣下，說實話，我們十二騎士三天前還大展威風，現在卻被宮廷騎士們輕而易舉地贏了這場較量，我們的勇士們覺得太有失顏面了。」

「請您安靜點兒，我的老兄，」神父答道，「也許上天照應你就要轉運了。『今天失掉的，明天會到手』[64]。目前，您最要緊的是注意保養身體。要我說，您就算沒受重傷，也應該十分疲倦了。」

「受傷倒沒有，」唐吉訶德說，「揍得渾身痠痛是千真萬確的。羅爾丹那個敗類用橡木棍子打得我好苦，他這麼幹絕對是出於嫉妒。我知道我單槍匹馬就足以滅掉他的囂張氣焰。等我下了床，一定會讓他的魔法失靈，讓他遭到報應。不然我就不是瑞那爾多斯·台·蒙達爾班！現在，先給我弄點吃的吧，我餓壞了。至於報仇的事，暫且先不管它吧，我自有打算。」

他們給他吃了些東西，他又睡著了。他的瘋病讓大家更加憂心忡忡。

那天晚上，女管家把後園裡和樓上剩餘的所有書燒了個精光，就連那幾本該永久保藏的書也沒有倖免，也怪那兩個審查官偷懶瀆職。結果印證了那句老話：『有時候好人替壞人受罪[65]』。

神父和理髮師設法醫治他們朋友的病，想出了臨時的應對辦法：就是把唐吉訶德那間書房門砌上磚牆徹底堵死，待他清醒之後就找不到書房的門朝哪開。要是唐吉訶德問起來，就

64. 西班牙諺語。
65. 西班牙諺語。

說有個魔法師把那些書連同書房一齊帶走了。他們說幹就幹，很快就把這活兒弄好了。又過了兩天，唐吉訶德醒來之後，第一個反應就是想找書看。他跑到原先門鎖在的地方，用手去摸索，東張西望，一言不發。過了好一陣，他才問起管家他的書房在哪個位置。管家早有準備，應聲答道：

「您找什麼書房？什麼東西啊？這個家裡既沒有書也沒有書房！魔鬼把那些東西全部給帶走了！」

「不是魔鬼，」外甥女急忙補充說，「是魔法師。自從上次您離家出走的第二天夜裡，就有一個魔法師騰雲駕霧地來了。他從騎著的那條大蛇背上跳下來，一下子從屋頂穿進那個房間，在房間裡只待了一會兒，又衝破屋頂騰空而去。還沒等我們回過神，衝到房間裡去看個究竟的時候，就發現書和房間全都不見了。那個魔法師臨走之前還大聲說，他是穆尼阿冬博士。」

「應該是弗瑞斯冬[66]。」唐吉訶德自言自語。

「鬼知道是弗瑞斯冬還是弗利冬呢，」管家說，「只記得最後是個什麼冬。」

「啊，那一定是他了，」唐吉訶德猶如恍然大悟，「弗瑞斯冬，那個狡猾的魔法師，是我的大敵。他恨我，因爲他精通法術，預知到他庇護的一位騎士將來跟我決鬥時，會輸在我手裡。所以他就跟我過不去，想方設法要找我的麻煩。不過，我才不會怕他呢！」

---

66. 博學的魔術家。據說《希臘的貝利阿尼斯》是他的著作。

「那是當然！」外甥女說，「不過，舅舅啊，誰叫您去干預這些吵架的事呀？在家裡老老實實地待著，不要到處去管閒事，難道不好嗎？您也不想想，『出去剪羊毛，自己給剃成禿瓢[67]』！」

「我的外甥女啊，」唐吉訶德勸解道，「你這麼說就完全不對了！別說『反蝕米』了，在他們還沒有來得及做出反應之前，我就已經把『雞』全部都『偷』走了！誰發現了我，我就會主動出擊，打得他們落花流水！」

兩個女人生怕把唐吉訶德惹火，便再也沒有說下去。

唐吉訶德在家安安靜靜地待了十五天，好像沒有一點想出門胡鬧的意思。在那段日子，神父、理髮師這兩位老朋友終於摸清了唐吉訶德的心裡到底在想些什麼。

在這半月裡，唐吉訶德始終念念不忘他的計畫。他仍在物色自己的僕人，於是便前去遊說鄰居的一位農夫。

要是窮苦人可以稱爲「好人」，那麼這人該說是個好人，不過他沒什麼腦子。總之，唐吉訶德說得天花亂墜，爲了要他心甘情願地跟他走，唐吉訶德對他講了許多事情，並且給農夫許了一堆很有誘惑力的承諾。他說可以不費吹灰之力得到一座海島，到時候就讓農夫來當

67. 西班牙諺語。

海島的總督。

這個農夫的名字叫桑丘・潘沙。他在聽信唐吉訶德諸如此類的承諾之後，真的就決定離開自己的老婆和孩子，給唐吉訶德當侍從。

唐吉訶德馬上去籌錢，或賣或當，出脫了些東西，不過都是賠本的交易；這樣居然得到一筆小款。他又配置了一塊從朋友那兒借來的護胸盾牌，然後盡力修了一下他的破頭盔。最後，唐吉訶德把準備出發的日期和時辰告知了桑丘，讓他做好必要的準備。

唐吉訶德一直牢記著之前那位客棧店主的交代，特意囑咐桑丘要帶上褡褳袋。

桑丘一口答應了，並且說打算帶上他的那頭還算不錯的毛驢，因爲他不想一直步行。

唐吉訶德爲這頭驢的問題躊躇了一下。他搜索滿腹書史，尋思有沒有哪個遊俠騎士帶著騎驢的侍從，但卻一直想不到。

儘管如此，唐吉訶德還是同意讓桑丘帶著驢，並考慮碰到合適的機會，若遇到一個無禮的騎士，就奪下他的馬匹，給他的侍從換上體面的坐騎。

他還遵照客店老闆的囑託，備齊了乾淨的襯衣和其他能想到的物品。

唐吉訶德的出遊計畫安排妥當後，他沒跟管家和外甥女打招呼。桑丘也隱瞞了自己的妻兒，主僕二人選擇了某天的夜裡，神不知鬼不覺地離開了村子。

他們一夜走了老遠的路，到第二天早上才放心，心想即使家裡人找他們也找不到了。

桑丘披著褡褳袋，掛著酒囊，神色威嚴地端坐在驢上，儼然當上了東家許下的海島總督。這回，唐吉訶德還是按照跟上次一樣的路線出行，也就是要途經蒙帖艾爾平原地區。不過這一次出行挑選的時間更爲適宜，因爲是清晨，太陽光斜照著他們，不那麼叫人疲勞。此時，桑丘笑著向他的主人表決心：

「遊俠騎士老爺，您可不能忘了許給我的海島，不管那個島有多大，我都能管理好。」

唐吉訶德一本正經地說：「桑丘，我的朋友。你應該知道，古時候遊俠騎士征服島嶼或王國以後，就封賞給他的侍從去統治，這是很普遍的做法。我已經下決心遵循這一傳統，並且我還希望自己能比古代騎士做得更出色。在騎士世界中，經常會發生一些你覺得前所未有、連想都不敢想的事情。所以我給你的報酬即使比我答應的還多，我也綽有餘力。」

「這麼說來，」桑丘趕緊接話，「要是我真像您說的那樣走運當上什麼君王，我的老伴泰瑞薩就是王后，我的兒子和女兒也就成了王子和公主了。」

「那還用說嗎？」唐吉訶德答道。

「我心裡就是在納悶，老爺，」桑丘說，「泰瑞薩[68]哪像是當王后的料，就算老天爺像下雨似的把王后灑滿人間，這個王后也不會落到泰瑞薩頭上的。您該瞭解，她做個伯爵夫人興許倒還湊活，但是肯定當不了王后。」

68. 塞萬提斯給桑丘老婆的姓名時有變換，上文叫她華娜，這裡又叫她瑪麗，下文又稱她泰瑞薩，又一處說她娘家姓夾石夾核。

「那你就祈禱上帝保佑吧，桑丘，」唐吉訶德說道，「上天會給她做出適當安排的。但是，你至少也得做個總督才行，別太沒志氣。」

「不會的，我的老爺，」桑丘說，「況且還跟著您這麼尊貴的主人呢。只要對我合適，我又擔當得起，您什麼職位都會給我。」

chapter 8

意想不到的風車之險

主僕二人一路上高興地邊聊邊走，這時候他們遠遠望見郊野裡有三四十架風車。唐吉訶德一見風車，就興高采烈地對自己的侍從喊道：

「瞧！運道的安排比咱們要求的還好呢。你看前面，桑丘，我的朋友。那邊冒出來了三十多個膽大包天的巨人！我要同他們宣戰，把他們殺個精光！這是正義的決鬥，從世上剷除這類惡怪，就是在替天行道！拿下戰利品，我們就可以發財啦。」

「尊敬的主人，我沒看見什麼巨人啊？」桑丘迷惑不解地問。

「就是前面的那些，」他的主人說，「胳膊特別長，有的差不多有兩哩瓦[69]長呢。」

「您要看明白啊，主人！」桑丘說道，「那些哪是巨人，是風車啊！上邊胳膊似的東西是風車的翅膀，給風吹動了就能推轉石磨！」

69. 一哩瓦合六點四公里。

「我說吧，」唐吉訶德反駁說，「你對行俠仗義這種事情還是個外行！那些分明是巨人！你要是害怕，就躲一邊去禱告吧。我才不怕他們人多勢眾呢，我要同他們決一死戰。」

他一面說，一面踢著坐騎衝了出去。他的這位僕人仍然在堅持，說他前去攻擊的絕對不是巨人，而是風車。不過，唐吉訶德認定了那些就是巨人，當然不會理會侍從桑丘的提醒了。他奮起直衝過去，就算到了跟前也不細看那些到底是些什麼東西，仍舊大聲喝道：

「你們這些沒膽量的下流東西！不要跑！前來挑戰的只是個單槍匹馬的騎士。」

就在此刻，刮來了一陣大風，巨大的風車翼開始旋轉起來。唐吉訶德喊道：

「就算你揮舞比巨人布利亞瑞歐[70]還多的手臂，你們也是我的手下敗將！」

他說罷一片虔誠地向他那位杜爾西內婭小姐禱告一番，以求她在緊要關頭給予他力量。然後他立即緊緊抓住盾牌、平端著矛槍、驅動駑騂難得朝著面前最近的風車急馳而去。

他瞄準風車猛地刺去，長槍刺穿了皮製的風車翼，可疾風吹動風車翼，不僅把槍桿折成了幾段，還連人帶馬把他直掃上了半空，又重重地摔落在地。桑丘立刻趕驢上前營救主人。他跑到跟前一瞧，他的主人已經無法動彈：看來這一下把他摔得實在是夠狠的。

「上帝保佑！」桑丘說道，「那些僅僅是風車，您看清楚了再動手嘛。只有滿腦子有風車打轉的人才看不出來呢，不是一開始就跟您說過了嗎？」

70. 希臘神話中的百手巨人。

「桑丘，我的朋友，你別講啦，」唐吉訶德答道，「打仗的勝敗最拿不穩。更何況，我猜想一定是這樣，那個搶走我的書房和書的魔法師弗瑞斯冬，把巨人變成了這些風車，想剝奪我獲得勝利的光榮，他對我恨之入骨。但是，他的邪門歪道最終也不可能抵擋過我這正義的利劍。」

「這就要看上天怎麼安排了。」

桑丘念叨著把唐吉訶德扶了起來，並拉好差點兒被摔斷肩膀的駑騂難得。之後，主僕二人一邊念叨著剛才的歷險，一邊朝拉比塞峽口走去。唐吉訶德的理由是，那個地方人流密集[71]，會發生很多形形色色的新鮮事兒。然而，唐吉訶德的心裡還是因爲損失了長槍而耿耿於懷，他對侍從桑丘說：

「我記得一本書上寫到過，有一個名叫狄艾果．巴爾咖斯的西班牙騎士，他一次打仗折斷了劍，就從橡樹上劈下一根粗壯的樹枝，憑那根樹枝，那一天做了許多了不起的事，打死了許多摩爾人。他也因此得了個『大棍子』的綽號。從此以後，他跟他的後代就被稱爲大棍子巴爾咖斯了。我想，我們也可以同樣效仿他的辦法。」

「這都聽憑老天爺安排吧，」桑丘說，「既然您都這麼說了，我暫且相信吧。不過，您的身子好像歪著呢，應該挪正中些。剛才這一跤，您肯定是摔得夠嗆。」

---

71. 因為在馬德里到塞維利亞的大道上。

「是啊，我吃了痛沒作聲，」唐吉訶德應道，「作為遊俠騎士，不能為這點傷痛就鬼哭狼嚎的，就算是腸子流出來，我也會控制著情緒的。」

「既然是這樣，我也沒什麼好說的了，」桑丘說，「不過天曉得，我寧願您有痛就哼。說起我本人嘛，要是遊俠騎士的侍從受傷後可以哼痛，那麼我就算只有一點兒疼痛，也會大喊大叫的。」

唐吉訶德瞧他的侍從這麼傻，忍不住笑了。他對桑丘說，作為騎士的侍從，當然可以隨便哼哼。因為他還從來沒有在騎士的書本中，發現過有關不准騎士侍從哼痛的規則。

這時，桑丘提醒唐吉訶德，是該吃飯的時候了。唐吉訶德卻說自己不想吃，桑丘如果想吃，隨便什麼時候吃都行。

桑丘得到允許之後，就在驢背上儘量坐舒服了，把褡褳袋裡的東西取出來，慢慢地跟在主人身後一邊走一邊吃，還時不時地舉起酒囊，津津有味地咂上一口酒，這種享受生活的模樣，簡直會讓瑪拉咖最為安逸的酒店老闆見了都眼紅[72]。

就這樣，桑丘一邊吃喝，一邊緊隨主人其後，把主人的許諾全都拋到了九霄雲外。他感受到了出門闖蕩世界的樂趣，雖然有一點危險，但是並不勞累，反而很自由。

長話短說，當天夜裡他們在樹林裡過了一宿。唐吉訶德折了一根可充槍柄的枯枝，換去

72. 瑪拉咖的酒是著名的

斷柄把槍頭揶上。然後，他又把斷了槍桿的槍頭卸下，裝在了新樹棍上。那天晚上，唐吉訶德整夜都沒有睡著。他滿腦子裡想著意中人杜爾西內婭。

和那些騎士書一樣，騎士們在荒山野嶺過夜時，都是通宵達旦思念著自己的心上人。桑丘卻不以爲然，他酒足飯飽後，心裡就非常踏實，一會兒就沉沉地睡著了，直睡到大天亮。陽光照射在他臉上，鳥聲嘈雜，歡迎新一天的來臨，他都不理會，要不是東家叫喚，他還沉睡不醒呢。

起身後，桑丘首先摸了一下酒囊，感覺到比前一天晚上癟了些。他想到儘快補足已經漸漸變癟的口袋是不太可能的，心中不禁感到很沮喪。唐吉訶德仍然沉浸在騎士小說當中，決心不吃早點，只靠回味甜蜜的情思來維持他的體力。主僕二人又踏上了通往拉比塞峽口的道路。這天下午大約三點，他們終於看到了那座山峽。

「在那兒，桑丘老弟，」唐吉訶德一看見山峽就說，「這裡的險境和奇事多得應接不暇。但是，你要牢記，就算是你親眼見我遇上了世界上最嚴重的險情，也不能拔刀相助。當然，如果你知道我的對手的確是無賴或賤民，你也可以出手相助；如果對方是騎士，按照騎士道的規則，只要你還沒有被授予騎士的頭銜，你就絕不能幫我。否則，你的做法就是破壞規矩，我也不允許你這麼做！」

「我完全聽從您的吩咐，老爺，」桑丘答應，「我生來性情和平，最不愛吵鬧。不過，話說回來，如果威脅我的性命，我也就不管那些規則了。我會打必還手、罵必還口。這也是理所當然的事。」

「這話我完全同意，」唐吉訶德說，「但是，你千萬得壓住火，不要幫我對付騎士。」

「我一定照辦，」桑丘滿口應承，「我會像記著禮拜日的安息誡一樣記住這句戒律的。」

主僕正在這麼交談著的時候，路上來了兩個聖貝尼多教會的教士。他們好像騎著兩匹駱駝似的，因爲那兩頭騾子簡直有駱駝那麼大。兩人都戴著防沙眼罩[73]，還打著遮陽傘。他們的身後跟著有一輛馬車，車周圍有四五個隨從，另外還有兩個徒步的騾夫。後來才知道，車上坐的是一位比斯蓋省的貴婦。她正要前往塞維利亞，去同將要到美洲就任的丈夫會合。教士雖然與那一行人同路，但並不是那位夫人一夥的。一見到那隊人馬，唐吉訶德就來了勁兒，對他的侍從說：

「要是我料得不錯，咱們碰上破天荒的奇遇了。那兩個黑衣人肯定是魔法師，車上是被他們劫持的公主。我必須全力阻止這種罪惡的行爲！」

「我有預感這次的遭遇比上次更爛，」桑丘說，「您要看明白了，老爺，那是兩個聖貝尼多教會的教士，車裡大概是個過路的人。您看看您在想什麼吧，我跟您說，千萬別讓魔鬼迷惑了您的腦子。」

「桑丘，我早跟你說過了，」唐吉訶德反駁道，「你不懂冒險的事。我講得千真萬確，你

73. 西班牙旅行所用，上面安著護眼的玻璃，防塵土入目，也防太陽曬臉。

等著瞧吧。」

說完，唐吉訶德策馬前驅，攔住了教士們的去路。唐吉訶德一等教士們靠近，約莫能夠聽得到他的聲音時，便大聲喝道：

「你們這些興風作浪的魔鬼，快把你們車上搶走的幾位貴公主留下！否則，你們就等著送死吧！幹了壞事，得受懲罰！」

教士們勒韁駐馬，疑惑地看著唐吉訶德。他們對他的樣子和言辭大爲不解。他們說道：

「紳士先生，我們不是妖魔，也並非鬼怪，我們是聖貝尼多教會的教士，既沒有興風也沒有作浪。我們不清楚那車裡是否有被劫持的公主，我們僅僅是在走自己的路而已。」

「我不吃你們這套花言巧語，早就看透了你們這些奸詐的無賴。」

唐吉訶德說完之後不等對方回應，就策馬上前，端平了長槍，氣勢洶洶地朝離得較近的那個教士衝了過去。唐吉訶德怒氣沖沖，兇猛至極。如果不是那個教士自己滾落下騾子，肯定會被惡狠狠地掀翻在地，就算不死，也得落個重傷。

看到同伴的狼狽情形，另一個教士立馬猛踢身下的坐騎，一陣風似的朝著田野的方向跑去。跑開一段距離之後，他才停下來等待同伴，並想著看看這場事故如何收場。

桑丘一見那教士跌落在地，就迅速下馬，跑到他身邊，動手去剝他的衣服。隨即，教士的兩個跟班騾夫趕上前來，質問桑丘爲什麼扒教士的衣服。

桑丘答道，作爲主人決鬥勝利的戰利品，這衣服理所當然屬於他。

那兩個騾夫聽不懂什麼決鬥和戰利品之類的昏話，也沒心情開玩笑。他們看見唐吉訶德已經走過去同車裡的人搭話，就揮舞拳頭把桑丘打倒在地，又是一陣劈頭蓋臉地猛踢狠踹，打得桑丘昏死過去，才停了手。

跌倒的修士心驚膽戰，面無人色，急忙上騾，踢著騾子向同伴那裡跑；逃走的修士正在老遠等著，看這番襲擊怎麼下場。為了避免再次發生意外，他們不打算等待結果，就匆匆趕上路了，一邊走，還一邊不停地畫著十字，好像魔鬼就跟在背後一樣。

而唐吉訶德正在跟車裡的婦人交談，他說道：

「尊貴的夫人，您現在已經自由了，暴徒的氣焰被在下的力臂掃除殆盡。夫人不必費心地打探我是何人，請記住：在下是馳騁天下的遊俠騎士、舉世無雙的美人杜爾西內婭膝前的奴僕唐吉訶德。作為您從我這裡重獲自由的報答，我只求您能屈尊前往托波索，為在下微名拜見那位小姐，告訴她我為解救您所做的一切。」

一路隨車伴送的一位比斯蓋省籍的隨從聽了唐吉訶德的話，見到唐吉訶德不但不想放行，還想要那車回到托波索去，於是就上前抓住他的槍桿，混用著西班牙語和比斯蓋方言叫道：

「滾開，你這惡毒的紳士，我會讓你不得好死！我對上帝發誓，你如果不放了這輛車，就是在找死！」

唐吉訶德聽了他的話，反駁道：

「我真希望你是騎士，這樣我就可以與你公開地較量。不過由於你不是騎士，我不會對你的放肆無禮予以懲罰。」

那位比斯蓋隨從也不願意示弱：

「我不是紳士[74]？我向上帝保證，好比我很基督徒一樣！你要是敢扔掉長槍、拔出佩劍，我立馬就會讓你明白：你是在搬起石頭砸自己的腳！該死的紳士，你在胡鬧！好吧，我看你還有什麼好說的！」

「馬上就能見分曉，阿格拉黑斯[75]就是這麼說的。」

唐吉訶德受到挑戰，把長槍往地下一扔，拔出劍，挎著盾牌，直衝向比斯蓋人，一心要結果他的性命。

看到對手撲上來，比斯蓋人本想跳下騾子應戰。他明白，如果和他在馬上衝刺，那租來的破騾子一定支撐不住。不過，唐吉訶德衝過來的速度非常快，他要下騾已經來不及了。於是，他只好抽出他的佩劍。

由於他比較靠近馬車，他得以順手抓過一個靠墊當盾牌。這樣，他們兩個人就如不共戴天的仇敵一樣廝殺起來。

冷不防的一刻，比斯蓋人繞過盾牌，對準唐吉訶德的肩頭狠狠地砍了一劍；要不是他身

74. 在西班牙語中，「騎士」一詞也作「紳士」解。
75. 騎士小說中的人物，慣以「馬上可以見分曉」為口頭禪。

披鎧甲，腰以上早劈做兩半了。這一劍好不凶猛，唐吉訶德覺得分量不輕，大聲喊道：

「噢，杜爾西內婭啊！我的心上人，英雄之花啊！請你馬上來給這個為了弘揚您的寬厚美德而身陷危難的騎士助威吧！」

說罷，唐吉訶德緊握住劍，挽起盾牌，以破釜沉舟的架勢朝著那比斯蓋人撲了過去。說時遲，那時快，他一股猛勁，要一劍劈去立見輸贏。

比斯蓋人看到唐吉訶德這股衝勁，看出對手的勇猛，決計照樣跟他拚一拚；但是，他騎的騾子已經累得氣喘吁吁了，又不是幹這種真架勢的材料，死活不肯再挪動半步。結果，他沒有辦法，只能用坐墊保護自己的身體，靜靜地等待對手的到來。

正如前面所講：唐吉訶德高舉寶劍對著已有防備的比斯蓋人撲過去，想把他劈成兩半；比斯蓋人在以靠墊作為盾牌的防護下持劍等他過來；所有在場的人都膽戰心驚地等著看即將到來的驚心動魄的一幕；車上的夫人和女僕們不斷地求西班牙的神明保佑，祈求神明把那比斯蓋人和大家從巨大的危難中解救出來。

可是偏偏在這個緊要關頭，作者把一場廝殺半中間截斷了，推說唐吉訶德生平事蹟的記載只有這麼一點。但是，本書的另一位作者卻不認為這麼有意思的故事會被人遺忘。也不相信拉·曼卻的學者們竟然會忽略這個故事，沒在自己的檔案中留下有關這個著名騎士的簡略文字。接著，他執意要找到這場驚心動魄的故事的結局。

幸運的是，這位作者在上帝的保佑下，終於找到了下面的故事：

事情的詳情將在本書的第二卷中詳加記述。

（塞萬提斯起初將《唐吉訶德》第一部分為四卷，但全書章順序排列。十年後出版續集時用了《唐吉訶德第二部》的書名。之後，全書被認為只分第一部和第二部，原有第一部中的卷次便被取消。此處的「第二卷」即指初版時第一部的第二卷）

chapter 9

惡戰結局

本書第一卷的末尾說到，驍勇的比斯蓋人和威名赫赫的唐吉訶德都舉著明晃晃的劍，待要狠命地往下劈。假如這一下被擊中，兩個人都會像熟透裂開的石榴一般，從頭到腳被劈成兩半。

稿本的第一冊裡有一幅栩栩如生的插圖，描繪的正是唐吉訶德和比斯蓋人交戰的場面：兩個人都高舉著劍，一個用盾牌護身，一個用墊子招架。比斯蓋人的騾子畫得相當逼真，一眼就能看出來是屬於租來的那種。插圖下面有一行字，注明「堂桑丘．台．阿斯貝悌亞」，顯然應該是那個比斯蓋人的名字嘍，駑騂難得的蹄子邊上也有一行字，寫著「唐吉訶德」。

駑騂難得也被畫得維妙維肖。身體頎長而舒展，乾瘦得像皮包骨頭，牠脊骨凸出，一副老癆病的模樣。駑騂難得的名字取得太恰當不過了，真是馬如其名。

桑丘．潘沙揪著毛驢的籠頭站在一旁，腳邊標明「桑丘．桑咖斯」。從畫中來看，他是個小矮個兒，大肚子，長腿，可能由於這個緣故人們既叫他「潘沙」，也稱他「桑咖斯[76]」，這兩個稱呼也的確在書中交替使用。

兩位憤怒的勇士都高舉著利劍，橫眉相視，傻氣逼人，那個架勢就好像是要把天上、人間和地獄都殺遍。首先出擊的是性情火爆的比斯蓋人。這一劍充滿了凶狠的力量，要不是中途偏離了一點，那一劍劈下去，完全可以了結桀驁對手的性命。

如果真是這樣，我們的騎士和他的傳奇生涯也就在此結束了。可是命運還要保全著他，有更偉大的事業要等著他去幹呢。

所以，比斯蓋人的劍一滑，砍中了唐吉訶德的左肩，把他的一大塊頭盔還有半拉耳朵連同一側的鎧甲稀哩嘩啦地削落在地，讓他顯得狼狽不堪。

這位曼卻武士看到自己遭了毒手，心頭冒火。

天啊！誰能描摹他當時的憤怒呢！言歸正傳，他重新翻身躍馬，雙手握劍，殺氣不減地刺向比斯蓋人。正中靠墊和那比斯蓋人的腦袋。

那一劍如同泰山壓頂，靠墊幾乎沒能起到任何保護作用，比斯蓋人的鼻子、嘴巴和耳朵同時淌出血來，並且差一點兒跌下騾背。如果不是他抱住了那牲口的脖子，絕對會摔倒在地

---

76. 在西班牙語中，「潘沙」意為「肚子」，故「桑丘．潘沙」這個名字按其字面意思可譯為「大肚子桑丘」；「桑咖斯」意為「細腿」，「桑丘．桑卡斯」即為「小細腿桑丘」。

但是，這樣一來，他的雙腳就脫離了馬鐙，胳膊就跟著失去著落。那騾子被這突如其來的刺激嚇壞了，朝著田野狂奔而去，三顛兩晃就把騎手掀翻，跌落在地上。

唐吉訶德冷眼瞧著，看見比斯蓋人落地，就跳下馬三腳兩步搶上來，用劍尖指著對手的眉心，要他認輸投降，否則就要砍下他的腦袋。

那比斯蓋人驚魂未定，一句話也說不出來。唐吉訶德殺氣正旺，已經完全失去了理智，就在那比斯蓋人眼看要遭到不測的生死關頭，一直膽戰心驚地躲在車裡觀戰的女眷疾跑到他的跟前，懇求他寬宏大量，手下留情，饒了她們這位侍從的性命。

對此，唐吉訶德用非常傲慢而嚴肅的口吻回答：

「美麗的夫人們，在下真心樂於從命，不過有一個條件。那就是：這位騎士一定要保證到托波索去，以我的名義拜見獨一無二的杜爾西內婭，並且聽從她的發落。」

幾個驚魂未定的女人雖然不明白唐吉訶德的要求是什麼，也沒有探問杜爾西內婭到底是何方神聖，但還是滿口答應，讓她們的侍從遵命而行。

「我認為他不該輕饒，不過既然有你們擔保，我就不難為他了。」

chapter 10

唐吉訶德和侍從的妙語趣談

桑丘．潘沙挨了修士的騾夫一頓收拾，這時已經爬起來，站在一邊，關注著東家唐吉訶德的戰鬥。他心中暗暗祈禱上帝保佑主子能夠獲勝，希望贏得某個海島。按照主人事先的承諾，封賞給自己去統轄。當他看到戰事結束，主人重新回到了駑騂難得的身旁，於是他連忙上前揪住馬鐙，不等主人騎上馬就雙膝跪倒在他的跟前，抓過他的手親吻一下，說道：

「唐吉訶德大人，我的老爺，您這場苦戰贏來的海島，求您賞我管轄吧。不管它有多大，我相信我自己有能力把它管好，決不會比任何一個管過海島的人差。」

唐吉訶德回答道：

「我告訴你，桑丘老弟，我不但能照應你當上總督，還能做到比總督還大呢。」

桑丘對他謝了又謝，再一次吻了一下唐吉訶德的手和鎧甲的下擺，緊跟著他就攙扶主人騎上了駑騂難得。而後，他自己也跨上驢背，緊跟隨主人之後。

唐吉訶德沒向車上的女人辭行，也沒跟她們說什麼話，很快就鑽進了旁邊的一片樹林。桑丘趕緊不斷地催促他的驢去追趕他的主人，只是駑騂難得跑得太快了，他還是遠遠地落後了。看到這種狀況，他就大聲叫喊，讓主人等一等他。唐吉訶德勒住駑騂難得的轡繩，等待這個疲乏的侍從趕過來。桑丘一到他的跟前就說：

「先生，我瞧咱們還是到哪個教堂裡躲一躲更爲妥當[77]。剛才那個教士被您打成了那個樣子，他們絕對會立即到神聖友愛團報案，並讓人來把咱們抓走的。」

「放心吧，朋友，」唐吉訶德說，「就算落到迦勒底人的手中，我也會把你救出來的，更別說是神聖友愛團了。不過，說實話，你見過世界上比我更勇敢的騎士嗎？」

「老實告訴您，」桑丘答道，「比您更勇敢的主子，我這輩子倒是還沒有遇到過。希望上帝保佑，您可別因爲這種性格而落到我說的那種下場。現在我請求讓我給您治治傷口。您讓我給你包紮一下吧，您的一隻耳朵流了好多血，我的褡褳袋裡倒是帶著紗布和一些白油膏呢。」

「如果我早點想到配製一瓶大力士神油的話，」唐吉訶德說，「你帶的那些東西就全能夠省下了。那種神油，只需用上一滴，馬上藥到病除。」

「您說的是什麼瓶子、什麼油？」桑丘問道。

---

77. 歐洲中世紀，教堂有治外法權，罪人進入教堂，法院不得入內追捕。

「是治傷的油，我記得炮製的方子，」唐吉訶德說，「有了那種聖水，騎士就可以毫不畏懼，受了重傷不愁送命。等我配好之後你來保管，一旦你看到我在戰鬥中被人砍成兩半（這也是常事），只要趁著血還沒有凝結之時，把掉到地上的那一半撿起來，與還留在鞍座上的另外一半輕輕地合一起就行了。注意一定要對準、對齊，然後只需要給我灌上兩口我剛才說過的那種神油，我馬上就會完好無恙。」

「照這麼說，」桑丘說道，「從現在起，我就不想要您賞賜給我什麼海島啦。作爲對我諸多周到的服侍的回報，我只希望您能把那種靈丹妙藥給我當賞賜。」

「別著急，朋友，」唐吉訶德說道，「我想賞給你更厲害的妙方，賞給你更大的好處呢。咱們這會子還是先包紮傷口吧，我這隻耳朵疼得不好受。」

桑丘忙從褡褳袋裡取來了紗布和藥膏。可是，唐吉訶德一看見頭盔缺了一塊，差點兒氣瘋，他一手按劍，抬起頭來仰望天空說道：

「我向萬物的創造者和神聖的四大福音書發誓：我一定會血洗恥辱。此前，按福音書上所說，我會像發誓要爲外甥巴爾多維諾斯之死復仇的那位偉大的曼圖阿侯爵一樣活著：不攤著桌布吃飯，不和妻子親近，還有其他等等，雖然我現在不記得了，但是我都發誓將要——做到。」

聽完了這些話以後，桑丘說道：

「唐吉訶德老爺，您別忘了你說的，如果那位騎士按照您的吩咐去拜見了我那女主人杜爾西內婭，他這事也就解決了；他要是沒再幹別的壞事，就不該再受懲罰。」

「你這話很對，也說在骨節上，」唐吉訶德答道，「那麼，我就收回再去找他算帳的誓言。但是，我要重新發誓聲明：我一定從某個騎士頭上搶過一只頭盔來，要和我這只相仿，而且一樣好。這件事做不到，我就永遠按我剛才說的那樣過日子。桑丘，你別以為我只是隨口說說，這件事是有根據的：曼布利諾的那頂頭盔有過跟我基本相似的經歷，它讓薩克利邦泰付出了慘痛的代價。」

「發這種誓既害身體，又壞良心，我的老爺，」桑丘反駁說，「我勸您把這些都送給魔鬼吧。不信的話，就請您告訴我：一連好多天也遇不到一個戴頭盔的人，我們該怎麼辦？難道真的要和您剛剛發的誓一樣，學曼圖阿那個老瘋子，自找那些睡不寬衣、夜不入村，還有其他種種苦頭去吃？您可要想好了，這一片根本沒有披甲戴盔的人路過，只能看見騾夫、車夫一類的人，他們非但不帶頭盔，只怕連頭盔這個名字都一輩子沒見過呢。」

「你說的肯定不對，」唐吉訶德說道，「你就等著吧，不用兩小時，咱們就會見到全副武裝的人馬從這個路口經過。而且敵人的數量會比到阿爾布拉卡強搶美人安傑麗咖[78]的還要多。」

「行啦，但願如此，」桑丘說，「希望上帝保佑咱們事事順心，儘快得到那塊我急切盼望

78.《奧蘭陀的戀愛》中的人物。

的海島，那我就算是死也値了。」

「我說過了，桑丘，你不用爲這個擔心，要是沒有海島，還有丹麥王國或是桑布拉狄薩王國[79]呢。現在嘛，你看看褡褳袋裡面還有沒有什麼東西可以吃的。」

「我這裡只有一個蔥頭、一些乾乳酪和幾塊麵包，」桑丘回答道，「但是，這哪像是您這樣英勇的騎士吃的東西呀。」

「你太外行了，」唐吉訶德說，「遊俠騎士一個月不吃東西是光榮；即使吃東西，也是有什麼吃什麼。我願意吃那些，你就不必操這份心了。」

「那就請您諒解啦，」桑丘答道，「遊俠騎士的規矩我不懂，也不熟悉。以後，我就在褡褳袋裡爲大人您備上各種乾果，因爲您是騎士；至於我自己，因爲我不是騎士，就給自己找些飛禽或其他更經飽的東西吧。」

桑丘邊說邊把褡褳袋裡吃的掏了出來，跟東家一起飽餐了一頓。不過他們急要找個地方過夜，草草吃罷，各自上了坐騎忙忙趕路，想趕在天黑之前找個村落。可是這時候太陽已經落山了，他們的計畫也隨之落了空，只找到了幾個牧羊人的茅屋，於是決定在那兒過夜。桑丘爲沒能找到住戶而沮喪，可是他的主人卻爲能夠露天過夜而感到高興。因爲他認爲，露宿一次就是修煉一番騎士道的功行。

79.《阿馬狄斯·台·咖烏拉》裡一個虛構的國家。

chapter 11

唐吉訶德與牧羊人的趣事

唐吉訶德主僕收到了幾個牧羊人的熱情招待。桑丘盡力安頓好了駑騂難得和自己的毛驢，聞著羊肉香味走去，那是從架在火堆上的鍋裡飄出來的。他恨不得馬上去嘗嘗鍋中的肉是否已經煮熟，可不可以舀出來吃了。

不過他必須得打消這個想法，因爲牧羊人已經從火堆上端下了鍋，他們就地鋪上幾張羊皮，瞬間做好了野餐的準備，並誠摯地邀請騎士主僕二人入座，一同分享美食。唐吉訶德坐下，桑丘站在旁邊拿著羊角杯給他斟酒。這位東家瞧侍從站著，就對他說：

「桑丘，我要你和他們幾位同席，坐在我旁邊，和自己的主子不分彼此，同在一個盤子裡吃，同在一個杯子裡喝。」

唐吉訶德說著扯住他的胳膊，硬拉著他在自己的身旁坐了下來。

那些牧羊人們根本就聽不懂主僕兩人之間的啞謎，只是邊吃邊默默地看著客人彬彬有禮的言行，並且把拳頭大小的羊肉津津有味地吞進去了。

羊肉吃完後，牧羊人又把許多乾橡樹子堆在羊皮上，旁邊還擺上半個比灰泥餅子還硬的乾乳酪。酒足飯飽的唐吉訶德抓起一把橡栗，仔細瞧了瞧，然後就高談闊論起來：

「古人說，所謂黃金時代就是說人們感到很是幸福的時候，這不是由於在那個幸運時代裡的黃金（現今在我們這個黑鐵時代裡是如此之被看重）比比皆是，而是因爲人們在那個時候還不存在『你的』和『我的』兩個概念！那個時候，人們注重的是發自靈魂深處的愛心，社會的正氣得以弘揚，所有私心雜念都不敢去觸碰擾亂它。牧羊人兄弟們，我是一個遊俠騎士，我和我的侍從多承你們殷勤款待，感謝你們的美意。」

這時，一個牧人隨即說道：

「騎士先生，爲了讓您感受到我們對您真誠的歡迎，我想請我們的一個夥伴唱唱歌，讓您放鬆一下，娛樂娛樂。這是個非常聰明、多情的小夥子，能看書寫字，還是個三弦牧琴高手，彈得可好聽了。」

他剛說完，就聽到了三弦琴聲；一會兒彈琴的人也到了。那是個將近二十二歲的青年。大家問他吃過晚飯沒有，他回答說吃過了。接著，剛才提議要他彈唱的那個夥伴說道：

「乾脆這樣，安東尼歐，就請你給我們唱一首吧，讓咱們的這位貴客也知道這荒山野嶺裡也有人有副好嗓子。你的本事我們也對他誇下海口了，你就拿出你的絕活來，讓人家知道我們可並沒有吹牛。求你啦，快坐下，就唱你那歌當教士的叔叔爲你寫的情歌，那首歌村鎮上的人都很喜歡。」

「好嘞！」小夥子爽快地答應了。

他二話沒說，就坐在一根平躺在地的橡樹樁上，稍微調了調琴弦，而後便打開優美的歌喉唱了起來。他唱道：

安東尼歐的歌

我明白，歐拉麗亞，你中意於我，
雖然你沒有對我明示，
就連眼神也不給我暗示，
言語之間更是把愛字躲避。
我知道你是個智慧的女子，
我對愛我之心沒有疑問，
愛情只要得到雙方的默認，
從來就不會不和諧。
歐拉麗亞，可能完全是個事實，
可能你之前對我有過暗示：
你的心靈像鑄鐵一樣堅定，

你雪白的胸膛卻冷若冰霜。
為了你我願意遠離那舞場，
也不再把那琴弦撥弄彈奏，
從那夜色降臨到迎接黎明，
你再也不會聽到我的哭訴。
我曾讚揚過你的花容月貌，
現如今已經不需再多描述，
儘管我所說句句都是實情，
卻招來少女們的妒忌之心。
我愛你之深難以付諸話語，
我的追求和殷勤沒有惡意，
我的動機絕不是苟且野合，
我的內心湧動真切的愛意。
教堂備有連接姻緣的紅線，
是我用心中相思編結而成，
當你脖子伸進挽好的繩套，
我會立即就縛，心甘情願。

如若不然，我在此發誓言，
懇求聖潔的神明為我作證：
我將終身獨處於深山野林，
或者受罰做個托缽的僧人。

牧羊人唱完了，唐吉訶德請他再唱。可是，桑丘卻不贊成，他不想讓歌聲打攪他的瞌睡，於是就對他的主子說道：

「幾位老哥辛苦了一天，別讓人家整夜唱歌了。」

「我知道你的意思，桑丘，」唐吉訶德挖苦他，「當然如此，你開始喝酒喝個不停，現在想要的是睡覺而不是音樂。」

「上帝能夠做證，大家全都喝得舒舒服服的。」桑丘頂了一句。

「也罷了，」唐吉訶德說道，「你愛哪兒歇就歇著去吧；幹我們這一行的，總覺得睡覺不如守夜好。不過，桑丘，先別忙，你最好還是再給我看看這隻耳朵，又疼得太厲害了。」

桑丘立即從命。有個牧羊人看到了傷口，他讓唐吉訶德不必擔心，他有個十分管用的偏方。說罷牧羊人拿來幾片迷迭香葉子，這些東西當地很多。他把迷迭香葉子放到嘴裡嚼了一下，接著吐出來，調上了點兒鹽，敷到唐吉訶德的傷口上，包紮完好。那人非常自信地告訴唐吉訶德，不需要再上別的藥了。他的話果然不錯。

chapter

12

一個牧羊人的故事

恰在這時，突然又來了幾個從村裡送糧食來的小夥子，其中一個慌張地說：

「夥計們，你們知道村子裡出事了吧？」

「我們怎麼會知道出啥事兒了呢？」有人隨口反問。

「人命關天吶，」小夥子喘著氣說，「格利索斯托莫，那個出了名的牧羊學士，今天早上突然死了。聽人家說，他死於相思病，是被闊佬基列爾摩的女兒瑪賽拉——就是那個打扮成牧羊女漫山遍野亂跑的臭丫頭給害的。」

「你說是瑪賽拉把他害死的？」

「說的就是她，」後來的牧羊人說道，「我差一點給忘了，那個男孩還留下了話，讓家人按摩爾人的風俗把他埋在軟木樹下泉邊的石崖下面。因爲，按他自己說的，他就是在那裡第一次見到那個丫頭。他還留了別的話，但是，村裡的神父們說不能照辦，因爲那樣有點離譜。明天出喪會很隆重，我覺得一定會有熱鬧瞧的。」

唐吉訶德探問貝德羅：死者是誰？牧羊女又是誰？

貝德羅說：「我只知道死者是附近山區一個村子裡的公子哥兒，在薩拉曼咖上過幾年學回村的。盛傳他什麼都懂，尤其精通星星的科學，能說準哪一天太陽和月亮會被吃掉。」

「太陽星和太陰星的晦暗叫作『蝕』，不是『吃』，」唐吉訶德糾正道，「是那兩個發光的天體被什麼遮住了。」

「他還能推算出豐年和謊年。」

「你是想說『荒年』吧，朋友。」唐吉訶德說道。

「荒年也好，謊年也罷，」貝德羅說，「沒多大的差別。我聽說他老爹和那些聽他話的朋友們都發了財。因爲，他給那些人出主意：『今年種大麥，別種小麥；或今年種小豆，別種大麥；明年橄欖油大豐產，以後三年一滴油也不收。』」

「那門學問叫占星術。」唐吉訶德補充。

「我不知道那叫什麼術，」貝德羅說，「反正他都懂。我差一點忘說了，死的那個格利索斯托莫曾經突然穿上了牧羊人的衣服，大家全都覺得莫名其妙。後來，大夥兒總算明白了，他改了打扮不是爲了別的，就是爲了漫山遍野地找那個牧羊女瑪賽拉，看來可憐的格利索斯托莫相中她了。現在我給你講一下那個女人的故事吧。」

「我們村裡有一個名叫基列爾摩的財主，他家裡的錢財比過了格利索斯托莫的父親。上帝不僅賜給了他大量的財產，而且賜給他一個女兒。這孩子出世就斷送了母親。丈夫因為失去了那麼好的妻子，鬱悶至死，將年幼而富有的女兒瑪賽拉丟給了她的一個在同村當神父的叔叔。那個小女孩越長越漂亮。她的叔父雖然保管著侄女的財產，並不想借著拖延她的婚事來佔便宜。村裡很多人都誇獎她那位好心的神父叔叔。」

「這倒是沒錯，」唐吉訶德說，「接著講吧，您講得非常有意思。」

「但願上帝也對我厚道，這是最要緊的。您請聽下文吧。誰也沒曾想到，有一天，那個靦腆害羞的瑪賽拉竟然一下子變成了牧羊女。她這麼一公開亮相，就有很多闊少、鄉紳和財主也都打扮成牧羊人漫山遍野地跟著她轉悠。之前提過的格利索斯托莫也在裡面。對於各種各樣的追求者，美麗的瑪賽拉永遠是個瀟脫而輕鬆的勝利者。先生，明天的葬禮我勸你務必到場，一定很有看頭。格利索斯托莫有許多朋友，而他選定的藏地離這裡還不到半哩瓦。」

「我會考慮的，」唐吉訶德說道，「謝謝您給我講了一個這麼有意思的故事。」

「嗨，那些瑪賽拉的情人的事情，我知道的還沒有一半呢，」牧人歎氣說，「說不定明天您還會在路上碰到個把牧羊人給您講呢。現在嘛，您最好還是到茅屋裡去睡，晚上的露水對您的傷口可不好。我給您敷過的藥保管有效，不必擔心會出意外。」

桑丘·潘沙早就被牧羊人的囉唆攪得不耐煩了，沒有睡著，也催促主人趕緊進到貝德羅的屋裡去睡覺。唐吉訶德鑽進了茅屋。下半夜的時間裡，他模仿著瑪賽拉情人們的樣子，心中一直牽掛著自己的意中人杜爾西內婭。

chapter 13

牧羊女故事的結局

太陽剛從東方露臉，六個牧羊人裡五個起來了。他們叫醒唐吉訶德說，要是他想去看那有名的格利索斯托莫的安葬儀式，可以一起走。唐吉訶德心裡正想著要去呢，所以立刻爬了起來，並吩咐桑丘趕快備馬牽驢。桑丘的動作相當麻利，一切準備好之後，大家就匆匆上了路，走了不到四分之一哩瓦，在一個十字路口看見迎面來了六個牧羊人。大家碰到一起時，都彬彬有禮地互相打招呼，當雙方知道彼此的目的地相同，他們就結伴前行。有位騎馬的紳士對他的同伴說：

「比伐爾多先生，我覺得咱們耽誤點兒時間去看看這個轟動這片兒的葬禮是值得的，從那些牧羊人所講的關於受害者和害人牧羊女的新鮮事兒來看，這個葬禮一定非同尋常。」

他們又談起別的事，那個叫比伐爾多的紳士問唐吉訶德爲何在這個和平年代身著全副武裝的打扮。對此，唐吉訶德答道：

「幹了我們這一行，在外行走，只能這樣打扮。安閒享福是嬌懶的朝臣所追求的；而辛勤勞苦，披堅執銳，才是遊俠騎士的本分。我就是個遊俠騎士，雖然很慚愧，在這一行裡我很微不足道。」

聽他這麼一說，那些人馬上意識到這是個瘋子。爲了進一步證實他的瘋病，比伐爾多反問他遊俠騎士是什麼意思。

「你們各位沒讀過記載亞瑟王偉大功績的英國史嗎？」唐吉訶德吃驚道，「那亞瑟王在咱們西班牙語裡稱之爲阿圖斯王。根據大不列顛王國流傳下來的說法，那位國王根本就沒有死，而是中了妖術變成了烏鴉。妖術解除之後，他仍舊可以恢復他的王國和王位，重又統治他的國家。因此，從那時到現在，英國人沒傷害過烏鴉。在下無德，但也算是個騎士，投身於剛才提到的那些賢人們從事的事業。因此在下才來到這荒僻之地尋找機會，矢志爲扶弱濟貧而盡力獻身，這是我命中註定的事業。」

兩個旅客聽了這番議論，斷定唐吉訶德確是瘋子，也明白他是哪一路的瘋。他們和別人一樣，初次見到這種發瘋非常驚訝。比伐爾多天生聰明好謔，想在去葬禮的路上給大家找找樂子，就想引他再講一些瘋話，於是說道：

「我認爲有一點遊俠騎士做得不夠好。每當他們幹什麼凶險之事，在性命攸關的時候，基督徒就該把自己交托上帝保佑，他們卻從不想到這點，只一片虔誠，把自己交給意中人庇佑，就好像她們才是上帝似的，我覺得此種做法有點異教的意味。」

「先生，」唐吉訶德回答說，「這是必須的，遊俠騎士不這麼做就不是騎士了。每次遊俠騎士準備投身大的戰鬥之時，他們必須心裡想著意中人，含情脈脈地遙望著她，求她在戰鬥的關鍵時刻幫助和庇護自己。這種例子歷史上多得數不清呢。別以爲他們不向上帝祈禱，他們廝殺的時候盡有機會。」

「無論如何，」那位紳士接口說道，「我還是有點想不通。我在很多書上都看到過，兩個遊俠騎士還沒講幾句話就大動肝火，相遇交手。在之前如此短暫的決鬥中，怎麼可能有時間再祈禱上帝的保佑？一眨眼的工夫，與其耗費在祈求心上人上，倒不如去求上帝的保佑。如果沒有意中人，該向誰禱告呢？」

「那不可能，」唐吉訶德反駁他，「我是想說，騎士不可能沒有意中人。」

「這麼說，」紳士說道，「想必您也定有意中人嘍。我懇請您看在場諸位的面上，把您那位意中人的姓名、籍貫、身分和她那美麗的容貌講給我們聽聽吧。」

唐吉訶德長吁一聲應道：

「在下不能斷定那個可愛的是否願意讓世人瞭解我尊寵她。既然您都提了，那我就告訴您吧：她的名字叫杜爾西內婭，拉·曼卻的托波索人，她的地位至少也該是一位公主，因爲她是我的王后和主子。」

「我們很想瞭解她的血統、門第及家世。」比伐爾多窮追不捨。

唐吉訶德答道：

「實言相告，她是拉．曼卻的大姓托波索的家族，儘管聽起來姓氏有點新，但是她的家族指不定會在未來幾個世紀裡發達，成爲豪門望族。」

「儘管我是拉瑞都的咖丘比內家族[80]的嫡傳子孫，」那位同行的紳士歎道，「但卻不敢和拉．曼卻的世家托波索相比。說實話，那是由於至今我還沒有聽說過這個姓氏。」

「怎麼可能沒有聽說過呢？」唐吉訶德吃驚道。

旁人都全神貫注，聽著他們倆談話，連那些牧羊人都瞧透我們這位騎士唐吉訶德瘋得厲害。只有桑丘覺得東家講得句句在理。唯獨有一個值得懷疑的地方，就是杜爾西內婭美人。一路說著，他們看到兩座山之間的峽谷裡走來了二十多個牧羊人。這些人全都一身黑色羊皮襖、頭戴用紫杉與松柏枝條編的環帽。他們中間有六個人抬著個擔架，上面蓋著許多雜色的花朵和樹枝。見到這番情景，那位牧羊人說道：

「前面那些人正抬著格利索斯托莫的遺體，那個山腳下就是他囑咐安葬的地點。」

隨後，他們立馬加快趕路，正好趕上那些人把棺材放到地面。他們六人中的其中四個正在揮動尖鎬，傍著一塊山岩挖著墓穴。

大家彼此敘過禮後，唐吉訶德和那些同伴們走到擔架跟前細看了鮮花覆蓋著的屍體。死者打扮成牧羊人，大概三十多歲，依然可以看得出，他生前一定儀表堂堂。擔架上的屍體四

80. 這個姓氏通常指西班牙人在美洲殖民地發財回國的暴發戶。

周放著幾本書籍和很多手稿，有的散著，有的卷疊著。這時瞻仰遺體的、挖坑的和其他人都肅然無聲。有一個抬屍體的對另一個說道：

「安布羅修，既然您一定要兌現格利索斯托莫的遺願，那可得看好這兒是否是他說的地方。」

「沒錯，是這兒，」安布羅修說，「正是這個地方，我那可悲的朋友已經無數次地跟我講過。他說：正是在這裡，他第一次遇見了那個害人精；也是在這裡，他第一次向她表白了他真誠的愛意；還是在這裡，瑪賽拉斷然拒絕了他的癡心，讓他死心。沒想到這句話竟然葬送了他的一生。所以，他希望人們把他埋葬在此地。」

於是，安布羅修轉身對唐吉訶德等人喊道：

「先生們，你們不忍看的遺體，寄寓過一個天賦深厚的靈魂。死者格利索斯托莫是最傑出的天才，一片真誠換得的卻是情薄義絕。你們看見的這些手稿，他囑咐我埋了他後就把它們燒了；要不是他這麼囑託，你們讀了就會知道，他要使這位女子萬代傳名了。」

「如果您真想這麼處理那些手稿，」比伐爾多說道，「就比作者更殘酷了。執行有悖情理的遺言是不對的。安布羅修先生，你可別把他的遺稿燒毀。那是傷心人的囑咐，你不該冒冒失失地照辦。相反，應該讓它流傳下去。我們——起碼是我個人在求您，別把那些手稿毀掉，讓我帶走一些吧。」

他不等對方回答，就伸手拿起了幾張，安布羅修見狀之後，立即說道：

「出於禮節，先生，我贊同您把手裡的那幾張留下。不過，其餘的我肯定會全燒掉。」

比伐爾多急於想知道手稿的內容，趕緊翻開，題目是《絕望之歌》。安布羅修聽見以後說道：

「這是那可憐人的絕筆。先生，你念給大家聽吧；可見他失意傷心到什麼地步了。我們還有的是時間，墓坑還得一會兒才能挖好呢。」

「我很願意給大家讀一讀！」比伐爾多說。

所有在場的人都想聽一聽那手稿講了些什麼內容，於是就把比伐爾多圍在中間，聽他大聲朗讀。

chapter 14

絕命詩篇

格利索斯托莫之歌

你竟然同意啊，絕情的女子，
令你像鐵石一樣的冷酷，
公諸於世被人們交口播揚。
我要把地獄那悲愴的聲調，
注入我抑鬱哀怨的心中，
化平日的歡歌為哀吟悲唱，
敘述我的痛苦和你的冷傲。
愛你是我一生所願，
如今卻化成絕望的哀號，

夾帶著難以忍受的磨難煎熬，
撕破了的一片片赤膽衷腸。
這樣，你就聽著吧，你聽到的
將不會是宛轉悠揚的音調，
而是發自肺腑的激昂怨憤，
這怨聲像激流噴湧流淌，
抒發出我的心意令你彷徨。
我的心靈早已是傷痕累累，
你已是這麼不願稍加憐惜，
我卻欣然交付於你的冷酷，
如若我的棄世會讓你動容，
令你清澈的秀目頓時失輝，
奉勸自覺，我不配這種幸福：
我在奉上我的軀殼之際，
並不期望得到任何的回報。
在那葬禮淒慘的悲涼時刻，
猶願你放聲的歡笑，

但是，我這個心願實際很傻，
因為，我的生命消逝，
正是你的夙願得償之時。
對於為愛早逝的癡心人兒，
這禮贊應該算是異常排場。
絕命之歌啊，如今遠離我去，
無須為我而扼腕歎息，
你賴以造就的無情冤家，
將會因為我的殂落而快樂，
所以，到了墓地也不必悲戚。

在場的人全都覺得格利索斯托莫的詩寫得不錯。但是，負責朗讀的那位先生卻說詩的內容和傳聞好像不太一致，因爲他聽說瑪賽拉是位自重又善良的女孩，格利索斯托莫在詩中表現出來的嫉妒、猜疑、思念有損於她清白的名譽。

他還想再讀一頁沒燒毀的手稿，但卻停了下來。因爲人們忽然看到了一幅美麗的畫面：牧羊女瑪賽拉的身影出現在了墓穴旁邊的山崖上，她那容貌比傳說的還要嬌媚動人。安布羅修見到她之後難以抑制激憤之情，於是說道：

「惡毒的山妖！你難道還要來瞧瞧，給你虐待死的可憐人當了你的面、傷口裡是否會冒出血來嗎[81]？你來這裡，是為自己的傑作而幸災樂禍，還是前來凌辱這冤魂的遺體？」

「安布羅修啊，我來這裡的目的絕對不像你說的那樣，」瑪賽拉說道，「各位請聽吧，反正跟明白人講理，只要一會兒工夫，幾句話就行。根據你們的說法，上天給了我美貌，這容顏讓你們不由自主地愛上我。我長成這個樣子完全是上天賜予我的，我沒有要求，也沒法選擇。從今往後，如果再有人為我而死，那也肯定不是死於嫉妒或是遭受到鄙夷。既然格利索斯托莫死於自己的浮躁和癡心妄想，為什麼要責怪我的潔身自愛？」

她說完不等回答，轉身就走進附近樹林深處去了。讓所有在場的人都感歎她的聰明和美貌，有人甚至想要不顧剛剛聽到的警告而去追隨她。唐吉訶德見到這種情景，認為利用自己的騎士身分救助弱女子的時機到了。於是他手握劍柄一板一眼地厲聲喝道：

「你們無論什麼身分和地位，都不能去追蹤美麗的瑪賽拉！誰膽敢去追，別怪我惱火。她已經很明確地表明，她對於格利索斯托莫之死只應該負很少的或根本就不應該負什麼責任，而且看樣子她無心向任何一個追求者屈服。所有的好人都該敬重她，不該追她、逼她。」

那群牧羊人一個也沒走開；或許是唐吉訶德的恐嚇起了效果，或許是因為安布羅修要

81. 據中世紀的迷信：在殺人兇手的面前，被殺者屍體的傷口會冒出血來。

他們完成對死友的責任。事實上，一直到把墓穴挖好，燒了格利索斯托莫的手稿並將他的遺體放進墓穴，不僅沒有一個人離去，而且很多人還流下了眼淚。人們用一塊大石板壓實了墓穴，還豎起了一塊石碑，據安布羅修說，他準備請石匠刻下這樣的銘文：

這裡安眠著一位癡者，
凋敗的身體已經僵硬，
他也曾趕著羊群放牧，
最後因失戀而丟了命。
美人漠然薄情如鐵石，
冷傲霜面殺人於無形，
殘暴的愛神借她之手，
擴展著疆域以壯威嚴。

人們在墳墓上撒了許多鮮花和樹枝，向死者的朋友安布羅修表達了他們的哀悼之情，然後紛紛撤離。比伐爾多和他的同伴辭別了安布羅修，唐吉訶德也同招待過他的牧羊人們和那兩位紳士說了再見。就在此刻，唐吉訶德決定去尋找牧羊女瑪賽拉，準備盡其所能爲她效力。不過，據這部信史的記錄，將來的事出乎意料。本書的第二卷也就在此結尾了。

chapter 15 悲慘經歷

根據博聞廣識的熙德．阿默德．貝南黑利的敘述，告別了款待過自己的牧人和那些在葬禮上遇到的人之後，唐吉訶德和他的侍從馬上就追蹤著牧羊女瑪賽拉鑽進了一片小樹林。他們在山林中找了足足有兩個小時，還是沒能看到那牧羊女的影子。不過他們倒是找到了一塊有清澈小溪流過的碧綠草地。

當時已經酷熱，快到中午了，那個地方剛好適合歇息。兩人下了牲口，隨驢子和駑騂難得在茂盛的草地上啃青。他們搜刮了褡褳袋裡的乾糧，主僕倆不拘禮節，親親熱熱地同吃了一餐。

桑丘沒有給駑騂難得繫上絆子，他以爲牠非常老實，就算果都巴草場上的所有騍馬全都集中在一起，也不可能惹動牠的春心，讓牠萌生邪念。可是事不湊巧，那時一群楊維斯搬運夫的加利斯種小馬偏偏也在這裡吃草，駑騂難得一聞到牠們的氣味就一反常態顛顛地跑過去求愛。不過，母馬們給牠的回報只有蹶子踢、牙齒咬。不到一會兒工夫，駑騂難得的肚帶就斷了、鞍子也從脊樑上滑落了下去。最糟糕的是，那些搬運夫見到自己的牲口受了驚擾，立即拿起棍棒，劈哩啪啦地把牠打癱在了地上。

唐吉訶德和桑丘一看到駑騂難得挨打，就氣憤地跑了過去。唐吉訶德對桑丘吼道：

「桑丘，你幫助我替駑騂難得報仇，咱們不能眼睜睜地看著牠受別人的毒打。」

唐吉訶德說完這句之後沒再發言，拔出劍來就朝著楊維斯人衝了過去。桑丘見了主人的榜樣，也發奮跟上去廝打。唐吉訶德手起劍落，一下子就劃開了一個楊維斯人身上的皮襖，還在他的脊背上劃了一個大口子。

楊維斯人爲數不少，他們瞧自己在區區兩人手裡吃了虧，忙拿起木樁，圍著他們倆惡狠狠地擂打。事實上，桑丘挨了兩棍子就倒下去了，唐吉訶德差不多，他的身手和豪氣根本沒有施展開來。說來也怪，唐吉訶德剛好倒在了還沒爬起來的駑騂難得的蹄子跟前。那些楊維斯人一看闖了大禍，立刻把貨物扛到馬背上趕路走了，他們撇下那兩個體無完膚、半死不活的探險者就走了。桑丘先甦醒，看見他主人在身旁，就有氣無力地負痛說：

「唐吉訶德老爺！您手裡真有那個什麼大力氣的聖水（即唐吉訶德在第十章裡所提到的大力士聖水，桑丘把名字說錯了）的話，能不能給我來兩口？」

「我真倒楣！這會兒我要是有這種藥水，咱們就好了。」唐吉訶德答道，「但是，桑丘．潘沙，我以遊俠騎士的名義起誓，如果命運不再跟咱倆作對的話，用不了兩天，我一定會把這藥水給配出來。」

「那麼，照您的說法，咱們的腳得幾天能好啊？」桑丘回了他一句。

「我只能告訴你，」渾身是傷的騎士說道，「我還真不知道準確的時日。不過這都怪我，我不該舉劍向那些人開戰。我和他們不同，他們不是受封的騎士。所以，可能由於我違背了騎士的規矩，戰神才讓我受到這樣的懲罰。」

聽完東家的話之後，桑丘覺得他不得不打斷他了：

「先生，我是個溫和平靜的人，人家是鄉下佬也罷，騎士也罷，反正我絕不拔出劍來。我在這裡對天起誓，一定忘掉受過的和必定要受的所有欺侮。」

聽他這麼一說，唐吉訶德說道：

「桑丘啊，你這個不爭氣的東西既不是騎士，也不想成爲騎士。你不但沒有勇氣，而且也沒有願望去洗雪恥辱和捍衛自己的領地。你該知道，在新征服的國家或地方，民情還不十分歸順，對新的領主不會死心塌地。這就需要新的統治者有治理的智慧和應對突發事件時保護自己的勇氣。」

「這樣的事情現在就有，」桑丘回答說，「我是很希望能有您所說的那份見識和勇氣。不過，我也以一個窮人的名義發誓：此時此刻，我更想要藥膏[82]，而不是閑瞎聊。」

82. 這是用藥膏攤在軟布上做成的。

「別這麼說，桑丘兄弟，我可以跟你說，」唐吉訶德說，「沒有時間擦不掉的回憶，也沒有死亡消除不了的痛楚。」

「要等日子久了才消，到死才完，那不是苦惱透頂的事嗎？」桑丘反駁說，「如果咱們的傷用兩帖藥膏可以治好，那其實也沒什麼大不了的。」

「別想這些啦，還是忍著吧，桑丘，」唐吉訶德說道，「該從疲軟裡提煉出勁兒來；我也要這麼辦呢。咱們還是看看駑騂難得怎麼樣了吧，可憐的牲口這一回也吃了不小的苦頭啊。」

「沒什麼奇怪的，」桑丘接過話，「牠也在騎士之道嘛。不過我感覺驚訝的是我那毛驢竟然安然無恙，咱們儘管斷了肋骨，牠卻毫髮無損。」

唐吉訶德反駁他：「在戰鬥中受傷是榮耀的事，而不是恥辱。所以，桑丘，朋友，什麼都別說了。就像我跟你說的那樣，咱們迅速爬起來，想法把我扶到你的毛驢背上去。別等一下子天黑了，咱們還落在這個荒野裡。」

「可是我曾經聽老爺您提過，」桑丘答道，「一年之中有大半年睡在山嶺、荒漠是遊俠騎士的特徵，他們還把這當成是莫大的榮幸呢。」

「那是指迫不得已或正逢戀愛的時候，」唐吉訶德說道，「這確實是真的，有的騎士瞞著意中人，不顧天陰天晴，嚴寒酷暑，在岩石上露宿了兩年。其中之一就是阿馬狄斯，那時候他自稱『抑鬱美少年』。咱們暫且不說這個。桑丘，趕快行動吧，趁你那小毛驢還沒有像駑騂難得似的遭到什麼意外。」

「簡直是活見鬼！」

桑丘儘管爬了起來，但卻像一張土耳其弓似的直不起腰身，他就這樣弓著腰備好了毛驢，那牲口因爲閒散了一整天有點不聽話。其後，他又把駑騂難得弄了起來。

這匹馬要是會叫苦，牠叫的苦肯定不會輸於牠的主人和桑丘。最後，桑丘扶著唐吉訶德上了驢背，又把駑騂難得拴在了驢的身後，牽著驢的籠頭朝著可能會找到馬路的方向走去。

幸好情況開始逐漸好轉，他們走了不到一里地就看到了大路，而且看到路邊有一家客店。這次唐吉訶德不顧桑丘的反對，還是非把客店當作城堡，桑丘堅持說那只是客店，他的主人卻不同意，認定了是城堡。就這樣，一直到了客店跟前也沒有吵出結果。於是，桑丘也就不再深究了，他牽著驢、拉著馬直接走了進去。

chapter 16 異想天開的紳士

店主看到唐吉訶德橫臥在驢背上，就問桑丘這人害了什麼病。桑丘回答說，他沒什麼，不過是從山坡上摔了下來，摔斷了肋骨罷了。

店主的老婆心地善良，體恤別人的疾苦，因此馬上就過去給唐吉訶德療傷，並且還讓她年輕漂亮的女兒給自己打下手。客店裡還有一個幫傭的阿斯杜利亞女子，她幫著店主的女兒在閣樓裡胡亂地爲唐吉訶德支了一張床。

那房間簡直就是個庫房，看起來一直是堆草料用的，裡面還睡著一個騾夫。那騾夫的床鋪雖然只是用馱鞍和披蓋拼湊成的，看起來要比唐吉訶德的好點了。

唐吉訶德睡的地方是兩條凳腿長短不一的板凳架起來的四塊高低不平的木板，薄薄的褥子凸凹不平，如果不是從破洞裡看見了裡面的毛球，光是用手摸，簡直就硬得跟石頭子兒一樣。另外還有兩條盾皮縫起來的床單和一條經線緯線可以很清楚地數得一清二楚的毛毯。

唐吉訶德躺上這只破陋的床，店主婦和她女兒替他從頭到腳敷上膏藥，阿斯杜利亞女子瑪麗托內斯在旁舉火照著。在貼膏藥的時候，老闆娘看見唐吉訶德滿身青斑，於是她說那傷痕更像是打的，而不是摔的。

「這位紳士尊姓大名是？」阿斯杜利亞女子瑪麗托內斯問道。

「唐吉訶德，」桑丘回答，「是位冒險騎士，而且還算得上至今少見的最優秀、最勇猛的騎士之一。」

「什麼是冒險騎士？」女傭問道。

「你太不懂事了，連這個都不知道嗎？」桑丘說道，「告訴你吧，冒險騎士是這麼一種人：他們一會兒挨揍，一會兒做皇帝；今天是天下最倒楣、最窮困的人，明天手裡就會有兩三個王冠可以賞給他的侍從。」

唐吉訶德一直在認真聽著他們的談話。他掙扎著在床上坐了起來，抓住老闆娘的手激動地說：

「請您相信，美麗的夫人，鄙人只想跟您說，您對我的照顧我會銘記在心。只要我一息尚存，我就會感謝你。我向上天祈禱，讓眼前這位美麗淑女的明眸主宰我的意志吧。」

老闆娘和她的女兒以及善良的瑪麗托內斯以前沒有遇過這樣的表達方式，所以面面相覷，滿臉詫異。她們用客店裡的套語答謝一番，隨他去躺著。隨後，阿斯杜利亞女傭也替可憐的桑丘處置了一下傷勢。

那個阿斯杜利亞婦女已經和騾夫約好當天夜裡要共度良宵，答應等到主人和客人安歇以後就去找他，讓他稱願。

據說，這位好心的女人從未失言。即便是在荒山野嶺、沒有任何見證的情況下的承諾，她也會如期赴約。因爲她一向熱心腸，而且也不覺得在客店裡從事那種營生有什麼丟人的地方，只說是倒楣走了背運，才落到這個地步。

在那間牲口棚似的屋子裡離門口最近的地方，放置著唐吉訶德的那張又硬又窄、簡陋而搖搖欲墜的床。桑丘用一張蒲席和一條跟麻袋一樣的毛毯緊挨著他打了個地鋪。再往裡走才是騾夫的鋪位。

之前已經說過，上頭鋪著他的兩頭最好的騾子的鞍襯和其他雜物。那位騾夫總共有十二頭騾子，全都膘肥體壯、遠近聞名。據說他是阿瑞巴羅的騾夫大戶之一。

本書的作者刻意提到這個人，是因爲對他非常瞭解，甚至聽說他們還是親戚[83]。熙德・阿默德・貝南黑利這位歷史學家對什麼事都追根究柢，而且很精確，只要看上文的敘述，就知道他對瑣碎不足道的事也一點不漏，一絲不苟。

那些嚴肅的史學家們應該引以爲鑒，由於他們在敘述事件的時候過於簡單，很多地方只是一帶而過。由於疏忽、刻意或者無知，他們通常都不記錄最關鍵的部分。《塔布朗德・

83. 在塞萬提斯時代，尤其在阿瑞巴羅那個地方，騾夫和搬運夫多半是摩爾人。

台·黎加蒙德》的作者和那本記錄佗米利阿斯伯爵的傳記的作者與他們相比之下可就比他們強上了千百倍！他們把所有的一切描述得那麼詳實[84]！

還是回到正題吧，那騾夫給他的牲口又添了一遍草料，回到家後就躺在用鞍襯鋪好的床上，靜靜地等待著言而有信的瑪麗托內斯前來赴約。這個時候，桑丘已經貼過膏藥睡下了，肋骨的疼痛讓他沒法睡覺，雖然他一心想要快點兒入睡。唐吉訶德也痛得像兔子似的大睜著眼睛。客店裡已經寂無人聲，一片漆黑，只有掛在大門口的一盞燈籠還放著光亮。

我們這位騎士看書中了毒，老想著書上的情節。當時店裡非常寂靜，他就在想入非非：他認爲自己來到了一座著名的城堡，店主的女兒就是城堡主人的千金。那位小姐因他的翩翩風度而墜入情網，並許諾當天夜裡將背著父母去同他共度良宵。

他把自己虛構的幻想當成了真情實事，就惶恐不安，覺得自己端方的品節要靠不住了。他暗暗地下定決心，就算是希內布拉王后帶著女僕金塔尼歐娜來到他的身邊，他也決不背叛杜爾西內婭小姐。

唐吉訶德正在胡思亂想的時候，阿斯杜利亞女人來赴約了，看樣子唐吉訶德倒楣的時辰到了。

那個女人只穿了件內衣，打著赤腳，頭上裹著頭巾，躡手躡腳地鑽進三個男人的房間去

84. 塞萬提斯這番讚揚是挖苦，這兩位作者的騎士小說最不出色，也最沒銷路。

和騾夫相會。她剛走到門口，就被唐吉訶德發現了，他顧不了身上的膏藥和傷痛，馬上欠起身來、張開雙臂迎接他那美麗的女郎。

那阿斯杜利亞女人小心翼翼、屏息斂氣地伸手摸索著自己的情人。她恰恰碰著了唐吉訶德的胳膊，唐吉訶德就緊緊抓住她的手腕；當時她不敢聲張，就被他拉到身邊，強按在床上。

他去撫摸她的襯衣，那衣料其實是粗麻布，他卻覺得是上等的綢緞；她的手腕上戴有玻璃珠串，他卻彷彿看到了東方的珍珠；她的頭髮摸起來跟馬鬃似的，他卻當成是可以讓孔雀失色的阿拉伯那耀眼的金縷；她的氣息分明帶著隔宿的冷雜拌的味道，他卻覺得她吐氣芬芳。

總之，他把她想像成了書中由於難受相思之苦跑去看望受傷騎士的公主。那位公主正如剛才想像得一樣迷人，她受愛情驅使，來探望受傷的騎士。可憐的紳士早已鬼迷心竅，那個女人的穿戴氣息很可能會讓除了騾夫之外的任何人都嘔吐不止，但卻沒能讓唐吉訶德猛醒。他只覺得抱在懷裡的是美麗之神。他緊緊摟著，情意綿綿地呢喃道：

「美麗而尊貴的夫人啊，承你惠然光降，讓我瞻仰你的天姿國色，我但願能夠不負你的恩情。本來我該盡我的全力去回報您。不過造化弄人，鄙人身體不便，臥病床榻，心有餘而力不足啊；另外，我已經心有所屬了。那就是美豔無雙的杜爾西內婭，我在靈魂最深處認為她是我唯一的意中人。不然的話，承你一片深情給我這個好機會，我哪會白白放過呢，我不是那麼個呆騎士呀。」

瑪麗托內斯因爲自己被唐吉訶德揪住不放而萬分焦急、直冒冷汗。她聽不明白、也不懂他的表白。她一聲不吭，只是想著默不作聲地離開。那個騾夫心事重重的，也沒睡著，那個女人一進門，他就知道了。他認真地聽了一會兒唐吉訶德的激昂陳詞之後，對阿斯杜利亞女人見異思遷的行爲大爲不滿。

他挨近唐吉訶德床邊，站定了瞧他那套怪話怎麼收場。當他看到那個女人在拚命掙扎、唐吉訶德卻緊緊抓住她不鬆手時，騾夫覺得唐吉訶德實在有些過分，就舉起胳膊對著自作多情的騎士那尖尖的下巴打了狠狠一拳，打得他滿口流血。就這樣他好像還不是很解氣，騾夫爬上床去，又對著他的兩肋一頓痛打踢踹。

那床本來就不穩當結實，經不住騾夫這麼折騰，轟的一聲塌了下去。這回驚醒了店主。那店主叫了兩聲瑪麗托內斯，沒聽到回答，就斷定是她在惹事。他帶著這種猜疑下了床，點亮燈，就朝吵鬧的方向走去。女僕看到主人氣勢洶洶地走過來，驚慌失措地跑到還在酣睡的桑丘的地鋪上，佝僂在那兒一動也不敢動。

店主衝進屋子大吼：「臭丫頭，你躲哪兒去了？絕對是你在搗鬼！」

這時，桑丘驚醒了，覺得一團東西幾乎就壓在身上，他以爲是魔鬼，就揮拳四下亂打。瑪麗托內斯不知道挨了多少下，疼得她不顧臉面，跟桑丘對打了起來。這麼一折騰，竟然把他給打醒了。

桑丘覺得自己挨了打，卻又不知道是什麼人幹的，就奮力爬起來抱住了瑪麗托內斯，這樣兩個人展開了一場世界上最激烈也最滑稽的肉搏。

騾夫探著店主的燈光，看到了心上人的處境。忙撇下唐吉訶德來救她，店主人也來幫一手，不過他另有用意。他認準了這場軒然大波是自己的傭人挑起的，想去教訓她一番。於是，像常言所說的「貓兒追耗子，耗子追繩子，繩子追棍子」[85]，騾夫打桑丘、桑丘打女人、女人打桑丘、店主打女人，拳頭交錯，疾風暴雨一般。有趣的是，店主的燈也給弄滅了，黑咕隆咚，打成一團。拳到之處，一片狼藉。

說來正巧，當天夜裡托雷都的神聖友愛團的一個巡邏隊長也在那家客店投宿。他一聽到打鬥的聲響，立刻拿起證件和權杖，摸著黑衝進那間房子，大聲喝道：

「全都給我住手，王法在此！全都住手，我是神聖友愛團的人！」

巡邏隊長首先看到的是被打得昏死過去、仰面躺在爛鋪板上的唐吉訶德，於是他一邊伸手去摸唐吉訶德的下巴，一邊不住地喊著「大家協助執行法律」。可是他覺得揪住的人並不動彈，就以爲是死了，並且以爲屋裡那些人都是兇手。他動了這個疑心忙高叫：

「快把店門關起來！這兒出人命啦，誰都不准動！」

大家聽到喊聲，嚇一大跳，馬上一個個撒手溜了。店主溜到自己的房間裡，騾夫退回到

85. 西班牙童話裡講的。

自己的床鋪上，女傭逃回自己的破屋，只有倒楣的唐吉訶德主僕二人待在原地，無處可去。那位神聖友愛團的巡邏隊長放開唐吉訶德的下巴。他轉身出去找燈，方便搜捕兇犯。可是他白跑了一趟，因爲店主在溜回自己房間的時候故意把燈給吹了。巡邏隊長只好去灶間，煞費一番手腳，也費了好大功夫，才點著一盞油燈。

chapter 17

客店裡的無盡磨難

就是這個時候，唐吉訶德從昏迷中甦醒過來，他用那種腔調召喚起他的侍從，那種腔調就和前一天受到挨打時的一個樣：

「喂，桑丘，我的朋友，你還在睡嗎？」

「睡個屁呀，我倒是想睡呢！」桑丘憋了一肚子的怨氣和怒火答道，「好像今天晚上所有的魔鬼都跟我們過不去似的。」

「你感覺一點兒都沒錯，」唐吉訶德說，「可能是我見識太少，也可能是這座城堡中了邪。因爲，你該知道……不過，我現在想跟你說的是：你必須先發誓，直到我死你都必須保守這個秘密才行。」

「好吧，我發誓。」桑丘回答。

「不管怎樣，」唐吉訶德說，「我還是願意信任你的。是這樣的，你看，今天夜裡我碰上了一件奇怪得讓我不知道該如何訴說的事。就是在剛才，這座城堡主人的女兒，一位舉世無雙的俊俏美人兒，竟然來找我來了。我正同她親密地交談的時候，不知從何處飛來一隻手，朝著我的下巴頦打了一拳，打得我是鮮血淋漓的。之後那個巨人對我又是連踢帶踹的，弄得我比昨天還要慘。所以嘛，根據我的推測，那個美人兒一定是已經屬於某個有魔法的摩爾人了。」

「嗯，那美人兒肯定也不會屬於我的，」桑丘說，「對我下毒手的摩爾人足有四百多個呢。您好歹還有過一個那您說的美麗無比的女人。可是我呢，除了遭受一頓莫名其妙的臭揍之外，我又得到了什麼呀？」

「照你這麼說，你也被打了？」唐吉訶德問道。

「我不是跟您說過我也挨打了，儘管我不是騎士。」桑丘回答。

「我的朋友，別太難過了，」唐吉訶德說，「我馬上就來配製那種神奇的治傷油。有了那東西，咱們只需要眨眼的工夫就會沒事了。」

這個時候，神聖友愛團的巡邏隊長已經點亮了油燈，回去想看看那個他一心以爲已經遇害了的人的情況。桑丘看見巡邏隊長身穿襯衣、頭纏繃帶、手端燈碗、凶神惡氣地走進來後，就問他的主人：「主人，難道那個懲罰咱們的摩爾人魔法師就是他嗎？」

「不會是的，」唐吉訶德答道，「有魔法的人會隱身，他們是不會讓咱們看見的。」

巡邏隊長走進屋，看到他們倆像沒事兒人似的在那閒聊，著實吃了一驚。但是，唐吉訶德是平躺在那裡，因爲身上的傷痛和貼著膏藥而不能動。巡邏隊長湊到他的面前對他說道：

「喂，夥計，你感覺怎麼樣？」

「你說話能不這麼冒昧嗎，」唐吉訶德說道，「你這個蠢貨，難道這個地方的人都這樣跟遊俠騎士講話的嗎？」

那個巡邏隊長看到一個其貌不揚的人竟敢如此對待自己，怎麼會受得了？他把灌滿了油的燈碗，一下扔到唐吉訶德的頭上，把他砸得暈頭轉向的。屋子又變得一團漆黑，那巡邏隊長拔腿就走了。這個時候，桑丘說道：

「咱們不用懷疑了，老爺，這個傢伙肯定就是那個有魔法的摩爾人。別人都得到了好東西，對咱們卻是如此：不是拳頭打就是用燈碗砸的。」

「就是嘛，」唐吉訶德說，「不過對這種有關魔法的事情，你也別抱怨了，更犯不著發火生氣。現在是黑燈瞎火的，也不知道該找誰去算帳。桑丘，如果你感到還行的話，你趕緊起來去找這個城堡的主人。讓他給我弄一點兒油、酒、鹽和迷迭香，我現在要配製那救命的神油了。說真的，我現在真的是急著用了，我被那個魔鬼弄傷的地方流了好多血。」

桑丘忍著身上的劇痛爬起來了，摸著黑朝店主的房間走去，但是卻碰到了在門外偷聽對手會有如何反應的巡邏隊長，於是就對他說道：

「先生，不論您是什麼人，請您恩准，給我們一點兒迷迭香、油、鹽和酒吧。這可是爲世界上最知名的騎士療傷用的。那位騎士被藏在這家客店裡的那位會魔法的摩爾人打成重傷了，現在正躺在裡面那張床上呢。」

聽了這番話，巡邏隊長斷定自己碰上了個傻子。那個時候天已大亮，他打開了客店的大門，叫來了店主，給他敘述了那個活寶的話。店主馬上照辦了，桑丘把那些東西拿去給了唐吉訶德。那會兒，唐吉訶德正捂著被油燈打爛的頭呻吟呢，其實燈盞只砸出來兩個大包，他不過是把被嚇出來的汗當成了血。

總之，他接過那些原料，把它們摻和在一起放到火上去煮了好長時間，直到他認為煮好了為止。桑丘、店主和巡邏隊長見證了那一整套程序。那個騾夫呢，卻不緊不慢地打點起了自己的牲口。

唐吉訶德在履行了祈禱儀式之後，想親自試試熬出的聖水是否真的有他想像的那種效力。灌滿油壺之後，鍋裡還剩有藥湯，唐吉訶德端起鍋就喝了起來，但是他喝完後就開始嘔吐不止，直到把肚子裡的東西吐得一乾二淨。

一陣激烈的折騰後，吐得渾身大汗淋漓。他讓人給他蓋好被子，不用再理會他。就這樣，他蓋著被子蒙頭睡了三個鐘頭。醒來之後，覺得渾身輕鬆極了，傷痛也緩解了不少。他以為自己已經徹底康復了，就更相信真的找到了大力士神油的秘方了。自從有了這個法寶，他就可以放心大膽地去面對一切凶險的打鬥、拚殺和較量了。

桑丘也覺得東家的康復是個奇蹟。他懇求唐吉訶德把鍋裡剩下的那些湯都給他。唐吉訶德允許後，他雙手捧起藥碗，滿懷希望和滿臉欣喜地咕嘟咕嘟喝了起來。

可憐桑丘的腸胃不像唐吉訶德的那麼嬌氣，他不但沒有嘔吐，倒是被噁心鬧騰得直冒冷汗，死去活來。他還以爲自己大限已到，真是難受得都扛不住了，於是他就破口大罵那藥湯和讓他喝藥湯的壞蛋。看到他這個樣子，唐吉訶德說道：

「桑丘啊，想想你會如此難受，可能是因爲你還沒有被封爲騎士，依我看，這藥恐怕對不是騎士的人不見效。」

「您既然清楚，幹嗎還要我喝呀？」桑丘回嘴道，「我真是倒了八輩子的楣！」

但是就在這時候，藥湯開始發揮效力了，那可憐的桑丘突然上吐下瀉。足足折騰了兩個小時，桑丘不僅沒能像他的東家那樣康復起來，反而變得更加虛弱和癱軟無力。唐吉訶德自覺身輕體健，於是開始希望馬上動身前去尋奇歷險。他親自備好了駑騂難得，又打點了侍從的毛驢，幫他穿戴整齊，扶著他上了驢背。然後，他自己也翻身上馬。

主僕二人催動坐騎徐徐而行，來到客店門口。唐吉訶德叫過店主，慢條斯理，一本正經地對他說道：

「堡主閣下，鄙人定會把在貴堡所受殊榮銘記終身。在下願以所從事的騎士道立誓，定會讓閣下如願以償、心滿意足。」

店主以同樣平靜的表情答道：

「騎士先生，現在我就只有一個要求：我只需要您爲昨晚您的兩匹牲口在客店裡所用的草料，以及您二位的晚餐和床位付款。」

「我竟然被一直蒙在鼓裡，」唐吉訶德說，「我竟然會把這裡當成城堡。不過，既然這不是城堡，而是客店，現在我唯一能做的就只有請你們免了我的店錢。這是因爲這都是遊俠這個行當的規矩。」

唐吉訶德說著雙腿一夾駑騂難得，端著手中的木棍就衝出了客店。沒人上去阻攔，他也沒有回頭看看侍從有沒有跟上來，逕自揚長而去了。店主看見他沒有付錢就跑了，沒辦法，於是就去找桑丘討賬。桑丘回答道，按照騎士道的規矩，要錢沒有，要命一條。

真該桑丘倒楣。客店裡的人都天生愛湊熱鬧。於是他們就這樣不約而同地湊到了桑丘的跟前，把他拖下了毛驢。其中一個人還到房間裡拿出了被單，把桑丘扔到了被單的中間他們用毯子兜著桑丘拋起又接住、接住再拋起來，於是可憐蟲桑丘大呼小叫的，這叫聲終於傳到了唐吉訶德的耳朵裡。他拉住馬仔細一聽，結果卻發現那人竟然是自己的侍從。於是他馬上掉轉馬頭，艱難地跑了回去。

他本想蹬著馬背爬上牆頭，可是他渾身痠疼，連下馬的勁都使不上。因此，他開始在馬背上咒罵那些扔桑丘的人。然而，所有的一切都沒用，直到那些傢伙自己玩夠了才放手。

他們把毛驢牽過來，扶上桑丘，還把他的外套搭到了他的身上。好心的瑪麗托內斯看到他被折騰成了那個樣子，感覺應該爲他弄點兒什麼東西吃或者喝才行，於是特意從井裡打了一罐，剛好這剛打來的水也很是清涼。桑丘拿到水罐後，正要喝一口，他聽到了主人的喊叫，突然停了下來：

「桑丘，我的孩子，不要喝水。好孩子，千萬別喝，那水會要了你的命的。看見了嗎？我這兒有靈丹妙藥的！」唐吉訶德一邊說一邊晃動著裝著藥湯的油壺，「只要喝上兩滴，我保證你不會再有事兒的。」

聽到這話，桑丘瞟了他一眼，更是拉大了嗓門回答道：

「您還是把那藥水和所有的妖魔鬼怪都給自己留著吧。」他邊說邊喝了起來，可是剛喝了一口，發現竟然是水，就不想再喝了。他懇求瑪麗托內斯給他弄點兒酒來。那女人欣然答應，桑丘喝完了酒之後用腳後跟踢了一下毛驢，直奔客店打開了的大門，興沖沖地衝了出去。

儘管像往常一樣讓脊樑骨吃了些苦頭，結果房錢還是沒有付。事實上，店主扣下了桑丘的褡褳袋以抵店錢，他因爲走得慌忙沒有發現。店主一看他出了大門就想著把店門關起來。可是戲弄過桑丘的那幫傢伙們不贊成，他們可是一群讓人頭疼的角色。

chapter 18 桑丘跟主人的對話

桑丘蔫頭耷腦、半死不活地跟著主人。他已經疲憊不堪，沒有吆喝毛驢的力氣了。看到他那個樣子，唐吉訶德說道：

「桑丘啊，我現在算是信了那座城堡或者說客店是真的中了邪了。那些瘋狂地拿你取樂的傢伙，想必是幽靈鬼怪了。要是我上了牆頭或者下了馬，絕對會爲你報仇的。我要讓那幫惡棍這輩子永遠也忘不了他們的惡行。」

「要是我有那個本事，我自己就去教訓他們，才不管到底是不是真的騎士呢。我覺得那些拿我取樂的傢伙也是人。所以，老爺啊，您上不了牆又下不了馬也不是什麼魔法造成的，是別的原因。這會兒正是秋收農忙的時候，咱們還是回去吧。」

「桑丘啊，」唐吉訶德說道，「對騎士道的事兒你這就不在行了！別說了，你等著瞧吧，總有一天你會親眼看到幹這一行是多麼光彩。我真不知道在這個世上還有什麼比這個更令人振奮的了。還有什麼能與贏得一場戰鬥、打敗敵人的喜悅相比呢？我敢肯定絕對沒有。」

「或許是這樣的吧，」桑丘回答，「我也不確定。我只知道，自從您當了遊俠騎士（我沒有什麼必要把自己放到那麼了不起的人物堆裡去），除了跟比斯蓋人打仗那回，咱們從未贏過一場戰鬥。我什麼時候才能體會您說的那種戰勝敵人的喜悅呢？」

「那是我的悲哀，同時也是你的悲哀，桑丘，」唐吉訶德說道，「不過我會儘量搞一把特別加工的寶劍，一把能破解魔咒的寶劍。說不定我還可能交上阿馬狄斯[86]的好運，他那個時候拿的那把寶劍，被古今騎士稱為見到過最好的兵器之一。它除了能破解一切魔法之外，還鋒利得跟剃刀一樣，不管多麼堅硬的盔甲都不在話下。」

「我明白自己有多大的福氣，」桑丘說，「就算您得到了一把那樣的寶劍，恐怕還是和那個湯藥一樣，只對受封的騎士有用。但對於我這個侍從，卻只能是繼續倒楣。」

「這個你不用擔心，桑丘，」唐吉訶德回答道，「相信老天會照顧你的。」

主僕二人說著說著，前面的路上有一大團濃重的塵霧向這邊飄來，唐吉訶德對桑丘說道：

「桑丘啊，看來今天就是我時來運轉的好日子。我要在今天像往常一樣彰顯我的力量，創造出將會載入史冊、萬世流芳的光榮業績。桑丘，你看到那邊的揚塵了嗎？那說明有一支無數人馬的大軍朝這邊進發。」

86. 指希臘的阿馬狄斯。所謂火劍，是胸膛上顯現的一個紅色劍印，唐吉訶德誤以為是一柄可以使用的劍了。

「按您說的或許是兩隊大軍呢，」桑丘說，「你看，咱的背後也飛起了一片類似的灰塵。」

唐吉訶德轉身一瞧，確實是這樣的。他不禁喜出望外。一目了然，他又以爲是兩隊人馬到這塊空曠的田野裡來一決高低了。其實，他見到的是同一條路上來自不同方向的兩大群綿羊。由於灰塵瀰漫，只有到了跟前他們才看清是綿羊。但是唐吉訶德卻非要說那是兩支大軍不可，到最後桑丘竟也信以爲真了，於是桑丘問道：

「老爺，這個時候咱們該怎麼辦？」

「怎麼辦？」唐吉訶德答道，「扶弱除強。給你講吧，桑丘，咱們前面的是統治廣闊的忒拉玻巴納島[87]的偉大君王阿利芳法隆統帥的大軍；而咱們背後的是阿利芳法隆的對頭咖拉曼塔斯人的國君『裸臂王』潘塔坡林的部隊。這個國王有了這樣一個稱號，是因爲他總是光著右膀子衝鋒陷陣。」

「可是，這兩位國王爲了什麼開戰吶？」桑丘問道。

「他們不和，」唐吉訶德說，「因爲阿利芳法隆是個死硬的異教徒，卻愛上了潘塔坡林的公主。這是個既美麗又可愛的女人，而且是虔誠的基督徒。她的父親不想，除非國王能背棄他的虛妄先知穆罕默德，並皈依基督。」

「潘塔坡林做得一點錯都沒有，我可以拿自己的鬍子發誓！」桑丘說道，「我一定盡力

87. 亦稱達普羅巴那，即錫蘭的舊名，現在的斯里蘭卡。

相助他。」

「那你就竭盡你自己的能力吧，桑丘，」唐吉訶德說，「參加這種戰鬥不需要是受封騎士。」

「這我明白，」桑丘回答道，「但是咱們把這頭毛驢放在什麼地方，才能確保打完仗還能找回來呢？因爲我想現在應該還不流行騎著這種牲口打仗吧。」

「這倒是真話，」唐吉訶德說，「不然你就由著她吧，丟了也沒關係。等咱們打了勝仗，有的是好馬，說不定我會連駑騂難得都想換掉呢。這會兒你看一下那邊，仔細聽著，我得先給你講一下對陣雙方的主要騎士。咱們退到那邊高崗上去，這樣你能夠看得清楚點。從那兒，就能看清交戰的雙方。」

主僕二人退到了後邊的小山包頭上。如果飛塵沒有擋著他們的視線，本來完全可以清清楚楚地看到被唐吉訶德當成了軍隊的羊群。不過就算這樣，唐吉訶德還是憑想像，望著根本沒看到、實際上也根本沒有的戰場開始大聲解說起來：

「你看，那邊身穿黃色盔甲的騎士，就是盾牌上有一頭戴著王冠的獅子匍匐在以爲少女的腳邊的那個，他是勇猛的銀橋幫主拉烏爾咖爾果；另一個披戴金花盔甲、盾牌的藍底上鑲有三個銀色皇冠的那個人是令人生畏的吉羅夏大公爵米果果蘭博。你再掉過頭來向這邊看，你會看到統率這支軍隊的是常勝將軍新比斯蓋親王悌蒙內爾。他的鎧甲分成了藍、綠、白、黃四大塊，棕黃色的盾牌上有隻金貓，上面還寫著一個『喵』字，那是他的意中人名字的第一個字母；那個用馬刺頻蹬坐騎、盔甲上鑲有藍色對鐘圖案的是聲名顯赫的奈爾比亞公爵。他的盾牌上的標誌是一棵蘆筍，下面有一句卡斯底利亞文銘文：『我的運氣匍地而行[88]』。」

唐吉訶德就這樣列數著兩方騎士的名字，其實這些都是他自己杜撰的。他還憑著不知怎麼有的瘋勁兒激發的想像，順口給他們每一個人杜撰出了甲冑、顏色、標誌和綽號。就這樣還不算完，他繼續說道：

「前面的這支軍隊中有不同民族的人。我看到而且也認得他們的面孔，只是記不起名字了。另外一邊的隊伍裡有的喝著灌溉橄欖園的貝底斯河甘甜河水，有的用一向豐沛的金色塔霍河的瓊漿潤膚洗臉，有的受到奇特的黑尼爾河的波濤滋養。總之，這邊囊括了整個歐洲的所有民族。」

桑丘聽著東家的滔滔陳詞，不置一言，他還不時地轉過頭去尋找主人提到的騎士和巨人，但是一個都沒有看到，於是他說道：

「老爺啊，真是撞見鬼了，您提到的那些凡人、巨人、騎士，怎麼連個影子都沒有呢，至少我是沒有見過。也許，這些人都像昨晚的鬼怪一樣，又是魔法在作怪了？」

「怎麼會是這樣呢？」唐吉訶德回應道，「你就沒有聽見馬叫、號響、鼓聲？」

「除公羊和母羊不停的咩咩聲，我沒有聽到其他什麼。」桑丘說道。

88. 指用耙來耙地，或指隨著足跡尋找，或指掠地低飛。

他說的是實話，因爲兩群羊已經離他們很近了。

「桑丘啊，看來你被嚇著了，」唐吉訶德說，「眼睛和耳朵全都失靈了。恐懼產生的其中一個後果就是擾亂人的感官，混淆了真相。既然你這麼害怕，那就躲到一邊去吧。」

他說完之後就一蹬馬刺，平端著長槍，飛也似地衝到了羊群中間，並且還狂扎亂刺起來。那果敢威猛的勁頭，似乎真是在誅戮他不共戴天的敵人。跟著羊群的牧主和牧工們都在一個勁地大叫，要他不要亂來，可是卻毫無作用。於是他們從腰間取下彈弓，開始用跟拳頭差不多大小的石頭來醫治他耳聾的毛病。但是唐吉訶德卻並沒有因爲挨了打而變得清醒，反而左閃右避地吼道：

「狂妄的阿利芳法隆，你在哪裡？給我滾出來！我就是個單槍匹馬的騎士，想跟你們一對一地較量！我要定了你的小命！爲了雪洗你使英勇的咖拉曼塔斯國君潘塔坡林所蒙受的屈辱。」

就在這個時候，卻突然飛來一塊卵石，正打在他的肋骨上，兩條肋骨頓時陷了下去。被那麼一下重重地擊中後，他確信自己不是受了重傷就是快死了，這時候他想起了那藥水，立即掏出油壺舉到嘴邊，往肚子裡猛灌了起來。可是還沒等他喝到足夠的劑量，就又飛來一顆杏仁大小的石子，可憐的騎士從馬背上栽了下來。牧羊人們跑到他跟前一看，以爲他死了呢。於是，他們趕緊把羊群收攏好，死羊竟有七隻之多，迅速扛起死羊，連頭都沒回就跑掉了。

整個過程中，桑丘一直站在山頭看著東家發瘋胡鬧。看到唐吉訶德倒在地上，他跑下山坡，衝到主人身邊說道：

「唐吉訶德老爺，我剛才一個勁兒地叫您回去，跟您說您面前的只是羊群，不是軍隊啊！」

「那個會魔法的壞蛋能把我的敵人變來變去的。難道你不知道嗎，桑丘，那些魔鬼們非常容易地就能想讓咱們看見什麼就看見什麼。你騎上毛驢，偷偷跟在他們後面，不需要走多久你會看到他們不再是羊群，而是實實在在的大活人。不過，你現在還不能走，我需要你看一下我掉了多少顆牙齒，我覺得嘴裡好像不剩一顆牙了似的。」

於是桑丘靠到跟前來，幾乎連眼珠子都快掉進他的嘴裡了。就在這個時候，正好唐吉訶德喝下去的藥湯發揮了功效，桑丘向他嘴裡看的時候，唐吉訶德肚子裡所有的神水一股腦兒地噴到了這個好心的侍從臉上。

「啊，我尊貴的上帝呀！」桑丘叫道，「我怎麼會碰見這種事啊？想必這個可憐人定是受了致命的傷，看呀，都口吐鮮血了呀。」

然而，當他從顏色、氣味上仔細分辨了之後，他發現那不是血，而是藥湯，於是馬上噁心起來，又吐到了主人身上。桑丘想到褡褳袋裡找些東西擦擦自己身上的穢物和為主人治治傷痛，卻發現褡褳袋不見了。唐吉訶德從地上爬了起來，左手捂著嘴巴，真怕牙齒都會不見了，右手牽著一直沒有離開主人身邊的駑騂難得（真夠忠誠和溫順的了）的韁繩，朝著手托下巴趴在驢背上做沉思狀的侍從走了上去，看到侍從滿面愁容，就對他說：

「我想你必須瞭解，桑丘，不吃苦中苦，難做人上人。咱們碰上的這些倒楣事兒預示著一件事情——那就是即將雨過天晴，看來我們馬上就要交好運了。因爲如果經歷過千年的禍福，苦盡自然甘來。所以，你也不需要爲我的倒楣而難過，反正你也沒有受到什麼牽連。」

「我怎麼會沒被牽扯到？」桑丘反駁道，「我昨天被人家用毯子兜著拋上拋下，難道你忘了嗎？今天裝有我的全部家當的褡褳袋找不到了，難道那褡褳袋不是我的？」

「看來，咱們今天要挨餓嘍！」唐吉訶德說。

「那咱們還是看一看這裡的草叢中有沒有野菜，」桑丘答道，「您說過您認識的，而且您還說過，那些跟您一樣運氣不好的遊俠騎士們經常都是用野菜充饑的。」

「不過，」唐吉訶德說，「我現在真的好想吃一塊大大的麵包，或是一塊黑麵包再加兩條沙丁魚。咱們說歸說，我看你還是先騎上你的毛驢吧，好桑丘，跟在我的後面。蚊子離不開空氣，昆蟲離不開泥土，蝌蚪離不開水，相信我們的上帝很仁慈，況且咱們現在是爲他在奔波呀，相信他那麼宅心仁厚，讓太陽普照好人和壞人、將甘霖灑向君子與惡棍，更不會虧待咱們的。」

「我看您倒是挺適合當傳道士，而不是什麼遊俠騎士。」桑丘說道。

「桑丘啊，遊俠騎士對上天下地的東西無所不知，」唐吉訶德答道，「由於古時候就曾經有過可以對著大庭廣眾講經佈道的遊俠騎士，就好似巴黎大學裡的學究們。因此，武功埋沒不了文才，文才也不會埋沒武功。」

「真希望您說的都是真實的，」桑丘說，「不過咱們得儘快離開這裡，想辦法找個過夜的地方，上帝保佑。並且也希望那裡沒有被單，另外也沒有拿被單戲弄人的壞蛋，沒有妖魔鬼怪，沒有能施魔法的摩爾人。再遇見那些玩意兒，我只有全交給他們了。」

「那你就向上帝祈禱吧，我的孩子，」唐吉訶德說道，「你來帶路，這次要住什麼地方全聽你的。但是，你得先把手伸過來，用指頭摸一下。看看我嘴裡上邊的右方總共掉了幾顆牙齒，我覺得那兒疼得實在是厲害。」

於是桑丘把指頭伸進了他的嘴裡，邊摸邊問：

「您這邊原先有幾顆啊？」

「四顆，」唐吉訶德答道，「是個小毛病，除了臼齒，全都沒一點問題。」

「還是跟您說實話吧，」桑丘說，「您這邊的下面，至多只有兩顆半；上邊別說一顆了，半顆都不剩。光溜溜的，跟手心似的。」

「我怎麼會這麼倒楣呢！」唐吉訶德聽到侍從說完這個悲慘的消息後，說道，「我倒情願被砍掉一隻胳膊，當然不是握刀仗劍的那一隻。還是聽我說吧，桑丘，沒有牙齒的嘴巴就跟沒有磨石的磨坊一樣，所以說有的時候一顆牙勝過一顆鑽石呢。不過，對我們這些從事騎士職業的人來說，掉牙也是難免的事。上驢吧，朋友，你走在前面，我在後面跟著你。」

接著桑丘騎上了驢背，然後就朝大路方向走去。他認定走那邊會找到住處。

他們走得很慢，桑丘被唐吉訶德的牙疼攪得很煩躁，也顧不上趕路了，心裡頭老想著用什麼解解悶，以便能降低一些疼痛。他究竟都說了些什麼，下章會詳加講述。

chapter 19 桑丘的妙論

「我的主人啊，咱們這些天接連碰上那麼多晦氣的事情，我覺得吧，定是您有時候的所作所爲違背作爲遊俠騎士的規矩，所以咱們才會罪有應得。因爲您沒有兌現自己的諾言。在奪得那個我記不清了是不是叫『馬郎得利諾』（即第十章提及的「曼布利諾」）的摩爾人的頭盔之前，您還發過重誓，不講究吃喝、不與王后尋歡，還有別的許多的事。」

「桑丘，你說得很有理，」唐吉訶德說道，「算了，我還是實話實說吧，我已經把那事給忘了。這也在於你沒有及時提醒我所犯下的過錯，所以你受了那一番毛毯之苦。不過，我會設法彌補的。在騎士道的規章裡，任何事情都是可以彌補的。」

「難道我有發過什麼樣的毒誓嗎？」桑丘反駁道。

「這與你曾經是否發過誓沒有什麼關係，」唐吉訶德說，「算了，咱們還是防範著點兒好。」

「既然如此，」桑丘答道，「您得倍加小心，別再把發過的誓言給忘了，也許那些魔鬼又會想起來拿我開心呢。他們看到您這麼執拗，說不定真的會打定您的注意，那樣您就倒楣了。」

他們就這樣一邊走一邊說，可是還沒到地方，天就黑了。忽然他們看到一片火光，那火光就像是一團飄忽的星星，順著同一條馬路，迎面向他們衝過來。桑丘立刻緊張起來，唐吉訶德的心裡也有點發毛：他們一個抱住了毛驢的籠頭，另一個勒緊了瘦馬的轡繩，愕然地揣摩著那個東西是什麼。他們離火光也越來越近，看到火光也越來越亮。看著眼前的情景，桑丘像個汞毒[89]症患者似的渾身發抖，唐吉訶德的毛髮也都豎了起來。但是，他還是強行鎮定地說道：

「桑丘，用不著懷疑，這將會是一場險惡至極的激戰。我必須得拿出我全部的勇氣和力量。」

「真是糟糕透頂！」桑丘說，「我覺得這次肯定又是幽靈在作怪。如果老是這樣，我可怎麼受得了啊？」

「哪怕出來多少妖魔鬼怪呢，」唐吉訶德說道，「我也不會允許它們碰你一根毫毛的。上一回它們作弄了你，那純粹是因爲我沒有辦法跳過牆。這次咱們是在平地上，我方便揮舞手中的寶劍，上次的事情是不會再出現的了。」

---

89. 西班牙有很多水銀礦，開採的工人中了水銀的毒會渾身發抖。

「但是要是真的跟上次一樣的話，他們給您施上魔法，不讓您動彈，」桑丘答道，「那麼在不在曠野裡又有什麼分別呢？」

「無論如何，桑丘，」唐吉訶德說，「請你拿出點精神來，你會親眼看到我的表現。」

「我一定會戰勝我膽小的心靈的，但是那得看老天樂不樂意了。」桑丘答道。

主僕二人來到路旁，繼續認真地琢磨著那動著的火光到底是什麼。沒過多長時間，他們眼前出現了許多身穿白袍[90]的人馬。桑丘被他們陰森的樣子嚇得魂飛魄散。看清楚才知道，原來那是二十多個騎在馬上、身披白袍、手舉火把的人。他們的背後是一個搭著黑布的棺材。在棺材後面，還緊緊地跟著六個穿著孝服[91]的人，那孝服很長，看起來遮住了他們胯下騾子的四蹄。

那些身穿白袍的人一邊走一邊低聲說話。在這荒無人煙的地方，又是深更半夜的時候，桑丘真的被這種奇特的情景嚇得心驚肉跳的，就連他的主子也感到了有幾分惶恐。他驚恐是因爲看到桑丘已經完全不中用了。然而恰恰相反，唐吉訶德的頭腦中此刻浮現出來的卻是從書中看來的活生生的戰鬥場景。

他認爲那棺材裡躺了一位受了重傷或者已經死去的騎士，而那騎士正等著自己爲他報仇雪恨。於是，他沒有再想什麼，端起手中的長槍，穩了穩身子，威風凜凜地擋在了那夥人馬

90. 指穿白襯衣的人。那時候，西班牙戰士夜出襲擊摩爾人，鎧甲上罩上白襯衫以為識別。
91. 他們的孝服是黑色的。

必經的道路中間。等到他們來到自己的跟前，唐吉訶德就厲聲喝道：

「站住！不管你們是騎士還是別的什麼人，馬上報上姓名並說明你們從哪兒來、往哪去、抬著的擔架上是什麼東西。」

「我們還要忙著趕路呢，」白袍隊中有人答道，「客店還遠，我們不能逗留。說起來話長，真是恕難從命。」

他說著，一踢坐騎就衝了過去。唐吉訶德看到此種情形，勃然大怒，抓住那人坐騎的轠繩大聲呵斥：

「等一下，敬請懂些禮數！您必須如實道來，要不然的話就是公然與我為敵。」

那匹騾子極易受到驚嚇，轠繩被揪，牠馬上受了一驚，騰空提起兩條前腿，立刻把騎手從屁股後邊掀到了地上。看到白袍人摔下騾子後，一個步行的僕人開始大罵唐吉訶德。但是唐吉訶德也已經怒不可遏。於是，他平端著長槍朝著一個身穿孝服的人猛撲過去，並把他打傷在地，然後，他又轉身衝向其他人。那六個身穿孝服的人們礙於寬裾長擺，一個個也都動彈不得，白挨了唐吉訶德的一氣棍棒之後，馬上四處逃竄了。他們還以為遇上的不是大活人，而是從地獄中出來的、為了搶奪他們用棺材載運的屍首的鬼魂。

桑丘遠遠地看著這一切，對主人的勇猛佩服得五體投地。他心裡暗想：「毫無疑問，我的主人真如他自己所說的那樣勇敢而又強悍。」最先那個被騾子掀翻的白袍人旁邊的地上放著一個燃著的火把，憑藉著火把的光亮，唐吉訶德看見了他。於是走過去，用矛尖指著他的臉要他表示投降，要不然就送他上西天。那人做答道：

「我已經不能動了，徹底投降。我的一條腿好像斷了似的。如果閣下篤信基督，就請求您不要殺我。因爲殺我是褻瀆神明，我是個教士，已經有了教職。」

「既然你是個教士，」唐吉訶德問道，「那麼又是什麼妖魔把你打飛到這裡來的？」

「先生，你說什麼呀，我怎麼聽不大懂？」那人答道，「這是我的晦氣。」

「那麼還有更大的晦氣等著你呢，」唐吉訶德說，「除非你如實回答問題。」

「我想我很容易就會滿足閣下的願望，」那位教士答道，「那就聽我說吧！我只不過是個名字叫作阿朗索．羅貝斯的教士，我是阿爾戈班達斯人，從拜沙城來。還有十一個教士與我同行，就是那些舉著火把跑掉的人。我們是要護送棺材到賽果比亞城，裡面是一位紳士的屍首，他死在了拜沙，死後靈柩就寄存在了當地。我剛才說過了，我們正要把他的遺骨運回到賽果比亞城安葬，因爲他是那裡的人。」

「他是被誰殺的？」唐吉訶德問道。

「我的上帝呀，他死於瘟疫。」教士說。

「這麼看來，」唐吉訶德歎道，「我主慈悲，免我操勞，如果他是死在什麼人的手上，我還得給他報仇。我想告訴大人，在下是拉．曼卻的騎士唐吉訶德，把走遍天下除惡揚善當作自己的職責。」

「我不知道您說的申冤到底是怎麼一回事，」那位教士說，「我本來好好的，您不由分說就把我的一條腿弄斷了。遇到了一個您這樣沒事找事的人，那我真的是糟透了。」

「這也是出乎意料呀，」唐吉訶德說道，「阿朗索．羅貝斯教士先生，事實上問題在你們。你們不應該在深更半夜的時候出現在這裡，還穿著白色法袍，本身就像陰曹地府的鬼怪嘛。」

「既然命該如此，」教士說，「也不便爭論了，遊俠騎士先生，我懇求您把我從這頭騾子身上解脫下來。我的一條腿被腳鐙和鞍子絆住了。」

唐吉訶德立刻大聲召喚桑丘，讓他趕快過去。桑丘幫助他把那位教士從羈絆中解救出來，扶他上了騾子，並遞給他一個火把。唐吉訶德命令那人趕快去追他的同伴們，還托他代自己請求他的同伴的諒解，說剛才的冒犯不是故意的。桑丘也趁機說道：

「如果那些先生想知道是哪位騎士讓他們受驚的話，勞您大駕，請對他們說，就說是大名鼎鼎的唐吉訶德，綽號『哭喪著臉的騎士』。」

那位教士沒等到桑丘落話音就走了。於是唐吉訶德問桑丘怎麼會剛好在那時候想起稱他爲「哭喪著臉的騎士」。

「還是跟您說實話吧！」桑丘答道，「我剛才在火把下注視您好一陣子了。您這會兒真的是苦相，可能是這場廝殺累的。我從沒看到您這樣呢。我想，可能是因爲沒有了牙齒的緣故。」

唐吉訶德被桑丘的風趣逗得哈哈大笑，但是，他還是想要這個稱呼，並且依舊堅持把這副樣子畫在盾牌上，就跟之前設想的一樣。

「我忘了提醒您啦，您要小心點兒，手染聖物的人將被革除教籍，按『據此，凡受魔鬼引誘者……』那個條款[92]，我就要被驅逐出教會，」唐吉訶德說道，「可是，我非常清楚我並沒有動手。我用的是這杆長槍；再說，我也不瞭解自己冒犯的是教士和教會。」

前邊的那個教士聽到了主僕二人的談話，不過沒有搭訕。唐吉訶德想看看棺材上的屍體是否已經變成了一把骨頭。可是桑丘卻不讓他那樣子做，他說道：

「老爺啊，這些人雖然被打敗、打散了，但是也說不定會聚到一起來找咱們算帳。我覺得咱們就應該大大方方地一走了之。還是俗話說得好——死人入墳，活人銷魂。」

他邊說也邊牽著毛驢上路，又囑咐主人緊跟上。唐吉訶德覺得桑丘講得有理，就沒再吭氣，緊跟他後面。他們在兩道山梁之間沒走多長時間，就來到了山間一個人跡罕至的空曠山谷中。他們下了牲口。桑丘從驢背上卸下東西，主僕二人盤坐於草地上，把早飯、午飯、午後點心、晚飯四餐當作一頓，津津有味地大吃了一通。然而他們又遇到了困難，並且在桑丘眼裡是個最大的麻煩，那就是沒有酒喝，甚至沒有可以喝的水。

在這種口乾舌燥的情況下，桑丘看著綠草如茵的平原，突然想到了一個主意。到底是什麼主意，下一章裡再來敘述。

92.引的是拉丁文，這是一五四五至六三年特倫托會議所定的法令的第一句。

chapter 20

以最小風險創造奇蹟

「我的老爺，憑這片草地，可以斷定這附近有泉水或者河流潤濕了地脈。所以咱們最好再往前走幾步，也許會找到可以解渴的地方的。我實在是渴得不行，我發現口渴比挨餓還要難受。」

唐吉訶德覺得這個提議不錯，於是抓起了駑騂難得的韁繩。桑丘把吃剩的東西收拾驢背上之後，也跟著拽住了毛驢的籠頭。主僕二人摸索向山坡走去。還沒有走出兩百步遠，忽然聽到水聲震耳，好像有一股瀑布從懸崖峭壁裡衝瀉下來。但是他們突然又聽到有節奏的擊打聲，還夾雜著鎖鏈和鐵器的響聲。唐吉訶德毅然躍上駑騂難得，挽盾持矛，大聲說道：

「桑丘，你在這裡等我三天，如果三天之內我還沒回來的話，你就回到咱們的村子裡去，再到托波索跑一趟，去找我那個舉世無雙的心上人杜爾西內婭。幫我跟她說，對她忠誠的騎士為了鍾愛的事業陣亡了。」

聽到主人說這些話，桑丘感覺痛徹肺腑，傷心地說道：

「老爺啊，我不明白您爲什麼要做這件可怕的事情。現在是在夜裡，咱們又沒有被別人看到，完全可以走其他路。就算您不管怎樣都不打算放棄這個建功立業的機會，那麼至少也要等到明天才行呀。根據我在當牧羊人的時候學到的那點知識，不到三個小時天就亮了。」

「不管還有多少時辰，」唐吉訶德反駁說，「不論是現在或以後任何時候，我都不能給人留下話柄，讓人家說我因爲眼淚和哀求，竟然沒去做騎士該做的事情。」

看到主人決心已定，不理會自己的勸告哭求，桑丘決定用點心計，儘量把他留到天亮。因此，在束緊馬肚帶的時候，他悄悄地用自家毛驢的轠繩把駑騂難得的兩條腿拴在一起。這樣唐吉訶德就無論如何也走不了了。因爲那牲口不能走，現在就只能跳躍了。看到自己的計謀有了效果，桑丘開口說道：

「您看老爺，老天爺被我的眼淚和乞求感動了，讓駑騂難得動彈不了啦。如果您認了死理，踢牠打牠，那可就是公然與命運作對。那麼到頭來，說不定會應驗那句俗語：抬腳踢釘子。」

唐吉訶德很是著急，但是他越是使勁用腿夾那牲口，那牲口就越是動彈不得。他沒想到馬蹄會被拴著，於是這才不得不定下心來等天亮或等到駑騂難得想走的時候再說。他還真覺得這是因爲上天的什麼安排呢，所以就說道：

「桑丘啊，既然駑騂難得動不了了，我也就必須爲晨曦的姍姍來遲而哭泣。」

「不用傷心，」桑丘答道，「從現在起一直到天亮，我可以給你講故事消遣。話說很久以前，埃斯忒瑞瑪杜拉的一個地方有個牧羊人，他的名字叫作羅貝·汝伊斯。這個牧羊人愛上了一個名字叫作托拉爾巴的牧羊女，那個名字叫作托拉爾巴的牧羊女是一個有錢的牧主的女兒，這個有錢的牧主……」

「桑丘，按照你這個講法，」唐吉訶德說道，「我看哪，就是兩天兩夜也講不完。你還是乾脆俐落點兒，跟頭腦正常的人似的那樣講，也不要犯傻。否則就不要講了，那我也就不聽了。」

「我們那兒就是這麼講的，」桑丘答道，「我也不會其他的什麼講法，您也不應該強迫我變出新花樣來。」

「那就隨你的便吧，」唐吉訶德說，「既然我不得不聽下去，那你就繼續講吧。」

「應該這樣，」桑丘接著講道，「我講過了，這個牧羊人愛上了牧羊女托拉爾巴，她是個又胖又野的女子，有點兒男孩子氣。她嘴上還長有鬍子，那模樣就像她現在就站在我眼前似的。」

「按你的話說，你認識她？」唐吉訶德問道。

「我不認識她，」桑丘說，「但是給我講這個故事的人說這個故事是千真萬確的，所以我再跟別人講的時候，完全能夠賭咒起誓說自己目睹過。過了很長時間，那個牧羊人對那個牧羊女的愛慕轉變成了厭惡和憎恨。原因是那女人的行爲出了格，犯了規。打那以後，那牧羊人一直想著離家出走，到一個永遠都看不到她的地方去。遭到羅貝厭棄之後，那個托拉爾巴反倒喜歡上了他，而且比之前任何時候都喜歡。」

「那是女人的天性，」唐吉訶德說，「鄙視愛她的人，喜愛鄙視她的人。繼續講。」

「結果嘛，」桑丘繼續說道，「那個牧羊人就開始行動，趕起羊群去了埃斯特瑞瑪杜拉的原野，然後打算去葡萄牙王國。

「托拉爾巴知道了以後就追著他而去，遠遠地跟隨在他後面。那個牧羊人趕著羊群來到瓜狄亞納河邊，在那個時候河水漲了好多，估計都漫過了河岸。他所在的那一岸沒有船，也沒人能把他和羊群送到對岸去。他四處張望，看到一個漁夫搖著小船，但是那個船小得一次只能載一個人和一隻羊過去。即使這樣，他還是跟那漁夫商議好用那只船把他本人和三百隻羊送到河對面去。

「漁夫上了船並裝上一隻羊，划回來又送走一隻，回來再送走一隻。您必須得記著漁夫已經送過去多少隻羊了，如果少數一隻，這故事就無法講下去了。那麼我就接著說了，對岸碼頭上都是爛泥，滑溜溜的，那漁夫要花好一會兒才能打一個來回。不管怎麼說吧，他來來回回地送走了一隻、一隻、又一隻。」

「你就當全都運過去算啦，」唐吉訶德說，「別再這麼送來送去的，煩死了，一年我都看不完。」

「到目前爲止，一共送過去幾隻？」桑丘忙問。

「我怎麼會知道？」唐吉訶德回答。

「我剛才就跟您說一定要記住這件事。現在怎麼辦了，故事沒法講下去了，接不下去啦。就在我問您運過去幾隻和您回答說不知道的時候，我腦子裡的故事情節一下子全飛了。而這才是最關鍵、最有意思的。」

「這麼說，」唐吉訶德說道，「你這故事算是講完了？」

「講完了，就這麼講完了，沒了。」桑丘答道。

「還是跟你說實話吧，」唐吉訶德說，「你講的這個故事確實夠新鮮，也確實沒有人能夠想出來。至於講著講著就沒了，也是我這輩子沒見過而且也不可能見過的講法[93]。」

「我也覺得很有可能是這樣的，」桑丘說，「其實我知道那個故事已經沒什麼可講的了，一數錯數字，就是運過河去的羊數就算結束了。」

「你愛怎麼結束就怎麼結束吧，」唐吉訶德說，「咱們來看看駑騂難得是不是能動了。」

唐吉訶德又用腿夾了一夾，那馬蹦躂了幾下還是不動彈。看來綁得也實在是夠牢實的。

也許是由於吃了容易瀉肚的東西，桑丘要拉肚子了。他心裡連離開他主人指甲尖兒遠的距離都不敢，可是內急的事情怎麼等待呢，於是他就採取了折中的方法：從鞍架的後面抽回右手，輕輕地拉開了繫著褲子的唯一一條腰帶的活扣，那褲子也就立馬掉下去，搭在了他的

93. 這個故事很古老，從十二世紀以來就在西班牙流行。

腳背上。然後，他盡可能地撩起了他的襯衫，將那兩個不小的屁股蛋翹了起來。然而做好了這一切準備之後，他又咬緊牙關、繃起肩膀，盡可能地屏住呼吸。可是，儘管費了那麼多的心思，可還是不合時宜地出了點聲，這個聲音跟那令他驚懼不已的拍擊聲完全不一樣。唐吉訶德聽到了這聲音後問道：

「桑丘，我怎麼聽到什麼聲音了？」

「我也不清楚，老爺，」桑丘回答，「可能又有了新情況。應該知道倒楣和不幸，總是風起雲湧的。」

他再碰碰運氣，居然很順利，一點動靜都沒有。他終於從那種難受的情境裡解脫出來了。可是唐吉訶德的嗅覺和耳朵同樣靈敏，加上桑丘又那麼近地和他靠在一起，那氣味幾乎是直線上升，難免有一些要跑到他的鼻子裡。剛剛一嗅到，他馬上用兩個指頭捏住了自己的鼻子，甕聲甕氣地說著：

「桑丘，看來你好像挺害怕的呀。」

「確實是，」桑丘說，「可是，您怎麼現在才發現呀？」

「因爲你身上的氣味比剛才更重了，而且實在是太難聞了。」唐吉訶德答道。

「絕對是有可能的，」桑丘說，「但是這不是我的過錯，是您三更半夜把我帶到這個不尋常的地方來的。」

主僕二人就這麼說著話過了一個晚上。桑丘瞧見天快要亮了，於是偷偷放開了駑騂難得，自己也穿上了褲子。駑騂難得本身就是一頭烈性牲口，一旦被放開了，好像又突然活了過來。唐吉訶德把駑騂難得能動了看成是個好的兆頭，覺得已經到了該幹番驚天動地的大業的時候了。這時候東方見白，也看得很清楚了。唐吉訶德發現自己身處一片枝繁葉茂的栗樹林中，那拍擊聲還是沒停，卻又搞不清楚聲音從哪傳來。所以，他毫不遲疑地把馬刺卡在了駑騂難得的肚子上，叫桑丘在這裡最多等他三天，到時候看不到他歸來，就當是上帝使他不幸丟了性命。桑丘不禁又失聲痛哭起來了。

傳記的作者斷定桑丘應該是很善良的人，這完全可以從他那無聲的眼淚和真誠的決定中得出。侍從的真情也感動了他的主人，但是卻沒能打動他的心。相反，唐吉訶德強作鎮靜，沿著水流向拍擊聲響傳來的方向走去。桑丘仍習慣地牽著他的驢緊隨其後。

他們在那片濃蔭密林裡走了很長時間，又向前走了百十來步，就在一個岬角的背後，發現了那個令他們失魂落魄、徹夜不眠的聲音的源頭。那竟然是捶布機的六個木槌輪番起落發出的巨大響聲。

唐吉訶德知道真相以後，驚訝得一句話也說不出來。桑丘瞅了他一眼，只見他垂頭喪氣，一副羞愧難當的樣子。唐吉訶德也看了看桑丘，看見他抿嘴鼓腮，很明顯，他強忍著才沒有笑出聲。看到桑丘這副模樣，儘管心中有些懊悔，他還是沒法不笑。現在看到東家都開了頭了，桑丘也打開了笑的閘門。

「你是在開玩笑，我可沒有開玩笑，」唐吉訶德說道，「作爲騎士，難道我就應該分辨那是不是捶布機的聲音嗎？更何況事實上我這輩子也沒見過什麼捶布機呢。我可不是個卑賤的鄉巴佬，天生就生活在那種東西中間。」

「我的老爺啊，算了算了，」桑丘說，「我承認自己剛才是有點兒過分了。不過現在咱們平心靜氣地說，您從來都不會知道膽怯和驚慌爲何物。」

「從今往後，」唐吉訶德說，「桑丘，咱們之間得有尊卑之分，不能這樣沒大沒小的。我許給你的賞賜和好處到某個時候一定會兌現的。就算最後不能兌現，我也已經說過了，至少工錢我一定會付清的。」

「您老人家說得很對，」桑丘說，「不過，我想問問，要是您那些賞賜還遙遙無期，只好靠工資的話，一個遊俠騎士的侍從的薪酬是按月計呢，還是像泥瓦匠一樣按天計算？」

「我不信那時候的侍從拿什麼工資，」唐吉訶德說，「他們靠的是賞賜。我之所以在遺囑中給你定下了工錢的數目，那也只是以防萬一而已。在這個世上，沒有什麼人的處境比闖蕩天下的人更具風險了。」

「這倒是真的，」桑丘說道，「不過您儘管放心，從今以後我絕對不再議論老爺您的事情，除非是爲了講您的功德。因爲您才是我的主子和老爺。」

「這麼說來，」唐吉訶德回答道，「你也可以活得安生了。因爲除了父母，也該把主人當成父母一樣的敬重。」

chapter 21 冒險奪得曼布利諾頭盔

就在這個時候下起了小雨，桑丘想到捶布機的房子裡去躲一躲。但是唐吉訶德卻由於剛剛出過的洋相而恨透了那機器，說什麼也不同意。於是，他們走向右邊的一條路，那條路跟他們第一天到那兒去時走過的那條路差不多。他們上大路後不久，唐吉訶德就發現前邊來了個騎著馬、頭上頂著個像是金子做的亮晶晶的東西的人，可是他還沒有看清楚，他就回過頭對桑丘說道：

「桑丘啊，我現在發覺每一條諺語都是至理名言，因爲諺語是經驗之談，而經驗又是一切學問之本。『天無絕人之路』這條講得實在是對極了。我是說，如果說昨天夜裡命運之神拿捶布機蒙了咱們、堵住了咱們尋找成功之路的話，現在她卻爲咱們打開了一條通向更大、更好的機遇的大門。這回要是我再把握不住的話，那就只能怪我們自己了，而不要以沒有見過捶布機和夜深天黑做藉口了。我是想說，一個人正朝咱們走過來，戴著曼布利諾頭盔，我曾起誓要得到它，這你是知道的。」

「老爺您可要想好了再開口，看準了再出手啊，」桑丘說道，「我可不希望再碰上捶布機之類的東西來把咱們給矇騙了。」

「真是活見鬼了！」唐吉訶德呵斥道，「頭盔跟捶布機有什麼關係？」

「我也覺得不是太好，」桑丘答道，「不過要是能讓我像以前那樣那麼隨意的說話，也許我是能說出是什麼道理來的，讓您明白自己又說錯了。」

「我怎麼會說錯呢，放肆的叛徒！」唐吉訶德說，「你給我明白了，難道你沒有看見那個騎著灰白花馬朝咱們這裡行進的騎士頭上戴著一頂金盔？」

「看倒是看到了，」桑丘說道，「不過那人騎的是毛驢，跟我的這頭還是差不多的。頭上有個亮晶晶的東西，也不知道是不是頭盔。」

「那是曼布利諾頭盔，」唐吉訶德說，「你站到一邊去，讓我一個人來對付他。你就等著看吧，不會費多少力氣的，我就能手到擒來，得到我期待已久的頭盔。」

「是的，我會躲到旁邊去的，」桑丘說，「不過，但願上帝保佑這次的是香菜而不是捶布機。」

「我不是跟你說過了嘛，你這傢伙別跟我提什麼捶布機，」唐吉訶德說道，「我發誓……不想再說了，讓您的魂魄去挨捶吧。」

桑丘嚇得縮成一團，不再作聲了，生怕主子的毒咒會真的應驗。

唐吉訶德說的那個駿馬、騎士和頭盔的情況是這樣的：在那一片地區有兩個村子，其中一個村子很小，不像旁邊那個那樣既有藥房也有理髮師（一般在鄉村裡，理髮師兼作醫師），所以這位理髮師就得在這兩個村子裡來回跑。

他那天恰好帶著一個銅盆子到小村子裡給一位病人放血、給一位顧客刮臉。走到半路的時候卻下起雨來了，那帽子大概是新的，他怕雨會打濕帽子，就把銅盆扣到了腦袋上。那銅盆倒是挺乾淨的，半里地外就可以看到它閃閃發亮。他確實跟桑丘說的一樣騎著一頭灰驢。他就這樣被唐吉訶德看成了是灰白花馬、頭戴純金寶盔的騎士。

唐吉訶德很容易根據他的瘋狂騎士意識和奇怪念頭加以想像。他一看到那可憐的騎士到了面前，二話不說，就催動駑騂難得，提著長槍，猛衝了過去，拿定主意要在對手身上戳個透心的大窟窿。直接衝到了那人跟前，他也沒減速，只是大聲吼道：

「趕快準備迎戰了，你這敗將，否則的話，就乖乖交出理應歸我之物。」

很顯然那位理髮師毫無防備，看到一個人一溜煙似的朝自己撲過來，他實在想不到什麼好辦法去躲避那迎面而來的長槍，只好翻身下驢，腳都沒站穩就像受了驚的鹿似的一跳而起，飛也似的朝曠野方向逃奔而去。理髮師逃得實在是太急忙了，把銅盆掉在了地上，唐吉訶德覺得那個騎士還挺乖巧的，竟然學起了水獺，見到危險就一溜煙不見了，他倒還覺得心滿意足的。唐吉訶德讓桑丘拾起銅盆。桑丘把那個銅盆拿在手裡說道：

「我敢向上帝保證，這銅盆品質還不錯呢，能值一個八分的銀瑞爾。」他邊說邊將銅盆遞給了主子。

唐吉訶德立刻將銅盆扣到了自己的頭上，然後又來回轉了幾圈。但是不管怎麼戴都覺得不太對勁，於是說道：

「不容置疑，這個著名的頭盔當初肯定是按照那個倒楣鬼的腦袋尺寸做的。那傢伙的腦袋肯定相當大，最糟糕的是還少了一半。」

聽到主人把那銅盆說成是頭盔，桑丘竟忍不住笑出聲來，但是突然想起了東家曾經對自己發過脾氣，就又趕緊停住了。

「桑丘，你這是爲何而笑呢？」唐吉訶德問。

「我在笑那個異教徒的腦袋確實是夠大的，」桑丘答道，「他的頭盔簡直跟個理髮師的銅盆似的。」

「桑丘，你知道我腦子裡想的是什麼嗎？這頂擁有魔法的知名頭盔絕對是曾經傳到過某個不識貨、不懂行的人手裡，那人不瞭解這是幹什麼用的，看到銅挺純，就把那一半熔化了，換成了錢。剩下的這一半就跟你說的一樣，就成了理髮師的水盆了。這我可是識貨的，不管它變成什麼樣也休想蒙得了我。等到找到鐵匠，我就把它擺弄擺弄，讓它不比火神專門爲戰神鍛造的頭盔差，甚至弄得還更好。至於在這之前嘛，先湊合用著，有總比沒有強吧，至少也能擋擋石頭。」

「這倒也是，」桑丘說，「不過，最好不要是用彈弓射，可別像上次兩軍交戰時一樣射掉了您的牙，還打碎了那個裝有讓我把五臟六腑都吐了出來的仙藥的油壺。」

「藥灑我是不會覺得可惜的，」唐吉訶德說，「你應該知道，桑丘，我是記得藥方的。」

「我也記住了，」桑丘說，「可是我這輩子寧願死掉，也不願意再去配製和嘗試那玩意兒了。再說我會盡我的全力來保護自己不會再受傷的，因爲我真的不希望再有用得著那破東西的時候了。至於上次被人用破毯子扔來扔去的倒楣事兒，我那是沒有防備。但是如果真的再次被扔，我也只能聽天由命。」

「桑丘，」唐吉訶德聽到這話以後說道，「你應該知道的，大人應該不計小人過。你是少了條腿，斷了根肋骨，還是腦袋開花了，以至於對那個玩笑至今還念念不忘的？好好想想，那只不過是個玩笑，大家消遣而已。」

說到這裡，他對天長歎。桑丘說道：

「就當成玩笑吧，反正又不會真的去報仇。咱們還是說些別的吧，我們該怎麼處置這頭很像灰驢的灰白花馬？牠的主人被您挫敗之後，把牠丟在這兒不管了，我看他慌不擇路、匆匆逃跑的樣子，不像是還會回來找他的坐騎了。」

「我從來沒有搶掠手下敗將們東西的習慣，」唐吉訶德說，「桑丘，別去管那匹馬或者驢了。等咱們走遠之後，牠的主人或許會回來找牠的。」

「我的老天，我真的很想把牠帶走，」桑丘說道，「至少和我的調換一下，我自己的那頭驢沒他的好。騎士規則還真是嚴格，連換頭驢都不讓。那麼，我很想知道能不能和牠換換鞍具之類的東西。」

「這個我就不太瞭解了，」唐吉訶德說，「既然你想換，那就換吧。」

「我很是需要的，」桑丘回答，「我想我的驢也很需要。」他話音沒落，就麻利地開始大換裝，把自己的毛驢打扮一新。然後，主僕二人把從護靈教士們那兒搶來還沒有吃完的食物拿出來當成午餐吃了，又從打捶布機那邊流過來的溪流中舀出水來喝了一通。然後他們兩人上了馬，漫無方向地（不定去向才是真正的遊俠騎士作風）踏上旅途，駑騂難得的意願代表著主人的心思，也反映了對同牠亦步亦趨、親熱相伴的毛驢的情愫。最後他們還是回到了大路，毫無目的地沿著大路蹓躂。

走著走著，桑丘對東家講道：

「老爺，你能允許我講幾句話嗎？自打您命令我閉嘴以來，已經有很多事情爛在我的肚子裡了。現在有件事就在我嘴邊上，我不想再把它吞回去了。」

「既然這樣，你就說吧，」唐吉訶德答道，「無論什麼話，長了都令人討厭。因此最好簡短點兒。」

「既然這樣我就說啦，」桑丘說道，「這麼長時間，我一直在想，像您老人家這般在荒山野嶺和交叉路口尋找機會，咱們獲得的東西太少了。咱們最好還是去給某個與別人有紛爭的皇帝或者王侯效勞，相信咱們效勞的主子必定會論功行賞，那兒也少不了會有人把您的功業寫下來，使之永世流傳。」

「你說得很好，桑丘，」唐吉訶德說，「不過這件事情還不到時候。我們先得在別的地方建功，讓名聲傳進宮去。要不然的話，我就強搶公主，然後帶她浪跡天涯，相信時光或者死神終究會消除她父母的怨怒。」

「在這兒您竟然說了一些沒良心的話，」桑丘說，「如果您的那位國王岳丈大人死活不願意把他的公主許給您，那就只能像您說的那樣搶來帶走。然而糟糕的卻是，在您安穩登基之前，您可憐的侍從可就沒機會得到賞賜了，直到時來運轉。因爲我認爲，他的主子極有可能將那丫頭正式賞給他當老婆。」

「相信上帝會保佑咱們的，」唐吉訶德說，「我是這麼希望的，你覺得呢，桑丘，這樣要求，但願能夠萬事如意。」

「相信老天有眼會保佑咱們的，」桑丘說，「我是天生的基督徒，我能做到伯爵就足夠了。」

「何止呢，」唐吉訶德說，「過去沒當上，沒什麼。我當上國王之後，完全能賞給你一個貴族稱號，並且既不要你出錢，也不要你效勞。一旦做了伯爵，你一定要露出紳士的派頭。別人想說什麼，就讓他們去說好了，他們無論多不情願，也得尊稱您一聲『大人』。」

「等著瞧好了，看我是如何擺那個士的！」桑丘說。

「你應該不是想說『士』，是想說『譜』吧？」他的主人改正道。

「也算是吧，」桑丘說道，「這我可會周全。我是特別擅長怎麼顯擺自己的身分的。這可不是吹牛，因爲有一陣子我當過一個教友會的庭丁。我穿上官服那還真是有模有樣的，別人都說我很像是那個教友會的總務員。因此，我要是像外國的伯爵那樣，披著公爵的披風，渾身黃金珠寶，那該有多體面哇。我是得讓大家都看清楚了。」

「總有一天你會是那樣的，」唐吉訶德說，「不過你得時常刮刮鬍子，你的鬍子又密又亂又沒個樣子。至少也得兩天刮一回，要不然隔著兩里地也能看到你的本來面目。」

「刮鬍子的事就交給我了，」桑丘說，「老爺，您只管當上國王和讓我成爲伯爵就可以了。」

「那咱們就這麼說定了。」唐吉訶德說道。之後，他一抬頭，立刻又有了新的發現。至於有什麼發現，下一章裡會提到。

chapter 22
唐吉訶德解救犯人

在這部嚴肅、高亢、精緻、婉約而又極具想像力的傳奇中，曼卻的阿拉伯裔作家熙德．阿默德．貝南黑利講道，著名的唐吉訶德和他的侍從桑丘之間進行了第二十一章裡記述的那場談話之後，於是唐吉訶德仰著頭，他看到十二個頸子上用粗大的鐵鍊串在一起並戴著手銬的人順著那條大路徒步走了過來，另外還有兩個騎馬的跟兩個步行的：騎馬的人挎著轉輪手槍，步行的人拿著長槍和劍。一看到那隊人馬，桑丘就說道：

「那些都是國王的囚徒、苦役犯，在被押往船上的路上。」

「也就是說，不管他們願不願意，」唐吉訶德反駁道，「那些人是被強行押解，而並不是心甘情願的。」

「那是自然的了。」桑丘說。

「既然這樣的話，」唐吉訶德說，「那麼我就該盡我的本分了：除暴安良了。」

「您大人應該瞭解清楚，」桑丘說，「法律，也即國王本人，並不是迫害這類人，只是懲罰他們的罪行。」

就在他們說話那當會兒，苦役犯的隊伍已經走到了他們的面前。於是唐吉訶德很客氣地請求押送的公差能夠詳細講講，根據哪個條例要以何種方式來對待他們。一個騎馬的差役答道，他們全都是陛下的苦役犯，要去船上服刑。其他的都無可奉告，他也沒必要多問。

「儘管是這樣，」唐吉訶德說道，「我也很想知道每個人被罰做苦役的原因。」之後，他又說了很多好話，希望能夠打動他們，來打聽出自己想要知道的事情。可是另一個騎馬的差役對他說道：

「雖然我們身上有這幫壞蛋的卷宗和判決書，可是現在這個時候我們也沒有什麼時間找出來念給您聽。大人，您還是自己去問他們本人吧，他們如果願意，就會說的。我想他們也肯定願意，這種人就是喜歡做了壞事還要大肆宣揚。」

徵得許可以後，唐吉訶德就走到那些犯人面前，問走在最前頭的那個囚犯，因爲何種罪名而落到如此悲慘的下場。那人回答說，是因爲自己愛心太重。

「就因爲這個？」唐吉訶德反問，「如果愛心導致被罰做苦役，那麼我早就該到船上去服刑了。」

「我說的愛心不是您老人家以爲的男女私情，」苦役犯繼續說，「我是愛上一筐滿滿的漂洗得乾乾淨淨的衣服，於是把它們緊緊地摟在懷裡。我的脊樑上被抽了一百鞭子，還有三年

『古拉八斯』。就這麼回事。」

「『古拉八斯』是什麼？」唐吉訶德問。

「『古拉八斯』就是划船的苦役。」犯人答道。這是一個看上去二十三四歲的小夥子，稱自己爲庇艾德拉依塔人氏。唐吉訶德又問了第二個人，那個人憂心忡忡，一言不發，前面的人接過話說道：

「這位嘛，老爺，因爲他是個金絲雀，我的意思是他能彈會唱。」

「這是什麼意思？」唐吉訶德迷惑不解，「能彈會唱也要服苦役？」

「是的，老爺，」第二個犯人答道，「他情急就唱，沒有比這更糟糕的了。」

「我以前倒是聽人說過：唱能解愁，」唐吉訶德說。

「在我們這兒卻是恰恰相反的，」犯人說，「唱一回，能後悔一輩子。」

「我不明白，」唐吉訶德說。

一個差役插嘴道：

「紳士先生，他們說的『情急就唱』指的是在用刑的時候招供。對這個犯人上了刑之後，他才認了罪。他是個偷牲口的賊，專偷盜牛馬豬羊，就是因爲他的供詞才被判了六年苦役，這還沒算上背上挨過的那兩百皮鞭。他就是這個樣子，總是一言不發，愁眉不展——由於他沒能頂住、老實招供，留在那邊的罪犯和在那兒的苦役犯都排擠他、嘲笑他、鄙視他、還虐待他。他們這種人認爲，招和不招只在一念之間。沒有人證物證、生死全靠自己的嘴巴的罪犯是幸運的。我認爲，他們說得很有道理。」

「確是不錯。」唐吉訶德答道，

接著他又面向第三個囚犯，提出了同樣的問題。這人倒很爽快，毫不在意地回答說：

「我因爲短了十個杜加，被判要到波濤洶湧的水上待五年。」

「要是能讓您免受這份罪，」唐吉訶德生氣地說，「我情願出二十杜加。」

「這話說的，」苦役犯說，「就好像一個身處海上的人有很多錢，而他馬上就要餓死了，但就是買不到他急需的東西。如果那樣的話，這時我就是在托雷都的索果多維爾市場，而不會被拴著跟條狗似的在這條路上走了。但是上帝是偉大的，耐心熬吧，只好這樣了。」

唐吉訶德走到了第四個犯人面前。那人一臉嚴肅，白鬍齊胸，聽到問及爲何淪落到了這一境地，他竟然哭了起來，一言不發。接著第五個囚徒替他說道：

「這個實誠人被罰四年苦役，他臨走之前還盛裝騎馬，招搖過市。」

「也就是，」桑丘接過話說道，「依我看，那就是遊街示眾嘍。」

「正是，」那犯人說道，「罪名是做掮客，事實上我想說，這位先生是個拉皮條的，並且兼通巫術。」

走在隊伍最後的是一個長相不錯的年輕人，三十來歲，不過倒是有些鬥雞眼。他的鐐鐵條上有兩個手銬，兩隻手被鎖在手銬裡。這樣，他的手夠不到嘴，頭也低不下來夠著手。唐吉訶德問起爲什麼那個人的刑具比別人的多。差役告訴他，因爲那傢伙他的罪行比其他所有人的加在一起還要多得多，並且他還膽大包天、狡詐無比。就是這樣，他們還不放心呢，並且隨時擔心他會逃掉。

「既然只是被判划船苦役，他又犯得了多大的罪呢？」唐吉訶德問道。

「判了十年，」差役答道，「幾乎可以說是個活死人了。還是不要多說了，只需告訴您這個好漢的名字就行了：他就是鼎鼎有名的希內斯·台·巴薩蒙泰，人稱『強盜胚子小希內斯』。」

「差官大人，」那個罪犯說道，「且慢，咱們現在還是別把性命和外號攪和在一起：我的名字是『希內斯』，不是『小希內斯』，我的姓氏是『巴薩蒙泰』，不是您說的『強盜胚子』。各人管好各人就已經不很容易了。」

「不要那麼放肆，江洋大盜先生，」差官訓道，「不管你願意不願意，若你不是想讓我幫你住嘴，那你說話就小聲點兒。」

「確實是這樣啊，」犯人說道，「人總是有不順心的時候。不過，有人早晚會知道我到底是不是叫『強盜胚子小希內斯』。」

「你這個騙子，難道人們不是這樣喊你的？」差官說道。

「對，是這麼叫的，」希內斯答道，「可是，我不會讓他們再這麼叫了。紳士先生，我是希內斯·台·巴薩蒙泰，我已經親自寫好了自己的傳記。」

「他說的是實話，」差官說，「他是寫了自傳，沒有瞎說。押在監獄裡換了兩百個瑞爾。」

「我會贖回來的，」希內斯說，「就算是得花兩百杜加。」

「你寫得有那麼好嗎？」唐吉訶德問。

「好得會再沒人看《托美思河上的小癩子》[94]以及到現在為止已有的所有其他同類書籍，」希內斯說道，「我只想跟您說，裡面寫的是真人真事，是既曲折又有趣的真事。胡編亂造的故事和它根本就不能比。」

「什麼題目？」唐吉訶德追問。

「《希內斯．台．巴薩蒙泰傳》。」犯人說。

「到現在寫完了嗎？」唐吉訶德不耐煩了。

「怎麼會寫完呢？」他回答道，「我還沒死吶！只是寫了從我出生到這次被判划船苦役這一段。」

「照你這麼說，這之前您也服過刑嗎？」唐吉訶德問。

「願爲上帝和國王效勞。上一次是四年，已經嘗過乾糧和皮鞭的滋味嘍，」那人答道，「我倒並不爲上苦役船而難受，因爲到了那兒之後，我才會有工夫把書寫完，還有好多事情可以寫呢，西班牙的苦役船上有用不完的空餘時間。把必須寫的東西寫出來，不會花費我多少時間的，因爲它們全裝在我的腦子裡呢。」

94. 西班牙十六世紀無名氏作，是流浪漢體小說的鼻祖。

「你看起來還挺聰明的。」唐吉訶德說。

「也很不幸，」希內斯說道，「聰明人總是倒大楣呀。」

「楣運不輕饒歹徒惡棍。」差官插言說道。

「我跟您說過了，差官先生，」希內斯衝著差官說，「您還是省點兒心吧，那些老爺們給您的那根棍子，不是讓您用它來打我們這些可憐人的，而是用來把我們護送到國王陛下指定的地方去，我敢發誓……算了，客店裡沾上的污垢總會有一天會被鹹水洗掉[95]。還是都不要再說了，我們壓壓火、消消氣，接著趕路吧，已經歇了很長一段時間了。」

一看到希內斯如此放肆，差官立刻舉起手中的棍子要打他。唐吉訶德插到了他們之間，讓他不要那樣做，因為一個被綁住手腳的人說兩句氣話也不過分。之後他又轉向眾人說道：

「親愛的兄弟們，從你們的話中，我清楚了一點：雖然你們都是罪有應得，可是卻並非情願前去服刑，只是被逼無奈。我認為，人天生就是自由的，強迫為奴未免有些殘酷。再說，各位差役先生們，」他又接著說道，「每個人都會為自己的過錯得到報應，上帝自會懲惡揚善的，正人君子不該無故屠戮同類。在這裡我好言相勸，如果能做到呢，我將對你們有所答謝，否則，我的長槍和劍，還有我強力的臂膀，我想它們就會強迫你們這樣做。」

95. 西班牙諺語，和「鹼水裡什麼髒都洗得掉」意義相似。

「真是可笑！」差官說道，「鬧了半天，居然鑽出來這樣一個怪人！想叫咱們放掉國王的囚犯，就像是咱們能做得了主，或是他有這個權似的！先生，我看你還是戴好你頭上的那個盆兒，趁早乖乖趕你的路吧，『別找三隻腳的貓[96]』。」

「你才是貓！是耗子！是混蛋[97]！」唐吉訶德回應。

他說著就動了起來，猛地衝向那個差役，攻其不備，揮起長槍將他打傷摔倒在地。也算他走運，被打倒的剛好是那個帶著火槍的傢伙。其他幾個差役被這突然而來的襲擊都弄得目瞪口呆，不知所措的。待到他們省過味的時候，騎馬的抽出了佩劍、步行的操起了梭鏢，一齊向著鎮定自若的唐吉訶德撲過去。苦役犯們一看逃跑的機會到來，也就馬上行動起來，想要掙脫身上的鐐銬。如果不是這樣，唐吉訶德肯定會有的受。

四下頓時一片混亂。差役們既要對付企圖逃跑的苦役犯，又要對付唐吉訶德的攻擊，只能各行其是。桑丘也主動上前幫忙釋放了希內斯，讓他成了第一個得以脫掉枷鎖、沒有拘束地投入戰鬥的苦役犯。只見他撲向已倒在地上的差官，先奪下了佩劍，接著又端起槍來瞄來瞄去，但卻沒有開火，因爲現場已經沒差役了——爲了躲避希內斯手中的火槍和其他脫去鐐銬的囚犯們的石頭，他們全都跑得無影無蹤了。

桑丘開始爲此擔心起來，他估計逃走的差役肯定會去報告神聖友愛團，而神聖友愛團又

96. 西班牙諺語，又一說，「別在貓兒身上找五隻腳」，都指辦不到的事。
97. 唐吉訶德發怒，罵對方是貓，同時聯想到兒童故事裡貓追老鼠，老鼠咬繩子，繩子縛棍子等。

必然會出動人馬大肆搜捕逃犯。他將自己的憂慮講給了主人，並求他趕快離開這裡躲到最近的山裡去。

「你說的真是對極了，」唐吉訶德說道，「但是，我知道現在應該如何是好的。」說罷，他就招呼亂作一團的罪犯。那些傢伙們已經將差官的衣服剝得精光。聽到召喚之後，馬上湊了過去，想知道他還有些其他什麼的安排。唐吉訶德向他們說道：

「出身高貴的人感恩圖報，最令上帝氣憤的就是忘恩負義。我之所以這麼說是因爲，先生們，很顯然你們已經親眼看到了我爲各位所做的一切。所以作爲回報，我希望你們能夠達成我的一個心願，請諸位帶上我爲你們解下的鐐銬，立即上路到托波索城去拜見杜爾西內婭小姐。告訴她，傾心於她的哭喪著臉的騎士衷心祝她安康，並請對她詳述此番使諸位獲得自由的全部壯舉，然後你們就各赴前程。」

希內斯代表大家回答道：

「我們的救命恩人，您吩咐我們做的事情我看我們是怎樣都辦不到的。我們不可能一起在大路上走，只可以分頭行動，爭取進入大山深處，才不會被神聖友愛團發現。拿上鐐銬去托波索，那簡直是癡人說夢、緣木求魚。」

「真是混蛋，」唐吉訶德罵道，「你這個婊子養的東西，好一個希內斯，或者就跟他們稱呼你的一樣，我絕對會讓你一個人規規矩矩地帶著整條鎖鏈去托波索。」

希內斯可不是個省油的燈，他早就看出唐吉訶德頭腦有些問題，要不哪能幹出解救他們的荒唐事來。看到自己竟然受到如此侮辱，他就向同伴們使了一個眼色。於是那幫人退後了幾步，接著就撿起石頭，雨點般地砸了過去。

桑丘趕忙躲到了毛驢後面，依靠那畜生的身體擋住了雹雨似的陣陣石塊。但是唐吉訶德可就沒有那樣好的掩護了，不知道有多少塊石頭重重地砸在了他的身上，最後直到把他打倒在地。那夥強盜扒掉了唐吉訶德穿在胸甲外邊的短褂，又去脫他的襪子。若不是有腿鎧護著，恐怕連襪子也會被扯掉。

桑丘的外套被搶了，身上就只剩下了內衣。那些人把剩下的戰利品分了分，然後就各自逃走了，心裡想著的是怎麼躲避神聖友愛團的追捕，而不是帶著鐐銬去拜見杜爾西內婭小姐。

曠野裡只剩下了毛驢和駑騂難得、桑丘和唐吉訶德。那毛驢垂著頭，若有所思，偶爾會動一下耳朵，還以爲剛剛在耳際呼嘯的石雨沒有停息；駑騂難得也被石塊擊倒，規規矩矩地趴臥在主人的身邊；桑丘衣衫襤褸，生怕神聖友愛團的人馬會不期而至；而唐吉訶德呢，卻因自己行善反被受惠者搞到如此悲慘的地步而惱火中燒。

chapter 23

罕見的黑山奇遇

看到自己的狼狽樣，唐吉訶德對他的侍從說道：

「桑丘啊，我經常聽人說，對惡人行善正像是往海裡倒水[98]。如果我早聽你的話，就不可能發生這場意外了。不過都過去了，只好忍著啦，往後學乖點兒吧。」

「您老人家要是真能引以為戒的話，」桑丘說道，「我倒真成了土耳其人啦。還是跟你講實話吧，跟神聖友愛團講騎士道可就不管用了，在他們眼裡，遊俠騎士是一文不值的。跟您講，我好像已經聽見他們的箭在耳邊嗖嗖地響了[99]。」

「你這個膽小鬼，桑丘，」唐吉訶德說，「但是，省得你說我逞強、總是不聽你勸。這一次聽你的，躲開讓你那麼害怕的凶險，不過得有一個條件：無論是死是活，你都一定不能對

98. 西班牙諺語。
99. 神聖友愛團拿獲了現行犯，當場用箭射死。

人說是我迴避可怕的危險，只可以說是礙不過你的央求。」

「老爺，」桑丘說道，「撤退不等於逃跑，等著也不等於聰明。聰明人從來都不是孤注一擲，而是以退為進。跟我走吧，我認為這個時候腳比手有用。」

唐吉訶德不再分辯，爬上駑騂難得，跟著桑丘走進了眼前的黑山。桑丘計畫翻過那座大山，從比索或者阿爾莫多瓦・台爾・岡坡[100]那裡出去。在深山老林裡待上幾天，神聖友愛團就算來追，也找不到他們。經過苦役犯們的掠奪，驢背上的乾糧袋竟然逃過了那一浩劫，桑丘覺得好像遇見了奇蹟似的，所以也就更加來了勁頭。

當晚，他們就走到了黑山深處，在一片軟木樹林裡的兩塊巨石之間安頓下來。

可是，那個著名的騙子和強盜希內斯由於害怕神聖友愛團而決定到那一帶的山裡躲起來。造化和恐懼偏巧讓他來到了唐吉訶德和桑丘所在的地方。希內斯本來就是個無情無義、心術不正的人，於是他動起了偷走桑丘的毛驢的念頭。他騎上那頭毛驢，在天亮之前就逃之夭夭，看來是無論如何也追趕不上了。

曙光初現，給大地帶來了歡樂，卻讓桑丘心裡佈滿了陰霾，因為他發現他自己的毛驢不見了。看到驢沒了之後，他立刻無比傷心地號啕大哭起來，最後吵醒了唐吉訶德。

唐吉訶德看到桑丘在哭，於是就苦口婆心地安慰了他一番，讓他先別著急。答應給他立

100. 這兩個城都在拉・曼卻。雖說越過山嶺，並不是山北的拉・曼卻到山南的安達路西亞。

個憑據，把自己家裡五頭驢中的三頭送給他。

於是桑丘這才平靜下來，抹乾眼淚，止住抽噎，感謝了東家的恩惠。唐吉訶德自從進到了山裡之後，心裡就特別高興，認爲這正是他尋險的理想之地。他的腦海裡重又浮現出了遊俠騎士們在那些荒蕪險惡的去處裡曾經有過的各種離奇古怪的遭遇。唐吉訶德邊走邊想著這些事情，他是那麼專注、那麼忘情，別的也都不記得了。桑丘背著本該讓毛驢馱著的全部家當，跟在主人身後，不時地從口袋裡掏出食物，狼吞虎嚥地塞進肚子。

就在這個時候，他突然一抬頭看見主人正站在前面，想用槍頭挑起地上的一堆什麼東西，於是就急急忙忙地湊過去看看是否需要幫忙。他趕到跟前時，唐吉訶德正好挑起一個連著鞍墊的皮箱。鞍墊和皮箱也已經破爛不堪，但是分量卻很重，桑丘只能走過去用手去搬。儘管那箱子用鐵鍊捆著，還上了個鎖，但是裡面裝著四件細麻紗襯衫，還有其他一些麻布織品，倒是都挺乾淨的。另外還有一大堆金幣用手絹包著。

桑丘接著又翻找了一陣之後，結果發現了一個精緻的備忘本。唐吉訶德拿走了筆記本，讓桑丘把錢留著自己用。桑丘見主人如此的慷慨大方，激動不已地吻了主人的雙手，以表示感謝他的恩典！之後他把箱子裡的東西掏出來，放進乾糧袋裡。

唐吉訶德看著桑丘折騰完後對他說道：「桑丘，這一定是哪個迷了路的人在山裡遇到了攔路強盜，被殺之後或許就埋在了這個不起眼的地方。」

「不會是的！」桑丘叫道，「要是強盜的話，就不會留下這些錢了！」

「你說得也很有道理……」唐吉訶德說，「這樣的話，我可就不瞭解到底是怎麼回事了。不過別著急，看看這個筆記本上是不是留下了一點兒線索。」

唐吉訶德翻開了備忘本，第一眼就看到了一首十四行詩，雖然是草稿，字體卻很娟秀。因爲桑丘也想知道都寫了些什麼，唐吉訶德就大聲念了起來：

如若不是愛神不管不問
就是你心如鐵石般冰冷殘忍，
難道我現在所受折磨
還沒有上天註定了的那樣深？
既然愛神位列仙班，
就該對所有瞭若指掌，
神仙該是仁慈善良，
那又是誰讓我承受這份痛苦？
怪罪於你——茜麗，定然冤枉！
自古紅顏多禍水，
上帝也不該對我懷恨。
撒手人寰是我的宿命，

既然不知情種躲在哪裡，
除非找到回春良藥，發生奇蹟。

「真是毫無頭緒的一首詩，」桑丘說，「除非揪著『廢縷』捋到整個事情的線球[101]。」

「這裡有『廢縷』嗎？」唐吉訶德問道。

「老爺您剛剛提到了『廢縷』呀。」桑丘說。

「我只念到過『茜麗』，」唐吉訶德答道，「這一定是讓這位詩作者失魂落魄的佳人。我感覺得到他是個不錯的詩人，不然就是我不懂詩嘍。」

「您也懂詩啊？」

「懂得比你想像的要多多了！」唐吉訶德答道，「等著看吧，我會用詩寫一封信，讓你給我的杜爾西內婭小姐送去。一切遊俠騎士都是了不得的詩人和樂師！確切地說，這兩種天賦，是多情、善感的遊俠騎士所必備的。但是，以往騎士的詩更注重情感表露，而不是用辭藻堆砌。」

唐吉訶德又把那個筆記本從頭到尾翻了一遍，又找到了一些詩和信。有些字跡清楚，有些模模糊糊，然而滿篇都是哀怨、悲歎、猜疑、歡欣、傷感、讚賞與咒罵之類，華麗與淒婉

101. 此處套用了民諺「揪住線頭就能捋到線球」。

並存。就在唐吉訶德翻閱筆記本的時候，桑丘忙於搜查手提箱，連箱角和坐墊都不放過，每一道縫都扒開了看，每一根線都捋一捋，無一疏漏。結果竟找到了一百多個艾斯古多，桑丘興奮不已。這時候他才覺得，自從爲好心的東家效勞以來，所經歷過的被人用毯子兜著拋來拋去、背上的棍子、騾夫的拳頭、褡褳袋的損失、外套的被搶[102]、忍饑受渴、奔波勞苦全都變得非常值得，有了拾來財物，也算是得到了翻倍的犒賞。

騎士倒是很想知道皮箱的主人到底是誰。從那詩、那信、那金幣和那考究的衣衫來看，或許是個大戶人家的少爺也說不定，由於受到了他那位貴婦人的冷遇和拋棄，最終尋了短見。但是，在這荒無人煙的地方也沒有什麼人可以詢問。唐吉訶德只有繼續前行，任由駑騂難得在顛簸的山路上擇路而行。

唐吉訶德邊走邊想在這叢莽之中會否遇上一些稀奇古怪的事情——他突然發現眼前的小山包上有一個人在岩石雜草中極其輕盈地跳躍前行。那人幾乎是光著身子，鬍鬚濃密，濃髮蓬亂，赤腳裸腿，沒到膝蓋的棕色褲頭破爛不堪，有些地方都露出了肉來。唐吉訶德立刻想到那人可能就是鞍墊和箱子的主人，便暗下決心一定要找到他才行。哪怕需要在山裡轉悠一整年，也要達到這個目的。於是，他吩咐桑丘從另外一邊圍堵，這樣就一定能找到那個一瞥而過的人了。

「我不想去！」桑丘說道，「只要我離開您就害怕，覺得危機四伏。請您記著，我反正

102. 作者未提灰驢被竊。

把話也已經說開了，從今往後，我會寸步不離您的身邊。」

「那也行，」哭喪著臉的騎士說，「很高興你願意用我的膽量來爲自己壯膽，即使你嚇掉了魂，也由我來撐著。你盡可能慢慢地跟在我身後。不過要睜大了眼睛。咱們繞過小山包，可能會碰上剛才見到過的那個人，毫無疑問他就是咱們撿到的東西的主人。」

他一說完就催動了駑騂難得，桑丘只好背著口袋徒步跟在後面。繞著山包走了一段之後，他們看到一頭鞍轡齊全的死騾子倒在一條小河溝裡。這個發現讓他們更加覺得從他們眼前消失的那個人就是這騾子和那鞍墊的主人。

當他們正看著那騾子的時候，突然聽到了一聲呼哨，好像是有人在轟趕牲口似的。然後，他們的左手邊就竄出來一大群山羊。接著，在羊群後面的山頂上，站著一位牧羊老人。牧人走下山來，剛到唐吉訶德面前，就說道：

「我敢保證，您一定在看死在澗底的那頭騾子，牠倒在那兒已經六個月了。告訴我，你們有沒有在那邊碰到騾子的主人？」

「我們什麼人都沒有見到啊，」唐吉訶德答道，「只是在離這裡不遠的地方看到過一個鞍墊和一隻小皮箱。」

「那些我也見過，」牧人說，「不過，我壓根兒沒想揀，也沒往跟前湊。我怕惹事兒，怕人家說我想偷。要知道，魔鬼都是相當狡猾的：悄悄下個絆子讓你摔倒，你卻還不知道是怎麼一回事兒呢。」

「那麼請您告訴我，好心人啊，」唐吉訶德說，「您知道這些東西的主人是誰嗎？」

牧人說道：「我知道的也不是很多，離這兒三四里地的地方有一個牧人的宿營地。差不多也就是在半年前吧，有一個年輕人到了那裡。過了幾天，他在路上碰到我們當中的一位牧羊人，搶走了所有的麵包和乳酪，接著又輕巧地轉進了大山。聽說這事之後，我們幾個放羊的夥伴就去找他，對他說，如果他什麼時候需要乾糧了，至少也應該出來要，而不是搶。

「他對我們的幫助致以感謝，並且請求原諒他前幾次的搶劫，保證不會再攪擾任何人了。他剛開始還說得好好的，突然一聲不吭了。於是我們立即想到或許他又犯起了瘋病。他馬上就證實了我們的猜測。因爲他猛地從坐著的地方站了起來，一邊發瘋一邊喊道：『好你個無情無義的費南鐸！』

「他還說了些別的，都是罵那個名字叫作費南鐸的人的話。我們拉開了他，心裡挺難受的。他二話沒說，掉頭就跑，鑽進了這片蒿草荆棘堆裡了。」

「說實話，先生們，」那牧人接著說道，「二位剛才看見的那個赤身裸體、從你們眼前一晃就不見了的人，或許就是他。」

聽了牧羊人的話，唐吉訶德感歎不已。他更急於知道這位不幸的瘋子的來歷，所以堅定了原來的想法，一定要找遍整座大山找到那個人，絕對不會放過任何一個溝坎和岩洞。可是，他的運氣比想像和期待的好多了。也就是那個時候，他們要找的那個小夥子從一個山口朝他們走來。他的衣著跟前面說過的一樣，只是等到走近了之後，唐吉訶德才看見他那件破破爛爛的上衣竟然是龍涎香皮子做的[103]，可以斷定穿著這種衣服的人身分一定較爲尊貴。

那個年輕人走上前去跟他們打了個招呼，他的聲音有點古怪嘶啞，但卻禮數周全。唐吉訶德也恭恭敬敬地還了禮，接著又翻身下馬，文雅瀟灑地同他擁抱，並且擁抱了好一會兒，好像是遇見了一位久違的朋友。

那年輕人，我們可以稱之爲「愁容」襤褸人，就像把唐吉訶德叫作「苦相」騎士一樣，讓唐吉訶德擁抱過了以後，把他從自己身邊推開，把手搭在他的肩膀上，好像是想要搞清楚自己是否認識他似的望著他。

看到唐吉訶德的模樣、身量、打扮，他驚訝的程度也許並不亞於唐吉訶德本人。總而言之，擁抱過後，首先開口講話的是襤褸人。

103. 硝皮時加上龍涎香，製成的皮子有香味，很名貴。

chapter 24
黑山裡的故事

唐吉訶德非常認真地等待著山裡的檻褸紳士開口，只聽他說道：

「老實說，先生，我雖然並不認識你，但不管閣下是什麼人，不論你是誰，我都要感謝你對我以禮相待。除了領情之外，我還很希望能夠以行動報答先生待我的赤誠。不過，命運使我沒法回報您的美意，現在也只能聽憑閣下差遣。」

「本人只想爲閣下做一些事情，」唐吉訶德回答道，「我現在已經打定主意，如果找不到你，不弄清楚你內心深處的痛苦是否已排遣，我是絕對不會出山的。如果有必要的話，我很是願意傾力相助。」

聽到哭喪著臉的騎士的這番話語，山林紳士只是不住地對他上下打量、左看右看，看夠之後，對他說道：「要是你們有什麼吃的東西，那麼看在上帝的份上給我吧。吃飽之後，我會一切都聽您的，以謝諸位待我的一片好心。」

桑丘解開了自己的口袋，牧人也打開了自己的皮囊，拿出了食物給襤褸人充饑。襤褸人吃完之後，做了個手勢，讓大家跟著他走，帶著大家繞過一塊略微突起的岩石，來到了一塊綠色草地上。到那兒之後，他馬上就坐了下去，而其他的人跟著席地而坐。在這之間，沒有一個人開口說話。直到坐穩當了，襤褸人才說道：

「先生們，如果你們想讓我說說我的巨大不幸的話，就得答應我，在我講述這段悲慘遭遇時，不要提問和中間插話。我若是在什麼地方被打斷的話，那麼就講到什麼地方為止。」

襤褸人的這番話讓唐吉訶德想到了自己的侍從講過的那個故事，就是因為自己沒有記住運過河去的羊的數目，導致結局沒有講完。不過，還是回頭說襤褸人吧，只聽他接著說道：「我有言在先，是想儘快講完自己的辛酸故事。回憶往事只能讓我在舊傷口上又加新傷。要是諸位少問一點兒的話，我就可以講得快些。為了讓各位滿意，我將不會漏掉任何重要情節。」

唐吉訶德代表眾人同意了他的要求。有了這個保證，他就開始講了：

「我叫卡迪紐，老家是安達路西亞最美的城市之一。我的家世顯赫，父母有錢，但是意外的不幸常常是財富也不能彌補的。城裡住著一位和我一樣高貴而富有的女子陸莘達，我從年幼時就愛她，她也以其稚嫩的年齡所能有的坦率和勇氣回報了我的真情。

「隨著年齡的不斷增長，我們的感情也日益加深。於是我就去找了她的父親，請他准許我娶他的女兒為妻子。她的父親答覆說，他為我的美意深感榮幸，同時也很願意盡自己所能讓我稱心。不過，既然我的父親健在，求親的事情就理應由他操持。

「我對他的有意成全表示由衷地感謝，當即就去找父親表明了自己的心願。我走進了父親所在的房間，發現他手裡拿著一封展開了的書信，他把信遞到了我的手裡，然後說道：『從這封信裡可以看到，卡迪紐，李卡多公爵有意要提攜你啊。』這位李卡多公爵，想必各位先生一定知道，是西班牙的巨擘之一，屬地位於安達路西亞最好的區域。

「然後我拿起信來讀了一遍。公爵的信言辭懇切，信中請求父親馬上把我派到他那兒去，他希望我能陪伴他的長子。

「我跟陸莘達談了談，對她述說了全部的經過。我也找了她的父親，請求他緩些時日，看看李卡多要我做什麼之後，再來討論同陸莘達的婚事。他滿口答應了下來，陸莘達也說好了等我。

「我去到了李卡多的家裡。然後受到了公爵很好的接待。不過，對我的到來最爲高興的是公爵的二兒子，他叫費南鐸，是個英俊優雅、豪爽多情的小夥子。沒多長時間他就跟我好得讓所有的人都有了微詞。由於朋友之間無話不談，他就將他自己所有的心事都告訴了我，特別是那一段讓他揪心的私情。

「他看上了他父親屬地裡的一位農家女子。爲了能夠達到佔有她的目的，他就下決心對她許下要娶她爲妻的諾言。出於友誼，我一心想要阻止他那麼做。他爲了哄騙我，就跟我說，要想把那個讓他那麼入迷的美人忘掉，最好的方法就是跟我一起到我的家鄉去。

「後來我才知道，與我講話之前，他早已經以丈夫的身分享用過了那個農家女子。我們到了我的家鄉，我馬上就去看望了陸莘達。千不該萬不該的是，我對他極力誇獎了陸莘達的美貌、氣質和聰慧，結果勾起了他想看看這位完美女子的欲望。

「一天夜裡，我從我們經常幽會的窗口指給他看了燭光下的陸莘達。一見到那副裝束下的陸莘達，他馬上就將平生見過的美人們全都忘得乾乾淨淨。

「有一天，他發現了陸莘達要我去找她父親求婚的信。他當時沒動聲色，顯得真誠並且又豔羨，邊讀邊對我說，陸莘達一個人獨佔了世界上所有別的女人身上的一切美貌和智慧。現在我得承認，儘管我覺得堂費南鐸對陸莘達的讚美是完全正確的，但是這種情況讓我產生了某種莫名的嫉妒。

「堂費南鐸千方百計地要看我跟陸莘達來往的信箋，藉口是欣賞我們倆的娟秀文筆。陸莘達非常喜歡閱讀騎士小說，就在這個時候，她來找我借《阿馬狄斯．台．咖烏拉》……」

唐吉訶德不等聽完那個書名就說道：

「先生，我真希望您能把《堂儒亥爾．台．希臘》那部傑作同《阿馬狄斯．台．咖烏拉》一起拿給陸莘達小姐看看，我敢肯定她一定會喜歡。請您接著講下去吧，這才是正題。」

唐吉訶德說話時，卡迪紐低頭不發一語，一會兒才抬起頭來，說：「我認爲那個大壞蛋艾利巴師父是瑪達西瑪王后的情人。誰不信我的話，誰就是大傻瓜。」

唐吉訶德一聽之下，怒氣沖天，說道：「我發誓，沒這回事！這是惡意中傷，瑪達西瑪王后是很高貴的公主，怎麼可能和江湖醫生有私情呢！誰反駁我就是混蛋胡說！」

卡迪紐兩隻眼睛直勾勾地盯著唐吉訶德。他又犯起了瘋病，隨手揀起身邊的一塊卵石，衝著唐吉訶德的胸口就丟了出去，當即將他砸了個四腳朝天。

一看到東家遭此毒手，桑丘立即攥起拳頭撲向瘋子，襤褸人以靜待動，迎面一拳就把桑丘打倒在了自己的腳下。

那位牧羊人想去幫他一把，結果也落了個一樣的下場。卡迪紐將所有的人全都收拾了一頓之後，丟下他們，像個沒事兒人似的揚長而去，走進了大山的深處。

桑丘從地上爬了起來，遷怒於牧羊人沒有事先提醒他們，講明白那個人指不定什麼時間就會犯瘋。牧羊人說自己早就講過了，他沒有聽見，也怨不得別人。最後反駁成了互相揪鬍子，拳腳相加的樣子。要不是唐吉訶德從中調停的話，肯定都得頭破血流。

桑丘揪著牧羊人說道：「您不要管，哭喪著臉的騎士老爺，這傢伙和我是一樣的，也是個鄉野村夫，不是受封的什麼騎士。我完全可以自己報仇，體體面面地跟他比試比試。」

「說的也是，」唐吉訶德說道，「不過，我知道，在這件事情上，他沒有犯錯。」

於是兩人這才平靜下來。唐吉訶德又回過頭來問那牧羊人能不能找到卡迪紐，因為他非常想知道他的故事的結局。那牧羊人把之前說過的話又重複了一遍，沒有人清楚地知道他住的地方，不過，要是多在那一帶轉悠轉悠的話，肯定會碰上他。只是不清楚到時候他是清醒的還是糊塗的。

chapter 25

勇武的曼卻騎士奇遇

唐吉訶德告別了牧羊人，重又跨上駑騂難得，囑託桑丘跟著上路。桑丘儘管很不樂意，可是也只得從命。兩人漸漸來到了山上的最崎嶇之處。桑丘心癢癢地想跟主人說話，只希望他先開口，免得自己違背命令。然而，他主人總不說話，他再也按捺不住了，說道：

「唐吉訶德老爺，請您祝福了我，打發我走吧。我想就此回家，找我的老婆孩子去了。跟他們在一起，我至少能夠想說話就說話、想說什麼就說什麼。」

「我瞭解你的意思了，桑丘，」唐吉訶德說，「你是想讓我取消對你說話的限制。你就當是已經取消了，想說什麼就說吧。但是，這次解除禁令僅僅局限於我們在這座山上行走的時候。」

「就這麼說定了，」桑丘說，「現在就讓我說話吧，天知道以後會怎樣呢，眼前我先享受這個權利。有了這份許可，我就想問一句：老爺您幹嗎要那麼維護那個什麼瑪姬瑪沙[104]王后啊？那位神父是不是她的相好，又能怎麼樣？老爺您又不是給她判官司，如果沒有那麼較真，我肯定那個瘋子會接著往下講，咱們也就免得給石子砸呀，給腳踩呀，再挨上那六七巴掌了。」

「凡是遊俠騎士，只要是聽到女人的名譽受到誹謗，就該挺身出來辯護，不論是什麼女人，也不論誹謗的人瘋不瘋。對一般的女人都該如此，更何況是像瑪達西瑪那樣高貴而賢淑的王后呢。」

「我不這麼說，也不這麼想，」桑丘說道，「隨他們自食其果，隨他們和麵包一塊兒吃下去[105]。那王后和醫生是不是情人，他們自己會向上帝交代。『我從自己的葡萄園裡出來，什麼也不知道[106]』。我不操心別人的日子怎麼過，『誰買了東西又抵賴，自己的錢包有數[107]』。再說嘛，『我光著身子出世，如今還是個光身，我沒吃虧，也沒佔便宜[108]』。就算他們是情人，跟我又有什麼關係？『許多人以為這兒掛著鹹肉呢，其實連掛肉的鉤子都沒有[109]』。而且，『誰能在

104. 桑丘記不真瑪達西瑪的名字，說錯了。
105. 西班牙諺語：「誰作惡就自食其果；隨他和麵包一起吃下去，隨他自作自受。」
106. 西班牙諺語，表示不願意為人做證，推卸干係。
107. 西班牙諺語，表示自己做的事，自己有數。
108. 西班牙諺語。
109. 西班牙諺語，指捕風捉影。

曠野裡安上大門呢』[110]？更何況，『人家對上帝都會說閒話的[111]』。」

「上帝保佑！」唐吉訶德說，「桑丘，你怎麼老是說蠢話。咱們說的事情跟你的這些話有什麼關係呢？求求你啦，桑丘，趕緊打住吧。從今往後，你就專心管好自己的毛驢，與你無關的事情就別摻和。你給我好好地聽著並記住，我不論過去、現在、將來，我幹的事都是對的，也都合乎騎士道的規矩；我對這個規矩，比哪個騎士都熟悉。」

「老爺，」桑丘答道，「咱們爲了找一個瘋子而沒頭腦地在這看不到路的山野裡瞎轉悠，找到了呢，可能他會故態復發——不是接著把他的故事講完，而是繼續朝著您的腦袋和我的肋骨發狠，不徹底砸爛決不甘休，難道這也能說是無可指責的騎士規矩？」

「對，」唐吉訶德說，「我要派你到一個地方去，你去了要是能早點回來，我的苦行就能早點結束，我的光榮也就能早點開始。」

「說實話，」桑丘說，「老爺，您到底想在這個偏僻的地方幹什麼？」

「這就是關鍵所在，」唐吉訶德回答說，「一個遊俠騎士有緣有故地發瘋，值不當什麼；關鍵是要無緣無故地發瘋，從而讓我的心上人瞭解：風和日麗尚且如此，雨驟風狂又會怎樣？我要裝瘋，一直裝到你帶著我意中人杜爾西內婭的回信回到這裡爲止。要是她對我依然忠誠，我的瘋癲和修道就會結束。你是不是還好好地收著曼布利諾頭盔？我看見你從地上撿

110. 西班牙諺語，指堵不住眾人的口。
111. 西班牙諺語，指閒話難免。

了起來，那個壞心眼的傢伙想砸碎它，可是砸不碎，可見是精煉細製的東西。」

桑丘回答道：「上帝保佑！要是有人聽見您把理髮師的銅盆說成是曼布利諾的頭盔，並且還死不認錯，會怎麼想呢？」

聊著天，他們已經來到一座高山腳下。那山峰像刀劈斧砍的石筍一樣聳立在群峰環抱之中，他們的腳下是一條溪流，周圍是一片草地。哭喪著臉的騎士選中了這塊地方來苦修贖罪；他一看見就發了瘋似的大聲說：

「天神啊！我就選擇這塊地方為你帶給我的厄運歎息和哭泣。噢，杜爾西內婭啊，你是我黑夜中的白晝，你是我苦難中的歡欣，你是引導我的道路的北斗星！我在這裡的一舉一動，都是為了我心上的人兒，你看後牢記著，好去向她報告！」

說到這兒，唐吉訶德翻身下了駑騂難得，並馬上卸掉了鞍子和轡頭，然後在牠的屁股上拍了一下，說道：「失去自由，現在給你自由，我的戰績卓著而又命運不濟的靈駒啊！想去哪兒，就去哪兒吧。」

看到這個場景，桑丘說道：

「最好還是重新給駑騂難得備上鞍子，讓牠代替我那頭驢，這樣我來去可以省些時候。我要是一步步走去送信，不知何時走到，也不知何時才能走回來；因為，我的腳力不行。」

「桑丘啊，」唐吉訶德說，「我想就按你說的辦吧，我認為你的主意不錯。我希望你能在三天之後出發，希望你在這三天內能夠看到我因為她而做的事和說的話，到時候好講給她聽。」

桑丘答道，「我還請您就當讓我看您發瘋的三天期限已經結束，就當我已經親眼見過，我會向女主人詳加稟報的。您寫了信，派我馬上動身吧，我急著回來救您出這座煉獄呢。」

「確實如此，」哭喪著臉的騎士說道，「但是，怎麼來寫信呢？」

「是不是順帶著把驢駒的過戶單也寫了？」桑丘追問。

「一併都寫，」唐吉訶德說，「儘管沒有紙，不過咱們完全可以像古人一樣，寫在樹葉或蠟版上，但是這蠟版跟紙一樣不好找。不過，我有個好主意，這主意妙極了，寫到卡迪紐的那個筆記本上，然後你再找機會讓人抄到紙上去。」

「那簽名怎麼辦？」桑丘問道。

「阿馬狄斯的信上從來都沒有簽名。」唐吉訶德回答。

「那就算了，」桑丘說，「可是，過戶單一定非得簽名不可，如果那是抄寫的，別人就會說簽名是假的，我就得不到驢了。」

「過戶單就簽在筆記本上，我是要簽名的，我外甥女看了一定照辦，不會爲難。」

「您說得很有理，」桑丘說道，「我簡直笨得像頭驢。嗨，我怎麼偏偏要說到驢呀，在吊死鬼的家裡不該提繩子嘛[112]。不過還是來寫信吧，因爲我該動身了。」

唐吉訶德拿出記事本子，走過一邊去，安安靜靜地寫信。寫完後他把桑丘叫到跟前，說

112. 西班牙諺語，不觸犯忌諱的意思；因為他丟了驢正傷心。

是要念給他聽一下，讓他記在心裡，免得半路丟失：人倒楣的時候，什麼事都得防著點兒。

對此，桑丘回答說：

「您在本子上寫上兩三遍，交給我，我帶著小心在意就是。想讓我背下來，那您可就是異想天開了。我的記性糟糕透了，有的時候甚至會忘記自己姓什麼叫什麼。不過不管怎樣，老爺您還是念一下吧，我倒是很想聽聽，一定不錯。」

「你聽著，是這麼寫的，」唐吉訶德接著就讀了起來：

唐吉訶德致杜爾西內婭的信

尊貴的小姐：

備受離愁別恨煎熬而身心交瘁的人，遙祝嬌媚至極之杜爾西內婭金安康泰。你的花容對我緊閉，你的雅潔對我無益，你的鄙棄陷我於雖自認剛毅但難以承受的深沉而又恒久的苦痛情境。冰清玉潔的佳麗、心儀的怨敵啊，我的侍從桑丘，為人忠厚老實，定當能詳述余之為卿所歷之千般折磨：如若施援，我將效犬馬之勞；如若不然，也悉聽尊便，了此殘生，遂你狠毒愚願。

卿之至死不渝的

哭喪著臉的騎士

「我的天啊，」桑丘聽完之後說道，「我一輩子都沒見過這麼文雅的東西！我的天啊！怎麼您心上想說什麼，信上都會說出來！而那個『哭喪著臉的騎士』的落款真是再妙不過了！說真的，您簡直就是神，真是我所不會啊。」

「從事我們這個事業的，」唐吉訶德說，「什麼都得會。」

「那麼我看，」桑丘說，「老爺您就在背面寫下三匹驢駒子的字據吧，您的名字可得寫清楚了，讓別人看一下就能認得出來。」

「好啊，」唐吉訶德說。

他寫完之後，讀道：

外甥女小姐：見信後，請將家中由你照料的五匹驢駒中的三匹交給我的侍從桑丘・潘沙。這三匹驢駒用以抵償我在此間得到的同樣數目的驢駒。憑此單據及侍從的收條完成交易。本年八月二十二日於黑山深處立據。

「不錯，」桑丘說，「請您老人家簽個名吧。」

「不需要簽名，」唐吉訶德說，「我畫個押就跟簽名一樣。別說是三頭驢駒子，就是三百頭，這也行了。」

「我相信您，」桑丘說，「讓我走吧。我這就去給駑騂難得備上鞍子，老爺您準備好爲我祝福吧，因爲我想馬上動身，您還得幹些什麼瘋癲的事，我就不看了。我會對她說，看見您幹了很多瘋傻的事，叫她聽不下去。」

「至少，我認爲，桑丘，這是必不可少的，你也該看著我光著身子做上一二十個動作，這用不了半個鐘頭，你只要親眼見過了，再隨意添油加醋的，心裡也踏實。不過，我敢打包票，隨你怎麼說也及不上我計畫做的。」

「要是您老人家非讓我看您的表演，那就穿著衣服來吧，簡單一點，挑合適的比畫幾下就行了。先不說這些了，我不在的期間您老人家吃什麼呢？難道也跟卡迪紐似的向過路的牧人去搶？」

「你就不要爲那事操心啦，」唐吉訶德說，「我只吃這片草地上的野菜和這些果樹上的果子，即使另有可吃的東西也絕對不吃，我這苦修的關鍵就在於可以不吃東西和忍受別的類似的折磨。那麼，你就走吧。」

「可是，老爺您清楚我擔心什麼嗎？現在的這個地方這麼偏僻，我不一定還能找回來。」

「你做好記號，我也不會離開太久，」唐吉訶德說，「我還要經常爬上最高的岩石，瞧能不能在你回來的時候望見你。還有個最妥當的方法，這兒有的是灌木，你最好斫下些枝條。一邊走一邊撒，一直撒到出山，這些灌木枝就可以成爲你回來的時候找到我的記號。」

「就這樣辦。」桑丘說完之後便揪了一些灌木枝，請主人祝福他，兩人免不了還灑了很多眼淚，就此分手。唐吉訶德再三叮囑要像照看他本人那樣照看好駑騂難得，桑丘騎上馬向山外跑去，並且謹遵東家的教誨，邊走邊撒下些灌木枝。他就這樣揚長而去，儘管唐吉訶德還在求他至少也要看著自己做兩個瘋狂的表演。可是他沒走得百步，又跑回來，說道：

「老爺啊，我想老爺您說得很對，儘管您一人待在山裡就是大發瘋，我至少還得再看您發一次瘋，以後我發誓說看過您發瘋，就不會良心不安。」

唐吉訶德急急忙忙褪下褲子，脫得精光，只剩一件襯衫，然後啥也不顧，先是麻利地原地跳躍兩次，隨後又接連頭在下、腳在上倒豎蜻蜓，自然是把一些零碎全都暴露於光天化日之下了。桑丘不想再見那些東西，於是就勒轠掉馬。他覺得可以安心賭咒發誓，說看見主人發瘋了。

chapter 26 為愛修煉

哭喪著臉的騎士在獨處的情況下，穿著上衣、光著下身翻騰蹦跳了一陣之後，唐吉訶德發覺桑丘由於不想再看自己的醜態而早就走了，於是就爬到一塊山岩的頂上，把襯衫的下擺撕下一大條，挽了十一個結子，其中一個挽得比較大一些。他在那裡一直用那打了結的布條充當念珠把《聖母頌》念了千萬遍，在樹皮和河灘上刻畫了很多詩句，或述說自己的痛苦，或表白對杜爾西內婭的仰慕之情。

他就這樣依靠慨歎和籲請那片山林中的牧神、樹魔、水仙以及聲帶幽怨哭腔的厄科[113]給予的回應、慰藉和憐憫來消磨時光。當然，由於桑丘不在，他不時地還得去找點野菜來塡飽肚子。幸好桑丘只耽擱了三天，要是桑丘不是耽擱三天而是三星期，哭喪著臉的騎士一定面目全非了。

113. 厄科，希臘神話中的仙女，因愛戀那喀索斯遭到回絕而憔悴致死，最終只留下歎息的聲音，那聲音就成了回聲。

咱們暫且把唐吉訶德的這些唉聲歎氣的詩放到一邊，還是先來說說桑丘在送信途中的遭遇吧。

桑丘走上大路之後，直奔托波索而去，第二天就到了那家曾在裡面遭受毯子之災的客棧前面。裡面正開飯，他好多天只吃冷食，很想吃些熱的呢。

就是在這個需要的驅使下，儘管並沒有想好到底要不要進去，他還是情不自禁地向那個客棧走去。恰在這時，從客店中走出來兩個人，這兩人馬上認出了他，其中的一個說道：

「您看，神父先生，那個騎馬的是不是咱們那位冒險家的管家說的給她的主人當侍從的桑丘？」

「正是，」神父答道，「他騎的就是咱們那位唐吉訶德的馬。」

他們對桑丘熟悉得很，原來不是別人，正是桑丘本鄉的神父和理髮師，也就是檢查和處決那些書籍的兩個。他們認出桑丘和駑騂難得之後，就想知道唐吉訶德的情況，因此馬上迎了上去。神父喊著桑丘的名字問道：

「桑丘，我的朋友，你的主人在什麼地方？」

桑丘也認出了那兩個人，於是打定主意不說明主人所在的地方和所做的事情，因此，就回答說，他的主人在某個地方忙著一件十分重要的事情，至於在什麼地方、做的什麼事情，即使挖了他的眼珠子，也不會說。

「那可不行，堅決不行，」理髮師說道，「要是你不告訴我們你的主人在哪裡，我們就會聯想，其實我們已經想像到了，你殺了他、搶了他的東西，因爲你騎的可是他的坐騎呀。你一定得把馬的主人交出來，否則，跟你沒完。」

「你們不用嚇唬我，我從來不是搶東西殺人的傢伙。一個人生死有命，或由上帝做主。我主人在這座深山裡苦行修道呢，是他自己喜歡的。」

接著，他就一口氣地講出了唐吉訶德的情況及遭遇，並說自己正要去給杜爾西內婭小姐報信。那兩人聽得很是目瞪口呆，請桑丘把要送給杜爾西內婭小姐的信拿出來看一下。桑丘說信寫在一個本子上，主人囑咐他一有機會就找人謄到紙上。神父堅持想看，並說可以代爲謄清。於是桑丘就把手伸到懷裡去掏那個筆記本子，可是沒有摸到，他即使找到如今，恐怕也找不出來。原來那本子還在唐吉訶德身邊，沒有交給桑丘，桑丘也忘了問他要。

桑丘沒有找到筆記本，立刻面如死灰。

「我把那筆記本丟了，」桑丘說，「那上面有寫給杜爾西內婭的信，還有我主人畫了押的一個筆據，筆據上叫他外甥女從他們家的四五匹驢駒子裡拿出三匹來給我。」

然後，他就講了丟掉毛驢的經過。神父安慰了他一頓，還說，如果找到他的主人，就會讓他認帳，桑丘才放了心。他說，既然如此，丟掉杜爾西內婭的信也不著急了，他大致還記得，隨時可以讓他們筆錄下來。

「那您就背出來讓我們聽一下吧，桑丘，」理髮師說道，「之後，咱們就謄寫下來。」

桑丘手撓著腦袋開始回憶，過了很久時間，他終於說道：

「天哪，神父老爺，魔鬼把我記住的信內容都偷走了。只想起來開頭是：『尊貴無皮的小姐』。」

神父和理髮師對桑丘的記性不勝好笑，對他讚揚了一番，讓他再背兩遍，說是爲了記下來，以便找機會謄到紙上去。

桑丘又重複了三次，每遍都不一樣，遍遍笑話百出。之後，他又講了東家的種種遭遇。他的荒唐言辭再一次讓神父和理髮師瞠目結舌，使他們意識到了唐吉訶德到底瘋到了何等地步，竟然連帶的這個可憐人也跟著喪失了理智。

隨後，兩人細細商議，神父想出一個辦法，既配合唐吉訶德的脾胃，也能完成他們的計畫。他——告訴了理髮師，他本人裝扮成一個流浪少女，理髮師裝成隨從，然後一塊去找唐吉訶德。落難少女請求幫忙，唐吉訶德作爲英勇的遊俠騎士，絕對會幫助她。少女請求唐吉訶德跟著她，向一個對她作惡的無恥騎士報仇，並且還表示希望唐吉訶德在替她懲治那個惡棍之前別摘下她的面紗，也別詢問她的身世。神父拿定唐吉訶德會吃這一套。這樣就可以哄他出山，把他帶回家鄉；到了家鄉，他就可以設法醫治他那古怪的病了。

chapter 27

神父和理髮師的巧計

理髮師認爲神父的主意不錯，於是兩人就行動起來。

他們把神父的一件新法袍作爲抵押，向客店的老闆娘借了一條裙子和幾塊頭巾。店主人有一條灰褐色的牛尾巴，平時插梳子用的，理髮師拿來做成了大鬍子。

老闆娘問他們要那些東西有什麼用處，神父三言兩語地跟她講了講唐吉訶德的瘋病，由此最好喬裝打扮把他弄下山來的計畫。

客店老闆和老闆娘這時恍然大悟，原來那瘋子就是炮製治傷油的那位客人，他的侍從就是給人兜在毯子裡拋弄的傢伙。他們就把這瘋子在店裡的事情告訴了神父，連桑丘決口不提的事也講了。

最後，老闆娘把神父打扮得維妙維肖：裙上鑲著一柞來寬的鋸齒狀黑絨條條，緊身的綠絨上衣配有白緞滾邊；上衣好像是他們自己做的，不過那裙子說不定還是萬巴王[114]時代留下的古董呢。神父不願意用頭巾，只好把一頂加襯的棉布睡帽套到了頭上。他把綁腿的黑綢帶子一條蒙在腦門上，一條當作面罩，遮住鬍子和面頰。理髮師也跨上了坐騎，前面講過了，那用黃牛尾巴做的灰褐色鬍鬚飄散在胸前直至腰間。

兩人向大家告別，其中也包括瑪麗托內斯。她雖然是個有罪過的人，卻發願要念一串《玫瑰經》，求上帝保佑，讓他們把著手要幹的事辦妥。可是剛剛出了客店，神父忽然覺得自己這樣做不太妥當，一個神職人員裝扮成這個樣子成何體統。

他把這個想法對理髮師說了，請求調換角色，由理髮師來扮演落難女子，他來做僕從，這樣才不至於過分地有失身分。如果理髮師不幹，即使唐吉訶德讓鬼攝走，他也不想再依計而行了。

恰好桑丘跑來，看見他們倆這麼打扮，忍不住哈哈大笑。結果理髮師只好聽從了神父的意思，角色換過之後，神父就給他交代應該怎樣行事、怎麼講話才能打動唐吉訶德，使之跟著他離開那個被其選爲修行場所的地方。桑丘把他和主人在山裡碰見瘋子的事講給他們聽了，只是沒說發現手提箱和箱子裡的東西，這傢伙雖傻卻有點貪心呢。

第二天，他們走到了桑丘爲了找到東家而留有灌木枝標記的地方。桑丘確認了路標後，

114. 六七二至六八〇年間統治伊比利亞半島地區的西哥特族國王。

告訴他們從那裡就可以上山。他就對神父和理髮師說，從那兒往裡走就到了。

神父和理髮師跟桑丘講：不要對他的主人說出他們的身分，也不能說認識他們。他們還跟他講，如果他的東家問及有沒有把信交給杜爾西內婭，就說給了，不過因爲她不會寫字，就只帶了個口信回來，說讓他的主子馬上去見她，否則會倒楣的。

桑丘仔細地聽了他們的教誨，把他們的話牢牢地記在心裡。他還跟他們說，讓他先去找自己的主人，報告女主人的回信，他的那位女主人足以讓他離開那裡，而無須他們費那麼大的勁兒。神父和理髮師覺得桑丘講得有道理，決定等他見了主人回來，聽了他的消息再說。

桑丘沿著峽谷朝山裡走去，把神父和理髮師撇在了山峽口上。兩人悠閒地待在蔭涼地裡，忽然聽到沒有樂器伴奏的唱誦聲，很悠揚悅耳。他們聽到那個聲音在唱：

神聖的真情啊，你翅膀輕盈，
歡快地飛入了天堂的宮殿，
在幸福的人群中流連徜徉，
只把軀殼留在了人間世上。

你居高地顯示美好的和諧，
卻又要為其裹上薄薄輕紗，

事情就此間時常改變性質，
看似義舉其實是禍患交加。

馬上從天庭回來吧，真情，
莫讓欺騙披著你的外套
隨意毀棄那真摯的意願。

要是你不收回自己的軀殼，
世界將會要陷入一片混戰，
就像混沌初開時那麼混亂。

最後，一聲長歎結束了歌聲。神父和理髮師決計要去瞧瞧哪個傷心人唱得這麼動聽，又歎息得這麼淒慘。沒走多遠，他們就看到了一個身材和模樣很像桑丘提到過的卡迪紐的人。此人正是卡迪紐，他經常犯病，並且一犯起病來就不省人事。不過，當時正好趕上他發病的間隙，神志處於完全清醒的狀態。發現這兩個人的衣著裝扮跟那片荒山野嶺裡的人不太一樣，他多少還是感到有點兒詫異，等到知道他們對自己的事情竟然瞭若指掌之後，簡直驚呆了：

「兩位先生，我雖不認識你們，卻很明白你們兩位是上天派來解救我的。儘管沒有救治我這種疾病的良方，至少是不會怪罪於我的。要是您二位和他們的想法一致，那麼在你們對我的諄諄教誨之前，還是聽聽我那講不完的倒楣事吧。你們聽後，也許就不再費心地安慰我了。」

神父和理髮師本來就想聽他親口說說事情的經過，因此就請他快講，並且表示絕對按照他本人的意願盡力幫忙或寬解。這位倒楣的紳士就把自己的傷心史講給他們聽。他講的話和他的講法，都跟前兩天對唐吉訶德和牧羊人講得差不多。不過這一次，幸好他沒有犯病，總算是講到了結局。在講到堂費南鐸發現了夾在《阿馬狄斯·台·咖烏拉》中的信箋的時候，卡迪紐說自己還清楚地記得那信箋的內容：

陸莘達致卡迪紐：

我每天都從你的身上新發現一些優秀的品質，而這些優秀品質又迫使我不得不對您更加器重。因此只要願意，您完全可以讓我免遭這種折磨，且又不損壞我的清名。家父十分瞭解您的為人，並且一心為我著想，如果您真的像口上說的、並且和我一直相信的那樣重視我，他肯定會讓您如願以償，而又不違背我的心意。

「看完這封信，之前已經講過了，我就決定去向陸莘達求婚，也是這封信使堂費南鐸激發了他要趕在我之前如願的欲望。我對堂費南鐸講了陸莘達的父親要求我父親親自去提親，最還告訴堂費南鐸，不知道爲什麼，我總覺得我期盼的事不會成爲現實。堂費南鐸把我打發到他哥哥那裡去，藉口是去取買六匹馬的款項。其實他只爲實行自己的惡計，要把我支出去。

「到達了目的地，我把信交給堂費南鐸的哥哥。我受到了很好的招待，不過事情卻不太順利，需要我等上八天。我到了那裡之後的第四天，有一個人來找我，並交給我一封信，我一看就知道是陸莘達寫來的。

「閱讀之前，我先問了那人信是誰交給他的、在路上延誤了多長時間。那人說，有一天中午，他偶爾在城裡一條街上走過，看見個很美的女人在窗口叫他。她含著眼淚說：『大哥，看得出來您是一個好人，求您看在上帝的份上幫我送一封信。收件人和地址都明明白白地寫在信封上，您這可是在爲天主辦一件大好事啊。請您收下這個小包，用於路上的開銷。』

「她說著就將這封已經給您的信和一個手絹包從窗口丟了出來。手絹裡面包著一百瑞爾和這枚金戒指。那個好心的陌生信使說這些話的時候，我一直揪著心，兩腿發麻，快要站不住了。我終於展開信紙，只見上面寫道：

「堂費南鐸遵守了去找令尊會晤家父的諾言。可那是爲他自己的私欲，而不是爲您提親。他已經提出想要娶我爲妻，家父認爲他比您的條件更好，因此欣然答應，而且商定馬上成婚。您能否回來，自己定奪；我是否愛您，此事可鑒。願上帝保佑這封信能趕在我的手被那個不守信用之人牽住之前交到您的手裡。

「總之，信上是這麼說的。我看了信，不再等東家打發，也不再等那筆款子，馬上就動身上路。這時候我已經明白，堂費南鐸把我打發到他哥哥那兒去的事情和買馬無關，而是別有用心。

「對堂費南鐸的仇恨和對可能會失去愛情的憂慮令我如同長了翅膀，飛一般地在第二天還能見到陸苹達的時刻趕回了家鄉。陸苹達一見到我就說道：『卡迪紐，我身上披著婚紗，背信棄義的堂費南鐸和貪心勢利的父親正在大廳等著我呢。和他們一起的還有其他證婚人，不過他們將要見證的是我的死亡，而不是我的婚禮。如果憑著一張嘴阻止不了這件事，我還懷著一把短劍，我可以一劍結束自己的性命，借此表白對你的始終如一。』

「我考慮到自己如果在場，對事情的發展大有關係，就跑進她家，偷偷地躲進了婚禮大廳的一個由兩塊簾子遮掩著的窗洞裡。透過那個窗簾，我能看到客廳裡的一切活動，別人看不見我。新郎沒有經過任何修飾，穿著平時穿的衣服走進了大廳。陸苹達的一個表兄當了他的伴郎，除了家裡的傭人之外，沒有一個外人在場。沒過一會兒，陸苹達由她的母親和兩個女僕陪著從一個側廳裡走了出來。」

「人們都到齊了之後，教區神父走進大廳。他依照常規拉起兩個人的手問道：『陸苹達小姐，您願意選擇這位堂費南鐸先生做丈夫嗎？』陸苹達遲遲不作聲。就在我認爲她會拔出匕首表明心志的時候，卻聽到她說了一聲『我願意』。新郎走過來擁抱新娘，她卻一手按住胸口，倒在她媽媽懷裡暈過去了。她的母親解開了她的胸襟讓她透氣，結果卻發現了一張折疊著的紙條。堂費南鐸接過那張紙條，就著燭光讀了起來，根本沒有理會眾人正在為使他的新娘甦醒而手忙腳亂的情形。

「看到他們家一片混亂，我就大著膽子跑出來，走到寄存騾子的地方，讓他們備好，沒有打招呼，騎上去就出了城。當我獨自身處田野，不再顧忌被人認出，放開嗓門破口大罵陸莘達和堂費南鐸，好像這樣就能抵消他們對我的虧負。總之，我斷定她薄情淺見，又眼高心大，貪慕榮華富貴，把自己的諾言全拋在了腦後。而我卻陶醉於自己抱定的希望和正當的愛情，把她的空話信以為真。

「我最常落腳的地方是一個能容得下我這病弱身軀的軟木樹洞。在這一帶山上放牛、放羊的人們出於對我的憐憫而時常接濟我。我就這樣苟延殘喘地活著，恐怕一直會到蒼天慈悲結束我的生命，或者讓我失去記憶不再想起陸莘達的嫵媚與負心和堂費南鐸的欺詐與侮辱的時候。

「噢，先生們，這就是我遭遇的悲慘經歷。請你們告訴我：我能不像二位看到的那樣失魂落魄嗎？你們無須費心勸我，也不要說那些從理性來講可能會對我有好處的話了，因為那對我來說，就跟名醫為不願吃藥的病人開藥一樣。沒有了陸莘達，我也就不再需要完整的體魄了。雖然她本來屬於我或者應該屬於我，最後卻心甘情願地跟了別人，那麼我原本是可以得到幸福的，也就只能甘心與不幸為伍了。

「她故意以自己的水性楊花陷我於永遠的沉淪，我就寧肯用自我墮落讓她稱心，並向後世顯示我所缺乏的正是所有淪落的人擁有的特性：他們往往因為找不到安慰就安定下來；我卻為此越加悲痛，我相信到死也餘恨難消。」

卡迪紐滔滔不絕地講完了他那悽楚悱惻、柔情纏綿的長篇故事。神父正打算安慰他幾句，忽然聽到一個悲切的聲音在那兒數說，就把話打回去了。博學而有心的傳記作家熙德·阿默德·貝南黑利恰在這兒結束了本書的第三卷，若是想知道那怨怨艾艾的聲音都說了些什麼，請看第四卷。

chapter 28

黑山新奇有趣的遭遇

英勇無比的騎士唐吉訶德降世的時代，實在是太幸福、太美好了。正是由於他堂而皇之地想重建幾乎已經在世界上銷聲匿跡的遊俠騎士制度，在當今這極需有意思的消遣的年代，我們才不但可以享受閱讀他那真實傳記的樂趣，而且又能從中瞭解很多在趣味、奇巧和真實性等方面並不比傳記本身遜色的奇聞趣事。

這部傳記迂迴曲折、盤根錯節地鋪展開來，且說神父正要去安慰卡迪紐，忽聽得一個聲音，就此停頓下來。那個聲音悲悲切切地數說著以下一段話：

「唉，上帝啊！我大概已經找到能夠秘密埋葬我這違心支撐的沉重身體的墓地！我已經不指望還會有其他什麼人可以為我指點迷津、緩解痛苦、消弭災殃了。」

神父和他的同伴聽得一清二楚，他們斷定聲音就在附近，就起身尋找那說話的人，他們走了不到二十步，看到山石後面一個農夫裝束的小夥子坐在一棵白楊樹下。他們看到他穿了一件比較合身的雙開衩的褐色短斗篷，脖子上搭著一塊白毛巾，褲子和護腿也都是褐色呢料的。他頭上戴了頂褐色帽子。護腿卷到了腿肚子之上，那腿簡直就跟雪花石做的一樣。就在他抬頭取下那塊手帕時，三個在後面偷窺的人最終看到了他那美得無與倫比的面容，於是，卡迪紐悄悄地對神父說道：

「這人如果不是陸莘達，那就肯定不是凡人，而是天仙。」

這時候小夥子脫下便帽，腦袋左右一搖晃，把頭髮都披散下來，那頭髮真是叫太陽的光芒都嫉妒。他們這才發現那個像農夫的青年原來是一個纖弱的女子。神父決定不再躲藏了。他們剛站起來，那漂亮的女子抬起頭來，雙手撥開眼前的秀髮，朝著傳出響動的方向望去。她一見他們，馬上站起來，不及穿鞋，也不及挽上頭髮，忙搶了身邊一捆東西——好像是衣裳，驚慌失措地想要逃走。不過剛剛跑出去五六步，嬌嫩的腳板經受不起石頭的鋒利，一個跟頭就摔倒在了地上。神父首先開口說：

「別跑啊小姐，不管您是什麼樣的人，我們都只是想幫忙，你沒必要逃跑。不說您的腳承受不了，我們看著也會於心不忍。」

那女子又驚又慌，聽了這番話只不作聲。其他兩人這時也跑來了，神父拉著她的手說：

「小姐啊，您的秀髮暴露了您企圖想用衣飾掩蓋的秘密。您用這麼不堪的衣物遮掩起自己美麗的容顏，而且隻身來到這樣荒涼的地方，其間的緣由絕對不是三言兩語就能講完的。且把你或好或歹的遭遇告訴我們，我們每個人都會同情你的不幸。」

神父在說這些話的時候，那個喬裝打扮的女人沒有開口。神父又接著開導了一通，她這才長歎一聲，打破了沉默，說道：

「既然先生們已經知道我是個女人，又發現我年紀輕輕，獨自一人，還是這種打扮，別說這些情況集於一身了，其中任何一種都可以敗壞我的名聲。為了讓各位不對我的人品產生懷疑，我還是把本想藏在心裡的事情講出來吧。」

這位漂亮女子把以上的那些話一口氣說完。她口角玲瓏，聲調柔婉，使他們對她的才和貌都傾倒不已。三個人再次表明可以幫助她，並且再次請求她談談自己的事。她也沒再拒絕，第一次羞赧地穿上了鞋子，綰起了頭髮。之後在他們中間的一塊石頭上坐了下來，盡力忍住湧到眼眶中的淚水，她語氣平和、有條有理地講出了自己的身世[115]：

「一個公爵選擇安達路西亞的一個地方當作自己的屬地，這使他成了西班牙知名的幾大權貴之一。這個公爵有兩個兒子：老大繼承了他的封地，貌似也繼承了他的品德；至於老二嘛，說不了他從父親那裡繼承了什麼，倒是繼承了維利多的無情無義和加拉隆的狡黠奸詐。我的父母是這位公爵管轄的農民，出身卑微，不過很有錢。

「我每天忙著很多事，而且關在家裡，簡直像在修道院裡一樣，大概除了家裡的傭人，外人誰也見不到我。碰上做彌撒的時候，我也總是一大早就從家裡出發，不光有母親和女僕

115. 這個穿插的故事是真人真事。故事裡的堂費南鐸是奧蘇那公爵的二兒子堂貝德羅・希容，但受騙女子沒有像故事裡那樣和他結婚。

緊跟在身邊，而且還裹得很嚴實，一雙眼睛只能看得見落腳的地方。然而雖然這樣，情種的眼睛，確切地說是那比山貓的眼睛還要敏銳的放蕩公子還是盯上了我，讓我成了剛剛提到過的那位公爵的小兒子堂費南鐸的追逐目標。」

講故事的人剛剛說出堂費南鐸這個名字，卡迪紐立刻變了臉色，直冒冷汗，神情非常激動。神父和理髮師見到這種情況，生怕他這時又犯起他們聽說他常犯的瘋病來。然而，卡迪紐別無舉動，只眼睜睜地盯著那女子看，心上已經猜到她是誰了。那女子沒有留意卡迪紐的變化，接著講述著自己的經歷：

「他一見到我立刻就墜入了情網，而且還毫不掩飾地把那情緒流露了出來。他賄賂了我們全家，向我父母送禮，給他們種種優待。我的父母已經十分清楚地瞭解了堂費南鐸的意圖，因爲他早就在大肆宣揚了。父母對我說，儘管他嘴裡說得天花亂墜，心上卻只圖尋歡作樂，只要我願意徹底了斷他的非分之想，他們馬上能夠讓我跟自己喜歡的當地或周邊的豪紳成親。我的心意也就越來越堅定，從來沒有對堂費南鐸說過半句有可能會讓他心存幻想的話語。

「我的端莊他以爲是矜持，使他的邪欲越加旺盛。堂費南鐸終於得知，我的父母爲了斷絕他想得到我的念頭，在爲我操辦婚事了。這樣的消息讓他做出了我馬上要對諸位講述的事情。一天晚上，我待在自己的房裡，不知道、也想像不出他竟然會出現在我的面前。那個無情無義的傢伙用眼淚來證明他的誓言，用歎息來顯示真誠。在開始的惶恐過去之後，我又重新恢復了一些鎮定，對他說道：『我是你的屬民，卻不是你的奴隸。除了我的合法丈夫，誰都不可能從我的身上占到任何便宜。』『要是你看重的只是這一點，我的美人多若泰（這是這位不幸女子的名字）啊，』那個言而無信的傢伙說道，『你別急，我這會兒就求你同意我做你的丈夫，讓無所不查的老天和你這裡的聖母像作爲咱倆聯姻的見證。』」

「接下來，堂費南鐸抓起了我房間裡的一個聖母像作爲我們結合的見證，信誓旦旦地說肯定會娶我。這個時候我也打了一個小算盤，心裡想道：『女人靠結婚升高地位的，不由我開始。貴公子貪戀美色，或者更可能因爲盲目的愛情，娶地位不相稱的女人，堂費南鐸也不是第一個。』

「這些念頭一時間在我的腦海裡翻騰不止，我把使女叫進來跟上天一起作見證。堂費南鐸重申並確認了自己的誓言，還請了更多的神明前來作證，發了無數諸如對我失信必遭天譴之類的毒咒，眼睛裡重又噙滿了淚水，嘴裡又一次開始長吁短歎，從未鬆開過的手臂將我摟得更緊。伺候我的女孩子隨即退出我的閨房，從此我就不是閨女了，他也就成了負心的騙子。

「就在我失身當晚，堂費南鐸只恨天亮得不快。他的心情比我想像的還要急迫很多，因爲他在心滿意足之後，最大的想法卻是避免被人看到他。我這麼說是因爲堂費南鐸急著要離開我，並且在我的使女安排下，沒等到天亮就走了。他和我告別時，已經不像來的時候那麼熱情了，他叫我放心，說他的誓言是真實可靠的，還從手上脫下一隻貴重的戒指作爲信物，替我戴上。之後一個多月，不管在街上，還是在教堂，我都再也沒有見過他。

「我自己瞭解那些日子的分分秒秒是多麼痛苦難熬，也很明白我開始動搖、甚至懷疑起了堂費南鐸的誠意。之所以會這樣，是因爲從那往後沒過多長時間，當地就傳說堂費南鐸在附近的一個城市娶了一個絕色美人。她叫陸苹達，除此之外還流傳著他們婚禮上發生的很多新鮮事情。」

聽到陸苹達的名字，卡迪紐聳起肩膀，咬住嘴唇，皺緊眉頭，接著就流下兩行淚來。不過這並沒有打斷多若泰的話，她接著說道：

「這個不幸的消息終於傳到了我的耳朵裡。聽說了這件事之後，我換上這套衣服趕往城裡去。一跨進城裡，我就探聽陸苹達的家庭住址。我遇上的第一個人一開口就說個沒完，不但告訴了我地址，並且還講了一下那家女兒的婚禮上發生的種種事情。

「這件事在城裡已經眾所周知了，而且鬧得是沸沸揚揚。那人跟我說，他們成婚的當晚，陸苹達剛剛說完『願意』做他的妻子之後，就立刻昏了過去，堂費南鐸走上前去解開她的衣服扣子讓她透氣，結果卻發現了她親筆寫的一個字條，字條上清清楚楚地寫著她不能做堂費南鐸的妻子，因爲她已經屬於卡迪紐了。

「字條上還說，她之所以對堂費南鐸說『願意』，只是不願意違背父母之命，準備婚禮一完就自殺，字條裡講的就是她自殺的原因。還聽說，那個卡迪紐也在婚禮現場，目睹她嫁給別人，絕望地離開，給她留下了一封信，寫了她對他的傷害，說是要到人們找不到他的地方去。聽說陸莘達已經離家出走，並且也不在城裡，人們搜遍了四處，也沒有看到她的蹤影。

「正當我在那座城裡由於找不到堂費南鐸而不知如何是好的時候，卻聽說有個公告，說誰找到了我有重賞，還把我的年齡和身上的這套衣服作爲標誌，細細形容了一番。據說我是由陪我的那個小夥子拐帶逃跑的。我聽了這個消息非常刺心，又怕又累，立即跑到這山上，心裡只想躲到山裡，尋找一個可以無拘無束地用歎息和眼淚懇請蒼天憐憫我的遭遇的地方，求上天給我智慧和機會，幫我從困境脫身，否則就讓我這個無辜遭受本鄉和外地議論的可憐蟲，在這個荒涼隱僻的地方一死了事。」

chapter 29

害相思病的騎士

「先生們，這就是我的真實的悲慘故事。我知道，父母出於親情，絕對會熱忱地歡迎我回去。但是，一想到回到他們面前時，自己已經不會再是他們心目中的那個女兒了，我就羞愧難當。因此我寧可永遠不再見到他們。」

多若泰說到這裡，就打住了話頭，臉上蒙罩了一種從內心深處感到痛苦和慚愧的神色。那三個聽眾心裡對她的遭遇既同情又感歎。神父原本想安慰幾句，可是卡迪紐卻搶先開了口：

「小姐，這麼說，你就是富翁克雷那爾多的獨生女、漂亮的多若泰嘍？」

聽見了父親的名字，又看到提起父親名字的竟然是那麼一個潦倒落魄的人，多若泰不禁一愣，於是說道：

「兄弟[116]，你是誰？你怎麼知道我父親的名字？我如果沒記錯，我講這件倒楣事時，始終沒有提起他的名字。」

「我就是你剛才講到的被陸莘達稱為未婚夫的那個失意人，」卡迪紐說，「也就是，小姐，據您所講，被陸莘達稱為丈夫的那個人。我是倒楣的卡迪紐。我以紳士和基督徒的身分發誓，一定好好保護您，直到將您交到堂費南鐸的懷裡。我為了要在這個世界上為你伸冤，可以把他對不起我的事丟開，由上天去為我復仇。」

聽了卡迪紐的這番話，多若泰感謝了他的美意，接受了他的建議。恰在這時，他們突然聽到有人喊叫，他們聽出是桑丘的聲音。

原來回到分手的地方以後，一看人不見了，桑丘就大聲叫了起來。他們跑去迎上他，探問唐吉訶德的情況。

據桑丘說，他看見他主人身上只穿一件襯衫，面黃肌瘦，餓得要死，因此請大家儘快想個辦法把他弄出來。神父要他不用擔心，不管他是否願意，他們都會讓他離開那兒的。神父接著就把解救唐吉訶德的主意對卡迪紐和多若泰講了一遍。

多若泰說，她比理髮師更適合扮演落難女子，而且身邊帶有可供使用的衣服，她也懂得要唐吉訶德中計該怎樣表演，這事不妨交托給她，因為她讀過騎士小說，熟悉落難女子向遊

116. 西班牙人對乞丐和地位卑微的人用這個稱呼。

俠騎士求救的那套話。

多若泰立即從枕頭套裡取出了一件質料考究的連衣長裙和一塊鮮豔的綠色披肩，又從一個小匣子裡找出一串項鍊和其他首飾。轉眼之間，她穿戴整齊，立馬就成了個雍容華貴的嬌小姐。她說從家裡帶了這些東西以防萬一有用，可是至今也沒用上。桑丘覺得生平沒見過這等美人──他確實是沒見過，所以就死纏著神父，追問那位漂亮小姐是什麼人，爲什麼會來到這個地方。

「這位漂亮的小姐，」神父說，「倒也沒什麼，不過是偉大的米戈米公王國的嫡傳王位繼承人罷了。她來尋求你東家的幫助，請他幫忙洗雪一個邪惡的巨人的侮辱和欺凌。」

「她可算是來對了地方、找對了人，」桑丘接口說道，「要是我主人有幸，能把您剛才講的那個巨人殺掉，替她報了仇，申了冤，那就運氣更好了。」

這時候，多若泰已經騎上了神父的騾子，理髮師也戴好了牛尾巴做的假鬍鬚，於是他們就催促桑丘馬上帶路去找唐吉訶德。多若泰一行三人帶頭先走了，剩下的兩位慢慢地徒步跟在後面。

神父沒忘了提醒多若泰應該如何行事，多若泰則讓他放心，說是一定會讓自己的行爲舉止跟他們的要求和騎士書上的描述不差分毫。

他們大約走了四分之三哩瓦的路，就看到了站在石砬子中間的唐吉訶德。這時候，他已經穿好了衣服，只是還沒有披盔帶甲。多若泰剛一見到他，並聽桑丘說那人就是唐吉訶德後，立馬揮鞭催馬，假鬍飄然的理髮師緊隨其後。到了唐吉訶德的面前之後，假冒的侍從翻身跳下騾子，然後就去扶多若泰。多若泰很輕快地下了騾，跑去跪在唐吉訶德面前。他請她起來，她卻跪著說了以下一番話：

「英勇威猛的騎士啊！本人將長跪於此，直至閣下慨然應允，助我一臂之力。這個舉動絕對會既爲閣下增輝添譽，又會讓我這普天之下最爲孤苦的落難女子受惠。如果閣下的驍勇果如世間沸傳，當視援救弱女爲義不容辭，要知道我是聽了您的大名，特地遠道而來求您救苦救難的。」

「漂亮的小姐啊，」唐吉訶德答道，「您不起來，我決不同意，也不再聽您說什麼了。」

「先生，」那位落難女子說道，「如果您不先答應我的請求，我絕對不起來。」

「我答應您，願意爲您效勞，」唐吉訶德說，「只要這件事不損害我的國王、我的國家和主管我心靈的那位小姐。」

「我的請求就是，」那女子說道，「有個奸賊無法無天，篡奪了我的王國。我想勞您大駕，起身跟我回去；還能答應我，在我這件事完成之前，您絕不找別的事去冒險拚命。」

「就這麼辦，」唐吉訶德說，「小姐，從今天開始，您就完全可以放開胸襟，打起精神，重振希望。有了上天的幫忙和我的臂膀，您很快就會復國，重登您那偉大祖國的寶座，任何亂臣賊子都對您無可奈何。咱們立刻就行動吧，常言道，拖拖延延，就有危險。」

那落難女子堅決要吻他的手，可是唐吉訶德在各方面都是謙恭有禮的騎士，怎麼也沒答應。然後，他吩咐桑丘檢查一下駑騂難得的肚帶，並立刻幫他披甲戴盔。一切準備就緒之後，唐吉訶德說道：

「咱們就以上帝的名義出發，去幫助這位尊貴的小姐吧。」

理髮師一直跪在那兒沒動，竭力忍住笑，一手按著鬍子，生怕這部鬍子掉下來，這條妙計就行不下去。他看到唐吉訶德答應了求情，並忙著打點前去踐約，立馬爬起來抓住小姐的另外一隻手，和唐吉訶德一起將她扶到了騾背上。之後唐吉訶德跨上了駑騂難得，理髮師也爬上自己的坐騎。只能步行的桑丘值此急需的當口，再一次爲丟了毛驢而感到難過，不過他心裡倒還是蠻高興的，覺得主人總算上了道兒，肯定可以當上國王。

卡迪紐和神父躲在山石草叢裡面看著他們，一時不知道該怎麼跟他們會合。不過，神父點子多，馬上就想出了解決的方法。他從隨身攜帶的一個小箱子裡取出一把剪刀，三下兩下就剪掉了卡迪紐的鬍子，然後讓他穿起了自己的褐色上衣。之後又給了他一件黑色的外套，自己的身上只剩下褲子和背心了。

經這麼一折騰，卡迪紐的模樣大變，要是有一面鏡子，估計連他自己都不認得自己了。

他們化裝的時候，唐吉訶德一行人已經走向前去，可是山裡滿處荊棘，又加上道路險抖，騎了牲口走路不便，反不如步行快；他們兩人化裝完後，輕輕便便走上大路，還趕在唐吉訶德那夥人的前頭呢。因此最後他們還是很輕鬆地率先上了大路，站在了山口的平地上。

唐吉訶德這群人一露面，神父仔細端詳著，裝扮似曾相識的樣子。望了好一陣子以後，最後張開雙臂朝他迎了上去，並大聲說道：

「真是太巧了，竟會在這裡遇上了騎士的楷模、我的好老鄉唐吉訶德。您可是謙謙君子的代表、苦難大眾的依託與救星、遊俠騎士的精英啊。」

他一邊說，一邊抱住唐吉訶德的左膝蓋。唐吉訶德對這人的言談舉動很詫異。他仔細地看了又看，終於認出來了。於是頗感意外，就打算翻身下馬，可是神父沒有同意。面對這樣的狀況，唐吉訶德說道：

「您大人就讓我下來吧，神父先生，我騎在馬上，而讓像您大人這樣的貴人步行，沒這樣的道理。」

「我絕對不該讓您下馬，」神父說，「請閣下安心騎在馬上吧，您騎在馬背上，能夠完成當代最顯赫的業績和最大的冒險。我呢，不過是個教士。您同路的隨便哪位如果不嫌，讓我騎在鞍後就行。」

這個時候，唐吉訶德對那女子說道：

「公主殿下，請您帶路吧。」

沒等那女子開口，神父搶先接過了話：

「公主，您要帶我們到哪一國去呀？會不會是要去米戈米公王國？肯定是的，否則我也就太無知了。」

那小姐一直都在很好地扮演著自己的角色，當然知道應該給予肯定的回答，因此就說：

「是的，先生，我們要去的正是那個王國。」

「既然如此，」神父說道，「那就要經過我們那個鎮。之後殿下直奔咖太基，在那裡可以搭上順路的海船，要是運氣好，風平浪靜，沒有暴風雨，用不了九年就可以看得見美歐娜大湖了。我是說美歐底台斯湖。從那裡再到殿下的國度也就只有百十來天的路程了。」

「我說先生，您這可就錯了，」女子說道，「我離開那裡還不到兩年，雖然一路上沒碰到好氣候，我還是見到了我一心要見的人，也就是唐吉訶德先生。我剛踏上西班牙的國土就聽聞了有關他的種種傳聞。正是這些傳聞讓我前去找他，以便於托庇於他的仁愛之心，並仰仗他那無敵臂膀的力量報仇雪恨。」

「請不要再說這些恭維話了，」唐吉訶德這時候插了進來，「無論我是否有偉力，都將用於為您效勞，直到獻出我的生命。現在我想請問神父大人，您怎麼會獨自一人、不帶任何僕從、衣衫又如此單薄地在這個地方呢？這種情況確實讓我感到很意外。」

「長話短說，」神父回答道，「跟您說吧，唐吉訶德先生，我是跟咱們的朋友理髮師尼古拉斯師傅一起去塞維利亞提取一筆款項。那是好多年前到美洲去的一個親戚給我捎來的，數目不小，有六萬多比索[117]，都是足色；這筆錢是非同小可的。我們昨天經過這裡，忽然碰到了四個強盜，把我們的東西搶光了，連鬍子都搶了。理髮師一看鬍子沒有了，就戴上了假的[118]。

117. 銀幣名。美洲西班牙殖民地通用的貨幣。
118. 這又是作者前後有失照顧的一例，因為唐吉訶德並不知道公主的侍從是尼拉斯師傅，也不知道大鬍子是誰。

很有趣的是，這一帶的人全都知道，搶我們的是一幫苦役犯。據說他們就是在這裡被一個不知道什麼人解救脫逃的。我是想說，放跑了苦役，讓多年無所事事的神聖友愛團手忙腳亂。一句話，他幹這件事是斷送自己的靈魂，肉體也得不到好處。」

桑丘早就對神父和理髮師講過了苦役犯這件他的主子的得意之作。神父這樣說就是想看一下唐吉訶德會有什麼反應、什麼說法。唐吉訶德聽著神父的話，臉上一陣紅，一陣白，沒敢承認是自己釋放了那些傢伙。

「就是這夥人搶了我們，」神父說道，「但願上帝能大發慈悲，寬恕那個讓他們逃脫了應受的責罰的人吧。」

chapter 30

美麗的多若泰的機智

不等神父把話講完，桑丘就搶過了話頭：

「實話跟您吧，神父老爺，做那件事的就是我的東家。不能怪我事先沒有提醒他，我跟他講過，必須想好了再行動，那些人都是江洋大盜，讓他們自由就是造孽。」

「你這個蠢貨，」唐吉訶德立即呵斥道，「遊俠騎士路見吃苦頭、帶鎖鏈、受壓迫的人，無須查究他們是犯了罪還是走了背運，才落到這種地步；他看到他們有難，就該幫他們一把。他們的使命就是救助落難之人，只管那些人的悲慘處境，而不問那些人的行蹤。」

機靈而又風趣的多若泰，已經瞭解了唐吉訶德那病態的心志，並清楚除桑丘外，所有的人都在愚弄他，她也不甘示弱，於是說道：

「騎士先生，您可別忘了對我的承諾啊，照您答應的話，您就不能再為別的事拚命，隨它多麼緊急也不行。您還是寬寬心吧。如果早知道是您那無敵的臂膀解救了那些苦役犯，神父先生就是再忍不住，也會守口如瓶的，絕對不可能說出讓您不高興的話來的。」

「我完全可以發誓，」神父說，「甚至還可以把鬍子也揪下來。」

「我不說了，我的小姐，」唐吉訶德說道，「我懇請您講講自己煩心的事情，以及我必須幫您公正、圓滿、徹底解決的人一共有多少、都是些什麼樣的角色。」

多若泰於是說道：

「首先，我的先生們，我想跟各位說，人們稱我為……」

她說到這裡，頓了一下，原來她把神父給她取的名字忘了。神父看出來了，就點撥她說：

「毫不奇怪，我的小姐，您一談起自己的不幸就有點不知所措，羞愧難當，竟然忘了自己是偉大的米戈米公王國的合法儲君米戈米公娜公主。現在這麼一提，您記性雖壞，也就可以把要講的事順順當當地記起來了。」

「確實是這麼回事，」那女子說道，「我認為從現在起，我不再需要任何提醒，完全可以順利地講完自己的故事了。我現在就開始講了：我的父王智慧的悌那克利歐精通人們通常所說的法術。正是通過這種法術，他得知母后哈拉米莉亞將會死在自己的前面，而他自己也將在母后死後不久謝世。這麼一來，我就會成為父母雙亡的孤女。他說，他雖然為這件事擔心，但他算準的另一件事更使他著急。幾乎跟我們的王國毗鄰的一個大島的島主是個碩大無比的巨人，名字叫作賊眼龐達斐蘭都。人們都知道，他的兩隻眼睛儘管長在正常的地方，但是看人的時候總像鬥雞眼似的。父王斷定，一旦知道我孤苦無依，這個巨人就會大舉進攻我國，倘若我答應嫁給他，他可以讓我免受這個亡國之災。父王說，我無論如何都無法抵禦那個巨人的邪惡力量；然後我應該帶上幾個親信到西班牙去，那裡有一位名震全國的遊俠騎士，我找到了他，我的苦難就能解救了。我在奧蘇那一下船[119]，就聽到了關於他的很多事情，於是心裡就知道了他就是自己要找的人。」

「奧蘇那不是海港，我的小姐，」唐吉訶德說，「您怎麼會在那裡下船呢？」

沒等多若泰開口，神父搶先接過話說道：

「公主小姐大概是想說，她是在瑪拉加下的船，最早聽到關於您的傳聞是在奧蘇那。」

「沒錯。」多若泰說。

「這就對了，」神父說，「請公主殿下繼續講吧。」

「沒有更多的可講了，」多若泰說，「最後我很幸運地找到了唐吉訶德先生，此刻我覺得自己已經成了女王，由於他出於俠義心腸，同意與我同行，我不過是想帶他去找賊眼龐達斐蘭都。讓他把那個惡棍除掉，幫我奪回被無理強霸去了的一切。這是無須吹灰之力的事情，我那位好父親智慧的悌那克利歐已經說過了。家父還留下了迦勒底文或希臘文的遺囑，我看不懂，說的是，他預言的那位騎士殺了巨人，如有意和我結婚，我得一諾無辭，把自己的王國連同本人一併交給他。」

119. 這裡寫多若泰不熟悉地理，把西班牙說成拉．曼卻的部分，把奧蘇那說成海口。

「桑丘，我的朋友，你有什麼看法？」唐吉訶德這時候說道，「聽到了嗎？我跟你說過了吧？」

「先生們，」多若泰接著說道，「這就是我的經歷。要是我有什麼地方講得過分或失實了，希望各位可以理解，正如之前神父先生所說：接二連三的大災大難會使當事者的頭腦發生混亂。」

「可是損害不了我的頭腦，勇敢高貴的公主！」唐吉訶德說道，「我為你效勞，不論經歷多少大災大難，也絕不忘記我答應你的話，一定能夠砍掉那顆倨傲的頭顱。」

說到這裡，他恨得咬牙切齒，然後又接著說道：

「我砍下巨人的頭之後，因為我本人只要是忘不了、放不下那位……不再多說了，就不可能會考慮結婚的。」

桑丘對東家最後說的不想結婚非常生氣，氣得大聲嚷道：

「老爺您趕緊娶了這位女王吧，她就在這裡，就像是從天而降，之後您還可以回去找我那杜爾西內婭小姐嘛。世上總應該有妻妾成群的君王的吧。至於漂亮不漂亮嘛，我就不多說了。」

「桑丘，你怎麼可以說出這種話來？」唐吉訶德問道。

「我這麼說，」桑丘回答，「不是冒犯杜爾西內婭小姐，對她我可是既愛又敬，就像是對待聖物一樣，倒不是說她是聖物，只是由於她是您老人家的寶貝。」

正說著[120]，只見迎面有人騎著一頭驢跑來，近前一看，好像是個吉卜賽人。可是，桑丘是個無論在什麼地方見了毛驢就兩眼發直、心跳加快的人，剛一見到那人，就認出了他是希內斯。然後又從人聯想到了驢。果不其然，他騎的正是自己的那頭灰驢。那傢伙爲了不被別人認出來，也爲了方便賣掉毛驢，就裝扮成了吉卜賽人。他會說吉卜賽語和其他很多語言，都跟說家鄉話一樣流利。桑丘一見到就認了出來，然後立即就大聲叫道：

「滾吧，你這個混蛋，快滾，把我的東西還給我！」

他剛一張口，希內斯立刻跳下毛驢，撒腿就跑，轉眼的工夫就從眾人面前消失得無影無蹤。桑丘走到自己的毛驢跟前，摟著牠說道：

「我的寶貝、我的夥伴兒、我心眼裡的灰毛兒啊，你好嗎？」他對驢又是親吻又是撫摸，就像是對待親人似的。那毛驢一動沒動，任由他親吻和撫摩，沒有一點回應。眾人走上前來，都祝賀桑丘找到了毛驢。唐吉訶德還特意告訴他，三頭驢駒的承諾依然有效。桑丘對此深表感激。

唐吉訶德對桑丘說道：

「桑丘，我的朋友，先告訴我：你是在何時、何地、哪種情況下見到杜爾西內婭的？她當時在做什麼？」

120.從這一段起，到下文桑丘向主人道歉為止，都是作者在第二版加上的。

「老爺，」桑丘回答說，「實話說吧，沒人給我膽信，因爲我根本就沒帶什麼信嘛。」

「你走了兩天以後，」唐吉訶德說，「我才發現寫著我那封信的筆記簿還在我手裡。我以爲你半路上發現信沒帶走，又會跑回來。」

「可不是嘛，」桑丘答道，「要不是您念給我聽的時候我都記在了心上，我就得跑回來了。可巧我記得，就說給一個教堂的管事員聽，他一句句寫下來了。」

「桑丘，你現在還記得嗎？」唐吉訶德問。

「不記得了，老爺，」桑丘說，「交出去之後，知道不會再有什麼用處，我就把它忘了。要是非要說還有點印象的話，也就是『侄孫』，我是說『至尊的小姐』，還有最後的『卿之至死不渝的、哭喪著臉的騎士』。在這二者之間，我加了足足有三百多個『靈魂』呀、『性命』呀和『眼珠子』。」

chapter 31

唐吉訶德及桑丘間的妙論

「我對此還算滿意。你接著講下去，」唐吉訶德說，「你去的時候，那位絕世美人在幹什麼呢？」

「我把信交給她的時候，」桑丘說，「她正忙於篩一大籮麥子，因此就對我說：『朋友，把信放到那個口袋上吧，我需要把這些麥子全篩完才能看呢。』」

「好了，」唐吉訶德說道，「她篩完了麥子就送到了磨坊。看信的時候，又發生什麼了呢？」

「信嘛，」桑丘說，「她沒看，她說她不認字，也不會寫字。她要求您、命令您，見到了我，就離開這片灌木林，別再瘋瘋癲癲的。」

「你給她送去了我的消息，」唐吉訶德說，「臨走時她酬報了你什麼首飾呢？遊俠騎士和他的意中人賞給侍從、女僕或者侏儒一件貴重珠寶，以感謝他們往來傳信遞話的勞苦，這規矩是自古已有的了。」

「完全可能，我也覺得這規矩不錯。不過，那大概是古時候的事情了，現如今可能流行給一塊麵包和乳酪。走的時候，我那杜爾西內婭小姐扒著院牆扔給我的就是這個，並且，說得道地些，那是一塊羊奶乾酪。」

「我問你，」唐吉訶德說，「你說我現在該怎麼辦呢？我一方面牽腸掛肚要去看看我那位小姐，另一方面又爲自己的信義和完成這番事業的光榮振奮得不能罷手。」

「那當然，」桑丘說，「您老人家這會兒就不必去看望我那位杜爾西內婭小姐了，還是先去殺巨人吧，把這件事情完成，願上帝保佑您可以名利雙收。」

「我認爲，桑丘，」唐吉訶德說，「你說得很對，我會聽從你的勸告，先辦公主的事，然後再去看望杜爾西內婭。」

這時候，尼古拉斯師傅大聲叫他們停一停，說是想停下來在那兒的一脈流泉裡喝點兒水。唐吉訶德勒住了坐騎，桑丘更是求之不得，他對這樣一直編謊話已經厭倦了，生怕主人發現破綻。因爲，他雖然知道杜爾西內婭是托波索的一個農家女人，卻壓根兒也沒有見過[121]。

在此期間，卡迪紐已經換上了多若泰原先穿的衣服，那衣服雖然不怎麼樣，卻比他換掉的那身強多了。大家在泉邊下了馬，神父從客棧裡帶出來的那一點兒東西儘管不多，但還是填飽了眾人的轆轆饑腸。

121. 可上文中桑丘說見過這位小姐，還把她形容了一番。

這時，一個過路的半大孩子走到了他們跟前。那孩子對泉邊的眾人端詳了一番，然後就衝到唐吉訶德身邊，抱住他的大腿，放聲大哭道：

「我就是被老爺您從橡樹上解救下來的雇工安德瑞斯啊。」

唐吉訶德終於認出他來，於是，他拉起他的手，轉身對在場的人說道：

「諸位請聽，這個世界上強橫霸道的人幹下的暴行，全靠遊俠騎士去剷除，可見他們多麼重要。幾天前，我路過一片樹林時，聽到了淒慘的號哭叫喊聲，眼前的這個孩子被綁在了一棵橡樹上，一個鄉巴佬用馬韁繩打得他皮開肉綻。我讓他給這孩子鬆綁，還讓他發誓帶這孩子回去結清工錢，不但分文不能少，而且還得多加一點兒。」

「您說的這些都不假，」那孩子說，「可是，那件事情的結局可跟老爺您想像的大不一樣。」

「怎麼會大不一樣？」唐吉訶德問，「那個鄉巴佬沒有付清你的工錢？」

「不僅沒付我工錢，」孩子說，「您一走，樹林裡只剩了我和他兩人。他就重新把我綁到樹上，又從頭把我鞭打一頓。結果，我被打得住進醫院，現在剛剛從醫院出來。」

「問題就出在我沒有等到他向你付工錢，就離開了那兒，」唐吉訶德說，「你總還記得我發過的誓言吧：要是他不付給你工錢，我一定還會去找他。」

「您確實這麼說過，」安德瑞斯答道，「可是，一點兒用處也沒有。」

「有用沒用，你等著瞧吧。」唐吉訶德說著站了起來，吩咐桑丘去把駑騂難得牽過來；這匹馬趁人們吃東西的工夫，也在一邊吃草。

多若泰問他想幹什麼。他回答說準備去找那個鄉巴佬，要教訓一下那個不講信用的傢伙，叫他分文不少地給安德瑞斯結清工錢，讓天底下所有的鄉巴佬也都能長點兒記性。多若泰立刻提醒他說，別忘了自己的諾言，不替她把仇報了，他不可以接手其他任何事，這是他比誰都清楚的，因此，還是先平心靜氣，等到從她的國家回來之後再說吧。

「那倒也是，」唐吉訶德答道，「那就照您說的，小姐，讓安德瑞斯耐心地等我回來吧。我再次發誓並重申：不替他報了這個仇，幫他討回工錢，我決不罷手。」

「我才不在乎這種誓言呢，」安德瑞斯說，「我現在最需要的就是弄點盤纏到塞維利亞去，而不管世界上有多少該報的仇。如果有食物和現金的話，就請給我一點兒。」

桑丘從自己的乾糧裡拿出一塊麵包和一塊乳酪，給了那孩子。安德瑞斯接過麵包和乳酪，看到沒人再給他其他東西，就低下頭，準備重拾舊路。不過臨走之前，他對唐吉訶德說道：

「看在上帝的份上，遊俠騎士老爺，如果您再遇到我，就算看見別人把我大卸八塊，您也千萬不要插手幫忙，還是讓我自己承受吧。再不濟，也會比您大人瞎攪和要好得多，希望上帝讓您老人家和世上所有的遊俠騎士都不得好死！」

唐吉訶德本來想站起來去教訓那個小孩，可是他剛剛說完之後，那小孩撒腿就跑，沒人能夠追得上。唐吉訶德被安德瑞斯的一番話弄得無地自容。爲了不讓他覺得更爲難堪，其他人也只得極力忍住，不讓自己笑出聲來。

chapter 32

在客店裡的遭遇

飽餐一頓之後，眾人重新又備鞍啓程，一路上也沒有什麼可以閒聊的事情，第二天就到了那家令桑丘膽戰心驚的客店。他當然不想進去了，但是卻又無法逃避。老闆娘、店主、他們的女兒和瑪麗托內斯一看見唐吉訶德和桑丘來了，都很高興地出來迎接他們。唐吉訶德一本正經地欣然答謝，並且請他們安排一張比上一次要好一些的床鋪。老闆娘回答說，只要多給他們錢，保證能夠讓他睡得像侯爺一樣舒舒服服。

唐吉訶德一口答應，於是，他們就在他上一次住過的頂樓上給他安置了一張還算說得過去的床鋪。唐吉訶德早就已經疲憊不堪、昏昏欲睡了，於是馬上倒頭就睡。

剛剛把房門給一關上，老闆娘就衝到理髮師面前，揪住他的鬍子說道：

「跟您說心裡話吧，您以後再也不能拿我的牛尾巴當鬍子了，一定要把它還給我。我丈夫的那些東西放在地上，實在是不像話。我說的是一直都插在那根牛尾巴上的梳子。」

老闆娘使勁揪，理髮師就是不肯放手。最後還是神父發了話，讓理髮師還給老闆娘，說是沒有必要再裝下去，可以顯露自己的本來面目了。

經神父這麼一說，理髮師這才把牛尾巴還給了老闆娘，同時，也交出來了爲解救唐吉訶德而借用的其他東西。神父吩咐店主們弄點兒吃的東西。

吃飯的時候，人們當著店主、他老婆、他女兒、瑪麗托內斯以及所有客人的面，談論起了唐吉訶德的怪病以及尋找他的經過。老闆娘講述了他和那個騾夫的遭遇，然後，她四處看了看以確定桑丘是否在場，看到他不在，就又談到了他被人用毯子兜著扔來扔去的事情，大家聽得都很開心。由於神父提到唐吉訶德是因爲看了騎士小說才精神失常的，店主就說道：

「不知道是怎麼一回事兒，我也是覺得世界上再也沒有比這更好的書了。我這裡還有兩三本呢，和另外一些紙片放在一起。每次聽到講到那些騎士們拚死拚活地廝殺，我本人也迫不及待想那麼幹上一場。」

「好啦好啦，」神父說道，「店主先生，我想請您把那些書拿來，我想看看。」

「好啊。」店主說。

於是店主回到臥室，搬出來了一個小小的舊箱子，那箱子被一根鐵鍊捆著。他打開箱子，裡面有三本厚書和一些紙片。那些紙片上有手寫的文字，字體還很是不錯。神父看了頭兩本的書名以後，轉過臉去對理髮師說道：

「現在我那位朋友的女管家和外甥女要是都在這兒就好了。」

店主準備把箱子和那幾本書拿走，可是神父卻對他說道：

「稍等一下，我想看看那些字體很是漂亮的紙片上寫的是什麼。」

店主隨即將那些紙片拿出來遞給了神父。神父接過去一看，發現是一部大概有八疊厚的手稿，卷首第一章寫有一行大字：關於「何必追根究柢」的故事。

神父默讀了兩三行之後說道：

「我覺得這部小說的題目有點意思，真的很想把它讀完。」

店主接口說道：

「老爺您完全可以把它讀完。實話跟你說吧，有幾個來過這裡的客人都讀過，他們也都很是喜歡，死乞白賴地想把它帶走呢。」

尼古拉斯師傅也湊過去幫腔，還有桑丘。一見到這種情形，神父知道大夥都很想聽，而且他本人也願意念，於是就說道：

「那麼，就請各位先生女士們注意聽嘍，故事馬上就要開始了。」

chapter 33

小說《何必追根究柢》

在義大利托斯迦納省的著名富裕城市弗羅倫西亞，有兩位有錢有勢的年輕人安塞爾模和羅塔琉。年齡相仿、習性相近又都是未婚等共同點讓這兩個年輕人心心相印。安塞爾模較爲喜歡和女人周旋，羅塔琉更爲熱衷打獵。他們倆的諧和簡直超過了任何一架走得最精準的時鐘。

安塞爾模瘋狂地愛上了城裡的一位年輕漂亮的大家閨秀。那女子，父母好、本人也好。所以，他就決定去向她的父母求親並且也真的去求了。很明顯擔當這一重大使命的正是羅塔琉，他未辱重托，讓朋友如願以償。

像所有辦喜事的人一樣，最初的幾天裡，新婚夫婦自然是喜形於色，但是婚禮結束以後，隨著賀喜賓客的逐漸稀疏，羅塔琉也開始注意減少到安塞爾模家裡去的次數，感覺不該再像以前那樣頻繁地進出這位新婚朋友的家門了。

安塞爾模發現了羅塔琉的疏遠，並當面向他表示了對此非常不滿。他又「懇求」羅塔琉把他的家當成是自己的家，並且也跟從前一樣坦然地進出，他還斷定自己的妻子卡蜜拉的想法和希望一定是跟自己的一樣。正是因爲瞭解他們之間以前的親密關係，他妻子如今也對這種避忌感到大惑不解。

聽了安塞爾模所說的以及其他許多勸說自己仍舊重回他的家的言辭之後，羅塔琉做了一番謹慎、中肯而又合適的解釋，讓安塞爾模領悟到了作爲朋友的苦心。有一天，兩個人在一起到城外的田野去散步的時候，安塞爾模對羅塔琉發表了下面這通議論：

「羅塔琉，我的朋友，我想知道我的妻子卡蜜拉是否真像我想像的那般賢淑。不讓她經受過考驗就難以確認她的品德，就像不經過火煉就不會知道金子的成色是一個道理。我覺得一個女人只有經過引誘之後做出的反應才能顯出是不是真的能夠恪守婦道。你如果希望我能夠活得坦坦蕩蕩，那麼希望你心甘情願地參與這場奪愛之戰中來，切莫辜負了我基於我們的交情而對你的信任。」

羅塔琉聽到他朋友打住了話頭，這才說道：

「安塞爾模啊，你現在是鬼迷心竅了，變得跟那些個摩爾人似的。如果她真的像你說得那麼好，驗證明顯的事實將會是一件很無聊的事情。因爲事後得出來的還是原先的結論。一個善良的女人本身就是一面光亮的鏡子，只要對它呵一口氣就可以使它變汙。」

正直而聰明的羅塔琉說到這裡就打住了話頭，安塞爾模茫然地陷入了沉思，好久都沒有說話，不過，最後他還是說道：

「只要你馬上開始去引誘卡蜜拉就行了，就算是不溫不火、裝裝樣子呢。這麼試一下，我就會滿意了。而你呢，也算是盡到了作爲朋友的情分。你只要證實了她像咱們期望的那麼忠貞，你就可以將咱們設計的這個圈套對她和盤托出，這樣你的信譽也就恢復如初了。」

看到安塞爾模那麼堅決，羅塔琉決定順從他的意思，接受他的請求，一心希望可以將那件事情完滿了結。兩人於是商定第二天就著手進行，安塞爾模將爲羅塔琉創造同卡蜜拉單獨相處的機會，並且將向他提供饋贈給卡蜜拉的金錢和首飾。

第二天，安塞爾模丟下羅塔琉和卡蜜拉，獨自鑽進一個房間，想從鎖眼裡看看和聽聽他們兩個到底是怎樣交談的，結果卻發現，整整半個鐘點裡面，羅塔琉都沒對卡蜜拉說過一句話。爲了驗證自己的推斷，他就從房間裡走出來將羅塔琉叫到一邊。

「唉，羅塔琉啊，」安塞爾模說道，「我剛才透過這把鑰匙的孔洞一直在看著你們，可是你卻連一句話都沒對卡蜜拉說過。」

羅塔琉因爲被當場揭穿而覺得特別丟面子，於是就賭咒發誓說以後一定按他說的去做、不會再騙他。安塞爾模相信了他，爲了讓他可以從容且放心地運作，決意到一個住在離城不遠的鄉下朋友家裡去住上八天。

安塞爾模走後的第二天，羅塔琉就去到了他家。卡蜜拉熱情並且坦然地接待了他，但卻始終避免了和他獨處的機會。他們身邊從來沒有斷過男僕女傭，特別是一個名叫蕾歐內拉的丫頭。前三天裡，羅塔琉什麼也沒有對卡蜜拉說。機會是有的，尤其是在撤了桌子、下人們都去吃飯的時候，然而，卡蜜拉的莊重表現，臉上的嚴肅神態、舉止的端莊持重，讓羅塔琉無法開口。

但是，正是卡蜜拉那封住了羅塔琉嘴巴的刻意檢點害了他們。卡蜜拉的姿容與美德，加上那位天真的丈夫拱手相送的時機，最終徹底戰勝了羅塔琉對朋友的忠誠。

安塞爾模離家後的前三天裡，羅塔琉的確一直都在跟自己的欲念做鬥爭，可是自從那之後，除了自己的心聲之外，他再也顧不上別的什麼了。於是他開始慌亂而熱烈地向卡蜜拉獻起殷勤來。卡蜜拉對此也大吃一驚，二話不說，急忙起身躲進了自己的房間裡。

然而，羅塔琉並沒有由於她的斷然態度而熄滅那與愛共生的希望，他反而更加看重卡蜜拉。而卡蜜拉呢，因爲對羅塔琉的舉動大感意外，不知道該如何是好，只是覺得不能而且也不該給他再次開口的機會了。於是決計當晚就打發一個僕人給安塞爾模送去了一封信：

chapter 34

小說《何必追根究柢》的下文

常言道：軍不可無帥，城不可無主。我是想說：不到萬不得已，少婦絕對離不開丈夫。您不在，我感到很不舒適，孤苦之情十分難耐。如果不快速回來，意欲不再爲您守家，而暫且歸寧。您所託付之人徒有虛名，貌似意在自求安逸，而無視您的事。您是聰明人，無須亦不宜我多說。

收到信後，安塞爾模知道羅塔琉已經開始行動，卡蜜拉的反應好像恰如所料，高興之餘，他讓來人轉告妻子千萬別離開家，說他不久就會回去的。卡蜜拉對安塞爾模回信的內容感到很是意外，不過，她相信自己的爲人，相信上帝和自己的鎮定。就這樣，她在第二天又見到了羅塔琉。看到他變本加厲後，她的決心也開始動搖了，最終還是敗下陣來。

過了幾天，安塞爾模回到了家裡。他馬上前去登門拜訪羅塔琉，問起了那件對他來說生死攸關的事情的進展狀況。

「安塞爾模啊，我的朋友，」羅塔琉說道，「說到進展嘛，我可以告訴你，你妻子不愧是賢德婦女的模範。她謙和、端莊，具備了足以讓一個誠實的女人揚名和幸福的一切美德。就到這裡吧，安塞爾模，別再變著法子去考驗她了。」

安塞爾模對羅塔琉的回答非常滿意，就像聽到了神諭一般，深信不疑。不過儘管如此，他還是請求羅塔琉不要就此打住，哪怕只是出於好奇和當作消遣，而且此後也不需要再費那麼多的心機了。他只想讓羅塔琉以致柯蘿莉的形式爲她寫幾首詩，他會告訴卡蜜拉說，自己的朋友愛上了一位豪門千金，爲了能夠既稱讚她，又不損壞她的名聲而杜撰了這個名字。他還表示，要是羅塔琉不願意寫的話，他本人願意代勞。

「那倒沒這個必要，」羅塔琉說道，「繆斯們對我並不是那麼反感，倒是每年都會到這來拜訪我幾次。你就依照剛剛講的那樣，去告訴卡蜜拉說我現在戀愛了，那詩嘛，就由我來寫吧。我也說不好是不是能夠配得上歌頌的對象，但至少我會盡最大努力。」

一個是冒失鬼，一個是負心的朋友，兩個人就那麼商量定了。安塞爾模回到家後，讓卡蜜拉講講到底發生了怎樣的事。卡蜜拉回答說，她覺得羅塔琉看著她的樣子，比他在家的時候顯現得有些放肆。不過，現在她已經弄清楚了，也許是自己多心了。

安塞爾模讓她打消那個疑慮，他知道羅塔琉愛著城裡的一位大家閨秀，經常借用柯蘿莉的名字來爲她寫詩。卡蜜拉如果不是事先從羅塔琉那兒得知了柯蘿莉的事兒純屬子虛烏有，她肯定會嫉妒得發瘋。因爲自己心裡已經有底，她自然也就沒把這話當一回事兒。

卡蜜拉每每把自己向墮落的深淵跨出一步，就會在丈夫的心中朝著聖潔和完美的頂峰前行一分。就是在這種情況下，有一次卡蜜拉單獨和女僕在一起的時候，對她說道：

「我真爲自己不知自重而悔恨，甚至都沒讓羅塔琉費一點兒工夫，出一點兒代價就把自己整個兒都給了他。」

「用不著爲這個擔心，我的太太，」蕾歐內拉說，「給得快或者慢並不重要，也不會成爲輕覷鄙視的藉口。關鍵是給的東西是否是好的，並且本身是否覺得值得被器重。人們不是常說嘛：給得及時，一個頂倆。」

蕾歐內拉說自己正在跟本城的一個富家子弟交往。卡蜜拉在無奈之下只能懇求蕾歐內拉千萬別把自己的事情告訴給她的情人，並且還叮囑她要小心，不能讓安塞爾模和羅塔琉知道她跟那個富家小夥子的事情。蕾歐內拉嘴上是答應了，可行動上卻把情人帶到了家裡。卡蜜拉不但不敢呵斥，反而想方設法地讓她將那相好的藏好。不過，羅塔琉終於在一天早上遇見了那傢伙。他沒有想到，那個人會是爲了蕾歐內拉。嫉妒讓他頭昏腦漲，急不可待地想要對完全無辜的卡蜜拉施行報復。因此他不假思索，等不到安塞爾模起床，就去找到他說道：

「你要明白，安塞爾模，卡蜜拉這座堡壘早已被攻破，她現在已經完全聽命於我了。她答應我，等你下次出門的時候，就跟我在你存放著貴重物品的那個房間裡幽會。請你再聽我一次，像以前那樣假裝要出去兩三天，然後躲到儲藏室裡，就能親眼看到卡蜜拉想怎樣了。」

羅塔琉剛從安塞爾模那兒出來，就對自己剛才所說的話悔恨不已，發覺自己實在太愚蠢了。本來可以自己去對卡蜜拉進行報復而不必通過那種殘忍而又極不光彩的辦法的。他開始埋怨自己糊塗、罵自己輕率，但是也想不出應該如何挽回和彌補。而卡蜜拉一看到他，立即就說道：

「蕾歐內拉那個不要臉的東西完全不顧我的名聲，竟然放肆到了每天晚上都把那個姘頭帶到家裡來廝混到天亮。我真擔心這事會捅出什麼亂子來。」

聽到卡蜜拉這麼說，羅塔琉更感到惶恐和後悔。不過雖然如此，他還是讓卡蜜拉先別急，由他來想辦法讓蕾歐內拉收斂一點兒。他也把自己由於妒忌而一氣之下對安塞爾模說過的話告訴給了卡蜜拉。

卡蜜拉被羅塔琉的話嚇了一大跳，她教羅塔琉設法找一天讓安塞爾模藏到儲藏室裡去，她有辦法讓那次偷窺爲他們此後安享男歡女愛鋪平道路。她並沒有完全透露自己的想法，只是交代說到時候她怎麼問，他就怎麼回答。

第二天，安塞爾模說是要去鄉下找朋友，走出家門後轉了一圈就轉身回來藏了起來。一切都很順利，因爲卡蜜拉和蕾歐內拉事先已經做了精心的安排。

在確信安塞爾模已經藏好以後，卡蜜拉和蕾歐內拉坦然地走進儲藏室，剛一進門，卡蜜拉就長歎了口氣說道：

「蕾歐內拉，我不準備告訴你想幹什麼，省得你會攔擋。在我動手之前，由你來把我讓你拿來的安塞爾模的那把匕首刺進我這聲名狼藉的胸膛會不會更好一點呢？噢，先不要動手，我沒有理由代人受過。首先我得搞清楚，羅塔琉那雙放肆而又邪惡的眼睛到底在我身上看到了什麼，以至於竟敢對我表白出那麼無恥的欲念。蕾歐內拉，你到那個窗口去把他叫進來，他肯定正在街上等著把壞心變成行爲呢。可是，我的心可是有多純潔就有多凶狠的。」

「唉，我的太太啊，」機敏而早有準備的蕾歐內拉說道，「你要這把匕首幹什麼呢？難道是想自殺或者是殺了羅塔琉？但是，自殺也好、殺人也好，到頭來都會斷送你的名聲和美譽。」

經過再三懇求，蕾歐內拉總算出去叫羅塔琉了，在她回來之前，卡蜜拉自言自語般地說道：

「上帝啊，保佑我吧！讓那些背信棄義的傢伙們見鬼去吧，我要報仇：讓那個僞君子進來吧，來吧，過來，去死吧，就到這裡了，管它呢！我清清白白地屬於老天賜予我的那個人，我也應該清清白白地離開他。」

躲在簾子後面看著這一切的安塞爾模生怕會出意外，真不希望羅塔琉再來證明什麼了。他正想挺身而出抱住妻子並向她說明真相的時候，卻又因爲看見了蕾歐內拉拖著羅塔琉走了進來而停住了腳步。卡蜜拉一見到羅塔琉就用匕首在自己面前的地上畫了一道線說：

「羅塔琉，你給我好好聽著，如果你膽敢越過甚至碰到你眼前的這道線，我就馬上把手裡的這把匕首刺進自己的胸膛。我問你，羅塔琉，你說你認不認得我的丈夫安塞爾模，你對他有什麼看法；其次，我還想知道你認不認識我。」

羅塔琉並不是個笨人，從卡蜜拉讓他設法讓安塞爾模躲在那兒的那一刻起，就已經明白了她的用意，所以配合得巧妙和默契。他們這樣一唱一和，把那場假戲演得跟真的一樣。他回答卡蜜拉道：

「我認識你的丈夫安塞爾模，我們倆從小就認識。至於你嘛，我也認識，而且還跟他一樣地看重你。」

「既然你承認了這一點，你這個絕對不配得到任何真正值得一愛的東西的壞蛋，」卡蜜拉說道，「你還有什麼臉面敢站在我面前呢？我決定自我了斷，可是自殺之前，我要殺了把我置於死地的傢伙。」

卡蜜拉邊說邊舉起出了鞘的匕首，以令人難以置信的迅猛撲向羅塔琉，假裝沒有刺中之後，她就說道：

「天意儘管沒能讓我完全完成這正當的心願，總不能阻止我剩餘的部分予以實現吧。」她邊說邊把那匕首刺入自己的左側鎖骨上面的肩頭，接著就像昏了過去似的倒在了地上。

蕾歐內拉和羅塔琉被這突然的舉動驚呆了，惶恐而又匆忙迅速地衝上前去拔下匕首。蕾歐內拉將卡蜜拉抱起來放到了床上，然後哀求羅塔琉趕快去找人來偷偷地給她療傷。他裝出一副很悲痛欲絕的樣子走了出去，深深佩服卡蜜拉的心計。

安塞爾模一直在認真地聽著和看著這齣葬送他的名譽的悲劇。劇中人物的表演是那麼精湛到位，竟然讓他也完全信以為真了。他只期待去找自己的摯友羅塔琉，正是因為他的設計和幫助，自己才得以達到嚮往的幸福高峰，希望他之後還會全心致力於寫詩歌頌卡蜜拉，讓她流芳後世。

就這樣，安塞爾模心甘情願地當上了世界上絕無僅有的大傻瓜，竟然親手將葬送自己名聲的禍根當作了榮耀的階梯引進了家門。這個騙局維持上了一段日子，直到幾個月後幸運之神才突然背過臉去，精心掩飾的醜行最終敗露了，安塞爾模最後爲冒失的好奇而付出了自己的性命。

chapter 35

唐吉訶德英勇大戰酒囊

正當那部小說就快讀完的時候，桑丘突然很慌張地從唐吉訶德睡覺的房間裡衝了出來，一邊跑一邊嚷道：

「快來啊，先生們，快，快來幫助我們家老爺吧，他正在進行一場我從沒見過的激烈戰鬥呢。上帝保佑，他剛剛一揮寶劍就把巨人的腦袋給齊刷刷地砍下來了！」

「老兄，您說什麼呢？」神父放下正在朗讀著的小說問道，「桑丘，您的大腦沒毛病吧？那巨人還在兩千里地之外呢，您說的那事怎麼會可能呢？」

這時候，眾人聽到從那個房間裡傳出來了響聲和唐吉訶德的怒吼聲：

「站住，你這個強盜，你跑不了了，你的彎刀也沒有用了！」

人們感覺他好像在使勁地用刀砍著牆壁。桑丘說道：

「你們不能光是站在那兒聽呀，得過去參戰或者幫助我的主人啊，雖然可能沒有多大的必要，但那巨人肯定是已經死了，這會兒估計正在跟上帝交代自己做過的壞事呢。我看到滿地都是血，還看到了那個被砍落在地的腦袋，就像一個大酒囊。」

「這下子可完了，」店主接口說道，「那個唐吉訶德或者惡魔千萬別是砍了他床頭那些裝滿紅酒的皮口袋，被這個傻瓜當成血的東西應該是灑出來的紅酒了。」

店主說著就衝進了那個房間，大家也都跟著衝了進去。他還緊閉著雙眼，或許是實際上根本就是沒睡醒，是在睡夢中同巨人惡戰的。他由於過於嚮往即將進行的事業而夢見了自己已經到了米戈米公王國，並且也已經與敵人交上了手，把酒囊當成了巨人，舞動著手中的寶劍連刺帶砍，最後弄得那屋子裡面紅酒橫流。桑丘在滿地尋找巨人的腦袋，結果什麼也沒找到，於是說道：

「早就知道這個地方中邪。上次，我還在這兒無緣無故地挨了一頓拳腳和棍棒，卻始終不知道是誰在打我，當然也沒有看到一個人影；這回，我倒是親眼看到那個腦袋被削了下來，並且血如噴泉似的從巨人的身體裡湧了出來，但是卻找不到了。」

在場的人全部縱聲大笑起來了。不過，卡迪紐、理髮師和神父費了九牛二虎之力最終總算把唐吉訶德摁到了床上，眼看著他很疲倦地睡著了。人們看到他已睡去，一齊來到客店的門廳裡，首先安慰桑丘不要因爲沒有找到巨人的腦袋而傷心難過，然後又費了更多的唇舌去平息由於突然損失了酒囊而暴跳如雷的店主的怒火。這個時候，老闆娘說道：

「這個遊俠騎士到我們店裡來，可算是讓我們倒楣透頂了，我這輩子再也不想見到他們了。上次住了一晚，不但沒給店錢、飯錢、主僕二人一馬一驢的草料錢，還說什麼他是遊俠騎士，希望上帝讓他和世界上所有的遊俠騎士全部都倒大楣去吧。如今弄破了我的酒囊，流了一地的葡萄酒！」

神父答應盡可能地幫助他們賠償一切損失，包括酒囊和紅酒，尤其是被他們那麼看重的牛尾巴，這才讓他們消了氣。多若泰也安慰桑丘說，種種跡象說明他的主子確實是砍下了巨人的腦袋，並且還向他保證，一旦順利復位，立即就將國內最好的伯爵領地賞賜給他。聽了這些，桑丘才放下心來。等到大家都心平氣和了之後，神父就想把那部小說讀完了，反正剩下的也不多了。卡迪紐、多若泰和其他人也都央求著他繼續讀下去。一是願意討得眾人的歡心，二是自己也讀得很有興致，因此他就接著念了起來：

在證實了妻子的賢慧之後，安塞爾模的日子過得愉快又舒心。卡蜜拉總是故意不給羅塔琉好臉色，以在安塞爾模面前掩飾自己的真心。爲了配合卡蜜拉的做作，羅塔琉請求安塞爾模同意他不再登門，理由是卡蜜拉顯然不願意和他正面相對，但是仍被蒙在鼓裡的安塞爾模卻死也不答應。在此期間，蕾歐內拉看到自己的放蕩得到了默許，因此也就肆無忌憚起來了。後來，一個晚上，安塞爾模發覺蕾歐內拉的房間裡有一個男人從窗口跳到了街上。他迅速地追過去想將那人捉住或者看清他的真面目，結果是既沒逮著也沒看清，因爲蕾歐內拉抱住他說道：

「你就老老實實地待著吧，我的老爺，別去追那個逃了的人啦。他是我的丈夫。」

安塞爾模不信，反而一氣之下掏出匕首逼她如實招來，不然就殺了她。蕾歐內拉被嚇得不知如何是好，於是說道：

「別殺我，我告訴您更重要的事情，聽到之後您更會意想不到的。」

安塞爾模走出了房間並把蕾歐內拉反鎖在了裡面，還對她說，如果不把該講的事情講明白就別想再出來。隨後，他去找到卡蜜拉把事情從頭到尾講述了一遍，也提到了她要報告重大情況。

卡蜜拉確信蕾歐內拉必然會把她的不貞和盤說給安塞爾模，就立刻收拾了一下手頭的珠寶和現金，悄無聲息地溜出家門來到了羅塔琉的家裡。她懇求羅塔琉把自己藏起來，或者兩個人一起逃到安塞爾模找不到的地方去。

羅塔琉提出將卡蜜拉送進一家由他的一個姐姐當院長的修道院，自己也跟著神不知鬼不覺地離城而去了。

第二天清晨，安塞爾模並沒有注意卡蜜拉沒在身邊，一心只想知道蕾歐內拉到底會說些什麼，卻發現蕾歐內拉已經逃走了。他十分懊惱，於是就掉轉身準備回去把這些情況告訴卡蜜拉，卻發現她不在床上也沒在家裡。他憂心忡忡地衝出家門，想立馬把這件事情告訴自己的朋友羅塔琉。當他發現羅塔琉不在的時候，覺得自己簡直快瘋掉了。但是事情並沒有到此結束。他回到家裡之後，僕人們又全都沒了蹤影。

沒有了老婆，沒有了朋友，也沒有了僕役，安塞爾模突然之間變得孤苦伶仃。過了好一陣子以後，他決心去找鄉下的那位朋友，禍端初始之時，他曾在那個人家裡寄宿。日暮時分，看到有人從城裡的方向策馬而至。寒暄過後，他向那人問起了弗羅倫西亞城裡有沒有什麼新聞。那位從城裡來的人說道：

「盛傳富翁安塞爾模的摯友羅塔琉昨天夜裡拐走了他的妻子卡蜜拉，安塞爾模本人也去向不明。事情是從卡蜜拉的一個女僕嘴裡說出來的。全城上下無不對此感到驚訝，怎麼說也想不到那麼親密的朋友之間竟然會出現這種事情，他們的關係好得人們總是稱呼他們爲『朋友倆』。」

聽到這麼不堪的消息，安塞爾模不僅差點兒昏了過去，甚至都差點兒一命嗚呼。他掙扎著爬起來，終於來到了那位對他的遭遇還一無所知的朋友家裡。他一個人待在屋裡，想到自己的悲慘處境，心裡覺得非常難受，從而清楚地意識到或許他即將告別於人世，因此決定留下遺言。

他動筆寫了起來，但是沒等他把想說的話寫完就斷了氣。那家的主人發現他半個身子躺在床上，跟前攤著一張寫有字跡的紙，筆還緊握在手裡。主人發覺那手已經冰涼，知道他已經死了。他又是驚訝又是難過，最終拿起那張紙，認出了朋友的筆跡，上面寫的是：

「一個愚蠢而冒失的念頭葬送了我的性命。卡蜜拉聽到我的死訊之後，應該知道我已經諒解了她。她沒有創造奇蹟的責任，我也沒理由希望她能夠創造奇蹟。我是自取其辱，何必……」

安塞爾模只寫到了這裡，顯然，沒等盡意就命赴黃泉了。

第二天，那位朋友將他的死訊告知了安塞爾模的親屬和卡蜜拉所在的修道院。沒過多久就有消息說羅塔琉戰死沙場了。卡蜜拉聞訊之後馬上做了修女，沒過多少日子，也因爲極度悲傷導致憂鬱而死。這就是由一個荒謬開端引出的各個人物的結局。

「我認爲，」神父說道，「這部小說不錯。不過我無法相信這會是真事。如果是編的，那作者編得倒不怎麼樣，很難想像會有安塞爾模那麼蠢的丈夫，竟然想做如此危險的試驗。」

chapter 36

發生在客店裡的其他奇事

這時候，一直站在門口的店主喊道：

「這會兒來的可是一群好主顧。他們如果住下來，咱們這兒可就熱鬧嘍。」

「是些什麼樣的人？」卡迪紐問道。

「四個騎馬的男人，」店主說，「他們全部都戴著黑色面罩。還有一個白衣女人跟他們一起，還有兩個步行的侍從。」

聽店主這麼一說，多若泰馬上將臉遮了起來，而卡迪紐閃進了唐吉訶德的房間，緊跟著，店主說的那一夥人馬就進入了客店。四個騎馬的男子個個英俊挺拔，下馬落地之後，立刻就去幫助那女子下馬。其中一位把她抱下鞍子，放在了卡迪紐躲進藏身的房間門邊的一把椅子上。在這短短的時間內，不管是那女子還是那幾個男人，全都沒有摘下面罩也沒有講話，只是那女人在落座時長歎了一聲，之後把胳膊垂了下來，就像一個萎靡不振的病人。徒步的僕役把牲口牽進了馬棚。

看到此種狀況，一心想瞭解那些這樣裝束又如此沉默的人們來歷的神父，立馬就跟了過去，接著就向其中的一個探問起來。那僕役說道：

「我也無法告訴您他們是什麼人，我也是只知道他們像是很有地位。尤其是您看見了的把那位小姐從馬上抱下來的那位。」

「那位小姐是什麼人？」神父問。

「我也不清楚，」那僕役說，「我一路上都沒有看到她的模樣。我的同伴和我也才跟了他們兩天。我們在路上遇見了他們，他們就說服我們陪他們到安達路西亞去，並答應付給我們豐厚的酬金。」

神父丟下那兩個僕役來到了多若泰的身邊。多若泰由於聽到蒙面女子的歎息聲而動了惻隱之心，於是她就走過去對她說道：

「我的小姐，您哪裡不舒服嗎？如果有什麼我能夠幫得上忙的地方，我本人十分願意爲您效勞。」

那可憐的女子只不作聲，雖然多若泰再三表示願意幫忙，她還是默不作聲。最終那位蒙面紳士走過來對多若泰說道：

「小姐，您沒有必要爲這個女人費心了。無論爲她做多少事情，她也不會領情的，向來都是如此。」

「我從來都沒有說過謊話，」一直緘口不言的女子這時候忽然開了腔，「也正是因爲說真話，正是因爲沒有半點虛假，我才淪落到了現在的這種悲慘地步。我倒是希望您本人敢於站出來做個證人，因爲正是我的無比真誠反襯出了您的虛僞。」

卡迪紐由於跟講話的人離得很近，中間就只隔著唐吉訶德所在房間的那扇門，所以對她說的這些話聽得清清楚楚，她剛一落下話音，他就大聲說道：

「上天啊！我聽到的這是誰的聲音呀？」

那位女子聽到這感歎聲之後不由心頭一震，馬上回過頭去，由於沒有看到人影，因此就站起身來打算走進那個房間。

紳士們看到她這個樣子，趕緊去把她給攔住，讓她不能動彈。女子在慌亂與匆忙之中弄掉了遮臉的紗巾，露出了無與倫比的秀美和令人稱讚的面容。那個紳士從背後緊緊地抱住她，因爲騰不出手來拉起開始滑落的面罩，那面罩最終也完全掉了下來。

同那位女子相擁而立的多若泰，抬頭一看，原來揪住那女子的人竟是自己的丈夫堂費南鐸。抱著另外一個女人的堂費南鐸認出了她，但卻沒有因此而放開陸莘達。陸莘達已經從那感歎聲中認出了卡迪紐，卡迪紐也認出了陸莘達。聽到多若泰在昏倒的刹那發出的淒婉叫聲，卡迪紐以爲叫的是陸莘達，因此就慌慌張張地從房間裡衝了出來。

大家都相互望著：多若泰望著堂費南鐸，堂費南鐸望著卡迪紐，卡迪紐望著陸莘達，陸莘達望著卡迪紐。首先打破沉默的是陸莘達，她對堂費南鐸說道：

「請您就放開我吧，堂費南鐸先生。上天以您和我都沒能想到的罕見方式，把我真正的丈夫送到了我的跟前。可以死在心愛的丈夫面前，我也算是死得其所了。」

多若泰這時候已經甦醒了過來，並從陸莘達的話中得知了她的身分，看到堂費南鐸既不放手也不回答她的請求，於是便掙扎著站了起來，走過去跪倒他的腳邊，一雙秀目流出了感人肺腑的熱淚，開始說道：

「我就是那個被你不知是出於真心實意，還是一時興起想要抬舉成爲你的妻子的卑賤村姑。你不可能屬於美麗的陸莘達，因爲你是我的；陸莘達也不可能歸你所有，因爲她屬於卡迪紐。你願意也好，不願意也罷，我終究是你的妻子。」

悲痛欲絕的多若泰還講了許多別的大道理。而堂費南鐸，滿臉的惶惑和驚愕，死死地盯著多若泰看了好一會兒，終於鬆開手臂放開了陸莘達，說道：

「你贏了，美麗的多若泰，你贏了。你說了那麼多事實，我怎麼還敢否認。」

堂費南鐸畢竟出身名門，高尙的胸懷終於也就軟了下來，只好接受事實。爲了表達對大家的美意心悅誠服，他彎下身去抱住多若泰說道：

「起來吧，我的小姐，讓我的心上人跪在自己的面前，我實在是太不應該了。祝願她跟她的卡迪紐平安快樂、天長地久，我也祈求上天保佑我跟我的多若泰幸福到老。」

堂費南鐸說完之後又一次擁抱了多若泰並把自己的臉和她的臉貼到了一塊兒，那麼溫柔纏綿，好不容易才強忍著沒讓那欣喜而又懊悔的眼淚滴落下來。陸莘達和卡迪紐以及幾乎所有其他在場的人一個個全都淚流滿面。他們有的是爲自己高興，有的是爲別人歡喜，倒好像大家在一起遇上了什麼天大的不幸似的。就連桑丘也跟著不停地抽泣起來，儘管他事後說是因爲看到多若泰並不是自己寄予厚望的米戈米公娜公主才哭的。

堂費南鐸說，他聽說陸莘達在一家修道院裡，他馬上就帶著那三個先生劫持了她。陸莘達一發現自己落入了他的手中就馬上失去了知覺。甦醒過來之後，除了哭泣就是歎氣，就是不張口說話。就這樣，他們一路無話，伴著哭聲來到了這家竟然變成了他的天堂的客店，因爲在這裡，人間一切的不幸全都結束了。

chapter 37

米戈米公娜公主的故事

這些話全都被桑丘聽到了。眼看著封爵的希望漸漸遠去化為泡影，漂亮的米戈米公娜公主變成了多若泰，巨人竟是堂費南鐸，而東家還在悶頭大睡，竟然對這些變故不聞不問，心裡懊喪到了極點。客店裡所有的人無不為如此複雜和煩瑣的糾葛得到圓滿解決而歡欣鼓舞。神父善解人意又禮數周全，分別向每個受惠的人表達了自己的祝福。不過最高興和最滿意的還是客店的老闆娘，因為卡迪紐和神父已經答應加倍賠償唐吉訶德造成的一切損失。桑丘愁眉苦臉地走進房間，看到主人也已經醒了，於是說道：

「哭喪著臉的騎士老爺，您大人只管睡下去好了，沒有必要再惦記著去殺什麼巨人和幫助公主復國啦，事情已經完滿解決了。」

「我完全相信是這樣的，」唐吉訶德說，「因為我已經和那個巨人進行了一場有史以來最激烈和凶狠的惡戰。我就拔劍這麼反手一揮，只聽『嚓』的一聲，就把他的腦袋給削落到地上了。那血呀，像河水一樣，流得滿地都是。」

「您最好說像紅葡萄酒那樣流淌，」桑丘說，「還是讓我來跟您說吧，看來您還不知道，被您殺掉的巨人只不過是一個被捅破了的酒囊。」

「算了，」唐吉訶德說，「給我把衣服拿來，讓我到外邊去看看你說的那些事情和變化。」

桑丘把衣物遞給了唐吉訶德。就在他穿衣服的工夫，神父對堂費南鐸和其他人講了他的瘋病、他如何由於幻想自己遭到意中人的厭棄而躲進禿岩、他們如何設計把他從那裡騙出來的經過，他還把桑丘講過的種種奇遇幾乎全都複述了一遍。神父還說，既然多若泰小姐大喜臨頭，已經不適合繼續依計而行了，必須再想別的辦法把他送回家鄉去。卡迪紐自告奮勇，表示願意將這件事情了結，並建議由陸苹達來扮演多若泰原來的角色。

「不，」堂費南鐸說，「不能這樣，我希望多若泰繼續扮演自己原來的角色，要是這位好人的家鄉離這裡不是很遠，我很願意幫他一把的。」

就在這個時候，唐吉訶德全副武裝地走了出來：頭上戴著坑坑窪窪的曼布利諾頭盔，一手挽著皮盾，一手提著那根用來當矛的木棍。看到唐吉訶德這副古怪的模樣，堂費南鐸和其他人都大吃一驚，誰都沒有吱聲，等著聽他會講出什麼話來。唐吉訶德的眼睛望著美麗的多若泰，一本正經並且不緊不慢地說道：

「美麗的公主啊，聽我的侍從說，您已經變成了一個普通女子。如果這是您的會法術的父親的旨意，擔心我不能給您必要的幫助，那我就要說，殺個把狂妄的小巨人算不了什麼的，而且……」

「與您交手的是兩個皮酒囊而不是巨人。」店主這時候忽然插話進來。堂費南鐸讓他趕緊閉嘴，絕對不要打斷唐吉訶德。於是唐吉訶德接著說道：

「總之，這世上就沒有我的寶劍掃除不了的險阻，幾天之內我就會用這把寶劍，把您的宿敵的頭顱削落在地，把王冠戴到您的頭上。」

唐吉訶德說完等待著公主的回答。多若泰從容而認真地說道：

「勇敢的哭喪著臉的騎士啊，我的身分並沒有發生什麼變化，我還是要倚重您。咱們明天就得動身，因爲今天已經趕不了多少行程了。」

聽了這番言辭之後，唐吉訶德轉過身去，非常生氣地對桑丘說道：

「混蛋桑丘啊，剛才你還跟我說這位公主變成了一個叫什麼多若泰的女子？我發誓……我要狠狠地教訓教訓你，叫天下的遊俠騎士的所有敢撒謊的侍從們都長點記性！」

「算啦，」堂費南鐸說，「這件事情我們就先不談了。既然公主小姐說今天晚了，明天再啓程，那麼大家就這麼說定了。今天晚上大家可以痛痛快快地聊到天亮，然後大家陪唐吉訶德先生上路，我們都希望能在這項偉大事業中目睹他的豐功偉績。」

唐吉訶德和堂費南鐸兩人之間還說了許多客套與恭維的話語，就在這個時候一位旅客走進客店打斷了大家的談話。後面又走進來了一位摩爾裝束的女人。那個男人魁梧健壯，看起來四十多歲，一跨進客店就要房間，聽到已經客滿的時候，面露難色，隨後走到摩爾女人跟前，把她抱下驢背。陸莘達、多若泰、老闆娘、老闆女兒和瑪麗托內斯都被那從未見過的新奇裝束所吸引，一起擁到了那摩爾女人的身邊。一向和善、殷勤而又智慧的多若泰開口對她說道：

「我的小姐，您沒有必要爲這兒條件簡陋擔心，這在客店裡是正常的。不過，即便如此，如果您願意跟我們（她指了指陸莘達）同住的話，肯定會受到二位一路上也許還沒有受到過的歡迎的。」

「我的小姐，」那男人說道，「我代表她，同時也出於自己的真心親吻您的手。此時此刻我非常領情，在這種情況下，能得到像各位這麼慷慨的人的照顧，我感到莫大的榮幸。」

多若泰拉起摩爾女子的手，讓她坐到了自己的身邊，並請求她摘下面紗。於是她就取下了面紗，露出了嬌美的面容。美是具有威懾和征服人心的特殊魅力的，所有的人馬上全都爭相附和討好起這個漂亮的摩爾女人來了。堂費南鐸向那個男人打聽她叫什麼名字，那個男人回答說她叫蕾拉·索賴達。聽見自己的名字以後，她知道了他們在說什麼，於是馬上焦急而認真地糾正道：

「不，不是索賴達，瑪利亞，瑪利亞。」

說話的工夫，天也就黑了下來。店主按照堂費南鐸的同伴們的吩咐，盡他們所能，精心籌辦了一桌晚餐。一到時間，由於客店裡沒有圓桌和方桌，大家就圍著一張類似於僕役飯堂裡那樣的長桌坐了下來。席間充滿了歡樂，唐吉訶德又像上次跟牧羊人一起吃飯時候的那樣，一時興起，開始談論道：

「諸位先生們，認真想想，幹我們騎士這一行的人，的確經常能夠碰上這麼多難得見到的奇聞趣事。對於那些斷言文職優於武行的人全都給我滾得遠遠的吧，因爲這些人常常掛在嘴邊的和篤信不疑的理由永遠都是勞心優於勞力。你們好好想想，要揣測瞭解敵人的意圖和計策，要估測存在的困難，將損失避免到最低點，光靠體力能行嗎？這一切的一切都是靠腦力活動的。既然肯定了這一真理，咱們現在再來對比一下文員的功勞和武士的苦勞，誰多誰少自然也是一目了然了。」

唐吉訶德口若懸河，但是當時在座全都聽得津津有味的。於是唐吉訶德接著說道：

「我現在要來說說讀書人的苦楚。他們主要是窮。但並不是所有人都窮，這裡只是極而言之罷了。首先我覺得受窮就是一種不幸，因爲窮人們歷來都不會有什麼順心的事。我們看到過那些人居高臨下地左右或者是統治著世界，從饑餓變爲饜足、從草席換錦褥。這一切雖然是對他們的功德的獎賞，但是，他們付出的代價跟軍旅上的士卒相比可就是差得太遠了。我接下來就說一說這方面的情況。」

chapter 38

關於文武兩道的妙論

唐吉訶德接著說道：

「我們剛剛談到了讀書人的貧窮和種種表現，我們再來看看他們是否比士兵富裕和有錢。我們會發現士兵們真是窮得不能再窮了，一件百孔千瘡的皮衣經常是既當禮服又當襯衫的。所以說當兵的酬勞實在是太少了。文員們聲稱沒有他們的話，武事就難以為繼，因為戰爭也有自己的章法，而且也得受到那些章法的制約，而那些章法又都是在文職和文員的掌控之下。可武官對此的回答卻是，如果沒有武裝力量的保證，是不可能存在法則的。讀書人的窘迫和貧困，能夠和一士兵的恐懼相提並論嗎？很顯然，不能。我要比從前的遊俠騎士冒更大的危險，假若我真的能夠如願以償，那麼將一定會贏得更大的聲譽。」

唐吉訶德在別人吃飯的時候只顧著大發議論，竟然連吃飯這檔子事兒也忘記了。別人看到他對什麼事情都挺清楚的，只是一涉及那莫名其妙的騎士道就糊塗得不可救藥了，免不了也產生了一種憐憫之情。神父也說他為武行所作的辯護全都講得很有道理，儘管自己是屬於文員之列並且也有學位在身，但還是持有跟他一樣的觀點。

吃完晚飯，撤去了桌子之後。趁老闆娘、她的女兒和瑪麗托內斯收拾唐吉訶德曾經住過的房間，準備讓女眷們在那裡過夜的工夫，堂費南鐸懇求跟摩爾女子一起來的那位先生給大家講講他們的經歷。那人回答說很樂於從命。

「那麼，就請諸位聽我說說吧，這可是確實發生過的事情，那些精心編造的故事也許還真的不如它好聽呢。」

他這麼說過以後，大家就都坐了下來安靜地等他開講。看到人們鴉雀無聲地等著聽他的故事，於是他就柔聲細語、不緊不慢地開講起來了：

chapter 39

戰俘講述自己的生平經歷

「我祖籍是在萊昂省的一個山村，天道不仁，時運不濟。在那窮鄉僻壤，連我的家父也背有富名。父親有三個兒子，有一天，他把我們兄弟三個一起叫進了他的房間，對我們也說了一席話：『孩子們啊，我想叫你們來商量一件事情。我要把家產分成四份：你們三個一人一份，非常平均；剩下的一份，我留著養老。不過，我也會給你們指出幾條道路來，希望你們各自拿到自己應得的那份財產後，可以選擇其中的一條。我想讓你們一個從文、一個從商、一個去爲國王打仗，八天之後，我就會把每人該得的那份家產換成現金交給你們。現在，你們得告訴我是否同意我的意見、是否願意照我說的話去辦。』

「由於我是長子，意見是家產就不要分了，他願意怎麼花就怎麼花吧。我們都還很年輕，自己現在也會掙。最後呢，就是我願意順從他的意志，並且選擇這條投身軍旅爲上帝和國王效力的道路。二弟也表達了跟我一樣的意思，決定帶著自己該得的那份財產去西印度。

小弟說是願意皈依教門，或者到薩拉曼咖去完成已經開始了的學業。

「我這一離開父親就是二十二年。這期間，雖然也曾寫過幾封信，但卻對父親和兩個兄弟的情況一無所知。我最後當上了步兵上尉。海盜阿爾及爾王．烏恰利襲擊和擄獲了瑪律塔教團的旗艦，我帶著自己的部隊過去救援，最後受傷被俘。這一期間，我一直都在充當划船苦役，已經抱定主意不再寫信把自己的不幸遭遇告訴父親。

「果雷塔最後終於失守了，堡壘也相繼失守了。在堡壘裡的西班牙人當中，有一個叫堂彼德羅．台．阿基拉的。我只知道他是安達路西亞人，他具體是在什麼地方的我就不太清楚了。他在要塞裡任少尉，也是位很了不起的戰士，也很聰明，還特別擅長寫詩。我之所以會提到他，是由於命運讓他去到了我所在的船上，而且還安排他跟我坐了同一個槳位。在我們離港之前，他寫了兩首悼亡的十四行詩，一首是為果雷塔，一首是為那座堡壘。」

聽到戰俘提到了堂彼德羅．台．阿基拉的名字之後，堂費南鐸看了自己的同伴們一眼，而他們也會心地微微一笑。等到講起了詩的時候，其中的一位說道：

「在繼續往下講之前呢，我想請您告訴我，您剛剛提到的那個堂彼德羅．台．阿基拉後來怎麼樣了？」

「我所知道的是，」戰俘說，「他在君士坦丁待了兩年，後來裝扮成阿爾巴尼亞人跟一個希臘人一起逃走了。不清楚他有沒有獲得自由，不過我相信一定是獲得了自由。因為轉過年來，我在君士坦丁又見到過那個希臘人，但是沒顧得上打聽他們逃走以後的情況。」

chapter 40 戰俘的故事

戰俘繼續講道：

「我算是等錢贖身的俘虜。因爲他們知道我是上尉，被歸到了紳士和能夠贖身的人之列。他們給我戴上了一條鐵鍊，主要是被用作可以贖身的標誌。我們的牢房緊挨著一位摩爾富豪的家，上面安有又細又密的百葉窗。有一天我偶然一抬頭，看到小窗口裡伸出來一根蘆竹，頭上還繫著一塊手帕。那竹竿在不停地搖晃，就像是在招呼我們過去接住它一樣。我剛一走到跟前，那竹竿馬上就落下來到了我的腳邊，手帕打著結，裡邊包著十個『西亞尼』。

「我收好那意外錢財，抬頭望了一眼那個窗口，看到了一隻十分白皙的小手。沒過多長時間，又從那個窗口裡吊下了一個蘆竹做的小十字架。但很快就又收了回去。這讓我們相信，那幢房子裡一定關著一個女基督徒，送給我們錢的人就是她。從那以後，我們的樂趣就是看著那曾伸出過竹竿的窗口，把那裡當成了天上的北斗。但一連過了整整半個月，我們沒再看到有竹竿伸出來，也沒再見到任何別的信號。在那段時間裡，我們千方百計地想弄清那幢房子裡到底會是什麼樣人的，但直到最後，也只是打聽到那裡住著一位摩爾富翁和顯貴。

「就在我們不再指望還會有西亞尼從天而降的時候，卻又意外地看到了那個竹竿和拴在上面的一個比上一次還要大的手帕包裹。我解開手帕，看到了四十個金幣和一張阿拉伯文字條，行文的最後畫著一個大大的十字。我們十分想知道那紙條上寫的是什麼，可是誰都不懂阿拉伯文，一時又找不到能夠幫得上忙的人。後來，我決定去找一個背了教的穆爾西亞人。他以前是我的好朋友，精通阿拉伯語，不但會說而且還能寫。他打開那張紙條，我把筆墨遞給他，他逐字逐句地翻譯，文字是這樣說的：

「『我的小時候，父親有一個女奴。那女奴會經教我用我們的語言向基督禱告，還給我講了許多關於蕾拉·瑪利安的事情，叮囑我應該到基督徒的國度去。我透過這個窗口看見了許許多多的基督徒，但是只有你才像個紳士。我很漂亮並且也很年輕，身上也帶有很多錢。請你想辦法帶我離開這裡，到了那邊之後，如果你願意的話，你可以娶我爲妻。我將會在蘆竹的頭上繫根線繩，讓你用來拴綁回信。若是找不到懂阿拉伯文的幫你寫信，你就通過手勢給我一個回答，蕾拉·瑪利安會讓我瞭解你的意思的。希望她和阿拉一起保佑你。那個我吻過了無數次的十字，是那個女基督徒教我畫的。』

「先生們，你們可以想像到得到這封信讓我們感到多麼驚訝和多麼高興。我們商定，既然有人能幫我們寫信，就應該對那個摩爾女子的字條作出答覆。那個能夠代筆的背教者馬上就按我口述的意思寫好了回信，他的內容，我可以一字不差地複述出來。我把這件事情中的每個重要環節都記得十分清楚，一輩子也忘不了。給那位摩爾女子的回信是這樣寫的：

「『親愛的小姐，願真主保佑你，還有聖母和因爲愛你而使你心向基督徒的國度的聖潔的瑪利安也會爲你祝福。請你祈求她讓你想出實現心願的好方法吧，她是那麼仁慈，一定會幫你的。我和我所有的基督徒夥伴願意爲你盡心盡力，死而後已。偉大的阿拉給我們派來了一個會講你的語言、會寫你的文字、並且篤信基督的囚徒，這封回信就是明證。因此，你想說什麼就說吧，不要有任何的顧慮。』

「過了兩天，我才等到圈場裡跟前幾次一樣沒有外人的機會。沒過多長時間，那就像是我們心目中的北斗的竹竿，帶著好像象徵著和平的白色旗幟的布包似的再一次出現在了我的眼前。那竹竿落了下來，我拾起打開後，看到裡面包著總值超過五十艾斯古多的各色金銀幣。那些錢幣更堅定了我們重獲自由的信心。

「那天晚上，我們的那位背了教的朋友過來告訴我們，他已經探明那幢房子裡確實住著摩爾人。這個人特別富有，但是只有一個將繼承全部家業的獨生女兒。全城上下都說那女子是整個蠻邦地區首屈一指的美人，很多總督都來向她求婚，可她從來不想嫁人。他還聽說，她的家裡曾經有過一個基督徒女奴，可是已經死了。這一切跟字條上講的也完全吻合。

「之後，我們跟那個背教者一起商量怎麼才能幫助那個摩爾女子逃出家門並把她帶到基督徒的地域。就這麼說定後，那位背教者勸我們不用擔心，他會豁出性命幫助我們逃走的。

在這之後的四天裡，囚牢裡總會有人，因此竹竿一直都沒有出現。四天之後，圈場裡終於沒有人了，那竹竿再次出現的時候，上面挑著的包裹鼓鼓囊囊，顯然是饋贈更爲豐厚了。我接過竹竿和包裹，看到裡面又有一封信和一百艾斯古多，並且還是清一色的金幣。剛好那位背了教的朋友當時也在場，於是我們就回到牢房裡去讀信。信上是這麼說的：

「『尊敬的先生，我不知怎樣才能去到西班牙，雖然問過瑪利安，但她也沒給我任何啓示。我能做的只是從這個小窗口裡給你更多的金幣，讓你和你的朋友們可用這些錢贖身，然後派一個人到基督徒國家去買一條船回來接我們。我將在巴巴松門[122]邊的海濱別墅裡等你們，我整個夏天都會和父親還有僕人待在那兒。你們可以放心地把我從花園裡接走，帶到船上去。記住，你一定得做我的丈夫，要不然我會祈求瑪利安懲罰你的。看見你一個人在圈場裡走動時，我就明白只有你一個人在囚牢，我會給你許多錢。願阿拉保佑你，我的先生。』

「這就是她第二封信的內容。看過之後，大家都表示願意贖身，並保證按時往返。當然我也不例外。不過，那位背教者卻不答應。他不願意任何人單獨贖身，如果要贖身的話就大家一起贖，因爲經驗證明，一旦自由後，就很少有人會履行被關押的時候許下的諾言。那位背了教的朋友最後說道，可以有一種辦法，那就是應該把爲一個人贖身的錢交給他，讓他藉口到德土安[123]一帶沿海做生意然後就在阿爾及爾置辦一條船，等他做了船主，就會很容易能把

122. 阿爾及爾的南城門，在海港附近。
123. 摩洛哥中北部城市。

我們大家都弄出囚牢，把大家送上船。

「儘管我和我的夥伴們認爲還是按摩爾女子說的，到馬唷加去買艘船去，但是又不敢對叛教者的說法提出來異議，害怕如果我們不照他說的去做，他就會告發我們。因此，我們決定聽天由命，把一切都交給那位背教者去安排。

「我們立馬給了那個叛教者五百艾斯古多去買船。我也用八百贖了身。我先把錢交給了一個當時恰好在阿爾及爾的巴倫西亞商人——那個商人向國王擔保，只要有船從阿爾及爾來，他就交付贖金。等到從巴倫西亞開來的商船抵港之後再付贖金，要是馬上交付，可能會讓國王懷疑贖金早就已經到了阿爾及爾而被商人截留以圖生利。不管怎麼樣我的主人都很多疑，我無論如何也不敢馬上給錢。

「美麗的索賴達在動身去別墅前的那個星期四，又給了我們一千艾斯古多並把離開家的時間也告訴了我們。這之後，我就開始爲三個同伴安排贖身的事宜，既是爲了方便逃離圈場，也是爲了防止他們看到我贖身以後儘管有錢卻不管他們而不滿，並由此鬼迷心竅做出什麼傷害索賴達的事情。正是由於瞭解他們的人品，我於是就打消這種顧慮，可是我不想冒險，因此也就按照同樣的辦法爲他們贖了身，也就是把錢交給商人讓他能夠放心地將他們保釋出來，爲了防止意外，我們沒有把我們的計畫和秘密告訴他。」

chapter 41 戰俘遭遇

「不出十五天，那個叛教者就買好了一艘很不錯的船，能裝得下三十多人。每次划船經過一個離索賴達等待我的那個花園不遠的小海灣時，他都故意和幾個划船的摩爾人一起把船停靠在那兒，或者做祈禱，或者為他真要幹的事做些把戲。我找了十二個西班牙人，他們個個都是划船能手，人也很勇敢，並且都能自由出城。

「安排好了這一切之後，就只差最關鍵的一件事情了，那就是要把進展情況告訴索賴達，所以我決定到別墅去走一趟並設法與她取得聯繫。臨出發前的一天，我進入了別墅的花園，沒想到在那兒碰見的第一個人就是索賴達的父親。我跟他說自己是阿惱德．瑪米[124]（因為我已經知道他們交情深厚）的奴隸，想來找點兒涼拌用的野菜。然後他又問我是否已經贖了身，我的主人要了多少錢。我們正在這麼說話的時候，美麗的索賴達從屋子裡走了出來。

124. 這人就是俘虜塞萬提斯的船主，以殘忍著稱。

「她一走近，她父親就用他們的語言跟她說，我是他的朋友阿惱德·瑪米的奴隸，是到那兒去採摘做冷盤用的野菜。她接過話，用那種雜燴話問我是不是紳士，爲什麼不贖身。我告訴她自己已經贖了身。她聽後說道：

『實話講，要是你是屬於我父親的，我不會讓他放過你，你們基督教徒總是愛說謊話。』

『有那個可能性，小姐，』我說，『不過我對我的主人說的可是實話，我對世界上所有的人都說實話，而且我也將永遠說實話。』

「我們正聊得高興的時候，突然跑過來了一個摩爾人。他又喊又叫的，說是有四個土耳其人翻過院牆進來。摩爾人似乎天生害怕土耳其人，尤其是那些土耳其士兵。由於這些人蠻橫無理，將治下的摩爾人看得還不如奴隸。於是索賴達的父親說道：

『快進屋去吧，寶貝，把門關好，我去對付那些狗東西；你呢，基督徒，趕緊去摘你的野菜吧，之後趕緊走人，願阿拉保佑你能夠順利返回家鄉。』

「我躬身表示了謝意，他則轉身去找土耳其人。索賴達開始擺出準備乖乖聽話的樣子，但是她父親剛一走進花園的樹叢，她就立刻轉了回來，眼淚汪汪地對我說道：

『塔姆七七，基督徒，塔姆七七？』意思是說：『你要走嗎，基督徒，你真的要走了嗎？』

「我回答道：

『是的小姐，但是不管如何我都不會撇下你的。下一個胡瑪日的時候，你等著我。看到我們之後，千萬別驚惶，咱們一定能夠到達基督徒的地界。』

「我盡了一切可能把意思表達得清楚些，她也完全聽懂了我的話。她的父親把土耳其人轟走之後，又轉了回來。

「我立馬辭別了那對父女。索賴達跟著她父親走了，看得出來，她的心裡非常難過。我藉口摘野菜把整個花園轉了個遍，仔細觀察了花園的進口和出口。時間一天天過去了，我們渴望的日子和期限終於來到了。星期五，也就是我跟索賴達在花園裡談過之後的第二天傍晚，我們的那位背了教的朋友就把船停泊在了差不多正對著索賴達住處的地方，要擔任槳手的基督徒們也已到齊，並各自躲在那兒附近。

「我和我的幾個同伴剛一露面，所有躲在那兒的人就一塊擁到了我們的身邊。那位背教者朋友第一個跳進船艙，手舉一把彎刀，用摩爾話喊道：

『都不許動，否則就是找死。』

「這時候，差不多所有的基督徒都已進入了船艙。那些摩爾人本來就膽小，看到船主用那樣的口氣講話，全都嚇得魂不附體，沒有一個想拿武器反抗的，就被基督徒們捆住了雙手。我們把自己的人分出一半留下來看守這些摩爾人，其餘的直奔阿吉·莫拉陀的別墅。老天幫忙，我們悄無聲息地進了別墅，沒有被人發現。

「美麗的索賴達守在一個窗口等著我們，一聽到聲音，就低聲問我們是不是『尼撒拉尼』，意思是問我們是不是基督徒。我給了她肯定的回答，並讓她下來。聽到我的聲音之後，她盛裝華服地出現在了我們面前。我們急忙忙地回到了船上，原來留在船上等我們的人還正在擔心我們會不會出事呢。

「天亮的時候，我們也已經離開了足有三十多海浬。我們距陸地只有三個火槍射程的距離，能夠看到陸地上荒無人煙，不會有人看到我們。不過儘管如此，我們還是拚力朝向已經稍微平靜了點的遠海划去。到了兩哩瓦開外的海域之後，我們就吩咐大家倒換著划船，騰出空來吃點乾糧。索賴達一再央求我們把所有的摩爾人送上岸去，我們決定滿足她的願望，於是為那些摩爾人鬆了綁，把他們一個一個地送上了岸，讓他們大感意外。

「借著風勢，我們的確有把握第二天天亮就能抵達西班牙的海岸。然而，好事多磨，總要伴隨一些節外生枝的事情。我們已經遠離了海岸，在天黑之後過了將近三個鐘頭的時候，借著當頭皓月的亮光，忽然發現一艘逆風駛來的方帆大船加速衝到了我們的船跟前。船上有人衝到舷邊問我們是什麼人、從哪裡來、到哪裡去。由於他們用的是法語，我們的叛教者朋友說道：

『誰都別搭訕，毫無疑問，他們一定是見什麼搶什麼的法國海盜。』

「聽了他的這番警告，誰也不答話了。過了一會兒，他們收了帆，然後放下了小船，上來了十二個全副武裝的法國人，帶著火槍和火繩，來到了我們的船邊。那些法國人把我們當成大敵似的詳細盤問了一番之後，把我們的財物搶劫一空，甚至連索賴達的腳鐲都不放過。他們商定把他們那條小船給我們，並且配給我們一些必需品，讓我們完成餘下的那段不遠的旅程。第二天，遠遠地看見西班牙的海岸之後，他們果真兌現了自己的諾言。一看到西班牙海岸，我們所有的憂慮和煩惱立刻煙消雲散，就好像從未有過一般：重獲自由確實是太讓人興奮了！

「大約到中午的時候，他們放我們上了小艇。同時還給了我們兩桶淡水和一些吃的食物。於是等到我們上了小艇以後，我們的感激之情也勝過了怨恨，對他們的寬待致以謝意。他們朝著直布羅陀的方向駛去，我們向著眼前的大陸拚命地划了起來，終於趕在夜半之前到達了一座險峻的高山腳下。我們卸下船上僅有的給養又將之拖到了岸上，然後又朝山上爬了好長一段路程。

「天亮得好像比我們預期的要晚很多。我們終於爬到了山頂，四處張望，希望能夠有所發現。果然我們看到一個年輕的牧人。我們對著他喊了起來。他看到背教者和索賴達穿著摩爾人的衣服，因此就飛快地鑽進樹林拚命大叫：『摩爾人來了，摩爾人上岸了，摩爾人來了，快拿武器，快拿傢伙！』

「他的喊聲先是讓我們一愣，不知道該怎麼辦才好。但是想到牧人的叫喊聲肯定會驚動地方，護岸的騎兵馬上就會趕來查看狀況。我們的預料沒錯，沒出兩個小時，就在我們走出樹叢到了一片曠野的時候，我們看到足有五十名騎兵縱馬一路小跑向我們追過來。他們發現我們並不是摩爾人，而是一群可憐的基督徒時，反倒有點糊塗了。其中一位問我們是不是那些嚇得一個牧人直喊拿武器的傢伙。『是我們。』我回答說。就在我準備開始講述自己的經歷、我們從哪兒來、都是些什麼人的時候，與我們同行的一個基督徒居然認出了跟我們搭話的騎兵，沒等我開口，搶先說道：

『先生們，感謝上帝引導我們來對了地方！因爲，要是我沒有搞錯的話，咱們腳下的土地是維雷斯·瑪拉加；而您先生，您問我們是什麼人，可是這麼多年的俘虜生活並沒有讓我忘記您是我的舅舅貝德羅·布斯塔曼德呀。』

「他剛說完，那個騎兵就從馬上跳了下來，走過去擁抱了那個年輕人，並且對他說道：

『我親愛的寶貝外甥啊，我總算是找到你了。我一直都在爲你哭泣，還以爲你真的已經死了呢。你們是僥倖獲得了自由的吧。』

「知道我們是當了俘虜的基督徒之後，騎兵們全都下了馬，紛紛要用自己的坐騎來把我們馱到一里半以外的維雷斯·瑪拉加城裡去。那一帶海邊的人見慣了獲釋的基督徒和被俘的摩爾人，並不認爲我們這些人有什麼可新鮮的，倒是對索賴達的美貌讚歎不已。

「既然老天已經讓我成了索賴達的丈夫，任何其他事情，就算是再好，也都不可能讓我放在心上。唯一的擔憂，是不知道是否能夠在家鄉找到一隅之地來供她安身，不知道歲月和死神能夠讓家父和兩個兄弟的資產和性命發生變故。要是他們不在了，我恐怕連一個熟人都找不到了。

「各位先生們，我的故事到此也就快要結束了。是否有趣、是否新奇，我想各位自會做出明斷的。我只是想說，我是故意要講得簡略一些。因爲害怕各位聽得厭煩，我盡可能講得簡略些，很多事情本來都到了嘴邊，但最終都又被我咽了回去。」

chapter 42 值得一提的事

那位戰俘講到這裡之後就打住了話頭，堂費南鐸於是對他說道：

「上尉先生，您確實把這段特別的遭遇講得跟真事一樣有聲有色的，不但新鮮而且又很曲折，起伏變幻，真的是彷彿歷歷在目，讓人揪心懸腸，我們也都聽得著迷入神，就算講到天亮，我們的興致也不會減弱。」

堂費南鐸和其他所有的人，全都情真意切地表示願意竭盡全力幫助他，上尉對眾人的情意深深感動。

這時候天色已黑。一架馬車來到了客店，旁邊還有幾個騎馬的人相隨。從車上下來了一個人，他的服飾立刻就顯示出了他的身分和地位，因爲身上的褶袖長袍表明他確實像位法官[125]。他手裡還拉著一個看起來足有十六歲的女孩。她穿著一身旅行便裝，但是卻也顯得俊

125. 西班牙斐利普二世命令樞密院的官員和五理院審判官等穿這種服裝，顯示不同於眾。

秀、嬌美，風姿如玉。

唐吉訶德恰好碰上了法官帶著那女孩進門，一看到這個情景，馬上說道：

「您完全可以放心地進入這座城堡休息，雖然它有些狹窄簡陋。您大人快請進吧，我要跟您說，這裡就是一處天堂。在這兒，您將會找到點綴您帶來的天空的星辰和太陽；在這兒，您將會看到真正的武士和絕世的美人。」

法官被唐吉訶德的高談闊論弄得莫名其妙，於是就仔細端詳起他來，結果那人的容貌跟其言辭一樣讓他驚詫。法官滿懷著對其所見所聞的狐疑走進了客店，住在店裡的美人對那位漂亮的女孩也表示了熱烈的歡迎。

從第一眼見到法官，戰俘的心就爲之一震。他總有一種預感，覺得這個法官就是他兄弟。歡喜之餘，他把費南鐸、卡迪紐和神父叫到一邊，對他們講述了原委，斷定那個法官就是自己的弟弟。

戰俘還從僕人那裡得知，法官已被委派去西印度主持墨西哥的法庭，那個女孩是他的女兒，一出生就失去了母親，他自己由於亡妻的陪嫁而變得十分的富有。戰俘又問他們，自己是應該馬上跟弟弟相認呢，還是應當先瞭解一下，他的兄弟是否會因爲他現在窮困潦倒而拒絕相認。

「那就先讓我來試探試探吧，」神父說，「但是不必多心，上尉先生，您一定會受到熱情接待的。」

「儘管這樣，」上尉說，「我還是不想過分唐突，寧願婉轉自陳。」

「我已經說過了，」神父說，「由我來安排，確保讓大家全都滿意。」

所有的人都在桌邊坐了下來。神父開口說道：

「法官先生，我曾在君士坦丁當過幾年戰俘，當時的一個難友跟您同姓。這個人堪稱西班牙步兵隊伍中最爲勇敢的士兵和上尉之一，然而正是由於奮不顧身，他最終才遭遇了不幸。」

「尊貴的先生，我請問一下那位上尉叫什麼名字？」法官問道。

「他叫儒依·貝瑞斯·台·維德瑪，」神父說，「生在雷翁山區的一個村子裡。他對我講了他父親和他們兄弟間發生過的一件事情。他說他父親把財產分給了自己的三個兒子，並且還給他們以教導，那教導比加東[126]的先見還英明。據我所知，他正確地選擇了入伍從軍的道路，沒有幾年的時間就成了步兵上尉。可是命運多舛，偏偏在通達順暢的時候碰到了厄運。」

神父接著就簡明扼要地講述了他哥哥和索賴達的奇遇。法官一直全神貫注地聽著，比審理案件的時候還認真。神父只講到了基督教徒們在海上遭到了法國人的洗劫、漂亮的摩爾女子和自己那位難友的悲慘處境，還說並不知道他們後來的結果。他們可能已經到了西班牙，

126. 古羅馬的政治家，以嚴肅、明智著稱。

也可能被掠到法國去了。

神父講話的時候，上尉一直躲在旁邊聽著，一邊聽一邊觀察著弟弟的反應。神父說完之後，法官長歎了一聲，含淚地說道：

「噢，先生，您剛才提到的那位勇敢的上尉就是我大哥。他比我和我二哥都堅強，並且更具有遠見卓識，他選擇了一條既榮耀又高尚的從軍道路，我選擇的是仕途，二哥現在非常富有。我的父親現在還健在，他急切地想知道我哥哥的消息，望眼欲穿。我的好哥哥啊，現在誰能知道你到底是在什麼地方呀，我多麼希望可以前去找你、救你脫離苦海啊！」

這些真誠的話語讓在場的人無不爲之動容。一看到自己和上尉的目的都已經達到，神父也就不想再讓大家繼續傷心，因此馬上離開桌邊走進裡間把索賴達拉了出來，又走到上尉身邊拉起了他的手。就這樣一隻手牽著一個，走到法官和其他男士跟前說道：

「法官先生，請不要再傷心了，您的美好願望已經實現了。面前的這兩位就是您的好哥哥和好嫂子：這位是維德瑪，這位是幫過他的摩爾美人。我說那些法國人把他們害苦了，而你正好可以對他們解囊相助了。」

上尉趕快上前準備擁抱自己的弟弟，法官雙手抓住他的肩膀，隔著一段距離仔細端詳了一番，最後認出了他。兄弟倆互相簡單說明了各自的情況，看上去真是情同手足。法官也擁抱了索賴達，又是許以家產又讓女兒克拉拉和她相認。此刻，也已經夜過了三更了，大家決定儘快去休息。唐吉訶德則自願守護城堡，以免受到某位巨人或卑鄙俠客的突然襲擊。

天快亮的時候，一陣婉轉柔美的歌聲飄進了女士們的耳中，引起了她們的極大興趣。正當女士們懵懵懂懂地聽得入神的時候，卡迪紐湊到她們的門邊說道：

「沒睡著的人可以認真聽聽，有個年輕騾夫在唱歌，唱得倒還蠻好聽的。」

「已經聽見了，先生。」多若泰答道。

卡迪紐轉身走了。多若泰屏氣凝神地聽了好一陣子，終於聽明白了他唱的是：

chapter 43 年輕騾夫的軼聞

我是找尋愛情的水手，
在茫茫的愛海中泛舟，
舉目遠望是一片蒼茫，
找不見能夠靠岸的港灣。
耀眼而炫目的繁星啊，
你的冷若冰霜是我的極致！
你只要在我眼前消遁，
我也就接近大限之際。

聽到這兒之後，多若泰覺得不該讓克拉拉錯過這麼好聽的歌聲。因此就把她搖醒，並且說道：

「對不起，小寶貝，我叫醒你是想讓你聽聽。」

克拉拉忽然奇怪地一激靈，之後緊緊摟住多若泰說道：

「他是位家有田莊的公子，」克拉拉說，「並且他在我心裡所占的位置，除非他自己放棄，不然永遠都不會動搖和改變。」

多若泰對那女孩的深情表白大吃一驚，心想不該是小小年紀的她所能說得出來的。

克拉拉卻開始啜泣起來。多若泰也就更加想知道那婉轉的歌聲和那傷心的抽噎到底是怎麼回事了。克拉拉把嘴巴湊到她的耳邊說：

「我的小姐啊，那歌唱者是阿拉貢王國的一位紳士，恰好在我家對面。還在讀書的紳士不瞭解是在教堂還是在別的什麼地方愛上了我。我竟也稀裡糊塗地愛上了他。而正好這個時候，我父親啓程的時間到了。臨上路的那天，我都沒來得及跟他道別。從那時開始，他爲了我而不辭辛苦地徒步跟蹤。他父親有錢有勢，指不定會覺得我連給他兒子當女僕都不配呢，我只期望他趕快回家，然後把我忘掉。也許天各一方，我們心裡就會好受一些。」

聽到堂娜克拉拉說得這麼孩子氣，多若泰忍不住笑了起來，接著對她說道：

「我的小姐，咱們還是趕快睡覺吧，沒多一會兒就該天亮了，會有辦法的，要不然就當我沒本事。」

她們說到這裡也就打住了話頭。整個客店中鴉雀無聲，只剩店主的女兒和僕人瑪麗托內斯還沒有休息。她們已經摸透了唐吉訶德的脾性，瞭解他全副武裝地騎著馬在客店外面站崗，就決意跟他開個玩笑，至少也可以借他的胡話來消磨消磨時光。

整個客店的一切窗戶都是朝裡開著的，僅有一個存放稻草的房子裡有兩個用來向外扔稻草的洞洞。那兩個瘋丫頭爬到了倉口跟前，看到唐吉訶德正騎在馬上，她們還聽見他在柔緩、深情地說道：

「噢，我那杜爾西內婭小姐啊，你是美人隊裡的魁首、聰明智慧的巔峰、綽約嫺雅的典範、貞節情操的楷模。總之一句話，你把人世間一切可貴、可敬、可愛的品德都集聚於一身了！此時此刻，你正在做什麼呢？你是否在想著那不避風險、一心爲你效力、唯你之命是從、成爲你的奴僕的騎士呢？」

唐吉訶德正在這麼悲切凄婉地述說著的時候，店主的女兒便開始同他搭訕起來，對他說道：「尊貴的先生，勞駕請您過來一下。」

唐吉訶德應聲轉過頭去，借著皎潔的月光，看見有人從牆洞裡叫他。他把客棧想像成了富麗的城堡，而富麗城堡的窗口理應裝有鍍金的鐵柵，因此他那失常的腦海裡立刻就以爲是堡主夫人那如花似玉的女兒爲情所困，又要像上次那樣前來投懷送抱了。這麼一想，爲了不失風度，也爲了表示領情，他立馬就掉轉馬頭去到了那倉口下面。

爲了能夠像想像中的傷心美人所在的金柵窗口那樣，唐吉訶德已經爬上駑騂難得的脊背站到了鞍子上。他一邊把手伸了過去一邊說道：

「小姐啊，請您抓住這隻手吧。這隻手可是從沒被任何女人——包括已經擁有了我整個身心的那位碰過呀。」

「那麼我們這就來看吧。」瑪麗托內斯一邊說，一邊用驢韁做了個活套套住了他的手腕，然後跑下去把另外一頭牢牢地拴到了草倉的門鼻兒子上了。

一會兒唐吉訶德感覺到了繩子的勒痛，因此說道：

「您似乎不是在愛撫我的手，而是在折磨它吧。請您不要這樣的殘忍，要知道：心有愛意，就不該這麼凶狠才對。」

不過，已經沒有人能聽到唐吉訶德的這套議論了。因爲瑪麗托內斯將那韁繩拴好之後就跟店主的女兒一起幸災樂禍地溜之大吉了，把他獨自吊在那裡想走也走不掉了。

唐吉訶德就這樣站在駑騂難得的脊背上，一隻胳膊插在倉口裡面，手腕連著門把兒，膽戰心驚地生怕駑騂難得趨前移後的而讓自己懸空了。兩個女子走了之後，被綁在那裡的唐吉訶德以爲又跟上次一樣都是那些魔法在作怪。他試著往回收了收胳膊，想看看是否能夠再次抽回來，結果卻發現依舊被拴得牢牢的，根本就毫無辦法。

此時此刻，唐吉訶德一會渴望得到阿馬狄斯那把能夠抵禦魔法的寶劍，一會兒詛咒自己的命運，一會兒又覺得自己的存在和中邪——他對此已經深信不疑——是救世的需要，一會兒再次想起自己心愛的杜爾西內婭，一會又呼喚起桑丘。他並不指望天亮後自己就能擺脫磨難，而是以爲那魔法一輩子都將無法破除。

然而，他的想法卻大錯特錯了。天剛濛濛亮，就有四個騎馬的人來到客店門前。他們衣冠楚楚，鞍架上架著火槍，一到就使勁兒地拍打緊閉著的店門。依然沒有忘記哨兵職守的唐吉訶德，一見這種情景便立刻厲聲喝道：

「無論諸位是騎士、侍從或者別的什麼人，你們都不該這個時候拍打這座城堡的大門。不到陽光灑滿大地的時候，城堡就沒有開門的習慣。」

「什麼鬼要塞、鬼城堡的竟然要我們遵守這種規矩？」其中的一人說道，「要是您是店主，就讓他們快點兒把門打開。我們只是過路的，餵餵牲口就走，我們可還有急事呢。」

「城堡就是城堡，」唐吉訶德反駁說，「並且還是本省最好的城堡之一呢，裡面那可是住著有手持權杖、頭戴王冠的人物喲。」

「最好還是倒過來說吧：頭戴權杖、手捧王冠，」來人說道，「指不定碰巧裡面還住了個戲班子，他們倒是常有您說的那些王冠和權杖之類的東西。這麼小的客店又如此偏僻，我才不相信會有持杖戴冠的人前來投宿。」

「您真的是沒見過世面，」唐吉訶德答道，「而且對遊俠騎士們常遇到的事情更是一無所知了。」

那來人的夥伴們聽煩了他同唐吉訶德的爭辯，因此，就重新又砸起門來，店主——乃至裡面所有的人——最終被吵醒了，並爬起來問是誰在叫門。

正在這時候，四個來人騎的馬中有一頭湊到駑騂難得跟前上上下下地嗅了起來。那原本耷拉著耳朵一動不動、無精打採地馱著木然矗立的主人的駑騂難得，儘管枯瘦如柴，不過還是血肉之軀，這時候一定會有反應，所以就開始回嗅前來跟自己親近的同類。

然而牠不過是稍稍移動了一點點而已，唐吉訶德的那緊並著的雙腳馬上就失去了依託，如果不是因爲一隻胳膊被吊著，他肯定會跌落到地上。這一下子可把他疼得夠嗆。

chapter 44

客店裡的奇聞異事

唐吉訶德一陣亂叫，嚇得店主慌忙地打開大門，想出去看看到底是誰在吵鬧，後來的那幾個人也緊跟著湊了過去。瑪麗托內斯也已經被吵醒。她一下子就想到了是怎麼回事，於是偷偷地來到草倉解開了拴著唐吉訶德手腕的驢韁。店主和那些來的人眼睜睜地看到唐吉訶德猛地摔到了地上，馬上走上前去問他爲什麼那麼大呼小叫的。他卻一聲沒吭，解下手腕上的韁繩，站起身來，爬上駑騂難得，挽著盾牌，端起長槍，駛出一段距離之後重又撥轉馬頭款步跑了回來，邊跑邊說道：

「誰敢說我被魔法定住了就是理所當然？只要米戈米公娜公主殿下允許，我一定要戳穿他的謊言，並和他決一死戰。」

新來的人被唐吉訶德的話弄得莫名其妙的。但是，店主對他們說了他是怎樣的人，並告訴他們別去搭理他，因爲他頭腦有點不太正常。來人向店主探問是否有一個十四五歲的少年來店投宿了。他們說他裝扮成騾夫，並講了他的長相，這一切跟克拉拉小姐的情人的情形完全一樣。店主說客店裡住了這麼多人，並沒有留意有沒有他們提到的那個孩子。這時，他們中有人看到了法官乘坐的馬車，因此說道：

「毫無疑問，一定就在這兒，這就是人們所說他緊追不捨的那輛馬車。」

這個時候，天色已經大亮，再加上唐吉訶德的吵鬧，店裡的人全都醒了，也都陸續起了床。來人終於發現了那個少年就睡在一個年輕騾夫身邊，完全沒有想到會有人來找他，更不用說是被人找到了。那人拽住他的胳膊說道：

「堂路易士少爺，您的母親對您嬌生慣養了一場，您竟然用這樣的行頭、睡這樣的床鋪啊。」

那小夥子揉了揉惺忪的眼睛，瞅了瞅著自己的人，認出來他是父親的僕人。

「那得看我樂不樂意了，還得看老天是如何安排了。」堂路易士說。

「除了回家，您別無選擇。」

聽了他們的談話，跟堂路易士在一起的那個年輕騾夫就起身跑去把事情的原委告訴給了堂費南鐸、卡迪紐和其他所有已經穿好衣服的人們。人們已經領略了年輕人那得天獨厚的歌喉，知道這一情況之後，就更想瞭解他到底是什麼人了。多若泰將卡迪紐拉到一邊，簡略地跟他說了那位年輕歌手和克拉拉的故事；卡迪紐也對多若泰說了小夥子的家人前來找他的事情。卡迪紐讓她們趕快回到屋裡去，讓他去想想辦法。兩位小姐聽從了他的勸告。

前來尋找堂路易士的四個人也都已進了客店。他們圍著他，勸他立刻回家去安慰安慰他的老父親。堂路易士卻說，不把那件跟自己的性命和榮譽攸關的心事辦完，恕難從命。那幾個僕人也不退讓，聲稱絕對不會空手而歸。無論他是否願意，都要把他帶走。

「我們是爲了挽救他父親的生命而來，」來人中的一位回答說，「少爺的出走使老人家痛心不已。」

堂路易士立即說道：

「你不用在這兒講我的事情。我是個自由人，誰也別想管著我。想回去的時候，我一定會回去的；不想回去的時候，誰也勉強不了我。」

法官將他攬到懷裡說道：

「堂路易士先生，這套衣服跟您的身分實在是太不相稱了。您打扮成這個樣子，要的到底是什麼把戲？」

那個年輕人馬上淚如泉湧，情不自禁地說：

「尊敬的先生，看來這個時候我只能對您講實話了：蒼天有意和鄰居之便讓我有幸看到了您的女兒、我的意中人克拉拉小姐。從看到她的那一刻起，我就把自己的心完全交付給了她，要是您——我真正的尊長與父親——不反對的話，我今天就能夠娶她爲妻。」

癡情少年說到這裡就打住了話頭，法官頗感意外，只是讓那少年先放下心來，然後想辦法拖住那幾個僕人當天別走，以便能有充足的時間想出一個萬全之策來。

然而，魔鬼總是不甘寂寞的，被唐吉訶德搶了曼布利諾頭盔、又被桑丘換過驢具的那位理髮師剛好在這個節骨眼上也來到了這家客店。那理髮師把自己的毛驢牽進牲口棚的時候，碰到了正在鼓搗鞍子的桑丘，並且一眼就認了出來，因此立馬撲上前去說道：

「好啊，你這個賊坯子，可讓我抓著你了！搶了我的銅盆和我的鞍具，趕快給我交出來！」

桑丘忽然受到攻擊，還聽到有人在辱罵，一隻手抓起鞍子，另一隻手攥成拳頭照著理髮師的臉上就是一下子，打得人家頓時滿口流血。但是那理髮師卻並沒有因此就鬆開已經抓到了手裡的驢鞍，而且還大聲喊叫：

「懇請國王和正義主持公道！這個攔路強盜搶走了我的東西，還想要我的命！」

「胡說八道，」桑丘反駁道，「我不是攔路強盜，這些全都是我家主人的戰利品。」

看到自己的侍從能攻善守，唐吉訶德心裡感到異常的高興，認為從今往後應該把他當個人物來看待，並暗自決定找個機會封他為騎士。那個理髮師還在不停地數落著：

「各位先生們，搶了我的驢鞍那天，他們還奪走了我的一個嶄新的銅盆，用都還沒有用過呢。」

這時候，唐吉訶德憋不住想要講話了。他置身於兩人之間並將他們分開，接著又把驢鞍放到了地上，顯然是想要澄清事實。他說道：

「諸位能夠清楚地看到，這位忠實的侍從分明是弄錯了。他所說的銅盆，過去、現在和將來都是曼布利諾頭盔，我是通過公平的交戰從他手中奪了過來，理應歸我所有。至於那個馱鞍嘛，我就不說什麼了，我只知道我的侍從桑丘曾請求我允許他奪取這個敗陣的膽小鬼的馬具，用它來裝備他的馬匹。至於如何又從馬鞍變成了驢鞍，我只能說這很平常，在騎士這個行當中，這種變換並不新鮮。作爲證明，桑丘快去把這位老實人說成是銅盆的頭盔拿到這裡來。」

「得了吧老爺，」桑丘說道，「除了您說的話，咱們哪還有什麼證據啊？馬利諾頭盔[127]原本就是個銅盆，這位老實人的馬鞍原本就是驢鞍嘛！」

「依照我的吩咐去做，」唐吉訶德說，「我不相信這座城堡裡的東西竟全都中了魔法。」

桑丘跑去把銅盆拿了過來，唐吉訶德立刻接了過去說道：

「各位先生請看，這位侍從還怎麼好意思說這是銅盆，而不是我說的頭盔呢。我以在下所從事的騎士行業發誓，這就是我從他手裡奪得的那個頭盔，原封未動。」

「這肯定是千真萬確的，」桑丘接口說道，「因爲，從得到它以後直到現在，我家老爺只戴過它參加了一次戰鬥，就是解救那些倒楣的囚犯那次，如果沒有這個頭盔盆兒[128]，他可就有得受了，當時那石頭塊兒就跟小雨點似的。」

---

127. 桑丘又把曼布利諾頭盔說錯了。

128. 盆兒盔，桑丘覺得這是一隻盆兒，卻又不敢違拗唐吉訶德，所以捏造了這個名稱。

chapter 45

澄清曼布利諾頭盔及馱鞍之疑

「先生們，你們看這兩位紳士依舊堅持說這不是銅盆，而是頭盔，」理髮師說道，「各位大人有何想法？」

「誰能說不是呢，」唐吉訶德說，「如果是騎士，我會讓他承認自己是在撒謊。如果是侍從，我就讓他承認自己也是在信口開河。」

我們的理髮師一直在場。他深知唐吉訶德的脾氣，存心想把他的洋相出得再大點，因此就對那理髮師說道：「理髮師先生，跟您講吧，眼前這位誠實的先生手裡拿著的物件絕對不是銅盆，跟銅盆倒差遠了。但是我還是要說，那即便是頭盔，但又是很不完整的。」

卡迪紐、堂費南鐸及其同伴們也都隨聲附和。要不是掛念著堂路易士的事情，法官本來也會加入這個玩笑的，但是那樁心事攪得他六神無主，所以也就少了那份情趣。

「我的上帝啊，各位先生，」唐吉訶德說，「我在這座城堡裡就住了兩次，竟然遭遇到了這麼多稀奇古怪的事情。至於這是馬鞍還是驢鞍，目前我還不敢妄下結論。各位不像我是個受封騎士，或許不會被這裡的魔法邪祟蠱惑，因此頭腦清醒，和我的印象可能有所不同。」

「毫無異議，」堂費南鐸應聲說道，「唐吉訶德先生今天說得可是非常的在理。爲使結論更加公正，我會秘密徵求大家的意見，之後再把結果原原本本地公佈出來。」

所有的人全都饒有興致地看著堂費南鐸挨個兒地徵求意見，樂不可支地看他到底能得出怎樣的結論。堂費南鐸讓他們對著自己的耳朵悄悄地說出那個寶貝到底是驢鞍還是馬鞍之後，他大聲說道：

「我的老兄啊，我已經不想再問下去了，只要是被問過的人，沒有一個不說把這當成驢鞍純粹是發昏犯傻呢。這是馬鞍，而不是驢鞍。」

後來來的那幾個巡邏隊長也聽到了他們爭論的問題，其中的一位這時候氣呼呼地說道：

「一定是驢鞍，誰要不這麼說，那肯定就是喝多了。」

話一出口，唐吉訶德立馬舉起一直握在手裡的長槍朝著那巡邏隊長的腦袋就劈了下去。那巡邏隊長要不是閃開了，恐怕非得被打癱不可。結果卻是長槍的矛尖觸地被摔成了兩截。其他幾個巡邏隊長一看同伴受了窩囊氣，立即大喊神聖友愛團出來幫忙。

整個客店亂成了一團：哭聲、喊聲、叫聲連成了片；有人惶恐、有人戰慄、有人驚恐、有人挨揍受傷。就在這場混戰進行得如火如荼的時候，唐吉訶德突然吼道：

「先生們，我不是說過這座城堡可能是中了魔法、裡面肯定住著大群妖魔的嗎？咱們這些有身分的人為區區小事互相殘殺，實在是有失體統呀。」

在法官和神父的規勸下，大家也都平靜下來，握手言和。堂路易士的僕人重新提出要他立刻跟他們回家的要求。堂費南鐸向堂路易士的僕人們亮明了自己的身分，告訴他們既然堂路易士寧願被他們打死也不想回到他父親的身邊去，因而打算帶他一起去安達路西亞。那四個僕人就計畫兵分兩路，三個人回去跟他父親報告情況，一個人留在他的身邊當差。

那幾個巡邏隊長之中的一個傢伙，忽然記起自己隨身攜帶著的通緝令中一個逃犯就是唐吉訶德，神聖友愛團由於他放走了苦役犯而下令將他緝拿歸案。一經核實，他立馬用右手緊緊地揪住唐吉訶德的領子，勒得他喘不過氣來，同時大聲說道：

「快來幫助神聖友愛團！大家看看這張通緝令吧，上面寫著要逮捕這個攔路強盜。」

唐吉訶德立刻氣得七竅生煙，用雙手扼住了那巡邏隊長的脖子。

堂費南鐸終於將巡邏隊長和唐吉訶德分了開來，然而巡邏隊長們並沒有因此就放棄抓人的計畫，要求人們自願地把唐吉訶德捆綁起來交給他們，如此才能算是為國王盡忠，為神聖友愛團效勞。聽了他們的這些話之後，唐吉訶德不由自主地大笑起來了，接著鎮定自若地說道：

「無恥下流的東西，憑你們的蠢笨和愚昧，理所當然不會理解遊俠騎士這個行當的意義。有哪個裁縫給他做衣服收過工錢？有哪個城堡向他收過招待的費用？有哪個君王沒有請他吃過飯？有哪個閨秀沒有對他傾慕、沒有心甘情願地對他以身相許？有哪個遊俠騎士不敢獨自面對四百巡邏隊長並給他們四百大棒？」

chapter 46

好騎士的震怒

在唐吉訶德慷慨陳詞時，神父跟那幾個巡邏隊長說唐吉訶德是個精神失常的人，即使把他捉走，還得因為他是個瘋子而馬上把他放掉。但是巡邏隊長卻回答說自己可管不了唐吉訶德是不是瘋子，只要抓住他就行。

「話是這麼說啊，」神父說，「可是這一次還是別捉了吧。再說依我看，他也不會順順當當地讓你們帶走的。」

之後神父也說了許多好話，唐吉訶德也的確是幹了很多瘋瘋癲癲的事情。在這種情況下，那些巡邏隊長如果還不承認他是瘋子，那只能說明他們自己比他瘋得還厲害。至於曼布利諾頭盔嘛，神父背著唐吉訶德悄悄地賠了理髮師八個瑞爾。這樣一來，大家也全都心平氣和了。

唐吉訶德看到自己和侍從都擺脫了所有麻煩，認為現在是繼續趕路的時候了，以便最後完成那天降於身的重任，因此便果斷地跪到多若泰的面前：

「美麗的公主啊，常言道『好運來自於勤勉』，許多重大事件也都已經證明了當事者的執著是化險爲夷的關鍵。我說這些是因爲咱們已經不能再在這座城堡中滯留了，咱們必須馬上出發，以圖勝算。我只要跟殿下的死敵交上了手，您也就能夠如願以償了。」

始終在場的桑丘這時候搖了搖頭，說道：

「唉，東家，請在座的正經女士們別見怪，我想要說的是：別看村子小，醜事可真多。」

「你這個不知趣的東西，世界上哪個村子、哪個城市的醜事會影響到我？」

桑丘接著說道：

「老爺啊，我說這話是因爲擔心咱們不避路途坎坷、日辛夜苦，到頭來倒讓在這家客店裡自在享福的人得到好處。因此爲什麼急著要去爲您的駑騂難得、我的毛驢和什麼駿馬備什麼鞍呢，最好還是老老實實地待著吧。讓婊子們去紡線，咱們來吃飯吧[129]。」

上帝保佑！唐吉訶德聽到自己的侍從居然講出這麼無禮的話來，甭提生多大氣了！只見他緊蹙眉頭、兩腮鼓凸，又使勁地在地上跺了一下右腳，以發洩心中的憤怒。聰明的多若泰早就摸透了唐吉訶德的脾氣，寬慰他說：

「哭喪著臉的騎士先生，您不必爲您那好心的侍從說的蠢話而生氣了。就像您所說的，

129. 西班牙諺語。

這座城堡裡的一切事情全都在魔法的控制下。我是說，桑丘很可能是在魔法的控制下。」

「是這樣的，」堂費南鐸說，「唐吉訶德先生，您應該原諒他並且善待他。」

唐吉訶德回答說自己已經原諒了他，因此桑丘低聲下氣地跪下，請求主子伸出手來，唐吉訶德把手伸過去讓他吻過之後，祝福他說：

「我的好桑丘，我已經跟你說過好多次了，現在你總算該明白是真的了吧。這座城堡裡的事情現在全都受著魔法的左右。」

已經過去兩天了。住在客店的貴客一行人認爲該啓程了。大家覺得，沒有必要再以解救米戈米公娜女王爲藉口來勞累多若泰和堂費南鐸陪伴唐吉訶德回家了。他們在牛車上裝了個跟籠子一樣的東西，讓唐吉訶德可以舒舒服服地待在裡面；然後，遵照神父的意思和安排，堂費南鐸及其同伴們一起蒙面打扮成不同的模樣，讓唐吉訶德覺得他們是些沒有在那座城堡裡見過的人。

他們走到毫不知情、正在做夢的唐吉訶德跟前，把他死死地摁住，並捆上了他的手腳。當時所有在場的人中，只有桑丘的神情和模樣沒有發生變化。儘管他能認出那些化了裝的人來，不過一直都沒敢張嘴。與此同時，唐吉訶德也沒有吱聲，專心等著看自己的下場。只見人們搬過木籠，把他塞了進去，然後再用木條釘死，讓他絕對不可能三下兩下就打開，之後又把那木籠扛了起來，臨出屋門的時候，忽然聽到理髮師那令人毛骨悚然的聲音——不是搶奪驢鞍的那個理髮師：

「噢，哭喪著臉的騎士啊！你不要因為被囚禁而感到苦惱，只有這樣你才能儘早地完成你執意從事的偉大職業。而你這高尚而又溫順的侍從啊，不要由於人們當著你的面如此帶走了遊俠騎士的精英而一蹶不振。我以謊言女神[130]的名義向你發誓，你的工錢一定會付給你，到時候你就瞭解了。請你緊緊地跟隨著這位中了魔法的英勇騎士，你們兩個應該形影不離。我也不便多說了，願上帝保佑你吧，我要回去了。」

說到這裡，那預言的聲調忽然提高了嗓門，然後就化作了嫋嫋餘音，就連那些知情的人都差點信以為真了。聽到那預言之後，唐吉訶德感到很是寬慰，因為他完全悟出了其中的含義，也明白自己將會跟心上人杜爾西內婭正式結為夫妻。他對此堅信不疑，因此就長歎一聲發起了感慨：

「噢，你預言了我的美好前程！至於我的侍從桑丘，我相信他的誠實與德行。我已經擬好了遺囑，清楚地寫上了該給他的酬勞，雖然難以償付他為我所做的種種犧牲，卻也盡了我的所能了。」

桑丘畢恭畢敬地彎下腰去親吻了主人的雙手，由於他的兩隻手被捆在了一起，想只親一隻也不可能。接著，那些妖魔鬼怪扛起籠子，把它放到了牛車上。

130. 是從撒謊這字變出來的女巫名。

chapter 47

唐吉訶德莫名其妙中了魔法

唐吉訶德看到自己被關在籠子裡抬上牛車之後，說道：

「我讀過許多關於遊俠騎士的巨著，可是卻從未讀到過、看見過和聽說過哪個遊俠騎士會被人用這種方式、用這種既懶又慢的牲口運走。可能當今時代的騎士行當和興妖施法都已經有了與以往不同的規矩，也可能是因爲我是當代的新騎士，是率先振興那已被遺忘了的冒險行俠事業之人，所以就出現了這別樣的施法招數和挾持中法術之人的方式。親愛的桑丘，你對這件事有什麼看法呢？」

「我也說不明白是怎麼回事，」桑丘答道，「原因是沒有像您一樣讀過那麼多跟遊俠有關的書籍。不過雖然如此，我還是敢肯定地說，他們並不完全是妖魔鬼怪。」

「這倒是很有道理，我的天啊！」唐吉訶德說，「既然是幻化成爲人形前來幹這種事情並把我弄到這種地步的妖魔，又怎麼會是合情合理呢？你如果想驗證一下的話就去摸一摸，你會發現，他們其實是無形的，只是虛影罷了，就是只徒有其表。」

「上帝保佑主人呢，」桑丘說，「我早就摸過了。就說眼前這個忙忙活活的鬼吧，有骨頭有肉。並且我聽說鬼的身上應該都有一種類似硫磺的怪味，可是這個鬼就很不同，半里地之外都能聞到他身上的龍涎香味。」

桑丘指的是堂費南鐸。因爲身分高貴，他身上理應有桑丘說的那種香味了。

「桑丘，這也沒什麼好奇怪的，」唐吉訶德說，「我跟你說吧，魔怪都能散發出不同的氣味，由於他們身上都帶有香料。他們是幽靈，本身沒有什麼味道，即便散發出味道，也不可能是什麼好味。你說那個鬼有一股子龍涎香味，不是你自己搞錯了就是他想蒙你、讓你感覺到他不是魔鬼。」

那主僕二人就這麼說著的時候，堂費南鐸和卡迪紐擔心桑丘會看破他們的計謀，因此就決定抓緊時間上路。他們把店主叫到一邊，吩咐他備好駑騂難得和桑丘的毛驢，店主十分麻利地就把事情給辦妥了。趁這個工夫，神父約請那幾個巡邏隊長陪同他們一起回村，說好按天付給定量的報酬。卡迪紐把皮盾和銅盆分別掛到了駑騂難得的鞍架兩邊，示意桑丘上驢，並拉著駑騂難得的韁繩，又讓四個巡邏隊長扛著火槍分別站在了牛車的兩側。牛車剛要啓動，老闆娘帶著女兒和瑪麗托內斯就跑出來跟唐吉訶德道別，還假裝爲他的落難傷心得淚水橫流。唐吉訶德就對她們說道：

「好心的女士們啊，請你們不要哭。幹我們這行的免不了要遭受到這些不幸。那些無名之輩不會碰到這種事情，世上也不會有人認得他們，而那些智勇雙全的騎士就不會了，總會引起很多王公和同行因爲妒忌他人品和剛猛，而企圖以不正當的手段來陷害他們。儘管如此，品德的力量還是強大的。等到重獲自由的時候，我絕對不會忘記在這座城堡中得到各位惠賜的種種恩顧，必將用相應的酬謝、補償和回報的。」

在城堡中的幾位女人跟唐吉訶德道別的時候，神父和理髮師也向堂費南鐸和他的夥伴們、上尉和兄弟和那幾位如願以償的小姐——特別是多若泰和陸莘達辭行。眾人逐一擁抱過後，約定務必互通資訊：堂費南鐸把地址留給了神父，要他通報唐吉訶德的情況，還說對此將會極爲關切；他自己也一定會向神父報告他可能有興趣的事情，比如說他的婚禮和索賴達的受洗，以及堂路易士的行蹤和陸莘達的回歸故里。神父答應一定照辦。大家再次擁抱、重又叮嚀。

店主跑去將一疊文件交給神父帶走，說是在裝有小說《何必追根究柢》的箱子裡找到的。既然手提箱的主人已經不會再到那兒去了，他自己又不喜歡看書，留著也沒用，所以也就不想保留了。神父謝過之後馬上開始翻了開來，看到頁首寫著小說《林果內德和郭塔迪琉的故事》[131]，知道是一本小說，既然《何必追根究柢》很不錯，那麼這一本應該也差不多。很可能這兩本都出自同一作者之手，因此就收了起來，留著有空的時候再閱讀。

131. 塞萬提斯本人的作品，收在《模範故事集》中。

神父和他的朋友理髮師都上了馬。爲了不讓唐吉訶德馬上認出來，他們的臉上也都戴起面具。隊伍的順序是這樣的：車主趕著牛車在最前面，巡邏隊長持著火槍就像之前說的那樣，分別在兩側護駕；桑丘騎著毛驢、牽著駑騂難得緊跟其後，神父和理髮師跨著高頭大騾殿後。

前面講過，神父和理髮師兩個人都蒙著臉，表情嚴肅。牛車走得很慢，他們也只能不緊不慢地跟在後面。

唐吉訶德坐在籠子裡，雙手困在後邊，背靠籠柵平伸著兩腿，一聲不吭、不急不躁，看上去就像個死人，或者說更像一尊石像。

他們就這樣靜靜地走了兩哩瓦路，來到一個峽谷旁。車主認爲應該歇上一會兒餵餵牲口，因此就把這個意思告訴給了神父。理髮師主張再往前走上一段，他知道過了眼前的山坡就有一個水草比這兒更加豐茂的地方。他的意見得到了認可，因此就繼續朝前走去。

這時候神父不經意的一回頭，發覺後面來了六七個騎馬的人，服飾都很講究。這一行人很快就追了上來，他們騎著教士們常騎的騾子，想趕在中午之前到一哩瓦地外的客店去打尖。那幾個急著趕路的行人追上來之後，客客氣氣地和神父領著的這一夥不緊不慢的牛車隊打了招呼。

騾車隊中有一位是托雷都的教士，其他人都是他的隨從。看到牛車、巡邏隊長、桑丘、駑騂難得、神父和理髮師和關押在籠子裡的唐吉訶德結隊而行，教士根據巡邏隊長所說，斷定牛車隊一行人是把攔路強盜之類的壞蛋解送到神聖友愛團去治罪，但還是忍不住問爲什麼要這樣對待唐吉訶德。被問的巡邏隊長答道：

「爲什麼要這樣對待這位紳士？還是讓他自己說吧，我們也實在是搞不明白。」

聽到他們的問答，唐吉訶德接口說道：

「紳士先生們，請問各位是否瞭解和熟悉跟遊俠騎士相關的事情？要是熟悉，那麼我就講講自己的不幸遭遇；要是不熟悉，我看我也就沒有必要費那個話了。」

看到那幾個過路的人跟唐吉訶德搭訕起來，神父和理髮師馬上湊上前去準備插話，以免自己的計謀被戳穿。

那位教士針對唐吉訶德的答話說道：

「說實話，兄弟，我對騎士小說熟悉的程度遠遠超過維利亞爾邦多[132]的《理論學大全》。所以，要是您的顧慮只有這一點的話，倒是完全可以有什麼說什麼了。」

「說就說吧，」唐吉訶德說，「既然如此，紳士先生，那我就跟您說，我遭到這幾個惡毒的魔法師的嫉妒和欺騙，被他們用魔法關到了這個籠子：高尚的道德往往更會遭到壞人的嫉恨，而不是受到好人的尊崇。我是一個遊俠騎士，但不是那種默默無聞的遊俠騎士，而是必定會成爲那種世世傳名的那種。」

132. 西班牙十六世紀的神學家。

「唐吉訶德先生說的確實是實話，」神父插言道，「他被魔法制服在這輛車上並不是因爲他犯了什麼罪孽，而是因爲那些對他的品德和勇氣深感惱火的傢伙對他的惡意陷害。先生，這位就是您或許以前聽說過了的哭喪著臉的騎士，無論小人怎樣的極力詆毀、奸人怎樣的企圖抹殺，他的武功和偉業都將會銘刻於青銅和石板、流芳萬世。」

教士聽了籠子裡外兩個人的這場對話，詫異得差一點畫起十字，真不明白自己這到底碰上了什麼事情。他的隨從們也同樣感到驚訝不止。桑丘回過頭去看了神父一眼，然後說道：

「噢，神父老爺啊，神父老爺！您覺得我沒認出您嗎？您以爲我猜不透您裝神弄鬼到底是什麼用意嗎？跟您說吧，您就是把臉捂得再嚴實些，我也認得出您來；跟您說吧，就是把戲演得再逼真，我也知道這是個騙局。」

「我還真糊塗了，」理髮師這時候接口了，「桑丘啊，你是否變得和你的主人一樣得了病了呀？我的天哪，我看真得也該讓你進到籠子裡去陪陪你的主人，你肯定是和他一樣也中了邪魔、和他一樣鬼迷心竅、和他一樣信了騎士道了！你竟然會相信他的許諾，竟然會念念不忘什麼海島不海島呢。」

「根本就不是相不相信什麼人的事，」桑丘說，「我這個人嘛，即便是皇帝老子說的話也都不會輕易當真的。說我那主人中邪了，上帝清楚到底是怎麼回事。您還是老老實實地到一邊休息去吧。這水嘛，越攪越渾。」

理髮師不願意再搭理桑丘，以免桑丘頭腦簡單地用自己的蠢話把神父精心策劃的行動徹底地戳穿了。神父也有同樣的憂慮，因此就請那位教士和自己一塊朝前多走幾步，說是要跟他講述一下籠子裡的人的底細和他想知道的一切情況。於是那教士就帶著自己的隨從和牛車拉開了距離。

神父簡單扼要地介紹了唐吉訶德的身世、家境、瘋病和習性，簡略地敘述了他得病的原因、病情的發展狀況，直到怎麼樣才把他關進那個籠子，以及準備帶他回村設法醫治的計畫。教士和隨從們再一次對唐吉訶德的奇怪經歷感到無比的驚訝，聽後說道：

「說實話，神父先生，我也認爲所謂的騎士小說對國家是有害的。有時候是閑來無事，而有的時候又是一時興起，我差不多閱讀了大多數這類作品的開頭，不過卻沒有一本可以讓我靜下心來讀到結尾。騎士小說全都寫得支離破碎，文筆又艱澀，實屬荒誕。」

chapter 48

教士對騎士小說的意見

「您說得不錯，教士先生，」神父說道，「正是因爲這個原因，那些迄今爲止寫了這類書籍的人們都應該得到譴責才對，他們沒能像希臘和羅馬詩壇泰斗[133]認真思索、循規蹈矩成爲散文寫作的楷模並一舉成名。」

「不過，」教士說，「我曾經試著依照我剛才說過的那些原則創作一部騎士小說。實話告訴你吧，已經寫了一百多頁，可我還是沒有繼續把小說寫下去。讓我輟筆不想再繼續寫下去的最主要原因，就是從當今舞臺上演的劇碼中悟出了一個道理：眼下常見的劇作，無論假託虛擬還是有理有據，全部或大部分都屬於胡編亂造、荒謬至極，可是觀眾們卻不顧事實，興味盎然、讚不絕口。雖然有好幾次，我力圖勸阻那些演員們不要自欺欺人，對他們而言，上演具有藝術品味而不是荒誕不經的作品，能夠吸引更多的觀眾和贏得更大的名聲的時候，他

133. 指荷馬和維吉爾。

們卻都閉目塞聽、執迷不悟。」

「教士先生，」神父接口說道，「您一談到這一點，倒是勾起了我對眼下流行的戲劇的一貫厭惡。在我看來，這些東西和騎士小說可以說同屬一類貨色。根據圖利歐（即西塞羅）的觀點，戲劇應該是人生的鏡子、習俗的典範和真理的反映，但現在上演的這些東西都是荒誕離奇的反映、愚昧的典範和淫蕩的反映。要是由行家本人負責審查新編寫的騎士小說的話，那麼一定會有作品既能豐富我們這極富感染力的優美動人的語言，也能爲人們提供正當的消遣。而這消遣，不但閒人需要，忙人也會需要的。弓弦不能總繃得緊緊的，人的本性脆弱，決定了如果沒有正常的消遣，人的生命就不能得以維持。」

教士和神父說到這兒的時候，理髮師趕上來對神父說道：「神父先生，這裡就是我剛才說的那個地方。咱們可以先歇一會兒，牛也有鮮嫩的青草吃。」

「我也是這樣認爲的。」神父說道，然後又把自己的打算告訴了教士。面對著眼前的美麗山谷，那教士也不捨得離開，因此也就跟著停了下來。那教士之所以留下來，一方面是因爲留戀那兒的景色，另一方面也是爲了能夠跟已經對之漸有好感的神父繼續聊天。他想更詳細地瞭解唐吉訶德的行爲，打算整個下午都待在那兒了，於是就吩咐隨從到離這兒不遠的客店裡去給大家弄點兒吃的東西來。他的一個僕人說，這時候應該已經到了客店的備用騾子可能會馱有足夠的食物，除了草料之外，其他東西沒有必要向店家索要。

「既然如此，」教士說，「把所有的牲口全部都帶到客店去，將備用騾子牽過來吧。」

這個時候，桑丘認爲終於可以乘機避開信不過的神父和理髮師跟主人說說話了。因此就走到關著他主人的籠子跟前說道：

「老爺，爲了無愧於良心，我想說說關於您中了魔法的事情。我告訴您，這兩個蒙面人就是咱們村裡的神父和理髮師。據我的推測，他們之所以要費盡心思地把您關起來，完全是由於出於嫉妒。要是我這個猜測是對的話，就可以斷定您並不是中了魔法，而是上當犯傻了。爲了證實這一點，我想問您一件事情。您如果可以回答我，我相信一定會回答的，這個騙局可就是千真萬確的了，那麼您就會知道自己並沒有中邪，只是被他們攪昏了頭而已。」

「你隨便問吧，親愛的桑丘，」唐吉訶德說，「我一定會讓你滿意的，無論你問什麼，我都會如實回答的。即便是從現在問到明天，我也會照答不誤的。」

「我敢肯定我的東家是個老實人，肯定會說實話的。這關係到咱們的處境，我還是說得文雅一點好：自從老爺您進了籠子，按照您的說法是被魔法困在了籠子裡，您有沒有過想要大便或小便的意思？」

「桑丘，我不明白大便、小便是什麼意思。如果想讓我照直回答的話，你就說得明白一點兒。」

「您老人家怎麼會不明白大方便、小方便呢？小孩兒第一天上學，別人就會教他們這麼說的呀……那麼，直說吧，我是問您有沒有過想做那件每個人都得做的事情。」

「哦，我瞭解了。想了好多回，現在還想著呢。快把我弄出去，別把這裡弄髒了！」

chapter 49 桑丘對東家說的悄悄話

「嘿！」桑丘說道，「這下可算是抓住把柄了。這就是我最想知道的。老爺您聽我說：碰到有人情緒不好的時候，人們常常會說：『這人不知怎麼了，不吃、不喝、不睡，還答非所問，簡直就跟中了邪魔一樣。』對此您總不該否認吧？從這裡就能知道，只有那些不吃、不喝、不睡、也不做我所說的人們非做不可的事的人，才是中了邪魔的。而那些跟您一樣有那種要求、給水就喝、給食物就吃、問什麼答什麼的人，就不該是中了魔法的。」

「你說的也是很有道理的，桑丘，」唐吉訶德說，「不過我告訴過你了，魔法有多種，可能已經時過境遷，說不定形式也就發生變化了呢，也許就是跟以前大不一樣了呢，現在時興中了邪魔的人都像我似的也有各種需求的。對於時尚，我既沒得可說也不能不理睬的。我知道並相信自己中了邪魔，如此也就心安理得了；如果認爲自己沒中邪魔卻又這樣懦弱地閑待在籠子裡面，辜負了那些正急需我幫忙和保護的窮苦人，那麼我的心裡會很難受的。」

「但是，無論怎麼說，」桑丘說，「爲了檢驗一下，您最好試著從這個牢籠裡出來。我嘛，自然有義務全力協助您了，甚至可以把您給拖出來；然後您再試著騎上您那難得的駑騂難得，咱們重新踏上征途，再去建功立業。萬一出了什麼差錯的話，那就當我說的這些事情或者是因爲您老人家運氣不好而不能成功了，咱們還可以重新回到籠子裡去嘛。作爲忠心耿耿的好奴僕，我會陪著您老人家一起進籠子的。」

「我很願意照你說的辦，桑丘老弟啊，」唐吉訶德說，「要是你看準了放我出去的時機，我全都會聽你的。可是桑丘啊，到時候你可就知道了，在我落難這個事兒上，你將會是大錯特錯的啊。」

遊俠騎士和這位遊而不俠的侍從就這樣邊走邊說，趕上了已經下馬等在那裡的神父、教士和理髮師。趕牛車的人把牛從軛上解下來，讓牠自由地遊蕩。蒼翠恬適的風光實在是令人著迷，像唐吉訶德那樣中了邪魔的人可能沒有怎麼在意，但是卻令包括桑丘在內的明白人流連忘返。桑丘懇求神父允許他的主人從籠子裡出來待一小會，不然籠子就會弄髒了，有傷像他主人的騎士尊嚴。神父知道他指的是什麼。他說他很願意答應他的要求，只是怕他的主人一旦獲得自由之後，就會跑到沒人能夠找得到的地方去。

「我保證他不會逃跑的。」桑丘說。

「我也可以保證，」教士說，「如果他能以騎士的身分答應未經允許決不遠離我們的話。」

「我保證，」唐吉訶德聽到了他們的談話後接口說道，「更何況，像我這樣中了邪魔的人本來就不能隨心所欲吧。施法的人能夠把他定在一個地方三百年也動不了窩的，即使我逃走了，你們也會馬上把我抓回來的。」

於是教士走上前去拉住了唐吉訶德那還被捆著的雙手，在得到了他說話算話的承諾之後，人們把他從籠子裡放了出來。出了籠子之後，唐吉訶德覺得無比歡暢和興奮，所做的第一件事就是舒展了一下全身筋骨，然後走到駑騂難得面前，在那牲口的屁股上拍了兩下說道：

「我相信上帝和他慈祥的聖母很快就能讓咱們如願以償的，你這馬中的精英和楷模啊，很快咱們倆就又能夠如願重聚了。你馱著你的主人，我騎著你，咱們一起去完成上帝派我來到這世上執行的使命。」

說完之後，唐吉訶德就跟著桑丘躲到了一個僻靜的地方，等到一身輕鬆地回來的時候，他把自己侍從的計謀付諸實施的心情也就更加地急切了。

教士始終在注意著他，對他這樣怪異的行爲感到尤爲驚奇，對他在與人說話時的談吐中所表現出來的睿智深感驚詫。他只是在涉及跟騎士有關的事情時才會講蠢話、幹蠢事的。趁大家坐在草地上等著備用騾子時，教士不禁動了惻隱之心，說道：

「紳士先生，那些無聊乏味的騎士小說，真的就能讓您頭腦發昏嗎？怎麼可能竟然會有人相信世間真的有過那樣的事情呢？就我本人而言，我在讀這些書的時候，就想把它們往牆上摔，要是附近或旁邊要是有火的話，我還真的要把它們扔到火裡去。您就可憐可憐自己吧，趕快覺醒，珍惜上天惠賜的才智，把您的慧心用在可以修身養性的讀物上吧。」

唐吉訶德一直全神貫注地聽著教士講述，看他已經講完，又盯著他看了好半天之後，說道：

「紳士先生，我認為您這番話的目的是無非是想跟我說：一切騎士小說都是瞎編的，我不該閱讀、更不該相信，是這個意思吧？」

「的確如此。」教士回答說。

「可我卻認為，」唐吉訶德說道，「失去理智並且中了邪的恰好是您。原因是您竟然會這麼不遺餘力地褻瀆一項萬眾歡迎和深信的事業。您剛才說過，您在讀這類書籍的時候真是恨不得怎樣怎樣，其實該受那種懲罰的是那些跟您持有相同態度的人們。否認這些事實的人實在是完全沒有道理，並且是太糊塗了。」

教士說道：

「唐吉訶德先生，我必須得承認您說的有些是事實，但是他們那些傳說中的業績，我相信肯定是誇大其詞了。像閣下您這麼誠實、高尚和聰明的人，竟然會對荒誕不經的騎士小說裡那些稀奇古怪的胡言亂語信以為真，實在是太沒有道理。」

chapter 50

唐吉訶德同教士的智辯

「快別再說下去了！」唐吉訶德說道，「這些小說可是經過國王允許、相關人員批准才出版的。各色人等都喜愛閱讀、無不稱讚，從中得到莫大的樂趣。我想憑藉自己臂膀的力量，當上哪個王國的君主，尤其是為我這侍從桑丘。我打算送給他一塊地，並且封他為伯爵，這是我早在好多天以前就已經答應他了的，我現在只擔心他沒有能力管理好自己的封邑。」

桑丘一聽到這話，立刻就對他的主子說道：

「唐吉訶德先生，有勞您老人家的大駕，儘快把那塊您老人家答應了的、我本人也朝思暮想的領地給我吧。我早就等著呢。我認為我有能力管好它。即便真的管不了，據說世上還有承租爵爺們領地的人，他們每年交一些租金，就可以把領地接管過去。而那個爵爺只需要舒舒服服地吃這些租子，什麼都不用操心。我也像個公爵一樣收租子，讓他們忙活去吧。」

「不過桑丘老弟啊，」教士說，「你可以只管收你的租子，但是審案子的事可得領主自己出馬了。上帝只會成全傻瓜的好心，而不會成全聰明人的歹意。」

「我不明白這些大道理，」桑丘答道，「但是我知道：一旦有了領地，我就肯定可以管好的。儘快把那塊領地交給我吧，之後像一個瞎子跟另一個瞎子說的那樣：上帝保佑，咱們以後再見吧。」

「桑丘你說得也蠻不錯的嘛。但是就算如此，關於伯爵領地的事，我還有很多要說的呢，」對此，唐吉訶德說道，「我不清楚還有什麼可說沒了。只差我應該以偉大的阿馬狄斯爲榜樣了，既然他能讓自己的侍從當上了斐爾美島的伯爵。我自然也就能夠毫不猶豫地封桑丘爲伯爵，他可是有史以來遊俠騎士曾有過最好的侍從之一啊。」

這個時候，教士那些前去客店牽備用騾子的僕人回來了。他們把吃的東西擺在了一塊毯子和草地上，大家就坐在樹蔭下吃起了東西。

他們正在吃著的時候，忽然聽見他們身旁茂密的荆棘和灌木叢中傳出來了一陣響動和鈴鐺聲音，然後就看到從那兒鑽出來了一頭黑、白、褐三色相雜的漂亮山羊。牧羊人跟在牠後面，一邊吆喝一邊習慣地用言語讓那羊站住和歸群。可是，那驚慌失措的山羊卻好像要尋求保護一般地鑽到了人群當中，並且停了下來。牧羊人走上前去抓住了那羊的犄角，就像牠通人情、懂人話一樣，對牠說道：

「噢，野丫頭啊，你這幾天怎麼會這麼不聽話啊！你怎麼到處亂跑呀！寶貝，是讓狼給嚇著了？美妞兒，告訴我，你這是怎麼了？不過，你不會是思春了吧？你和你跟著學的那些東西可真是本性難移啊！你的脾性不好，還不學學好，回到圈裡去和同伴們待在一塊吧。」

牧羊人的話逗得大家很開心，尤其是那教士，只聽他說道：

「得了吧老弟，你就歇一會兒吧。先別急著把羊趕回去。既然是個丫頭，像你說的，生性就是這個樣子了。你想管也管不了的。吃點東西、喝點水吧，可以消消氣，另外也讓那羊也歇一會兒。」

教士邊說邊用刀尖挑著一塊兔脊肉遞了過去。牧羊人接過肉後說了一聲謝謝，接著又喝了口酒，靜下心來說道：

「我希望您幾位別因為我對畜生講道理，就把我看成傻子。其實我跟牠說話也沒什麼可大驚小怪的。我是個粗人，不過還清楚應該如何跟人和跟畜生打交道。」

「這點我完全相信，」神父說，「我深有體會，山野養文士，牧人窩棚裡面也有高人。」

「不敢自稱高人先生，」牧羊人說道，「但至少是有過教訓學乖了的人。為了讓各位相信這是實情，並且能感同身受，儘管我有一點自逞之嫌，但是如果大家並不介意、並且願意花點時間聽我囉唆的話，我就說一說這個事，以證明那位先生（他指了指神父）和我所說之話的真實性。」

唐吉訶德接過話說道：

「看來這件事還有點冒險騎士的意思。好兄弟，我本人很願意聽聽您的故事，所有在場的這些先生們也都跟我一樣，因爲他們個個都是通達事理的人，並且又非常愛聽出人意外、令人興奮、討人喜歡的奇聞逸事。我想你的故事一定也屬於這一類吧。那就趕快講吧，朋友，我們一定會洗耳恭聽的。」

「除了我，」桑丘說，「我可要拿著這肉餅到小河邊去吃足三天的量。我聽主人唐吉訶德先生說過，遊俠騎士的侍從必須得一有機會就吃飽喝足的，由於經常會不知緣故就陷進六天六夜也走不出來的深山老林裡，要是不吃飽或者糧袋裡沒有吃的，還不得變成乾屍留在那兒啊。這種情況可是多著呢！」

「你說得對，桑丘，」唐吉訶德說，「你想去哪兒就去哪兒吧吧，想吃多少就吃多少吧。反正我是吃飽了，現在就是精神上還缺點東西了，聽聽這位小哥的故事估計也就齊啦。」

「我們都需要這種給養的。」教士說道，接著，他就催促牧羊人開始講起來。

牧羊人的手裡還抓著山羊的犄角，他輕輕地拍了拍那羊的脊背說道：

「挨著我趴下，咱們現在沒必要急著回圈。」

那小傢伙就跟聽懂了似的，主人一落座，牠也就乖乖地趴到了牧羊人的身邊。臉朝向主人，似乎也在認真聽牧羊人說話。牧羊人於是就講起了自己的故事。

chapter 51 牧羊人講的故事

「離這個山谷不到三里地的地方，有一個小村子。村子雖小，但在這一帶卻是最富裕的。村裡住著一位十分老實忠厚的農戶，他最幸運的就是有個十分漂亮、極其聰明、文靜而又規矩的女兒。只要是認識和見過這個女兒的人，都會驚歎蒼天和造化竟然讓她如此完美。人們就像看稀罕之物和朝拜顯靈聖像似的從四面八方蜂擁而來，就是為了看她一眼。她的父親自然是對她百般呵護，她本人也很知道自愛。如果女孩子不自重，任何鐵鎖或者看管都無濟於事。

「父親的財產和女兒的美貌打動了不少人。有本地的也有外鄉的，都來向她求婚。登門求親的人不計其數。那位操有對這件珍稀寶貝處置大權的父親也沒了主意，不知道該把她許給誰好。懷有這份心意的人中也有我一個。本村還有一個求婚者和我條件差不多。這就令她的父親犯起難來，他決定把事情原原本本地告訴給蕾安德拉（也就是那個讓我落魄到了這種地步的闊小姐）。並且跟她講明，既然兩個人的條件一樣，最好就由他的寶貝女兒按照自己心願作出選擇。我的對手叫安塞爾模，我本人叫歐黑紐，這樣各位就知道了這場悲劇中的人物的名字了。事情雖然至今還沒有結局，不過可以料想到結局一定是悲慘的。

「就在這時，我們村裡來了一個名叫維山德的人。這個維山德原本是我們村裡一個貧苦農戶的兒子，之前一直在義大利和別的一些地方當兵。村子的中心廣場有一棵大楊樹，維山德經常坐在樹下的石凳上，講述自己不凡的經歷和見聞。我們一個個圍在他身邊聽得目瞪口呆的。

「據維山德講，這世界上就沒有他沒見過的地方、沒有他沒參加過的戰鬥。他殺死的摩爾人比摩洛哥和突尼斯所有的人還多，而且他百戰百勝，自己卻沒流過一滴血。除了自吹自擂之外，他還懂點兒音律，還有作詩的天賦，每當村裡發生一點芝麻大的小事，他就能編出長長的歌謠來。

「蕾安德拉從自己家的一個對著廣場的窗口常常看到、並觀察我剛才介紹過的這個大兵。這個維山德、這個吹牛大王、這個翩翩公子、這個樂師、這個詩人。她喜歡上了他衣服上的華麗裝飾；迷戀上了他那每一首都唱了不下二十遍的歌曲；聽說了他親口講述的那些轟轟烈烈的事蹟，最後竟然鬼使神差地對他產生了愛意。所以蕾安德拉跟維山德一拍即合，沒等那一大群追求者中有人省過味兒來，她就已經撇下自己深深愛著的父親（母親已經不在了），自作主張，跟著那個大兵從村子裡跑了。

「這個舉動讓全村上下和所有風聞此事的人都駭然。我本人也大惑不解，安塞爾模目瞪口呆，她父親悲痛欲絕，親友們羞憤交加，就連官方都甚爲關切，巡警也都紛紛出動了。他們封住了所有的路口，搜遍了所有的樹林和山坳。三天之後終於在一個山洞裡找到了擅自出走、最後卻不但丟失了從家裡偷出去的大量金錢和貴重珠寶，而且還只剩下了貼身內衣的蕾安德拉。

「人們把她送還到憂心如焚的父親面前，問她怎麼會落到這步田地，她坦然承認自己上了維山德的當了。他同意娶她爲妻，並勸她離家出走，說是要帶她到普天之下最繁華、最熱鬧的城市拿坡黎斯去。她沒有一點戒備、上了當，全都信以爲真，偷了家裡的錢財，當晚就跟著他走了。

「他把她帶上了荒山，進了人們在那裡找到她的那個山洞。她還說，那個當兵的並沒有玷污她，只是拿走了她所有的東西，把她一個人丟在那裡。這倒是使大家很是詫異。可是她一口咬定，這倒是讓那位痛心不已的父親稍感寬慰。破財事小，女兒好歹保住了那一旦失去就永無再復希望的珍寶。蕾安德拉父親在她被找回來的當天就把她帶走了，送進了離這裡不遠的一個小鎮裡的修道院，希望時間可以多少消弭一點女兒自己惹出來的壞名聲。

「蕾安德拉被關進修道院以後，安塞爾模就開始目光呆滯；我本人也覺得眼前一片漆黑，再也沒有賞心悅目的事物可看了。因爲蕾安德拉的消失，我們的鬱悶與日俱增；我們的心緒也越來越壞，我們咒罵那個大兵的行頭；埋怨蕾安德拉的父親防範疏忽。最後安塞爾模和我就相約著一起離開村子來到了這片山谷，他守著他家的一大群綿羊；我看著我家的一大群山羊，在山林裡消磨著時光。

「蕾安德拉的另外一些追求者們也跟我們一樣來到了這荒野深山裡。在所有這些如狂似癲的人中，最不理智、同時又最有理智的要算是我的對手安塞爾模，他本來有很多可怨蕾安德拉的理由，可他只訴思念之情，一邊以令人讚歎的嫺熟指法撥弄著三弦琴，一邊淒淒切切地吟唱著表達出他的豁達的詩句。我要給你們講的故事就是這些。可能我講得長了些，但是我樂意好好地款待各位：我的窩棚離這裡很近，那邊有新鮮的羊奶和鮮美的乳酪，還有各種既好看又好吃的熟透了的水果。」

chapter 52

唐吉訶德對牧羊人大動肝火

大家對牧羊人的講述都很感興趣，教士尤爲讚賞。大家一致表示樂意爲歐黑紐做點兒什麼，唐吉訶德就更是慷慨激昂了，只聽他說道：

「說句實話，牧羊人兄弟，如果我還有能力決定自己是否可以再次建功立業的話，我絕對會馬上上路爲你爭取好運。就算修道院長和別的什麼人如何阻攔，我都會把蕾安德拉救出來（她一定不會願意被囚禁在那兒）交到您的手裡，讓您按照自己的意願加以處置。」

「您大人講的這些，」牧羊人說，「有點像小說裡的遊俠騎士幹的事情。我認爲要是不是您大人在說笑，就是那位紳士缺心眼。」

「你是個頭號大壞蛋，」唐吉訶德接口說道，「你才缺心眼呢，我的心眼比養了你的婊子養的多得多了。」

唐吉訶德一邊說，一邊抓起面前的一個麵包朝著牧羊人的臉上就扔了過去。那牧羊人見人家跟自己動起了真格，就撲到唐吉訶德的身上，雙手掐住了他的脖子。神父和教士勸住了他，可是理髮師卻暗地裡幫助牧羊人摁住了唐吉訶德，並讓他連連揮拳，把可憐的騎士打得跟他一樣臉上鮮血淋漓。只有桑丘心急如焚，因爲他怎麼都無法擺脫教士的一個僕人的糾纏，不能上去助東家一臂之力。

總之，打架的人打得熱火朝天，看熱鬧的人也看得心花怒放。這時傳來了一陣哀怨的號角聲，大家不由得朝傳來號角聲的方向轉過頭去。不過最爲號聲所動的還是唐吉訶德，他儘管很無奈地被牧羊人壓在身下，身上也疼得夠嗆，但還是說道：

「魔鬼兄弟，我想你絕對是魔鬼。你在氣勢和力量上全都戰勝了我，我懇請你暫時休戰一小時。因爲我認爲咱們這會兒聽到的那淒厲的號角是在召喚我去參加另外一場惡戰。」

牧羊人打夠了人、也挨夠了打，立即收住了手。唐吉訶德站了起來，把臉轉向號角傳來的方向，恰好看到從山上下來了許多身上披著白袍子的人，看模樣像是鞭打自己以贖罪的教徒。

原來，那年久旱不雨，那一帶地方村莊的人們紛紛用遊行、禱告和鞭身的形式祈求上帝能夠張開慈悲的雙手灑下甘霖來。看到那些人的奇怪裝束，唐吉訶德根本就沒有想起這之前已經見到過很多次了，一心認爲又碰上了什麼冒險建功的機會，而這一機會又非他這位遊俠騎士莫屬。遊行隊伍抬著一尊蒙著黑紗的聖母像，唐吉訶德卻把那聖母像想像成被那些無恥下流的狂徒強行劫持的貴婦，因此更加堅定了他的信念。這麼一想，唐吉訶德就立刻奔向正在悠閒吃草的駑騂難得，抓起搭在鞍架上的韁繩和皮盾，牢牢地揪住了那頭牲口。一邊向桑丘索要佩劍，一邊躍上馬背、舉起盾牌，之後就對在場的所有人大聲說道：

「諸位夥計們，各位立馬就會知道世間是多麼需要俠騎士這一職業啊。我是想說，那個被人劫持了的尊貴夫人馬上就會獲得自由的，各位也就會從中瞭解遊俠騎士是否應該受到尊重了。」

話音剛落，唐吉訶德就催馬向前，因為他沒戴馬刺，就用雙腿使勁一夾駑騂難得。那牲口一溜小跑。朝著那群人衝了過去。神父、教士和理髮師竭盡全力也沒能攔住他，桑丘的叫喊聲也沒起什麼作用，桑丘喊道：

「唐吉訶德老爺，您這是要到哪裡去啊？到底是什麼魔法讓您去跟咱們的天主作對啊？我真是該死。您仔細看一下，那是贖罪遊行，架子上抬著的夫人是貞潔的聖母塑像啊。老爺，您可得想好了您的行為啊，這次你可是做了不應該做的事呀！」

桑丘喊破了嗓子也沒有用，他的東家一心想著要衝到那些身裹白布的人群當中去解救黑紗罩著的貴婦。他根本就聽不見那些人在說什麼，即使聽見了，他也不會回頭的。現在哪怕是國王下令，估計他也不可能聽得進去了。就這樣，唐吉訶德衝到了隊伍前面，並勒住了已經不想再跑了的駑騂難得，氣喘吁吁地厲聲說道：

「你們這些遮頭蓋臉的傢伙一看就不像是什麼好人，你們乖乖聽著，我有話跟你們講。」

抬著聖母像的那幾個人最先停了下來。看到唐吉訶德的奇怪模樣、駑騂難得的骨瘦如柴以及唐吉訶德的其他可笑的舉止，四個負責念誦禱詞的教士中的一位說道：

「這位兄弟，你有什麼話，就儘快說吧。你看我們這些兄弟已經把自己鞭撻得皮開肉綻[134]了，要是你不馬上說，那麼，我們是不會停下來聽您的長篇大論的。」

「我只說一句話，」唐吉訶德說，「那就是：你們馬上把那位美麗的夫人放了！她的淚眼和戚容充分說明她被挾持，並受到過凌辱。在下專爲剷除此類強暴而生，要是你們不讓她獲得應有的自由，就休想再向前一步。」

大家一聽到唐吉訶德的這席話，都認定他是個瘋子，於是都哈哈大笑起來。他們的笑聲就像火藥，立馬引發了唐吉訶德的怒火。唐吉訶德二話不說，抽出佩劍，照著那擔架就砍了下去。一個參與扛抬聖像的人把自己的擔子交給了同伴，之後隨手操起一根休息時用來支撐擔架的棍子，迎面擋住了唐吉訶德。那棍子遇上劍鋒被一斬兩截，不過他用留在手裡的那截對準唐吉訶德握劍一側的肩膀狠狠地打了一下。盾牌承受不了這股蠻力，可憐的騎士十分狼狽地摔到了地上。

桑丘氣喘吁吁地跑上前去，看見主人摔倒了，立刻大聲喊叫著，央求那人不要再打了，因爲他只不過是個中了邪祟的可憐騎士、一輩子也沒有做過任何對不起人的事情。那個村民不打了，但是並非是因爲桑丘的求情，而是他看到唐吉訶德直僵僵地挺著，還以爲他已經被

134.中世紀起，基督徒悔過贖罪的苦行裡有鞭打自己這一項。所以這群人一邊走，一邊鞭打自己。

打死了。因此那個村民把長袍的下擺朝腰帶上一掖，跟受驚的小鹿一樣落荒而逃。

這時，押送唐吉訶德的一行人全趕來了。遊行隊伍看到他們跑了過來，其中還有手持弩弓的巡邏隊長，怕事情不妙，因此全都聚到了聖像的周圍，鞭身的人們掀掉兜帽、握緊皮鞭；教士們舉著燭臺，嚴陣以待，決意拚死迎戰。若有可能，看來他們還要對來犯者予以回擊。但是，事情並沒有人們想像得那麼糟糕。

桑丘覺得主人死了，撲在他的身上哭得死去活來。神父被遊行隊伍裡的神父認了出來，他們的相認化解了雙方的惶恐。唐吉訶德一行人中的神父三言兩語就跟那群人中的神父說明了情況，那群人中的神父帶著苦行人走上前去看看那可憐的騎士是不是真的死了。這時只聽桑丘嗚咽著說道：

「唉，你這騎士道的精英啊，這麼一棍子居然就斷送了你那辛苦賺來的功名！唉，你是家門的驕傲、整個曼卻乃至普天之下的榮耀！要是沒有你，人世間將會到處充滿肆意妄為的歹徒惡棍！……總之，你是遊俠騎士，這就表明了一切！」

桑丘的哭號喚醒了唐吉訶德，他一開口就說道：

「桑丘，我的朋友，立刻把我扶到那輛中了邪魔的牛車上去吧，我無法再騎駑騂難得啦，我的肩膀已經完全不中用了，估計也坐不穩馬鞍了。」

「我十分願意，」桑丘說，「這些先生也都是為了您好啊，讓他們把咱們送回村子裡去，之後再重新謀劃出去追名逐利的事宜。」

「說得好，桑丘，」唐吉訶德說，「先等這股晦氣過去再行動，這才是明智之舉。」

教士、神父和理髮師異口同聲地說就該像他說的那樣辦。他們很讚賞桑丘的憨厚，然後就像原來一樣把唐吉訶德抬上了牛車。那些祈雨的人重又結隊而去，牧羊人告別了眾人。巡邏隊長們不想再往前走了，神父按照約定付給了他們工錢。教士希望神父可以向他通報唐吉訶德的狀況，那瘋病不管能否治好，都要讓他知道，接著也就繼續趕路去了。總之，大家各走各的，只留下神父和理髮師、唐吉訶德和桑丘，當然還有那溫順的駑騂難得。牠和牠的主人一樣，無論發生了什麼事情，都能夠冷靜面對。

牛車的主人套好了牛，並給唐吉訶德墊上了一捆乾草，之後就不緊不慢地依照神父的吩咐上了路。六天之後，他們回到了唐吉訶德的家鄉。

他們一行人是中午進村的，恰好又趕上是禮拜日，幾乎全村的人都彙集在廣場上，拉著唐吉訶德的牛車只好從人群中間穿過。人們都湊上前去，想看看車上拉的是什麼，結果卻發現是自己的街坊，他們大爲驚訝。

一個半大孩子立刻跑去給他的管家和外甥女報信。跟她們說，她們的東家和舅舅回來了，面黃肌瘦，並且躺在一輛牛車的乾草堆上。兩個善良的女人捶胸頓足、又哭又叫、再次大罵那些該死的騎士小說。那個情形真是感人肺腑。唐吉訶德進門的時候，這種場面重又演繹了一遍。

桑丘的老婆聽到唐吉訶德回來的消息也趕來了。她已經瞭解自己的丈夫是去給唐吉訶德當侍從的。一看到桑丘，她首先問起的是毛驢還好不好。桑丘回答說，那頭牲口比自己的主人還好呢。

「真是謝天謝地，」那女人說，「那畜生對我有恩啊。可是夥計，現在你得跟我說，你給人當侍從都得到了什麼好處？你有沒有給我買裙子回來？你有沒有給孩子們賣新鞋回來？」

「瞧你這娘兒們，回到家裡再看吧，」桑丘說，「你肯定會高興的。有上帝保佑，我們下次再出去闖蕩的時候，不用多長時間，我很快就會成爲伯爵或某個島嶼總督的，並且還不是一般的島嶼的，是世界上最好的島嶼。」

「你到底是在說些什麼呀？」泰瑞薩說道。泰瑞薩是桑丘老婆的名字。

「你別急著想一下子知道那麼多，泰瑞薩。只要我說的是實話，你就閉上嘴巴吧。天底下沒有比心甘情願地給闖蕩世界的遊俠騎士當侍從更愜意的工作了，能夠翻越高山，走遍樹林，攀登高岩，訪問城堡，隨意留宿客店，分文都不用付，確實也是一件很美的事情。」

在桑丘跟他老婆講這些話的時候，管家和外甥女把唐吉訶德接到了屋裡，並把他安置在了昔日的床上。兩個女人一會兒祈求上天保佑，一會兒又開始咒罵騎士小說，生怕自己的主子和舅舅稍有好轉就又銷聲匿跡。實際上，這不幸後來被她們言中了。

下部

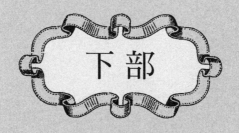

致雷莫斯伯爵[135]

前些天，我把那些已經讓出版社出版，但現在還沒有上演的劇本獻給您。如果我的記憶力沒有問題的話，我說過，等唐吉訶德穿上馬靴後，就打算來見見您；現在我要向您奉告，唐吉訶德不但馬靴穿上了，或許已經在路上了。要是唐吉訶德站在了您的面前，那也算我就對您效了勞。

全世界的人都督促我儘快讓真的唐吉訶德露面，來消除那個假的《唐吉訶德第二[136]》一書的影響。此書的作者四處招搖，已經造成了可怕的禍患和惡果，深受影響最深的就是中國的皇帝。

一個月之前，中國的皇帝派人送給我一封信，請求我把唐吉訶德帶到中國去，皇帝想在中國建一所西班牙語文學院，打算用唐吉訶德的故事作教材。與此同時，中國的皇帝還希望那所學校的校長[137]由我來擔任。於是，我詢問那欽差，皇帝有沒有順便給我盤費，他說沒想到這層。

135. 是西班牙十七世紀提倡文藝的大貴族，對塞萬提斯很是照顧。
136. 在一六一四年，即塞萬提斯的著作《唐吉訶德》出版以後的第九年，在塔拉果納出版的《唐吉訶德第二部》，作者署名為阿隆索·費爾南台斯·台·阿維利亞內達。
137. 據說一六一二年（明神宗萬曆四十年），中國皇帝曾托傳教士帶給西班牙國王一封信，所以塞萬提斯開這個玩笑。

「這位先生，」我對他說：「無論您怎麼來的，請您還那樣回去吧，我身體已經不行了，上了年紀的老人怎麼會受得了那麼長的旅途呢？除了身體狀況不好之外，我現在也很窮，路費根本就拿不出來。他做他的皇帝，我還有偉大的雷莫斯拿坡黎斯伯爵為依靠，雖然他給不了我學院裡的什麼職位和頭銜，卻一直在關照我，對我恩重如山啊！」

我就那樣將他打發走了。現在，我馬上要向您呈上《貝西雷斯和西希斯蒙達歷險記》[138]。不用很長時間，這部書大約四個月就能寫完，希望您能喜歡。它肯定會在咱們西班牙文學作品中，要不就是最糟的，要不就是最好的。

也許自己不該說「最糟」兩個字，因為我的朋友們都說這本書一定會好得不得了。祝願閣下身體健康。貝西雷斯急待親吻您的雙手了；我是您的忠僕之下的人，也等著親吻您的雙腳。一千六百一十五年於馬德里。

閣下的忠僕

米格爾・德・塞萬提斯・薩維德拉

138. 這部小說寫古怪離奇的旅程，一六一七年塞萬提斯去世後出版。

前言

各位紳士或平民讀者，你這個時候一定急不可待地要讀這篇卷頭語了吧？另一個《唐吉訶德》據說在托兒台西利亞完成，在塔拉果納出版[139]；你們肯定以為這裡會有對它的作者的攻擊、指斥及惡罵！但事實上，我不會讓你稱心的，無論再虛懷大度的人，如果受了欺侮也會暴跳如雷，但這一規律對我沒有起到任何作用。

或許您想讓我罵他愚蠢妄為，但我卻從未想過要那麼做：他喜歡怎樣就怎樣，自己的事情自己管，隨便他。但我不能接受的是，他竟然說我老了，還輕視我少一隻胳膊[140]。我能阻止時間指針的轉動嗎？我的胳膊是在偉大的戰役中殘廢的，他以為是在酒館裡打傷的嗎？雖然我殘疾了，但在其他人的眼裡沒有看出同情的目光，可至少一直得到知道詳情的人們的尊重。大家都知道，對於戰士而言，陣亡比逃跑榮耀的多。如果再給我一次重新選擇的機會，我仍然會選擇令人驚心動魄的戰鬥，絕不會選擇為逃避打仗而逃跑。

士兵臉上和胸口的傷疤好比夜空的繁星，激勵我們為取得至高無上的名譽而奮鬥。此外還必須提示，寫作雖然不是靠白髮，卻靠的是才智，高明的才智是需要伴隨年齡而增長的。

139. 假託阿維利亞內達所作的《唐吉訶德》第二部，阿維利亞內達自稱是托台西利亞斯人。
140. 塞萬提斯一五七一年在雷邦多戰役裡殘廢了左手。

還有讓我不能容忍的一點是，他說我心懷羨妒，而且還不停地跟我大講「羨妒」的含義。說一句心裡憋了很久的話，對「羨妒」一詞的兩層含義裡，我只知道純潔的、高尚的和友善的那種。事情的真相既然是這樣，我怎麼會去嫉恨一位神職人員呢？更何況那人還是宗教法庭的機要人士呢！要是他的話確實是在指那些人，他可就錯上加錯了。因爲我非常羨慕那些人的才華，尊重那些人的作品，崇拜那些人一向擔任的工作。但我仍舊真心實意地感謝這位讀者指出我的小說寫得不錯，只是諷世的作用比示範的作用大一些。要是沒有譏諷，又怎樣體現出可稱讚之處呢？沒有對比，怎會得出好壞呢？

可能有人會認爲我這個人低聲下氣，做事不坦率，那是因爲我從來不會對可憐蟲落井下石。這位先生這時已經夠狼狽不堪的了，他連在衆人面前露面的勇氣都沒有，就像犯了不可饒恕的罪過一樣，隱姓埋名、假造籍貫。倘若你有機會見到他，請代我轉告：我根本就沒覺得自己受到傷害，我明白魔鬼誘惑的道理，其中最厲害的無非是讓人以爲出書可以名利雙收。爲了證明這一觀點，願你能以開玩笑的口吻給他講解下面這個故事：

塞維利亞有個瘋子瘋得厲害。他想出了一個世界上任何一個瘋子也想不出來的惡作劇：他將一根竹竿通成管子，一頭削尖，然後就帶著這根竹竿在街上到處找狗。找到狗之後，他用腳踩住狗的一條腿，然後用手把狗的另一條腿抬起來，之後小心翼翼地把竹竿插進狗的身上，把那隻狗吹得像一個快爆的了的皮球，然後用手摸摸那狗的肚子，放開那隻狗，並對圍觀的人說道：

「大家現在還會覺得吹飽一隻狗是件容易的事情嗎？」——您此刻還會覺得寫書是件容易的事情嗎？

如果這個故事還不能令他醒悟，讀者朋友，那就再給他講一個故事，還是跟瘋子和狗相關的：

在果都巴果都巴也曾有過一個瘋子。他總是愛好用頭頂著一塊大理石板，或者是一塊很重的石頭，每當有狗走到他身邊的時候，他就會立馬把那石板或石塊砸向那狗。狗被砸後自然會疼得哇哇叫，即使連跑三條大街都停不下來。有一次，一家帽店老闆的狗不幸被砸了，他丟下石頭，恰好砸在了狗的腦袋上，那狗被砸後一直不停地叫。主人看見自己的狗被砸，非常心疼，抓起一把尺子，逮住了瘋子，把瘋子打得渾身都是淤青，邊打還邊說：

「你這個蠢貨！砸傷我的小獵狗嗎？沒心沒肺的傢伙，你難道不知道這是一隻小獵狗嗎？」帽店老闆就這樣「小獵狗、小獵狗」地叫嚷著，一直打到那瘋子全身上下沒有一塊完整的地方為止。瘋子挨過打之後就走了，在街上消失了一個多月。但一個月之後，瘋子又回來了，並且又開始他的砸狗事件，這一次他頭頂上的石頭塊兒更大了。每次他走到一條狗的跟前，總是上下左右地打量一下，總是不願意也不敢將那石頭扔下去，只聽他說道：

「這條可是小獵狗，不能砸！」

因此，瘋子把所有的狗都當成了可怕的小獵狗，所以那塊石頭也就再也沒有砸下去。

那個作者可能也會遇到同樣的事情，因此不會把心思放在寫書上了。原因是萬一寫糟了，那結局會比那石頭還要嚴重很多啊！

請你再告訴他，我根本沒有像他說的那樣，我對他奪掉我的收入完全不在乎。我要借用著名的插曲《拉・貝蘭丹加》中的一句臺詞來作答：我的恩人市議員萬歲，基督保佑大家。祝福我們偉大的雷莫斯伯爵長壽，是他出了名的樂善好施使我擺脫了貧窮的處境，我們也要祝福托雷都大主教堂貝爾那都・台・桑都巴爾羅哈斯長命百歲！哪怕世界上沒有印刷廠，或者攻擊我的文字印得比《明戈・瑞伏爾戈諷刺詩集》的字數還多，那也不要緊。這兩位大人不要我奉承，不等我求乞對我慷慨施恩，我說的話完全出於自己的內心，他主動幫助我，細心地照顧我，即使未來我真的功成名就了，也比不上現在這樣幸福和富有。

窮人能得到尊敬，可壞人卻不能。也許窮人會掩蓋高貴品質，但並沒有將它完全埋沒，如果存有一絲的縫隙，好的品德就會借此機會不顧一切地嶄露出來，要是遇到伯樂就會變成一匹千里馬。我也不願多說了，我只想讓你注意：你該承認，你現在看到的這部《唐吉訶德》第二部是和第一部息息相關的，展現在你眼前的是一個多樣化的、一直記述到他過世的唐吉訶德，免得有人無端地再去爲他編出一些事端來。他的事情已經很多了，有一個忠厚的人講述過他的各種莫名其妙的言行舉止也就夠了，物以稀爲貴的道理大家都聽過。我忘了告訴你，請耐心期待我正在收尾的《貝西雷斯》和《咖拉泰》第二卷吧。

chapter 1

唐吉訶德的病

這部作品的第二部講述的是唐吉訶德的第三次出行。

據熙德·阿默德·貝南黑利說，神父和理髮師去拜訪唐吉訶德，看見他坐在床上，身穿綠色的粗痲背心，頭戴托雷都生產的紅色帽子，整個人瘦得像骷髏。他們詢問了唐吉訶德的身體狀況，他講了自己的起居健康情況，說得有條有理的。談話中，三個人說起了建國治民之道。唐吉訶德對所有話題都講得頭頭是道，令兩個探病的人不得不相信他已經徹底康復、和正常人沒有區別了。

兩位女士也聽了他們之間的談話，看到她們的老爺頭腦那麼清楚，於是不斷地感謝上帝。可是神父想真實地驗證一下唐吉訶德的康復是否移除病根，於是他就開始舉出一些來自京城的新聞，他講到，據說土耳其派出了一支壯大的海軍艦隊，不知他們有什麼陰謀，也不知那片烏雲會在哪地方下雨。土耳其的威脅幾乎每年都要警告所有的基督徒國家，一次又一次讓人忐忑不安。國王陛下已下令加強拿坡黎斯和西西利亞海岸以及馬爾他島的防務工作。

聽到這些話時，唐吉訶德立刻說道：

「陛下決策英明，為他的國土贏取了時間，做好了戰鬥的準備。不過如果他能聽取我的意見，我肯定會向國王獻上一個他此時一定想不到的計策。」

沒等他說完，神父就在心裡想：「天啊，愚蠢的唐吉訶德啊！看來你的瘋病真的是無藥可治，愚蠢透頂了。」理髮師和神父有相同的想法，但還是問他的陰謀是什麼，可能就是那種十分不現實的主意，給王公們出主意的人很多呢。

「理髮師老爺，我這陰謀，」唐吉訶德說，「我的意見絕對不會不著邊際，那是非常可行的。」

「我沒有別的想法，」理髮師說，「經驗證明，給陛下出意見的人全部或大多都是荒謬的，或是荼害百姓的。」

「我的意見既是可行的，也不荒謬，」唐吉訶德答道，「它簡便、切實、巧妙、簡捷，所有官員都想不出來。」

「唐吉訶德先生，您快說是什麼妙計啊？」神父說。

「我現在還不想說，」唐吉訶德說，「我現在說出來，明天一早那些大臣和議政官員們就瞭解我的想法了。最終會讓他們不勞而獲，而我什麼都沒有。」

「我願意當著所有在場的人和上帝的面發誓，」理髮師說，「絕對不把您的話跟第三個人講，就算是人王、鬼王什麼的，即使它們問也不說。這話是我從神父的筆記中讀來的，那神父最終還是向國王檢舉了那個偷他一百杜布拉[141]和健騾的賊。」

「我沒聽過這個故事，」唐吉訶德說，「不過我相信這個起誓，原因是我知道理髮師是遵守承諾的人。」

「否則的話，」神父說，「我情願出面給他擔保，他絕對不會和任何人說的，不然就讓他得到報應。」

「神父先生，可誰又願意給您做擔保呢？」唐吉訶德反問。

「你難道不知道我的職業就是幫人嚴守秘密嗎？」神父答道。

「也是，」唐吉訶德最後說道，「國王陛下應該下詔書，讓西班牙全國的遊俠騎士都到京城會合，即使只有五六個，他們當中可能就會有一個人，可以獨自抵擋土耳其所有的兵馬勇士，這問題不就解決了嗎？上帝是會呵護自己的子民的，所以肯定會派人來保護他們的。也許那個人沒有以前的遊俠騎士那麼剽悍，但他的勇猛絕對不會比他們差，上帝清楚我的想法，不必多說了。」

「唉！」這時候，外甥女說道，「我舅舅一定還想再去當遊俠騎士，我可以拿我腦袋做賭注！」

141. 西班牙古金幣。

唐吉訶德回答說：

「我這一輩子都是遊俠騎士。土耳其人來也好去也罷，無論他們的隊伍有多壯大，我都可以擊退他們，我還是那句話，上帝知道我的想法。」

話說到此，理髮師說話了：

「我請各位准許我講一下發生在塞維利亞的故事，那個故事和眼前的情況很相似，我忍不住就想講給大家聽聽。」

唐吉訶德讓他快講，神父和其他人也都急著傾聽。因此理髮師開始講故事：

「很久以前，在塞維利亞有座瘋人院。有一個精神病人是碩士，在瘋人院待了幾年之後，自認爲頭腦清醒，神智恢復了，於是就給大主教寫信，希望讓他離開瘋人院。不過他的親屬爲了接著霸佔他所有的財產，希望他一直在瘋人院，直到死去。大主教爲他的信所感動，因此派手下的一名教士到瘋人院看是否屬實。

「瘋子和教士談了很多事，還談到院長收了他親屬的賄賂，對他懷有惡意，因此說他仍舊神志不清。心地善良的教士懷著憐憫的心，懇請院長允許他穿上入院時的衣服。人們給碩士穿好了衣服，那衣服立刻使他變了樣子，他看到自己一改瘋子的著裝，又穿上了和正常人一樣的衣服，因此請求教士同意他去跟其他病友們道聲再見。教士說自己計畫同他一起去，並順道觀察一下院裡的瘋子。於是他們上了樓，其他在場的人也跟他們一起上去了。碩士走到一個籠子前，裡面關著的人十分沉默，可實際上卻是一個脾氣非常暴躁的傢伙。只聽他對那個瘋子說：

『我的好朋友，有需要我幫忙的事情嗎？我要回家了。上帝心地慈悲，洪恩浩蕩；我愧受其惠，現在終於不再失去理智，已經恢復健康、心如明月般清澈，上帝真是無所不能啊！你要將所有的希望寄託在他的身上，學學我，既然他能讓我康復，只要心誠，你絕對會跟我一樣。』

「聽了碩士這些話之後，被關在這個暴躁瘋子的對面柵欄裡的另一個瘋子光著身子從躺著的舊席子上爬了起來，大聲問是誰病好了出院。碩士回答道：

『是我啊，朋友，我馬上就要出去啦，已經沒有必要再在這裡生活下去了，因此我非常感謝大恩大德的蒼天。』

『看你說的，你就不要再癡人說夢啦，』那瘋子說，『我提醒你老實點兒，本本分分地待在這裡，以免還得再回來。』

『我清楚自己已經痊癒了，』碩士答道，『不會再回來了。』

『你真的好了？』那瘋子說，『那就等著看吧，希望上帝保佑你。可是我要當著你的面，向朱庇特[142]起誓，我代替朱庇特管轄這個世界，塞維利亞今天竟然要放你出去，說你神智清晰，我必須嚴懲他，讓他瞭解這是個罪過。我是宇宙中掌管雷電雲雨的朱庇特，手裡拿著

142.朱庇特，羅馬神話中的主神，即希臘神話中的宙斯。

烈焰滾滾的霹靂，我經常用這霹靂鎮壓和清理世界上的醜惡之人。但是這一次，我計畫就用這個方法懲罰當地愚蠢的人：從說出這句話的時刻起，讓這裡和周圍地區在這三年裡不下一滴雨。你出院了、康復了、頭腦清楚了，卻讓我接著做瘋子、接著做病人、接著被困在這裡？想讓我下雨，這和想讓我上吊有什麼區別呢！』

「在場的所有人都在認真地聽碩士和那個瘋子的對話，這時碩士突然轉過身去，緊緊地抓住了教士的雙手說：

『先生，您不要顧及他所說的話，也用不著擔心他說的話會靈驗，儘管他是朱庇特，卻不想布雨，您放心吧，我可是水界的主神耐普圖諾[143]，以後的雨由我來下，不分時間和地點，只要你們需要，我就下雨。』

「那教士回覆他說：

『要是這樣，耐普圖諾先生，我們就不要去招惹朱庇特先生算了，您還是繼續待在您的瘋人院裡吧，看看以後有機會有時間的時候，我們再來把您接走。』

「瘋人院長及在場的所有人都笑了，教士這時候顯得很不好意思。人們給碩士換了醫院的衣服，讓他繼續留在這裡。故事到這裡也畫上一個句號了。」

「理髮師先生，」唐吉訶德說，「這就是你所謂的那個與現在這裡的情況十分雷同，而您

143. 羅馬神話裡的海神。

又十分想講的故事嗎?唉,理髮師啊理髮師,您這不是在騙大家嗎!把人家的才德、相貌、家世互相比較是最讓人討厭、最讓人不可理喻的事。不過現在,遊俠騎士的鼎盛年代早已成爲美好的回憶。我這樣說是想告訴那位靠洗頭盆幹活的先生:我知道他的言外之意。」

「說句心裡話,唐吉訶德先生,」理髮師說,「我不是那個意思,願上帝能來證明我的清白,我可是好心好意,您大人別放在心上。」

「該不該放在心上,」唐吉訶德說,「我自己知道怎樣做。」

這時候,神父說:

「儘管剛才我沒怎麼講話,聽了唐吉訶德先生的長篇大論之後,心裡有點疑惑,憋得很難受。」

「神父先生是沒有不能說的話的,」唐吉訶德答道,「因此,儘量把自己想說的話都說出來吧,如果內心有疑惑,那憋著會很難受的。」

「既然您答應了,」神父說,「我就直言不諱了,我納悶的是我無論如何也不會認爲唐吉訶德大人剛剛所說的那些遊俠騎士全都是人世間確確實實存在的血肉之軀。相反,我覺得那只不過是憑空捏造的一派胡言,要不然就是一些剛睡醒或半睡半醒的人說的夢話。」

「這又是世俗的通病,」唐吉訶德答道,「很多人不認爲世界上有這種騎士,我已經多次在不同場合想用事實說服他們消除這種非常普遍的想法。我的努力有時奏效,但有時失敗。但是,事實就是事實,是沒法否認的。」

「令人尊敬的唐吉訶德先生，」理髮師問道，「您大人覺得巨人莫岡德有多高啊？」

「至於世界上究竟有沒有巨人，」唐吉訶德回答說，「看法不相同。不過，我依舊不能確切地回答出莫岡德到底有多高，但感覺他應該不會太高，由於看過很多記述他的專著[144]上面都提到他睡在房間裡，既然可以在屋子裡生活，個子怎麼會很高呢？」

由於感覺唐吉訶德的瘋話挺有意思，因此神父又問起他對瑞那爾多斯、堂羅爾丹以及法蘭西十二騎士的樣子有什麼看法，原因是他們同樣是遊俠騎士。

「至於瑞那爾多斯，」唐吉訶德答道，「直覺告訴我，他是寬臉盤，皮膚發紅，眼珠有點凸，並且還帶點兒賊性。愛計較，愛發脾氣，喜歡與盜匪和歹徒交朋友。關於羅爾丹，歷史上有時也把他稱作爲羅佗蘭多或者奧蘭陀。我相信他是中等身材，寬肩膀，腿也不是很直，臉的皮膚很黑，紅鬍子，身上汗毛很重，目光銳利，沉默寡言，溫文有禮。」

「要是羅爾丹真的像您描述的那樣，」神父說，「那也就不奇怪美人安傑麗咖小姐看不上他，反而被那個優雅、風流且又英俊的乳臭摩爾小子迷住了，還主動投入他的懷抱。她當然欣賞梅朵羅的柔情，而不是羅爾丹的粗野嘍。」

「那個安傑麗咖呀，」唐吉訶德說，「神父先生，她是個意志不堅定、活潑好動、有點倔強的女人，她的離譜和漂亮同樣舉世聞名。她回絕了無數王孫、爵士、才子、好漢，恰好只

144. 指義大利人魯伊斯·普爾其所著《巨人莫岡德》紀事詩，一五五〇、一五五二年出版了西班牙文譯本。

愛一個臉蛋兒英俊、既無錢財又無聲望、只是借助對朋友的忠誠換來一點名氣的孩子。」

「請您回答我，唐吉訶德先生，」理髮師插話說，「那麼多詩人稱讚過安傑麗咖小姐，就真的沒有人諷刺過她嗎？」

「我十分確定，」唐吉訶德說，「如果薩克利邦泰或羅爾丹是詩人的話，可能早就讓這個女人羞愧得無法生活於世了。萬一被自己選中的意中人冷落和遺棄，詩人們基本上都會報之以汙言攻擊。當然，心胸寬闊、善良的人是做不出這種事來的。但是到目前爲止，我還沒有聽說哪位詩人寫詩譏諷安傑麗咖這個顛倒一世的女人。」

「真是奇蹟！」神父說道。

這時，突然聽到離開很久的管家和外甥女在院子裡大聲地吵嚷起來，三個男人立馬站起來，趕了過去。

chapter 2 騎士事蹟成了書

上面談到唐吉訶德、神父和理髮師聽到外甥女和管家在院子裡大聲叫嚷，原來是桑丘想要進屋子看望唐吉訶德，卻被她倆攔在了門口：

「你這個蠢蛋來我們家做什麼？還不滾回你自個兒的家裡！朋友，正是你誘騙了我家老爺，帶著他到處亂跑！」

桑丘不高興地說：「真是魔鬼管家媽！是我被騙，是我被他騙著到處亂跑，而不是你們老爺，你們冤枉我了，他編謊話把我騙出家門，說是要給我一個小島，到現在我還等著呢。」

「該死的桑丘，」外甥女說，「直接讓那些小島把你噎死吧！小島是個什麼東西？你這個貪婪的傢伙，那是能吃的東西嗎？」

「的確不能吃，」桑丘答道，「不過可以管理啊，我管理起來可是勝過四個市政府和四個京城長官呢。」

「即使這樣，」管家說，「你這個人心眼不好，全部都是壞主意，別想走過這道門檻，還是回去管理好自己的家，把自家的地種好，別再做白日夢，想什麼海島啦。」

神父和理髮師聽著他們三個的對話覺得非常搞笑，但是唐吉訶德卻很生氣，擔憂桑丘會一時嘴快說出不該說的蠢話，而令自己的名譽受到損害，因此就大喊了他一聲，並讓那兩個女人閉嘴，讓他進來。桑丘走進了院子，神父和理髮師也就告別唐吉訶德，走了出來。看到唐吉訶德仍然癡迷於自己的遐想之中，沉迷於遊俠騎士的幻想與嚮往之中，對於他的恢復情況，這兩個朋友是徹底失望了，因此，神父就對理髮師說道：

「您就等著瞧吧！夥計，可能在咱們想不到時候，這位紳士還會出去惹是生非呢。」

「我對此一點也不質疑，」理髮師說，「騎士的瘋狂倒也就算了，最令我吃驚的是侍從的愚昧，他竟然會對小島的事情那麼報以希望，我看不管你怎麼解釋，他也不會醒悟的。」

「但願上帝保佑他們吧，」神父說，「咱們就等著瞧吧，看看這一對騎士和侍從到底會荒唐到什麼樣子，他們全都走火入魔了，簡直就是一個模子裡打造出來的，主人的瘋不配上傭人的傻，就一文不值了。」

「對，」理髮師說，「我很想知道他們倆現在在聊什麼呢。」

「我敢保證，」神父答道，「那外甥女和管家馬上就會跟咱們說的，她倆肯定會偷聽。」

就在此時，唐吉訶德將桑丘領進了自己的房間，看到沒有其他人，便說：

「桑丘啊，剛剛你說，是我把你誘拐出去的，我聽了很不舒服，可是你明明知道我也沒在家待著呀，我們是一起離家、一起出去周遊的，我們兩個人自始至終都是同甘共苦，雖然你被他人用毯子包著拋了一回，可我卻讓人打了一百次，這難道這就是我比你多得的好處嗎？」

「這也是情理之中的事情嘛，」桑丘說，「老爺您看的遊俠騎士遭受的不幸本來就應該比下人遇到的多。」

「我是要說，桑丘，」唐吉訶德說，「你難道以爲我會沒有疼痛感嗎？可是我們暫時還是先別說這些了，我希望你告訴我你知道的一切。我想讓你知道，桑丘，有權有勢的人要是能夠聽到真情實況，沒有奉承迎合的花言巧語，過去的世紀就變了樣了，咱們這個世紀也不會被稱爲『鐵的世紀』了，咱們近年來也會是黃金時代[145]呢。」

「那麼我首先要說的是，」桑丘說道，「老鄉們說您老人家是天下頭一號瘋子，而我是第二個大傻瓜。紳士們說，您原本就不屬於貴族圈子裡的人，竟然冒充起了有錢人[146]。騎士們說，他們不喜歡紳士跟自己平起平坐，尤其是那種用鍋底上面的爐灰給皮鞋上色，用綠絲線縫補黑襪子的只配做侍從的紳士。」

「這話和我不相關，」唐吉訶德說，「我一向注重衣著，衣服上都沒有補丁，破洞應該是

145. 這下半句不像唐吉訶德的口吻，卻像是塞萬提斯獻辭裡的話。
146. 唐吉訶德是紳士，還不是貴族，騎士是起碼的貴族階級。

有的，可那是刀劍穿透的，並不是穿久了磨碎的窟窿[147]。」

「關於您的勇猛、禮貌、功勳等，」桑丘接著說道，「說法很多。有人說您瘋而有趣；有人說您有勇氣，但是一直運氣不好；還有人說，您有禮貌，可是不得體。反正，說什麼的都有，直挑得咱們全身上下千瘡百孔。」

「跟你說吧，桑丘，」唐吉訶德說，「只要是出人頭地的人，都會遭到污蔑，從古至今的名人，基本上就不存在沒被人惡語中傷過的。」

「好戲還在後頭呢，」桑丘說，「這些都不算什麼。巴多羅梅．加爾拉斯果的兒子如今畢業回家，昨晚從薩拉曼加回來後，我去拜見了他，他跟我說您的事蹟已經出書了，題目是《奇情異想的拉．曼卻紳士唐吉訶德》。他說，書裡也有我，名字也是我的本名，還提到了杜爾西內婭小姐，很多只是我們兩個人之間的事情也都被寫了書裡，嚇得我一直畫十字：這些事情寫那本書的人怎麼會知道的呢？」

「我敢確定，桑丘，」唐吉訶德說，「寫我們傳記的一定是個有學識的魔法師或博士。他們那類人筆下要寫什麼，眼睛裡就看見什麼。」

「難怪呢！」桑丘說，「原來是既博學又會魔法，聽參孫學士說，那本書的作者叫熙德．阿默德．貝蘭黑那。」

147. 西班牙諺語「紳士寧穿破衣，不打補釘。」因為打補釘證實是貧窮。

「那是一個摩爾人的名字。」唐吉訶德說。

「是的，」桑丘說，「我聽說，摩爾人大多數人都喜歡吃『貝蘭黑那[148]』。」

「桑丘啊，」唐吉訶德說，「熙德可不是他的稱號啊，在阿拉伯語中，那是『先生』的意思。」

「很可能，」桑丘說，「可是，您希望讓他到這兒來，我現在就去找他。」

「你如果能去找，那就太好了，朋友，」唐吉訶德說，「你說的這事讓我心裡癢癢，不搞清楚，吃東西就沒有味道了。」

「我這會兒就去找他。」桑丘說道。

接著，桑丘就離開主人去找學士，而且很快把他領了回來，因此三個人在一起來了一場非常有趣的座談會。

148. 桑丘把貝南黑利說成貝蘭黑那，這個字的意思是「茄子」。

chapter 3

與參孫學士的妙談

唐吉訶德在等著參孫學士的時候，進入了冥想，想到桑丘說起自己已經被寫進了書裡，於是他就想從學士那兒打聽一下，到底寫了關於他的一些什麼事。因爲他的劍上敵人餘血未乾，他們已經迫不及待地想將他的英勇事蹟公佈於世了嗎？他正在傻傻地胡思亂想的時候，桑丘領著加爾拉斯果進來了，唐吉訶德很熱情地向他表示歡迎。

儘管學士的名字裡包含著「參孫」兩個字，曾經有個大力士的名字也是這個[149]，但這個學士卻長得一般個子，而他看上去很狡猾，面色蒼白，非常機靈，年齡可能在二十四歲上下，圓臉盤、扁鼻子、大嘴巴，一副調皮促狹的樣子。真的就是這樣，一看到唐吉訶德，他立馬就跪了下去說道：

149. 參孫是古猶太的大力士，體格很魁偉。

「唐吉訶德先生，懇請閣下讓我親吻您高貴的雙手。我雖然級別屬於末四等[150]之列，可還是願意用身上的聖貝德羅道袍[151]發誓：古往今來最有名的遊俠騎士就是您。謝謝爲您立傳的熙德·阿默德·貝南黑利，更要感謝有心人把此傳記從阿拉伯文翻譯成西班牙語，讓大家都能欣賞這部小說！」

唐吉訶德把他扶了起來，說道：

「如此說來，真是出了我的傳記了嗎？作者也真的是摩爾人嗎？」

「果真如此，先生，」參孫說，「並且我很明確地說，至今爲止，這部傳記的印刷量已經超過了一萬兩千本[152]，不信的話，咱們可以到出版此部傳記的葡萄牙、巴賽隆納和巴倫西亞去問問，並且還有人說安倍瑞斯也在排印了。我看將來無論什麼國家、哪種語言，都會出版此部小說的譯本。」

「對於一個有很高聲譽的人來講，」唐吉訶德說，「最值得安慰的事情之一應該就是能夠活著看見自己美名被印在書上，讓他人知道並讚揚，我說的是美名，因爲要是醜名，還不如死了算了。」

「要講美名，」學士說，「閣下您已經超過了全部的遊俠騎士，原因是那位摩爾人與那位

150. 指天主教會中最低等級的四種職位。
151. 學士穿的袍子。
152. 當時各地出版的《唐吉訶德》總數約為一萬五千冊。

西班牙人都各自分別用自己國家的語言向我們栩栩如生地描述了閣下威武的身姿、遇到危險時候的勇猛和堅定、遇到挫折及傷病的時候所表現的那種堅強的毅力，當然還有您和我們的堂娜杜爾西內婭小姐之間的這種精神上的愛情的真摯和純潔。」

「可是，」桑丘插話說道，「我卻從來沒有聽說有人用『堂娜』來稱呼杜爾西內婭小姐，大家都直接喊她『杜爾西內婭小姐』，在這個問題上，那本傳記可就是瞎說了。」

「這不是什麼大毛病。」加爾拉斯果答道。

「當然了，」唐吉訶德說，「可是學士先生，請您回答我：這部傳記中重點稱頌了我的哪些成就？」

「在這個問題上嘛，人們的看法不同，說法當然也就不同了，」學士說，「有人喜歡閣下和被您認爲是布利亞瑞歐和巨人的風車戰役；有人欣賞捶布機的驚險；有人感覺您對之後似乎變成了兩群小羊的那兩支軍隊的精彩描述；有人以爲您和抬到賽果比亞去埋葬的死人所遭遇過的事有趣；有人說解放苦役犯的壯舉是令人敬佩的；有人說哪有一件能比得上貝尼多會的兩個巨人與比斯蓋人之間的戰鬥有意思呢？」

「學士先生，請您回答我，」桑丘此時開口說道，「我們碰上楊維斯人的事有沒有寫進去？」

「那位知識淵博的人，」參孫說，「任何事情都沒能忘記，什麼都寫下了，包括善良的桑丘在毯子裡翻跟頭的事。」

「我可沒在毯子裡翻跟頭，」桑丘說，「我就是在半空飛騰，那是身不由己。」

「據我推測，」唐吉訶德說，「所有人都經歷過大風大浪，尤其是騎士，他們絕對不可能一帆風順。」

「話雖然這麼說，」學士說，「但讀過此部傳記以後，有些讀者覺得希望作者能夠把唐吉訶德在歷次戰鬥中被棍棒敲打的數量減少點。」

「按情理來說，這些是可以忽略不計的，」唐吉訶德說，「因爲事實擺在眼前，不會改變，如果會有損主人公的尊嚴，爲什麼還要寫出來呢？實際上伊尼亞斯並不像維吉爾寫得那麼仁厚，尤利西斯也不像荷馬描繪的那麼狡猾。」

「對啊，」參孫說，「歷史學家寫傳記和詩人作詩是不同的，詩人可以不講究事情的真相，而是根據事物應該具有的樣子加以自己的幻想去寫作，歷史學家不能這樣，必須實事求是，要按照事物真實的一面，不加任何修飾來寫作。」

「要是那位摩爾先生真的如實寫作，」桑丘說，「在說到我家老爺被打的時候，肯定也得提起我受的棍棒之苦嘍，由於每次他老人家身體受到攻擊，我都要全身受牽連，但這也不稀奇，我家老爺提過，腦袋有痛苦時，全身上下都會有痛苦。」

「閉上你的嘴吧，」唐吉訶德說，「不要打斷學士先生說話，我希望他接著往下講，請他講講這個傳記裡是怎麼寫我的。」

「還有我，」桑丘說，「聽說，我也是書裡的主要人戶之一。」

「人物，不是『人戶』，桑丘，我的兄弟。」參孫糾正道。

「又是一個挑字眼的？」桑丘說，「你挑好了，這輩子恐怕也挑不完。」

「我要是說假話，天打五雷轟，」參孫說，「桑丘，您是此部傳記裡的第二號人物，有人專喜歡聽您說話呢，感覺你比整個書裡最聰明的人說得都好，不過也有人感覺您太死心眼兒，唐吉訶德答應讓您做海島總督，您就信以爲真了。」

「牆頭上還有太陽呢，」唐吉訶德說，「桑丘嘛，雖說目前還不行，隨著年齡的增長，隨著歲月的磨煉，絕對會逐步具備擔任總督的條件和才華的。」

「天哪，老爺，」桑丘說，「這個小島還不知道在哪兒呢，而不是我能否管好的問題。」

「希望上帝保佑你，」唐吉訶德說，「一切都會遂心如願，也許比你想的還好呢，上帝如若不同意的話，樹上的葉子都不會晃動一下。」

「這話不假，」參孫說，「如果上帝願意，別說是一個小島，即使是一千個小島也會給你。」

「總督嘛，我見過的可不少，」桑丘說，「依我看，他們連給我提鞋都不配，豈不仍然被人尊爲『大人』，依舊用著銀盃銀盞。」

「這些總督是容易做的，」參孫說，「他們的地方容易管理，管理小島就不一樣了，至少也要懂得文法。」

「『文』嘛，我知道，」桑丘說，「但是『法』，和我無緣，那就管不了，顧不上啦，由於我不知道那是什麼東西，可管理海島的事我們就讓上帝自己安排吧，讓他老人家給我安排一個更適合我的地方吧。參孫學士先生，我只希望傳記的作者在寫到我的時候，不要寫一些讓我看了就生氣或沒面子的事情。作為稱職的侍從，如果說了那些跟我這身分不符的話，我絕對會跟他大吵一架，即使是聾子都會聽見，因為我是老基督徒。」

「那真是奇蹟了。」參孫答道。

「不管是不是奇蹟，」桑丘說，「總不能不真實地介紹或者記述人物，怎麼能憑想像亂寫呢！」

「此部傳記也有被人認為是毛病的地方，」學士說，「比如中間作者插進去了一篇名叫《何必追根究柢》的故事，那故事不能說情節不好，也不能說穿插得不好，而是插的地方不對，跟唐吉訶德先生的事蹟沒有關係。」

「我敢說，」桑丘說，「那個王八蛋『把筐子和白菜一樣看待[153]』了。」

「照目前看來，」唐吉訶德說，「給我寫傳記的作者並非什麼博學之士，不過是一個不學無術的長舌婦，任何後果都不加以考慮，就開始寫，想什麼就寫什麼。」

「那倒不是，」參孫說，「裡面寫得很清楚，一點都不難懂，孩子翻著看，青年細細讀，成人熟讀，老人點頭簸腦地讀。總之，這部傳記是至今以來最討人喜歡，最無害的休閒讀刊，因為從文章第一句到最後一個字寫得都非常認真，找不到一句下流話或邪說異端。」

153. 西班牙諺語。

「這本書寫的是我，我想喜歡的人不會太多。」唐吉訶德說。

「恰恰相反，喜歡此本傳記的人也數不勝數，有人責備作者記性不好，愛出錯，忘了寫清楚究竟是誰偷走了桑丘的灰驢——書中沒有寫明，只能從文字上猜想驢被人偷走了，但是沒過多久，書中並沒有標明那毛驢出現，書上又寫到他重又騎上了那同一隻毛驢；大家還說作者忘記說明桑丘是怎樣用在黑山的箱子裡找到的那一百艾斯古多，根本就沒再提起，很多人都想知道那筆錢最後怎麼處理了，認爲那是整個故事中最遺憾的地方。

桑丘插了一句話，說：

「參孫先生，我現在沒有心情報帳或交代事情，我餓得慌，如果不喝兩口陳年老酒，估計我就挺不住了，家裡都準備好了，我那老闆在等著呢，我吃完立馬回來，必須把一切問題都給閣下和大家一個滿意的答案，不管是關於毛驢的消失，還是關於那一百艾斯古多的最終處理。」

桑丘沒等別人回答，也沒說什麼話，拔起腿就往家跑去。

唐吉訶德希望學士能留下來和自己一起吃飯，學士接受了一起吃飯的建議。餐桌上比以前多加了一對乳鴿，話題當然還是同遊俠騎士有關，加爾拉斯果非常湊趣。飯罷睡過午覺，桑丘也回來了，於是三個人又開始接著剛才的話題繼續聊了起來。

chapter 4 桑丘消除了參孫的疑問

桑丘重新來到唐吉訶德的屋子，並接著剛才的話題說道：

「參孫先生上回說起，大家想知道是誰在何時怎樣把我的毛驢偷走了，我現在就來告訴你吧：

「經歷了奴隸般的不幸遭受、了結了與抬往賽果比亞的屍體的矛盾以後，那天晚上我們為了避讓神聖友愛團，我家老爺和我鑽進了黑山。我們躲進了樹林深處，由於接連的作戰弄得我們全身是傷，筋疲力盡。

「我的主人抱著他的長槍，我騎在毛驢的身上，猶如躺在四層羽毛褥子上面一般，竟然全部睡著了，尤其是我，睡得太沉了，不知是誰竟然用四根棒子支起鞍子的四角，把我懸空架了起來，而且從我身子底下牽走了毛驢，我都沒有一點感覺。

「這事十分簡單，而且一點兒都不新奇，薩克利邦泰在阿爾布拉卡包圍戰役中就碰到過，那位知名的大盜布魯內洛就是用這樣的方法，從腿底下偷走了他的馬[154]。」

「早上醒來後，」桑丘繼續講道，「我伸了個懶腰，那些支棍就倒了，把我重重地摔倒在地。我睜眼一看，毛驢不見了，我眼淚直流，哭了一場。我們那位傳記的作者要是沒把這段寫出來，應該說他把感人的部分給丟了。不知道過了多少天之後，我在陪著米戈米公娜公主的時間，忽然看見了我的毛驢，騎在牠身上的竟然是希內斯，就是我主人和我解救出來的頭號大騙子，那個恩將仇報的大壞蛋。」

「問題不在這裡，」參孫說，「而是作者還沒有寫那毛驢出現，就說桑丘又騎上了那隻毛驢。」

「這個嘛，」桑丘說，「我可就不好講了，可能是作者弄錯了，可能就是印的時候出了失誤。」

「就是這樣，毋庸置疑，」參孫說，「可那一百艾斯古多是怎麼回事？花了嗎？」

桑丘答道：「用在了我自己、我老婆和我家人的身上了呀。我伺候我的主人唐吉訶德，常常不在他們身邊，他們在家安心地等待著我的歸來，要是過了那麼久，連一個子兒都沒拿回來，反而還丟了毛驢，我可就要倒楣了。如果還有不清楚的事情要問我，我就在這裡，就算當著國王的面，我也還是這樣說。至於衣服和錢，我想誰都無權過問，要是要用

154. 這段話按語氣是唐吉訶德說的。

錢來衡量我在奔波忙碌中受過的皮肉之苦，即使就按四文一棍，另外加上一百艾斯古多也不夠抵消一半，各人自己摸摸良心，不對他人說白是黑，說黑是白，『人再好也不像上帝造的那樣，往往還壞得很呢[155]。」

「我得記著去告訴傳記的作者，」參孫說，「如果這本書還能夠再版的話，無論如何也不能忘了把老實的桑丘剛才說的這些話加進去，絕對會讓那書的價值大大提高的。」

「學士先生，傳記裡面還存在其他需要修訂的地方嗎？」唐吉訶德問道。

「有，絕對會有，」參孫說，「除了剛剛提到過的，其他全都不重要了。」

「順便問一句，」唐吉訶德說，「作者是不是還要出第二部呢？」

「據說要出，」參孫答道，「但是據稱，那稿子找不到了，也不知道在誰手裡，因此第二部能否出來也就難說了。」

「那麼作者接下來有什麼打算呢？」

「他嘛，」參孫說，「正在花心思尋找那部稿子，一旦找到，立刻就複印，但是他關心是否有利可圖，並不在乎什麼虛名。」

說到這裡，桑丘插嘴說道：「原來那作者在乎的是金錢和好處啊？要是能寫好，那才不可能呢。他像耶誕節前做衣服一樣，拚命趕啊趕啊，匆匆忙忙趕出來的東西怎麼會好呢！」

155. 西班牙諺語。

不等桑丘說完話，人們就聽到鴑騂難得連聲嘶叫。

唐吉訶德把那叫聲當成是好預兆，於是決定三四天後再出門一趟。他把自己的計畫告訴給了學士，讓他幫忙出出主意，想想這次出門先到哪裡。

學士對唐吉訶德十分高尚勇猛的計畫表示讚賞，勸他遇到危險時要保護好自己，由於他的生命不再歸他自己所有，而是屬於所有需要他保護和救助的苦難人民。

「這就是我常常跟他嘮叨的事情，」桑丘插話道，「我的老爺總是像個嘴饞的孩子撲向六個熟甜瓜似的，衝向一百個披掛的武士，您見過他這樣的人嗎？我家主人唐吉訶德，要是感謝我的勤勞和用心，從征服的無數小島中分個把贈送我，我會覺得這樣的待遇已經很好了，如果不給，我爲人在世，誰也不靠，只靠上帝。」

「桑丘朋友啊，」參孫說道，「你講話的水準真的很高。不過說到底，你必須要相信上帝和唐吉訶德先生。你得到的絕對是一個王國，而不僅僅是一個小島。」

「無所謂大小，」桑丘說，「我可以回答您，學士先生，我家主人若是把那王國給我管理，應該說他是找對人了。我估量過自己，統治國家、管理海島，我肯定沒問題。這話已經跟我家主人說過好多遍了。」

「聽我說，桑丘，」參孫說，「當了官就會改了樣，你當上總督以後，可能會連你的親人都不認了。」

「只有那些出身貧賤的人才會那樣做，」桑丘說，「像我這麼心地善良、虔誠無比的老基督徒絕對不會的。要是不信，您就去問我周圍的人，看看我是否曾對哪個人做過缺德事！」

「求上帝保佑吧，」唐吉訶德說，「你幾時做總督，全由他決定，我估計用不了太長時間啦。」

說完之後，唐吉訶德便提出讓學士幫個忙，請他幫忙寫幾首詩，準備用它作爲給杜爾西內婭小姐告別的詩，但要把她名字的字母都藏在每行的句頭，如此一來，把全詩每行的首字母連讀起來就可以成爲『杜爾西內婭·台爾·托波索』了。

學士跟他說，儘管自己並沒有排在當今公推的三個半西班牙有名詩人的隊伍中[156]，還是會全力以赴地寫，只是有一個很大的問題，由於組成那個名字的字母有十七個，要是做四首四行詩，就會多一個字母；如果做五行詩[157]，那麼兩首十行或複句體，就少三個字母。

雖然這樣，他會想盡一切辦法省去一個字母，讓杜爾西內婭·台爾·托波索的名字全部寫在四節詩裡。

「就得這樣，」唐吉訶德說，「如果名字不能明明白白、清清楚楚地寫出來，有哪個女人會相信這詩是特意爲自己而做的呢？」

這事就這樣議定了。他們已經把出發的時間訂到了八天以後。

唐吉訶德叮囑學士必須保守秘密，尤其是對神父和理髮師，以及他的外甥女和管家，免

156. 當時著名的詩人不止三個半，塞萬提斯可能是在取笑當時互相吹捧的詩人。
157. 古代用「複句本」就成十行。現在的複句體是四行詩。

得他們阻撓他的雄心壯舉。

參孫全都答應了下來，在走之前還囑咐唐吉訶德，必須要盡力隨時向他通報他的一切行蹤和事情，之後兩個人才說了再見。

桑丘回家去置備必需的東西，準備八天後啓程。

chapter 5

桑丘和他老婆的悄悄話

桑丘十分高興地回家了，他老婆已經看出了他的興奮，忍不住問道：

「桑丘啊，怎麼這麼高興啊，遇到什麼事了？」

他馬上回答說：

「老婆啊，如果上帝喜歡，我倒是寧可不像現在這麼高興呢。」

「我不瞭解，」那女人說道，「如果上帝喜歡，你寧願不像現在這樣高興？不明白你這話的意思。我見識再怎麼少，也沒見過有人喜歡不高興的。」

「讓我說下去，泰瑞薩，」桑丘答道，「我的開心源自決定再去服侍唐吉訶德老爺。他要第三次出門探奇冒險，我要和他一起走。咱們家裡窮，我沒別的辦法，而且我還指望這次能再找到一百個艾斯古多呢。一想到這點，我就高興起來了。如果上帝能夠讓我舒舒服服地待在家裡，而不用闖蕩就有錢花，我的快樂就是十足的了。如此的話，我當然高興，因爲更安逸、更實惠。我目前的這份高興中摻和著要與你告別的傷心，因此我才說，如果上帝喜歡，我倒是寧可不這麼高興。」

「你看你，桑丘，」泰瑞薩說，「自打上次跟著遊俠騎士起，你說起話來轉彎抹角的，誰能聽得懂啊。」

「婦人家，你無須知道我的意思，上帝明白就行了，」桑丘說，「上帝知道一切。老婆啊，聽我說，未來的三天裡，你要對那毛驢好一點，讓牠長得再壯一點，多餵牠些草料，收拾一下鞍子和轡繩，我們可不是去喝喜酒的，而是要去全球旅行，要去和各種各樣的巨人與妖魔鬼怪作戰，要去經受世界上的艱辛困苦，如果沒有碰上楊維斯人和摩爾法師的話，這些東西也不難對付。」

「依我看，老伴啊，」泰瑞薩說，「騎士的侍從不好做呀，希望上帝能保佑你趕快脫離苦海。」

「跟你說吧，老伴，」桑丘說，「要不是想著將來能當上小島的總督，我認為活著沒什麼意思。」

「可別這麼說，好老伴，」泰瑞薩說，「『老母雞害了瘟病，也但願牠活著』，你必須得好好活著，讓地球上所有的總督都死去吧。你從一出生就不是總督，過了這麼久了還不是總督，即使死了見到上帝的那一天，你依舊成不了總督。世間這樣的人多著呢，他們沒有因此就不去珍惜生命，枉費做人一次。世界上最開胃的東西就是饑餓，這是窮人短不了的，因此吃東西無論什麼時候都很香。但聽我說，如果你真的當了總督，不能把我和你的孩子們拋棄。要知道，小桑丘已經快十五歲了，如果他那在修道院當院長的舅舅要讓他在教堂裡做事，現在就該送他去念書了，還有你那女兒也到了該嫁人的時候了。我都看出來了，她急著要嫁人的心和你想當總督的心是一樣的，反正『女兒嫁個丈夫不如意，總比如意的姘頭好』。」

「和你說心裡話吧，」桑丘說，「如果上帝真的允許我當個總督什麼的，好老婆啊，我必須要給女兒找個好婆家，誰不能給她貴婦人的頭銜，休想娶她。」

「桑丘，你看明自己的身分了嗎？」泰瑞薩說，「你只要把錢拿回來，女兒嫁人的事我包啦。現在就有個胡安·多丘的兒子，一個身材不錯的小夥子，我們知根知底，我曉得他愛慕我們女兒，也和我們門當戶對，這個親事肯定可以。」

「你真是個頑固、沒見識的女人，」桑丘說，「你這會兒爲什麼會不讓我把女兒嫁給可能會有貴人外孫的人呢？我說啊，泰瑞薩，我常聽前輩們說：福氣來了不享，福氣走了別怨。眼下是福星到我們跟前了，我們可不會拒之門外啊。『乘著順風，就該解篷』。」

「你這個不知死活的東西，」桑丘接著說道，「如果我當上一個外撈的總督，我們從此就翻了身，這樣會讓你的生活更加糟糕嗎？如果女兒嫁給我選擇的女婿，大家會一致地叫你『堂娜泰瑞薩·潘沙』。這事兒我們就別爭辯了，不管你說什麼，女兒必須得當伯爵夫人。」

「我聽不清楚你說的這些，老伴啊，」泰瑞薩說，「你想怎樣就怎樣吧，別再用你的那些道理來煩我啦，你結計要照你說的那樣……」

「是『決計』，你這婆娘，」桑丘說，「不是『結計』。」

「別來跟我較真兒，老頭子，」泰瑞薩說，「上帝怎樣教導我的，我就怎樣說，不可能改啦。要是這樣，你必須要去當總督，就帶上你兒子小桑丘，從今天起就跟他說該怎麼當總督，兒子繼承父親的事業嘛，就得和他爸學一些本事。」

「我一上任，」桑丘說，「立馬就叫人來叫他，順帶給你捎點兒錢回來。到那時我很有錢的，如果總督都沒錢了，還愁沒人會不借給他？你必須把他打扮得好看一些，不要丟我的臉。」

「等到女兒當伯爵夫人的時候，」泰瑞薩說，「我就當把她埋進了地裡啦，可我只能再說一次，你想怎樣就怎樣吧，我們女人就是這個命，只能嫁雞隨雞，嫁狗隨狗，即便他是傻蛋。」

說到這兒，泰瑞薩突然哭了起來，哭得很傷心，好像女兒真的過世了、埋葬了一樣。桑丘安慰說，儘管一定要讓女兒當伯爵夫人，可我會盡自己所能，往後拖一下，夫妻倆至此也就把想說的話都說完了，桑丘重又去找唐吉訶德，計畫出發的事情。

chapter 6

外甥女的勸說

在桑丘和他的夫人泰瑞薩進行剛才說到的那場談話的時候，唐吉訶德的外甥女和管家也沒閑著，她們已經根據種種跡象斷定，唐吉訶德還想著第三次離家出走，去做她們心裡的瞎遊騎士。她們用盡一切辦法，要讓他打消那個愚蠢的念頭，管家對唐吉訶德說道：

「您回答我，老爺，陛下的皇宮內有騎士嗎？」

「有，」唐吉訶德說，「而且還很多，用他們來彰顯王宮的氣派和君主的威風。」

「那麼，」管家說，「您老人家爲什麼不到宮裡去，踏踏實實地給我們的國王賣命呢？」

「是這樣的，大姐，」唐吉訶德說，「並不是所有的騎士都待在宮廷裡，也並不是宮廷的侍從都會成爲遊俠騎士，世界上各類人都得有，我們騎士也是有各種類型的。你還應該知道：好的遊俠騎士，如果遇見十個巨人，這些巨人的腦袋不僅和雲彩齊平，甚至還高了雲彩，兩條腿就像其高無比的鐵塔，胳膊猶如粗重的桅杆，每隻眼睛有磨盤那麼大，還冒著熊熊火焰，跟玻璃熔爐一樣，即便這樣，騎士也不能有一點的害怕，反之，他會更勇敢地向巨人進攻，如果可能的話，一次就能把巨人打得落荒而逃，即使那巨人身上穿著一種傳說用魚鱗做的盔甲，比金剛石還硬得多，手裡握著的不是一般的寶劍，是鋒利無比的大馬士革鋼刀[158]，刀背上帶著看著都可怕的鋼刺狼牙棒，這樣的兵器我已經看到不止一兩次了。」

「算了吧，舅舅！」他的外甥女這時候插了進來，「您該清楚，這些跟遊俠騎士有關的傳說都是胡說八道的。」

「我向教育我如何做人的上帝發誓，」唐吉訶德說，「要是你不是我妹妹的孩子，就憑你剛才說出的那些大不敬的話，我絕對會狠狠地揍你一頓不可。你一個女孩家，織個花邊還沒熟練呢，怎麼能對騎士小說說三道四呢？並非自稱騎士的人都是真正的騎士，有的是純金，有的是合金，看著都像騎士，可是卻經不起事實的考驗。那些卑微的人一心嚮往成爲有錢人，有些十分有錢的人好像又故意要把自己變得和普通人一樣，前者或因內心有遠大的抱負，或因品德高尚而脫穎而出了，後者或因懶惰，或因行爲不檢點而終究沒有落到好下場，我們務必用心區分這兩種人，他們稱呼相似，可舉止卻大不同。」

「我的天啊！」外甥女說道，「舅舅啊，您知道的可真不少。要是必要的話，您已經可以到大街上登壇大說了。即便如此，您也是在睜著眼睛說昏話，就是想讓人相信您儘管老

158. 大馬士革在中世紀以擅長煉鋼著稱。

了，可還是英勇善戰，在生病的時候力氣依舊很大，儘管年長但能收服鬼怪，尤其是想讓世人知道，您這個本來不屬騎士的人是騎士，即便紳士可以成爲騎士，可窮酸鄉紳才沒那個福分嘍。」

「你說得很對，外甥女，」唐吉訶德說，「我有很多關於家世的議論，要是講出來，會讓你大爲佩服的。跟你們說吧，一個人既想發財，還想有名氣，有兩條路可選：一條文的，一條武的。雖然知道遊俠騎士的職業道德意味著無盡的艱難險阻，但是我也明白，這條道路上也有無限的快樂。」

這時，聽到有人敲門。他們問是哪位。桑丘·潘沙回答說是他。管家知道是他，就馬上躲了起來，不想見他。外甥女打開門，他的主人唐吉訶德張開雙臂迎了上去，然後，主僕二人就走到屋裡，又開始了神秘的二人暢談。

chapter 7

唐吉訶德和侍從的交談

看到桑丘和老爺走入房間，管家立馬就猜到了他們的預謀，她感覺他們將會商量第三次外出的事宜，因此就戴上頭巾，悶悶不樂地去找參孫學士，她知道那人能說會道，又是老爺的新朋友，或許可以說服主人打消那個愚蠢的念頭。管家看見學士正在自家的院子裡蹓躂，滿頭大汗、心急火燎的管家「撲通」一聲跪到了他的面前。她看起來很憂傷又很緊張的樣子，加爾拉斯果問道：

「管家夫人，這是怎麼了？瞧您這失魂落魄的模樣，到底出啥事了？」

「參孫先生，我沒事，是我家老爺憋不住了，一定會死憋不住了！」

「太太，他哪裡憋不住了？」參孫問，「他身上哪漏了嗎？」

「不是漏，」管家說，「他那老毛病又要發了。我是說，我的主人又想離家出走了。這次可是第三次啦。要到處去找他認爲的什麼運氣，真搞不懂爲什麼能把那也當作是運氣。第一次，他被打得遍體鱗傷，被驢馱了回來。第二次是關在籠子裡，被牛車拉回來的，他自己還以爲是中了魔法，當時他的模樣十分可憐，就算他的親娘見了也認不出來，臉色黃瘦，兩隻眼睛都落了坑兒，我用了六百多個雞蛋才把他調養得恢復了一點原樣。這些事上帝和大家都知道，尤其是那下蛋的母雞，容不得我撒謊。」

「我全都相信，」學士說，「您的那些母雞好極了，肥極了，規矩極了，哪怕漲破肚子也不肯亂叫。那麼管家太太，也就是說沒別的事情，更沒有出什麼亂子，您只是擔心唐吉訶德先生會有出走之類的想法，對吧？」

「是的，先生。」管家說。

「先別著急，」學士說，「請您立刻回去，爲我準備好飯菜，如果會念《聖阿波洛尼亞經[159]》的話，可以一路念回去，我即刻就到，您就瞧好我大發神通吧。」

「我可真暈了！」管家說，「您叫我念《聖阿波洛尼亞經》？那必須是我家主人牙疼才行，但他目前的問題在腦子裡。」

「您就按我說的去做吧。您請回吧，我可是薩拉曼加大學畢業的學士，別跟我爭。」參孫學士說。

管家走了以後，學士立即去找神父商量到時候說什麼。

159. 據西班牙人的迷信，念《聖阿波洛尼亞經》可止牙痛。

傳記詳細而又真實地記述了唐吉訶德和桑丘躲在屋子裡的談話內容。桑丘對主子說道：

「老爺，我已經改化了我老婆，她允許我跟著您老人家，無論去哪兒都行。」

「應是『感化』，桑丘，」唐吉訶德說，「哪是『改化』。」

「又來了，」桑丘說，「要是我的記憶沒有出錯的話，我曾經懇求過您，別挑我的字眼兒，能明白我的意思不就好了嗎？不明白的時候，您就來一句：『桑丘你個蠢東西』，再來更正，我是很性良的……」

「我不明白，桑丘，」唐吉訶德立刻說道，「不知道『我是很性良的』是什麼意思。」

「『我非常性良[160]』就是，」桑丘說，「我非常那樣。」

「可能吧，」唐吉訶德說，「言歸正傳，泰瑞薩都說了些什麼？」

「泰瑞薩說，」桑丘說，「我應該對大人您有所提防。白紙黑字那才有用，倒牌的人不洗牌，字句中標明的再少，也比空口許諾強好多。我說呀，『女人的主意，沒多大道理』；可是『不聽婦女話，男人是傻瓜[161]』。」

「我也這麼認爲，」唐吉訶德說，「桑丘老弟，接著往下說，你今天說話可真是滿口珠璣。」

「是這樣的，」桑丘說，「您老人家很明白，咱們誰都會死去，我們都是有今天沒明天，

---

160. 桑丘要說「馴良」。
161. 都是西班牙諺語。

在死神面前不分大小，世上沒人躲得過上帝規定的鐘點，因為催命鬼是聾子，他來敲門的時候總是匆匆忙忙的，求也不行，躲也沒用，有教職也罷，有王位也罷，他都不聞不問，大家都這麼說，教士在教壇上也這樣講。」

「你說得都對，」唐吉訶德說，「可是我不知道你要講什麼。」

「我的意思就是，希望您能準確地告訴我，」桑丘說，「在我伺候您期間，您每月會給我多少工資。如果您老人家真的能把答應的小島給了我，我一定不會忘恩負義，也不會死摳門兒，我將島上的收入統計出來，照直扣我的工錢。」

「桑丘老弟啊，」唐吉訶德說，「『照直』和『一直』是一回事吧？」

「知道了，」桑丘說，「我該說『照直』，而不是『一直』，不過那有什麼關係，反正您老人家明白了我的意思。」

「十分清楚，」唐吉訶德說，「我已經看穿了你一肚子的心思。我瞭解你剛才那些話語的用意了。你聽好了，桑丘，如果我能在哪部遊俠騎士的傳裡面找到先例，絕對可以給你個準確的數。不過我讀過所有的傳記，記不清哪個遊俠騎士能明確地說出給自己的下人定過工資，只清楚他們都是憑賞賜。因此您立刻回家，把我的想法轉告給您的泰瑞薩。如果她同意，你也贊同憑賞賜服侍我，則『妙乎佳哉[162]』；否則，我們照舊是朋友。我不愁沒有侍

162. 唐吉訶德這裡用了拉丁文 bene quidem。

從，並且，他絕對會比你貼心，比你熱心，沒你那麼笨，那麼愛多嘴。」

看到主人的語氣那麼斬釘截鐵，桑丘的臉色不好看了，心裡也涼了半截。正當他不知如何是好，悶頭琢磨的時候，參孫學士進來了，管家和外甥女也跟在其後，急切想要瞭解他如何說服主人打消再次出去的愚蠢念頭，參孫像上次一樣擁抱了唐吉訶德後，大聲對他說道：

「啊，尊敬的遊俠騎士！拿槍桿子的光輝榜樣！西班牙民族的光榮和珍寶！祈求萬能的上帝真心保佑，誰想阻撓你第三次出遊，即便他挖空心思也沒有一點辦法，絞盡腦汁也不會成功！」

然後，他又轉身對管家說道：

「管家夫人完全不用再念《聖阿波洛尼亞經》了，唐吉訶德先生要去重新開始他的英雄事業是個正確的舉動。如果不鼓勵，並爲他吶喊，我的良心將受到譴責。英勇果敢的騎士，您大人現在遲遲不出去闖蕩是因爲什麼？要是還有什麼沒辦好的事，我願意竭財盡力給予幫助。」

聽到這兒，唐吉訶德轉向桑丘說道：

「聽到了嗎，桑丘，你現在清楚都有誰想給我當侍從了吧，他可是遠近聞名的參孫學士，身強體壯，手腳輕捷，具備遊俠騎士侍從必備的所有條件。既然桑丘不願做我的侍從，隨便再找個侍從就行了。」

「我願意去，」桑丘眼噙淚珠激動地說，「我的主人，怎麼能讓別人說我『肚子填飽，掉頭就跑』。我可不願意做那種忘恩負義的人。只希望您在遺囑上附個條款，寫得著著實實，不能翻悔，然後我們就馬上動身。」

桑丘的話語和語氣讓學士感到驚訝，他心裡想，世界上最瘋狂的主僕就是他倆了。最後，唐吉訶德和桑丘相擁互擁抱，重言於好，並確定了出發的日期。乘參孫同意贈給唐吉訶德一個頭盔，他說那是他朋友的，很有把握能把它拿來，不過頭盔早已鏽得不成樣子，已經失去了金屬的光澤。參孫爲什麼要慫恿唐吉訶德再次出行呢？因爲他已經和神父、理髮師商討過了，這是他們策劃的，下文就見分曉。

總之在這三天裡，唐吉訶德與桑丘把他們認爲必需的東西都置備齊全了。桑丘穩住了老婆，唐吉訶德哄好了管家與外甥女，因此他們選擇了傍晚的時候悄悄地出了村子，向通向托波索的路走去。知道此事的只有學士一個人，學士還陪著他們走了一段路程。

唐吉訶德騎在溫順的駑騂難得的身上，桑丘騎在原先那頭毛驢身上，布袋裡裝滿了充饑的食物和東家交給他備緩急的金錢。參孫抱了抱唐吉訶德，囑咐他無論情況怎樣一定要想方設法捎信來，或爲他們交運而發愁，或爲他們倒運而高興（學士故意這麼顛倒說著取笑呢），唐吉訶德同意了。之後，參孫就掉頭返回了村子，主僕二人則勇奔托波索城[163]去了。

---

163. 托波索在十六世紀末是一個村鎮，有九百戶人家。塞萬提斯因為它在唐吉訶德心目中是座大城，所以帶些取笑的口吻，稱為大城。下文有時稱為大城，有時稱為鎮，有時稱為村。

chapter 8

唐吉訶德探望意中人

「全能的阿拉萬福！」阿默德．貝南黑利在此第八章的前面說道，「阿拉萬福！」他又重複了三遍，他稱讚阿拉的原因，是因爲唐吉訶德與桑丘重新踏入征程。這部有趣故事的讀者們從這段起，又可以看到唐吉訶德和侍從的偉業，看到他們搞笑的事情。作者希望讀者暫時把這位騎士以前的事蹟放在一旁，把目光放在未來將要發生的事情上。過去兩次是從蒙帖艾爾郊原出發，這一次是先到托波索。作者接著講他的故事。

路上只有唐吉訶德和桑丘兩人。參孫剛一轉身，駑騂難得就開始大叫，沒過多久，那灰驢也跟著大叫了起來，騎士和侍從都覺得這是個吉兆，暗示會有大好的前景。說句心裡話，那驢叫的聲音比馬叫得響多了，由此桑丘感覺自己的運氣絕對比東家好。他之所以這麼想，或許是因爲他略通一點兒占星學，雖然這部故事中沒有提起過，但是過去確實聽見他說過這樣的話，當他跌倒或摔跤的時候，就懊悔這番不該出行，桑丘雖然有些傻頭傻腦，可在這問題上心裡還是有數的。此時唐吉訶德對他說：

「桑丘，我的朋友，天直黑下來，恐怕不可能在亮的時候走到托波索了。我打算在開始做其他的事情之前，我們一定要到托波索去懇請那舉世無雙的杜爾西內婭為我祈福，並答應我出行，得到她的認同之後，我才能有把握地面對所有危難，並且獲得成功，要知道，人世間只有意中人的激勵，最能讓遊俠騎士振奮了。」

「我也這樣想，」桑丘說，「但是我看那只能隔著牆頭了，不然您真的很難見到她，更得不到她的祝福。上一次，您躲在黑山裡面發瘋的時候派我去送信，我就是隔著後院的牆看到她的。」

「桑丘，你竟然敢說，」唐吉訶德說，「是趴著或透過院子的牆縫看到那漂亮的女人呢？那應該是富麗堂皇般的宮殿的走廊、迴廊或閘廊，否則別的什麼廊的。」

「這些都有可能，」桑丘說，「不過我覺得是牆頭，不然就是我記錯了。」

「不管是什麼吧，反正都要過去的，」唐吉訶德說，「無論是牆頭也好，窗戶也好，還是門縫也罷，只要能見到她，什麼都好。只要她那和皎潔月光一樣的光芒射入我的眼中，便會讓我英勇無敵、才思猛進，使我智勇無雙、天下無敵了。」

「不過說心裡話，」桑丘說，「我看到杜爾西內婭的時候，她不怎麼亮，也沒發光，原因我好像和你說過，她在篩麥子，那飛揚的塵土像烏雲一樣遮蓋了她的臉，使她發不出光來。」

「怎麼，」唐吉訶德說，「你竟然還覺得、認為、相信和堅定我的心上人杜爾西內婭在篩麥子？貴人與生俱來在很遠的地方就能看出其高貴，你講的那種活計與他們沾不上邊兒。你的記憶力可真不好啊！聽說我的事蹟已經編輯成書出版了，要是那本書的作者剛好是某個與我爲敵的學者，我很擔心他會偷樑換柱、以假亂真，而且還不按照寫傳記規定的連貫性，故意插進去一些無聊的情節。嫉妒是萬惡之源！」

「我也這樣想，」桑丘說，「在參孫學士提到的我們那本傳記裡，一定把我糟蹋得聲名狼藉了。史家們應當對我的不幸有點同情，應該對我筆下留情啊。罷了，他們愛說什麼就去說好啦，『我光著身子出世，如今還是個光身；我沒吃虧，也沒佔便宜』。反正我能眼看著自己有幸寫在書上供大家傳閱，我也就不會在乎他們對我說三道四的。」

「桑丘，」唐吉訶德說，「在很多事情上，有好名之心是對的，它會督促你前進。世人總是想讓他們的非凡舉動得到不朽的美譽，咱們基督教徒、天主教徒與遊俠騎士更要注重身後，天堂上的光榮是永恆的，塵世的虛名還在其次。當今世界很虛榮，無論有多麼持久的名氣，最後還是要跟著有限生命的完結而結束。我們得在多方面努力，方能博得人們的讚揚。」

「您老人家到目前爲止所說的一切，」桑丘說，「我都知道。只是還想請主人您幫我戒絕一個剛才想起來的問題。」

「你要說的是『解決』吧，桑丘，」唐吉訶德說，「你只要說出來，我肯定盡我全力告訴你。」

「那行，」桑丘說，「現在請您回答我：救活一個死人好，還是殺掉一個巨人好？」

「答案很清晰，」唐吉訶德說，「當然救活一個死人好。」

「這就對了，」桑丘說，「要是能讓死人再活過來，叫瞎子不瞎，瘸子不瘸，病人痊癒，還能不出名嗎？他們的墳前會亮起銀燈來，靈堂裡會有跪滿拜祭的人們，他們這輩子和來世的名譽遠遠會超過世界上那些皇帝、異教徒與遊俠騎士。」

「我同意這句話。」唐吉訶德說。

「因此，也就聖人們的骨頭和遺物才會有這樣的聲譽，這樣的尊崇，這樣的殊禮。經我們那慈母一般的神聖教會的審核和認可，就會增加燈燭、裹屍布、拐杖、畫像、頭髮、眼睛、腿，這些物品勢必會招來祭拜者，同時增加美名。甚至帝王都要爭相抬舉這類聖人的屍體或遺物，甚至還會去親吻他們的屍骨，並把這些骸骨拿去裝飾自己最爲寶貴的神堂和祭壇。」

「桑丘，你說了這麼多，想表明什麼？」唐吉訶德問道。

「我的意思是，」桑丘說，「我們應該去當聖人，這樣我們追求的美名很快就能到手了。當個隨便哪個教派裡的小教士，就要比冒死當遊蕩的騎士好多了，對著上帝打自己二十鞭子，要比捅上巨人、妖魔、鬼怪兩千劍還簡單。」

「你說得都不錯，」唐吉訶德說，「但不是人人都能成爲修士的。上帝留給人們的升天之路很多。騎士行業也是一種宗教，同樣也能成聖升天。」

「恩，」桑丘說，「不過我聽說天國裡的修士比遊俠騎士多。」

「確實如此，」唐吉訶德說，「這是因爲世界上的騎士比修士少嘛。」

「騎著馬跑來跑去的也不少嘛。」桑丘說。

「是很多，」唐吉訶德說，「但是能夠被尊爲騎士的不多啊。」

兩人說話的工夫，已經過去一天一夜，這期間沒有發生什麼有意思的事情，唐吉訶德因此感到不耐煩。

第二天晚上，他們可算是看到了名城托波索，唐吉訶德馬上打起精神，可是桑丘卻由於不認識杜爾西內婭的家門而忐忑不安起來。事實上他和他的主子一樣，到目前爲止根本就沒有見過這個女人。因此，他們一個因爲要見面，一個因爲沒見過她，心裡都是七上八下的。桑丘一直在想：如果主人打發自己進城，那可怎麼辦？不過，他不管怎樣也想不出一個聰明的對策。

唐吉訶德最後開口說話了：天黑我們就進城。時辰不到，因此他們就在離托波索城不遠的橡樹林裡待著，等到天黑了再進城去，於是便有了大可一敘的遭遇。

chapter 9 看後便知

大概三更半夜的時候，唐吉訶德和桑丘下山進了托波索城。城裡十分安靜，因爲人們都在睡覺。

那天夜色朦朧，但是桑丘倒更希望是漆黑一片，這樣就能夠把天黑作爲自己迷路的藉口。整個村裡都能聽到狗叫，那狗叫聲震得唐吉訶德的耳朵裡面嗡嗡作響，叫得桑丘心裡亂糟糟。有時候還會傳來驢叫、豬哼、貓喵等不一樣的聲響，被黑夜的寧靜襯托得更爲淒厲，情癡意深的騎士感覺這一切都是不祥之兆，不過他還是對桑丘說道：

「桑丘老兄啊，快領我去杜爾西內婭的宮殿吧，或許她還沒睡呢。」

「帶您去哪家宮殿啊，我的老天！」桑丘說，「我上次找到她的時候，她住在一棟很小的房子裡。」

「絕對是，」唐吉訶德說，「她那時恰好是和貼身女僕一起在那宮殿中的一個小院落裡休息。王公侯門的女兒都有這樣的習慣。」

「老爺，」桑丘說，「既然您不聽我的，非要說杜爾西內婭住的地方是宮殿，那麼，現在這時她家大門還會開著嗎？我們使勁去砸門鈸，把所有的人都吵醒，合適嗎？我們非要像偷情的人相會那樣嗎，不管是什麼時候，上去就敲，直到敲開為止？」

「我們挨門挨戶看看，先找出宮殿，」唐吉訶德說，「然後我再跟你說該怎麼辦，你看，要是我沒有看錯，前面黑漆漆那一大片應該是杜爾西內婭的宮殿。」

「那麼主人，您就帶路吧，」桑丘說，「或許會是。但即使眼睛看見、親手碰到，我還是不會相信那是宮殿，如同我沒法相信這會兒是大白天一樣。」

唐吉訶德帶路走在前面，走了大約兩百步，走到那團陰影前，一看前面是座塔狀的建築物，立刻就知道那不是宮殿，只是鎮裡的大教堂，便說道：

「我們到了教堂，桑丘。」

「我也看到了，」桑丘說，「感謝上帝沒讓我們踏進墳墓，要是這會兒走進墳地，可就不好了。如果沒有記錯的話，我跟您提過，那位小姐住的地方在一條死胡同裡。」

「蠢貨，該死的混蛋，」唐吉訶德說，「你在哪看過王公貴人的府第蓋在死胡同裡？」

「老爺，」桑丘說，「每個地方的習俗都不同，也許在托波索，就盛行把宮殿和豪宅蓋在死胡同裡呢。所以我求您，准許我到眼前的大街小巷裡去看一看，或許會在哪個角落裡找到那座宮殿。但願狗把它吃了，省得我們東奔西走。」

「桑丘，有關我心上人的問題，你必須放尊重點兒，」唐吉訶德說，「『咱們過節得和和氣氣』；別『落了吊桶再賠掉繩子』[164]。」

「我以後會忍著點的，」桑丘說，「可我那女主人的家，老爺您是到過不下千萬次了，不也沒找到嗎！我只看見過一次，就想讓我記一輩子，並且還要半夜三更來找，我能受得了嗎？」

「我真拿你沒辦法，桑丘，」唐吉訶德說，「你聽著，蠢蛋，至今為止我都還沒有見過美麗的杜爾西內婭，從沒有跨進過她宮殿的大門。我只是由於聽到了她美麗且聰慧的事蹟而愛上她的，我已經跟你說過不止一千遍了[165]？」

「我這才第一次聽到，」桑丘說，「並且還要告訴您，您沒見過她，我也沒見過她。」

「這怎麼可能呢？」唐吉訶德反問，「你曾經對我說過，你幫我送信，又幫我拿信回來，還見過她正在篩麥子。」

「老爺，您就別那麼認真了，行嗎？」桑丘答道，「說實話吧，那次見面的事和回話，我也全是聽來的。所以就要我找到杜爾西內婭小姐，那跟叫我拿拳頭去打天空沒兩樣嘛。」

「桑丘啊，桑丘，」唐吉訶德說，「開玩笑也得分時間，玩笑有的時候是要傷人心的，不能由於我說沒有見過自己心愛的人，沒和她講過話，你就跟著說沒有跟她講過話，也沒看見

164.西班牙諺語。
165.本書第一部二十五章，唐吉訶德說見過杜爾西內婭。

過她。你自己知道滿不是這麼回事嘛。」

主僕二人正這樣說話的時候，迎面走來了一個人，他趕著兩頭騾子，並且有犁拖在地上發出的響聲。他們猜想那是一個趕在天亮之前起床下地做活的莊稼人。果然，那人邊走還邊哼著小曲：

> 法國鬼子們啊，你們可要倒楣了，
> 在隆塞斯巴列斯那一場仗義中吃了虧[166]。

「這下完啦，桑丘，」唐吉訶德說，「我們今天晚上不可能遇到什麼好事。你聽到那莊稼漢唱的是什麼了嗎？」

「當然聽到了，」桑丘說，「隆塞斯巴列斯那一仗和我們有什麼關聯？他原本也能唱關於加拉依諾斯[167]那一節的嘛，對咱們的運道好壞，也沒有什麼影響啊。」

這時候，那農夫已經走進。唐吉訶德問道：

「祝您好運，好心的人。您能告訴我美貌與智慧雙全的堂娜杜爾西內婭公主的宮殿怎麼走嗎？」

166. 出自歌詠查理曼大帝的故事詩。
167. 謳歌查理曼大帝故事的民謠中的人物。

「先生，」那個年輕人回答道，「我不是本地人，幾天前剛來到這個地方，給一個富農幹農活。對面那屋子裡住著本地的神父和教堂管事人，他們或許會知道您那位公主小姐的事情，原因是他們手上有托波索住戶的名冊。不過據我所知，托波索沒有什麼所謂的公主，貴夫人小姐倒是有很多，她們在家裡大概也算得公主。」

「我問的公主，」唐吉訶德說，「應該就是你所說的貴小姐了。」

「或許吧，」農夫說，「再見啦，天馬上就亮了。」

那農夫邊說邊趕著牲畜離開了，沒有再理會唐吉訶德。看到主人愣在那兒，垂頭喪氣，桑丘說道：

「老爺，天就快亮了，我們可不能等到太陽升上來了還在街上，我們最好是先出城去，您先躲到附近的哪個小樹林裡，天亮以後我再回來，一個角落也不放過地跑遍這個城市，非要找到我那女主人的房子、城堡或是宮殿。如果還找不到，算我倒楣。找到了我就跟她說，您想跟她見個面而不牽累她的名聲，所以正在某處等著她的吩咐和安排。」

「桑丘啊，你這幾句話抵得上千言萬語，」唐吉訶德說，「你剛才的建議，正合我意。我十分贊同，走吧，我們現在就去找能讓我藏身的樹林，之後你再回來尋找我的心上人，要是看見了她，一定和她搭上話，希望她能憑著自己的智慧做出完美的安排。」

桑丘著急要把主子騙出村去，以防他發現自己所編的杜爾西內婭托他帶信到黑山的謊言，所以就催唐吉訶德馬上走，他們一會兒就離開了村子，並在離村子不遠的地方找到了一片小樹林。

唐吉訶德躲了進去，桑丘則回頭去找杜爾西內婭，桑丘在完成這個差事的過程中遇到了許多值得一提的事情。

chapter 10 著魔的巧計

這部著作的作者在寫到這章時，說他擔心人們不相信，本想把本章刪掉，因爲在這章裡，唐吉訶德的精神病已經到了無法讓人相信的地步。

唐吉訶德剛剛趴進托波索旁邊的灌木叢、橡樹林或者是其他的什麼樹林，立刻吩咐桑丘回到城裡，替他懇請他的心愛之人開恩讓早已被她俘獲的騎士去拜見，領受她的真摯的祝福，好讓他以後逢凶化吉，轉危爲安。他命令桑丘，若不能達到目的，將永不相見。桑丘滿口答應，說是會像從前那樣給他帶回喜訊。

「快去吧，兄弟，」唐吉訶德說，「你去見了那個灼灼如太陽的美人，不要耀花了眼，世界上所有的侍從都沒有你這福氣！必須要記住她的一舉一動，因爲你要是能如實地向我講述，我就能知道她內心深處對我的愛意有多深。但願你能比我走運，帶回的音信比我期望得還好。」

「我立馬就去，」桑丘說，「我的東家啊，請您放心，您那顆心現在肯定緊縮得像榛子那麼點兒了。我想到這句話來，因爲晚上沒能找到我的女主人的宮殿或城堡。這會兒天亮了，也許不怎麼費勁就能找到呢，等找到了，我自有辦法對她說。」

「說真的，桑丘，」唐吉訶德說，「不管我們說什麼，你總是把成語用得恰到好處。但願上帝真能讓我願望成真。」

說著桑丘轉過身去打了那毛驢一鞭子便出發了，開始，桑丘也和他的主人一樣心神不定。剛一走出樹林，他回頭望了望，一看不見唐吉訶德的身影，立即就翻身從驢背上下來，坐到樹下開始自問自答：

「『桑丘老兄啊，請問你老人家到哪兒去啊？』『我要去找一個公主。』『那你是爲哪個人去找？』『爲那鼎鼎大名的騎士唐吉訶德，他專打不平，誰渴了就給他吃，誰餓了就給他喝。[168]』」

桑丘就這樣自問自答一番，心裡暗想：「算了，什麼事情都會找到解決的方法的。各種跡象表明，我的這個主人是應該拴起來的瘋子。我隨便尋找從這裡走過的村姑，用不著費多大的力氣就能讓他相信那是杜爾西內婭小姐。依我推斷，他或許會認爲是某個與他作對的魔法師從中搗鬼，爲了讓他失望，而改變了杜爾西內婭小姐的樣子。」

168. 桑丘學說騎士道的一句話，可是又說錯了。

這麼一想，桑丘的心裡也就舒服起來。他認為事情已經辦好了，於是就原地一直休息到了下午，希望讓唐吉訶德感到他已經到托波索城裡轉了一圈。說來還真是天遂人願，他剛剛站起來，還沒翻身上驢的時候，就看到三個村姑從托波索的地方朝他這邊走來。從看到那幾個女人的第一眼，桑丘立馬就大步流星地往回跑，尋找自己的主人唐吉訶德。此時唐吉訶德正在那裡長吁短歎，一看到桑丘，馬上就問道：

「桑丘兄弟，有消息嗎？」

「很好的消息，」桑丘說，「老爺您就快點趕著駑騂難得出來看看杜爾西內婭小姐吧，她領著兩個女僕一起來看您啦。」

「好啊，桑丘兄弟，」唐吉訶德說，「作為對你帶回來的這個令我驚喜的好消息的回報，我答應你，下次有什麼冒險的事，我一定把最好的戰利品交於你，如果你還不願意拿勝利品作報酬的話，我就把今年的新馬駒給你，我家的三匹母馬正圈在咱們村裡工地上等著下駒子。」

「我願意要馬駒，」桑丘說，「誰都沒法確定您的下一件戰利品好不好呢。」

他們邊說邊走出了樹林，這時那三個農婦已經走得很近了，唐吉訶德向前眺望通向托波索的大路，只看到了那三個鄉下婦女，他一時納悶起來。

「桑丘，」唐吉訶德說，「我只看到了三個騎著毛驢的村姑啊。」

「先別說了老爺，」桑丘說，「馬上睜大眼睛來歡迎您朝思暮想的心上人吧，她已經在您面前啦。」

桑丘說完就朝那三個女人走了過去，他從驢背上翻了下來，抓住其中一頭驢的轡繩，雙腿下跪，說道：

「美麗的女王、公主、公爵小姐啊，勞煩您大駕，降低自己的身分前來赴約，請允許被您俘虜的騎士過來和您見一面吧。」

此時唐吉訶德也一起跪在了桑丘的身邊，他半信半疑地望著桑丘叫著的女王和夫人，不管怎麼看就是個村姑，沒有什麼公主的感覺。看到這兩個舉止奇怪的男人跪在前面，攔住了女伴的去路，其他兩個女人很是詫異，可是被阻攔下來的那個女人一點不客氣，很氣憤地喝道：

「無恥的傢伙，讓開路，我們要過去。我們有急事要做。」

桑丘回答道：「噢，托波索的公主啊！眼前的遊俠騎士中的精英跪拜在您的面前，您那慈悲的心爲什麼可以漠然不動呢？」

聽到這些話以後，其他一位村姑說道：

「看，兩個大老爺們在跟我們鄉下女人開玩笑啊。就像我們不會和他們一樣回敬似的！趕快走，我們有事情要做，別自討沒趣！」

「起來，桑丘，」唐吉訶德立馬對桑丘說道，「我已經很明白了，厄運總是跟隨著我，我那顆受傷的心靈在前往幸福的途中，發現這條路已經堵上了。噢，你高尚的品德，善良的心地是我這顆心的救星。討厭的魔法師現在緊跟著我，讓我的眼膜上蒙上了一層雲，讓你的美麗芳容在我眼裡變成一個可憐的農婦。」

「去你的吧！」村姑說道，「我還真喜歡聽你的誇獎呢！」

桑丘躲到一邊讓她過去，心裡在爲自己辦妥一件棘手的事高興著呢。

那個被他認定爲杜爾西內婭的鄉下女人用帶刺的木棍拍了一下屁股下的「小母馬」，死命地朝著前面的草地跑去。不過這毛驢挨了比平常疼很多的拍打以後，立馬尥起了蹶子，然後就把杜爾西內婭小姐抖翻在地上。

一看到這種情景，唐吉訶德立即趨前去扶，桑丘過去把那滑落的鞍墊從毛驢肚子下面擺正、紮緊。看到鞍子都放好了，唐吉訶德就想親自把自己那中了魔法的意中人抱上驢背，可是那女人從地上站了起來，沒有麻煩他，向後走了幾步，猛然一跑，雙手一按毛驢的屁股，就跟大老爺們一樣輕鬆地騎坐到了鞍墊上，這個動作真比禿鷹還要輕盈，這時候桑丘說道：

「我的天哪，我們這位夫人身手真矯捷，這兩個女僕也不遜色，跑起來都跟一陣風似的。」

確實是這樣。看到杜爾西內婭上了毛驢，其他兩個也趕緊坐上了坐騎飛奔而去。一口氣跑了半哩瓦多沒回頭。唐吉訶德看著她們離開，直到連影子都看不見了，才轉過身去，對桑丘說道：

「桑丘，看到了吧？魔法師很恨我，已經惡毒到這個地步，他們防我見了意中人高興，竟改變了她的長相！」

「哦，壞蛋！」桑丘說，「他們這些惡毒的魔法師會得太多，壞事也幹得太多了！你們這些可惡的傢伙，讓我家女主人的眼睛由珍珠變成了橡樹子兒，讓她的頭髮由純金絲縷似的變成黃牛尾巴的紅鬃毛，把她那美麗的容顏變成非常醜陋的臉蛋也就行了，幹嗎還要改變她身上的味道呢，如果不這樣，我們也許還可以猜透一下那醜陋外表下面掩埋著的是什麼樣的人呀。不過說心裡話，我覺得她不醜，而且她美得很，一塊痣斑更加襯托了她的美色。她右邊嘴唇上有顆痣，而且上面還有七八根猶如金絲的黃毛，足有一拃長，像一撇鬍子。」

「說到痣，」唐吉訶德說，「臉上和身上相稱而生。杜爾西內婭既然臉部有一顆，那麼和這顆痣一順的大腿面上一定也有一顆。但對痣斑來講，你剛才形容的那毛的長度也太誇張了。」

「不過我能跟老爺您講的是，」桑丘說，「那痣斑對她來說簡直是錦上添花。」

「我相信，朋友，」唐吉訶德說，「上天賜予杜爾西內婭的，不管是什麼東西都是完美無缺的。如果她身上長有一百顆你說的那類痣，那就不再是痣了，而是繁星和月亮。但是，跟我說，你剛才整理過的那個貌似驢鞍的鞍子，到底是扁平的騎鞍呢，還是女人做的橫鞍？」

「都不是，是那種短鐙鞍，」桑丘說，「上面還蓋著個出門用的罩子，那罩子很富麗，值半個王國呢。」

「桑丘，我怎麼什麼都沒看到！」唐吉訶德說，「現在我真是個極端倒楣的人。」

桑丘見主人這麼愚蠢，這麼輕易就被騙了，強控著自己內心的激動，才沒笑出聲來。主僕二人又說了一番，然後就各自騎上自己的坐騎，接著朝著薩拉果薩的方向前進。他們希望可以趕上那大城市一年一度的盛大慶祝。但在到達那裡之前，他們經歷了很多事情。那些事情重大而又神奇，值得大家閱讀，看下去便瞭解了。

chapter 11
死神召開的會議

唐吉訶德一邊趕路，一邊還想著魔法師竟把他的杜爾西內婭夫人變成醜陋村姑的惡作劇，氣惱得不可開交，但是他又想不出什麼方法來恢復杜爾西內婭原先的模樣，因此一路上心煩意亂、魂不守舍，不知不覺中鬆開了手中的韁繩。野地裡青草茂盛，駑騂難得感覺失去束縛之後也就走走停停、停停走走，時不時地啃上一青草。最後還是桑丘打斷了他的沉思，對他說道：

「老爺啊，幹嗎要蔫頭耷腦的呢？『咱們魂靈兒出了竅，到法蘭西去了[169]？』我看，讓世上所有的杜爾西內婭全都見鬼去吧，只要能有一個活蹦亂跳的遊俠騎士，就不用擔心任何魔法和幻化。」

「你完全可以這麼說，」唐吉訶德說，「因爲你看過她如花似玉的樣子，並且魔法也沒有

169. 西班牙諺語。

蒙蔽你的眼睛，讓你看不到她的嬌容。那法力是衝著我一個人來的，只是蒙住了我的眼睛。不過雖然如此，我還是認爲有一點兒不對，那就是你描繪她的美貌時，形容得不恰當。如果我沒有記錯的話，你對我說她的眼睛像珍珠，魚眼睛才像珍珠呢。我猜測杜爾西內婭的眼睛應該是像翡翠，大大的，還有兩道像天上的彩虹似的眉毛。至於珍珠，還是拿出來放到牙床上去吧。你肯定是把牙齒和眼睛搞錯了。」

唐吉訶德本想就此再跟桑丘囉唆幾句，可是還沒等開口，忽見路上穿過一輛木板大車，車上有一些形狀極其奇怪的人。趕著騾子充當車夫的是個面目猙獰的魔鬼。另外還有幾個服飾和面相奇怪的人物。忽然出現在眼前的這種情景，令唐吉訶德不由地爲之一震，他馬上擺出不懼任何危險的架勢，擋在車前，厲聲喝道：

「前面來的車夫、魔鬼或者別的什麼東西，儘快報上名來。你要到哪裡去？你這不像普通的板車，更像卡龍[170]的擺渡船。」

那魔鬼和和氣氣地停下車來，回答道：

「我們是安古多・艾爾・馬羅[171]戲班的演員。今天是基督聖體節的第八天，我們早上剛在那座山坡後邊的村子裡演過《死神召開的會議》，下午還要到前面的那個村子裡去。由於路不遠，也就懶得卸裝了，因此就穿著戲服。那個小夥子演的是死神；那個扮天使；那個女人

170. 卡龍，希臘神話中冥河上的渡工，負責向冥府擺渡亡靈。
171. 當時一個戲班子的領班人。

是領班人的老婆，她扮王后；那個是士兵；那個是皇帝；我演魔鬼。我是戲裡的主角，因此是班子裡的主演。要是您還想瞭解其他別的情況，就問我好了，我都能確切地告訴您。我是魔鬼，什麼都瞞不住我。」

「老實說吧，」唐吉訶德說，「剛看見這輛車，我還以爲會有一番大作爲呢。現在我想說的是：眼見是虛，手摸爲實。希望上帝保佑你們這些好人，儘管去演戲吧。如果有用得著的地方，我很願意效勞。本人自小喜歡看戲，年輕的時候對演戲這一行興味很濃。」

他們正說著話，劇團一個小丑打扮的人恰巧趕上來了。這個小丑湊到了唐吉訶德的面前，揮舞著棍子，把氣球在地上拍打，一面大蹦大跳，震得渾身鈴鐺亂響。

他的怪模怪樣驚著了駑騂難得，讓這牲口擺脫了唐吉訶德的控制，咬住嚼子，猛地往田野衝去。

桑丘意識到東家一旦摔下來可能會有的危險，因此馬上跳下驢背，拚命跑過去救駕。但是等他趕到跟前的時候，唐吉訶德已經躺在地上了，身旁是跟著主人一塊兒跌倒的駑騂難得，這也是牠每次撒歡和逞能的必然下場。

不過，桑丘剛剛丟下自己的坐騎，跑去救主人，那個耍氣球的搗蛋鬼就爬到了毛驢的背上，並揮動著手裡的氣球又轟又趕。

驚嚇和響聲讓那牲口順著田野，一溜煙地朝著要去演出的村子的方向衝去。面對著跑掉的毛驢和摔落在地的東家，桑丘一時不知該先顧哪頭是好。還好他畢竟是個好侍從，對主人的忠誠戰勝了對驢的感情。他心慌意亂地走到唐吉訶德身邊，把他扶到了駑騂難得的背上，然後說道：

「老爺，那個魔鬼搶走我的驢。」

「哪個魔鬼？」唐吉訶德反問。

「就是拿著氣球的那個。」桑丘說。

他們這麼說著，就朝那輛已經離村子不遠的板車追了過去。唐吉訶德邊追邊大聲喊道：「站住，你們這群開心逗樂兒的傢伙，我要教訓你們，讓你們知道該如何對待遊俠騎士侍從的坐騎！」

唐吉訶德的聲音很大，車上的人全都聽見了，也聽明白了。他們從這些話裡已經猜出了他的意圖，死神先跳下車來，然後是皇帝、魔鬼車夫和天使，就連王后和愛神古比多神也都沒待在車上。大家拿起石頭，排成一排，準備用碎石迎接唐吉訶德的進攻。唐吉訶德看到他們舉著胳膊準備投擲石子的威嚴陣勢，就勒住了駑騂難得，並開始琢磨怎樣進攻才能讓自己少擔風險。就在他遲疑的工夫，桑丘趕了上去，看他是要向那整齊的行列衝去廝殺的樣子，就對他說道：

「只有真正的瘋子才會這麼幹的，我的老爺。在那些人中間，儘管好像有王公和皇帝，但卻沒有一個遊俠騎士，這總可以教您別再上前了。」

「這倒是真的，」唐吉訶德說，「我不能仗劍對付沒有受過冊封的騎士。要是你願意，你可以親自去爲那頭蒙辱的毛驢報仇雪恨，我在這裡爲你吶喊助威、出謀劃策。」

「沒必要向任何人報仇，」桑丘說，「懷恨報復的人不是好的基督徒。我還要和我的灰驢講明，牠受了委屈，得聽我做主。就我本人而言，我寧可太太平平地過一輩子。」

「既然你這麼決定了，」唐吉訶德說，「好心的桑丘、精明的桑丘、善良的桑丘、坦蕩的桑丘啊，咱們就放過這些鬼怪，到別處去找更好、更值得的機會吧，我看這片土地上絕對會有很多非常奇妙的機遇的。」

唐吉訶德說完就馬上掉轉轡頭，桑丘跟著也騎上了毛驢，死神和他那個行蹤不定的隊伍也回到了車上，去繼續自己的行程了。感謝桑丘對其主子的一番通情達理的規勸，死神之車的恐怖遭遇總算有了一個完滿的結局。第二天，唐吉訶德遇上了一個癡情的遊俠騎士，又有了一段情趣不亞於此的經歷。

chapter 12 林中騎士的奇遇

碰到死神的當天夜晚，唐吉訶德和他的侍從是在一片濃蔭密佈的大樹底下度過的。在桑丘的規勸下，唐吉訶德吃了點由灰驢馱帶的乾糧。吃飯的時候，桑丘對東家說道：

「老爺啊，如果我選擇您第一次征戰得到的戰利品作爲對我的獎賞，而不要那三頭馬駒，那我可就太傻了！說到底，『天空的老鷹，不如手裡的麻雀[172]』。」

「你如果讓我依照自己的心意衝上去的話，」唐吉訶德說，「作爲戰利品，指不定你最少也能得到皇后的金冠和古比多神的花翅膀，我會把那些東西奪過來賞給你的。」

「戲裡的皇上的權杖和皇冠，」桑丘說，「絕對不會是純金的，不過是銅箔和鐵皮罷了。」

「這倒是事實，」唐吉訶德說，「戲裝和道具也沒必要是真的，用假的做做樣子就行了。跟戲的本身一樣。可是桑丘，我倒是希望你別小看了那東西。戲劇是人生的鏡子；我們自己

172. 西班牙諺語。

的面貌和模範人物的形象，只有在戲裡表現得最生動逼真。編劇和戲子把這面鏡子隨時供我們借鑒，不過戲劇究竟是哄人的假像，不信的話你跟我說：你有沒有看過裡面有國王、皇帝、教皇、騎士、貴婦以及其他各種角色的戲，有無賴、有騙子、有商人、有士兵、有聰明的傻瓜、有癡心的情種。但是等到散場，一脫下戲裝，所有的演員就又都成了跟觀眾一樣的普通人。」

「是啊，我看過。」桑丘說。

「實際上，現實生活跟那戲裡演的一樣，」唐吉訶德說，「有人是皇帝、有人是教皇，總之，各色人等充斥著這部戲。但是到了最後，也就是生命結束的時候，死神會剝掉他們藉以辨別的行頭，全都得進墳墓。」

「真是個絕妙的比喻！」桑丘說，「不過不怎麼新鮮，我在不同場合都聽過很多回了，也有人說像下棋：棋局進行過程中，每個棋子都有自己特定的功能；棋局一完，所有的棋子就都被攏到一塊胡亂地裝進了口袋，跟人死後被埋進墳裡一樣。」

「桑丘啊，你挺有長進的嘛，」唐吉訶德說，「你現在是日趨聰明，不那麼愚蠢了。」

「那是，老爺您的靈氣多少總會傳給我一些的嘛，」桑丘說，「土地本來都是貧薄乾枯的，不停地施肥和耕耘就長出了好莊稼。我是想說，老爺您的言談話語，就像是施放在我的乾癟腦殼這塊薄地裡的肥料，我跟隨您大人的這段日子就好像是耕耘。我希望您種瓜得瓜，種豆得豆，得到大豐收。」

聽了桑丘這通不倫不類的話，唐吉訶德不禁啞然失笑，覺得桑丘自稱有進步是真的，他確實時不時地會冒出幾句令人瞠目結舌的妙語趣言。只不過每一次或大多數情況下，當他引用比喻時，嵌些辭藻，往往就傻得透頂，愚蠢得沒底，他最大的長處和本事，那就是無論是否得當，都能說出成串的諺語和格言。

兩人就這樣說著話，已經過了大半夜。桑丘早就很想放下眼簾——他瞌睡了常這麼說。於是他就去給毛驢卸了鞍子、添足草料、任其自在。

他沒爲駑騂難得卸鞍，東家早就明確吩咐過了，如果是身在野外，或不能入室就寢，就不可以卸馬鞍。這是遊俠騎士自古沿襲下來的傳統，只能把馬嚼子拿下來，掛在鞍架上。若想拿掉馬鞍，沒門。

最後桑丘在一棵軟木樹下睡著了，唐吉訶德也倚著一棵大橡樹打起盹來了。

但是沒過多久，唐吉訶德就被從背後響起的聲音驚醒了。他一躍而起，吃驚地查看聲音到底是從哪兒傳來的。他看到來了兩個騎馬的人，其中的一個翻身下了馬，並對另一個說道：

「下來吧，把牲口的嚼子取掉。這地方看來不缺牲口吃的青草，又偏僻清靜，挺適合讓我在這裡思念心上人的。」

那人一邊說著，一邊躺在了地上。他躺下的時候，身上的盔甲鏗然作聲。根據這一明顯的跡象，唐吉訶德斷定那人是個遊俠騎士。因此他走到睡得正香的桑丘身旁，揪起他的一隻胳膊，費了很大勁兒才把他叫醒，小聲地對他說道：

「桑丘老弟，咱們有奇遇了。」

「上帝保佑是好事兒，」桑丘說，「我的老爺，奇遇在哪兒呢？」

「你問在哪兒？」唐吉訶德答道，「你轉過頭會看到那裡躺著一個遊俠騎士。依我的估計，他可能不是很高興，我看見他從馬上下來，躺在地上，有些垂頭喪氣的樣子。躺下去的時候，盔甲鏗鏘地響來著。」

「您老人家，」桑丘問道，「憑什麼認爲這就是個奇遇呢？」

「我不想說這就是奇遇，」唐吉訶德說，「只是個其餘的開端罷了。凡是奇遇都是這樣開始的。」

騎士又以悲愴淒切的語氣說道：「噢，世界上最嬌豔、最冷酷的女人啊！貞靜的凱西爾德雅啊，你難道真的會讓我這個被你俘虜的騎士在浪跡和磨難中耗盡生命？我已經讓那瓦拉騎士、所有雷翁的、達爾台斯的、咖斯底利亞和拉·曼卻的所有騎士全都承認你是天底下最美的美人了，這還不行嗎？」

「沒這回事，」唐吉訶德接過話說道，「我就是拉·曼卻的騎士，卻沒有說過那樣的話。我從沒有承認、也不會承認，他也不應該說出那種有損於我意中人的美名的話來。桑丘，咱們再聽聽，或許他還會說點兒什麼呢。」

「一定會說的，」桑丘說，「看那架勢，能說上一個月。」

可惜事實並非如此。那騎士聽到附近有了講話的聲音，就沒有再繼續自怨自艾地嘮叨下去，而是站起身來，聲音洪亮卻又很客氣地問道：

「誰在那兒？是什麼人？是幸運兒還是斷腸人？」

「也是個傷心人。」唐吉訶德答道。

「那就請您過來吧，」對方說道，「請您來見識一下什麼是悲哀，什麼是憂傷。」

唐吉訶德感覺對方那麼平和斯文，就走了過去，桑丘緊跟在他的後面。

那位騎士抓住唐吉訶德的胳膊說道：

「請坐在這裡吧，騎士先生。對於遊俠騎士來說，一看到您待在這種天生就是爲遊俠騎士落腳休息而準備的偏僻、幽靜的地方，也基本上知道您是什麼人了。」

唐吉訶德回答說：

「本人的確是騎士，是您所說的同行中人。儘管我自己的心裡也有哀怨和愁苦，但不會因此而對別人的災禍無動於衷。從您剛才唱的詩來看，您的不幸源自被情所困。就是說，源自您對剛才在幽怨聲中提到的那位沒心沒肺的美人的癡情。」

當時兩人一見如故，和睦而親熱，並坐在硬地上談得很投機，完全看不出天亮之後就會打得頭破血流的跡象。

「順便問一句，騎士先生，」林中騎士對唐吉訶德說道，「您也有意中人嗎？」

「很不幸，我的確如此，」唐吉訶德回答說，「但是，只要鍾情的對象實有所值，雖苦也應視為有幸，而不是不幸。」

「這話有理，」林中騎士說，「除非對方太瞧不起咱們，簡直恩將仇報，那才叫咱們氣得發瘋。」

「我從未收到過意中人的鄙棄。」唐吉訶德說。

「從來沒有，」待在一邊的桑丘說道，「我那女主人就像是一隻溫順的羊羔，比脂油還要溫和。」

「這位是您的侍從？」林中騎士問道。

「是的。」唐吉訶德說。

「我從未見過竟敢在主子說話的時候插嘴的侍從，」林中騎士說道，「至少我的那個侍從，儘管歲數也不小了，但從來都還沒見過他敢在我的面前多嘴多舌。」

「實話跟您說吧，我剛剛確實插話了，」桑丘說，「並且就算是當著……還是算了，『不攪拌為妙』。」

林中騎士的侍從揪了揪桑丘的胳膊，對他說道：「咱們找個地方，訴訴侍從的苦衷去吧。讓咱們的老爺爭相表白自己的情史吧，我敢保證等到天亮，他們也講不完。」

「那就快走吧，」桑丘說，「我會把自己的情況說給您聽的，讓您看看我是不是最為多嘴的侍從。」

兩個侍從說著就躲到一邊去了。他們跟他們的主人一樣，進行了一場有趣的談話。

chapter 13 兩位侍從機敏的談話

騎士和侍從分成兩夥，侍從談自己的生活，騎士談自己的愛情。可是這部傳記先講的是僕人都說了些什麼，然後才披露主子的談話內容。兩個僕人離開主子之後，林中騎士的侍從對桑丘說道：

「我說啊，老兄，咱們這些給遊俠騎士當侍從的人的日子也真是夠苦的。『得頭上汗濕，才口中有食[173]』，這就是上天從咱們的祖師爺的時候開始定下的死規矩。」

「也可以說是『得凍得要死，才口中有食』，」桑丘說，「有誰能比可憐的遊俠騎士的侍從經受過更多的酷暑、嚴寒？有口東西吃還算不錯了呢：『肚子吃飽，痛苦能熬[174]』。但是咱們有時候說不定會一兩天沒一點東西下肚，只能喝西北風。」

173.《舊約全書．創世紀》第三章十九節。
174.西班牙諺語。

「不過與此同時，咱們也渴望得到獎勵，」林中侍從說，「只要咱們侍候的遊俠騎士沒有太倒楣，用不了多久最少也能弄到手一個海島總督的美差，或者一塊滿不錯的伯爵領地。」

「我嘛，」桑丘說，「已經跟主人講過了，能當個海島總督也就心滿意足了。他心腸好，又大方，已經答應過我好多回了。」

「我呢，」林中侍從說，「伺候了他一場，可以在教堂裡混個有俸的差事就知足了。東家已經給我內定了一個。還能怎麼著呢！」

「您的主人肯定是個教團騎士，」桑丘說，「因此才能那麼賞賜自己忠厚的侍從。我那主人可是個不折不扣的俗人。可是，我還記得有幾個自作聰明的人勸他去當大主教。不過他不願意，一心要當皇上。我當時就嚇得直哆嗦，真怕他心血來潮想起來要去做教會裡的官，我可沒有那個吃教會的俸的本事。我還可以跟您說，儘管我看起來像個人，可若是做起教會裡的事來，那就連牲口都不如了。」

「您這算盤可就打錯了，」林中侍從說，「治理海島也不是都能有利可圖的：有的混亂，有的沒錢，有的淒慘。最終就連那些最省事和太平的也能讓人費心勞神，也會有種種麻煩。攤上這樣差事的倒楣蛋才叫自己沒事找事呢。吃咱們這行苦飯的人，最好還是回家，在自己的家裡找點兒輕鬆的事情幹幹，比如打打獵和釣釣魚，一個人要在家鄉消遣日子，只需一匹瘦馬、兩隻獵狗和一根魚竿，天底下哪個侍從還能窮到連這些都沒有呢。」

「這些我都有，」桑丘說，「雖說沒有瘦馬，不過我那頭毛驢能抵兩匹東家的馬。除非我真的瘋了，不然就是再加上四擔大麥，我也絕對不會拿自己的毛驢去換他的那匹瘦馬的！您可能不信我的小灰驢那麼值錢。獵狗不難找，村子裡有的是。再說花別人的錢打獵更有味呢。」

「老老實實地跟您說吧，侍從先生，」林中侍從說，「我已經拖定主意，不再跟這些騎士瞎胡鬧了。我要回到我的家鄉去，教養我的孩子們。我有三個東方明珠般的孩子。」

「我有兩個，」桑丘說，「全都是一表人才，尤其是女兒。要是上蒼成全，我準備把她教養成伯爵夫人，不過她媽媽反對。」

「那位準備做伯爵夫人的小姐多大了？」林中侍從問道。

「十五歲吧，上下差不了兩歲，」桑丘說，「不過已經高得像一根長矛，鮮嫩得像春天的早晨，力氣大得像腳夫。」

「如此說來，」林中侍從說，「不只是能夠當伯爵夫人，都可以當綠林仙女啦。哎呀！那婊子養的！那婊子！那小傢伙多有勁啊！」

桑丘聽了有點兒不高興，說道：

「上帝保佑，請您說話放尊重點兒。您可是在遊俠騎士堆裡混過的，遊俠騎士一個個都是最講禮貌的，我覺得您用的這些詞兒可不怎麼恰當。」

「哦，侍從先生，」林中侍從反駁說，「您怎麼把這麼高級的讚揚理解錯了？先生，如果子女做的事情不能換來別人對他父母這樣的稱讚，您就別認他們做子女。」

「是的，那我就不認他們，」桑丘說，「照這個道理，您就儘管對我本人、我孩子、我老婆都叫作婊子好啦，我們無論說話做事都絕對配得上這種稱讚。因此我一直請求上帝寬恕我的彌天大罪，讓我可以再次見到他們，懇求上帝讓我遠離侍從這個危險的行當。

「我已經是第二次陷進來了，都是在黑山裡頭撿到的那一百枚金艾斯古多的口袋害得我幹了這種傻事，認爲魔鬼會不是在這裡就是在那裡放上一大口袋金艾斯古多金艾斯古多，我說不準什麼時候就能彎腰撿到、抱在懷裡、帶回家去，之後就能夠放債、吃息、當老爺了。每次想到這些，跟著我那更像瘋子而不像騎士的愚蠢老爺所吃的苦頭也就沒什麼了。」

「因此人們常說，『貪心撐破口袋』嘛，」林中侍從說，「要說瘋子，天底下就沒有一個能超得過我那東家的。原因是他屬於那種人們說的『驢子勞累死，都爲了別人的事』的人，想幫一個精神失常的人恢復神智，自己就成了瘋子。一天到晚瞎轉悠，說不定會自討苦吃呢。」

「順便問一句，他是不是也有相思病？」

「當然有了，」林中侍從說，「他愛上一個叫凱西爾德雅的女人。那可是天下少有的生硬老練的婆娘。不過問題不在於女人厲害，而是他腸子裡還有幾條更厲害的詭計在亂鬧，過些時候就要發作了。」

「世上無坦途，」桑丘說，「『別人家也煮豆子，我家卻是大鍋大鍋地煮[175]』。大概咱們這些人，瘋癲的比正常的多。人們常說：『有人共患難，患難好承擔』。這話要是真的，遇見了您我該感到寬慰才對。因爲您的東家跟我的那個一樣傻。」

「傻雖傻，但是挺勇敢，」林中侍從說，「尤其狡猾。」

「我的主人可不這樣，」桑丘說，「他一點兒都不奸詐。相反他是個實心眼兒，不會害人，只知道行善。他從來就是人家說什麼就信什麼，連一個小孩子都可以騙得他把大白天當成黑夜。就是由於這種憨厚勁兒，我才打心眼裡喜歡他。別管他幹了多少傻事，我也沒動過要離開他的心思。」

「無論怎麼說吧，我的兄弟啊，」林中侍從說，「瞎子給瞎子領路，難免兩個人會一塊兒跌進溝裡[176]。咱們最好還是早作打算，該幹什麼就幹什麼。出去碰運氣的常常碰不到好運氣。」

桑丘一直在不停地吐唾沫，像是嘴裡發黏、舌頭發乾。好心的林中侍從發覺後，就跟他說：

「我認爲咱們說得太多了，舌頭和上齶都快黏上了。我那匹馬的鞍架上帶了點生津的東西，效果挺不錯。」

他說著就站起身來，沒過一會兒就提回來一個大酒囊和一張足有半瓦拉大的餡餅。毫不

175. 西班牙諺語，意思是說自己比別人還不幸。

176.《新約全書．馬太福音》十五章十四節。

誇張地說，裡面的餡是一隻肥大無比的白兔。桑丘用手摸了摸，認爲不只是可以塡補一下，而且可以飽餐一頓了。一看到這種東西，桑丘說道：

「先生，您還隨身攜帶著這玩意兒？」

「那麼您認爲該怎麼樣？」對方回答道，「難道我像是個三錢不值兩錢的侍從嗎？我的馬背上馱著的糧食比將軍出征的時候都好。」

桑丘沒等人家邀請，就自己動手吃了起來，那狼吞虎嚥的架勢，每一口下去都像咬下像馬絆的繩結一樣大的一塊。他邊吃邊說道：

「您真是個講究規格的侍從，既闊氣，又大方。不像我，既窮酸又倒楣，褡褳袋裡只有點兒硬得可以砸爛巨人腦袋的乳酪。一方面是由於東家窮，另一方面也是由於他奉行著遊俠騎士只能靠乾果和野菜充饑和活命的規矩。」

「說句實在話吧，」林中侍從說，「我的肚子可受不了薊菜、野梨、草根什麼的。讓東家們的那套騎士講究和規矩見鬼去吧，他們想吃什麼就去吃好啦。反正我有自己的儲備，還有這酒囊，總掛在鞍架上以備不時之需。這酒囊可是我的心肝寶貝兒，我愛得不得了。一會兒工夫就得抱著吻它千百次。」

說完，他就把酒囊遞到了桑丘手裡。桑丘舉起來放在嘴上，接著就對著天上的星星望了足有一刻鐘的功夫。喝足之後，他把頭一歪說道：

「哦，這混蛋婊子養的，真是道地的好酒啊！」

林中侍從聽見桑丘說了「婊子養的」以後，立刻說道：「瞧，您不是也用『婊子養的』來誇讚這酒了嗎？」

「是啊，」桑丘說，「我承認，在誠心誇獎的時候，說『婊子養的』不是罵人。不過，請您告訴我，這酒是瑞爾皇城[177]出的嗎？」

「好一個品酒行家！」林中侍從說，「確實就是那兒產的，而且還陳了好幾年了。」

「瞞得了我嗎？」桑丘說，「可別小看了我的這套本領。侍從先生，我在品酒方面就是有這個出奇的天分，只需一聞，就可以說出產地、品種、口感、年份、倒桶次數和其他所有跟酒相關的情況。」

「因此我說，」林中侍從說，「咱們也別去探奇冒險了。『有家常的大麵包，就不必去找奶油蛋糕，還是回老家好[178]』。上帝如要找咱們，到咱們家來找就行。」

「我要一直侍候東家到薩拉果薩，然後再說。」

後來，兩位忠實的侍從說夠了、喝足了，人也睏得舌頭打不了彎、嘴巴也忘了乾渴，兩個人抓著已經快要空了的酒囊，嘴裡含著還沒嚼爛的食物就睡著了。就讓他們先那樣睡著吧，咱們去聽聽林中騎士和哭喪著臉的騎士都說了些什麼。

177. 拉·曼卻的京城。
178. 西班牙諺語。

chapter 14

騎士對決

唐吉訶德和林中騎士之間的許多談話，據傳記記敘，其中有一次林中騎士對唐吉訶德說道：

「總之，騎士先生，我想跟您說，我受命運的驅使，或者說由我自己選擇，愛上了舉世無雙的凱西爾德雅。但是我最爲看重和最爲得意的是，經過苦戰制伏了那位大名鼎鼎的騎士唐吉訶德，逼他承認了我的凱西爾德雅比他的杜爾西內婭更爲漂亮。就這樣，前面所提到的唐吉訶德的無數業績，現在就都已經記在了我的名下，成爲我的了。」

唐吉訶德對林中騎士的這番話深感到震驚，很多次都想揭穿他的謊言，「胡說」二字甚至都掛在了嘴邊。不過他還是強忍了下來，以便讓他自己親口承認自己是在說謊。最後他心平氣和地說道：

「騎士先生，您說自己打敗了西班牙乃至全世界的大多數騎士。對此我無話可說。至於說您戰勝了拉・曼卻的唐吉訶德，本人確實是有所懷疑，說不定只是一個很像他的人罷了。不過像他的人也實在是難找。」

「您怎麼能不相信呢？」林中騎士抗辯道，「我可以對天發誓，真的跟唐吉訶德交過手。而且也把他打敗了，並讓他俯首稱臣了。他高高的個子，癟癟的臉膛，通常自稱哭喪著臉的騎士，身邊還帶著一個名叫桑丘的侍從。如果這些特徵還不能證明我說的是真的，那麼還有我的劍在此，它可以證明我說的是千真萬確的。」

「先不要發火，」唐吉訶德說，「請您聽我說。您剛才提到的那位唐吉訶德是我本人這輩子最要好的朋友，甚至可以說我都把他當成了我自己。跟您說吧，唐吉訶德本人現在就站在您的面前，不管是徒步還是騎馬，他將用他的武器或者其他任何您覺得合適的方式來證明這一點。」

他說著倏地站了起來，手握劍柄等著林中騎士作出決斷。林中騎士不慌不忙地答道：

「您真的是站著說話不腰疼。唐吉訶德先生，既然我已經打敗過您的化身，也就絕對能打敗您本人。可是騎士不能像攔路強盜或市井無賴似的在夜闌更深的時候打打殺殺。咱們還是等到天亮之後讓太陽來見證彼此的勝敗吧。咱們比試之前應該有個條件：敗者必須絕對聽憑勝者的發落，並且那發落還應該無損於騎士的尊嚴。」

「本人非常願意接受這一條件和約定。」唐吉訶德答道。

兩人說完就各自去找自己的侍從。桑丘驚得目瞪口呆。他已經從林中侍從的嘴裡聽聞了他主子的身手，不自覺地為東家的安危擔心起來。但是兩個侍從什麼都沒說，就分頭去找各自的牲口了。那三匹馬和一頭毛驢早就已經互相廝磨過了，這個時候正好待在一起。一路走過去的途中，林中侍從對桑丘說道：

「知道嗎，兄弟？安達路西亞的決鬥場上一直有個習慣，就是當事人在打鬥的時候，各自的證人都不能袖手旁觀。我說這話的意思是要通知您，如果咱們的東家動起手來，咱們倆也得動手，直到打得頭破血流才行。」

「侍從先生，這個規矩在您說的那些強盜惡棍當中也許還行得通，但對於遊俠騎士的侍從們就想也別想了。至少我就從沒聽主人說起過那種習慣，他可是對遊俠騎士這個行當的各種規矩都滾瓜爛熟的啊。再說即便果真清清楚楚地規定侍從必須跟著主子戰鬥，我也不會遵行的。要是拒不動手的侍從都得受罰，我情願照章認罰，可能不會超過兩磅蠟燭[179]，我寧肯拿出那兩磅來，估計這也要比打破腦袋之後買繃帶省錢多了，因為我認定自己肯定會腦袋開瓢。此外我沒有劍，一輩子都沒摸過那個玩意兒，這仗根本就沒法打呀。」

「我倒是有個好辦法，」林中侍從說，「我這兒有兩個一般大的麻布口袋。您一條，我一條，咱倆就用麻布口袋對打，你看這樣行不行？。」

「這樣還行，」桑丘說，「這種打法傷不著人，倒還能撣掉身上的塵土。」

179. 教會對拒不出席某些儀式的教眾所處的懲罰。

「也不能那麼簡單，」對方答道，「不能讓口袋空著，得在裡邊裝上幾塊圓溜好看的石頭才行。當然兩邊的分量應該一樣。這樣咱們掄起那口袋來，既打得不是很疼也不會受傷的。」

「我的天啊！瞧您說的，」桑丘說，「口袋裡裝的又不是什麼紙貂皮（「紫貂皮」的訛誤。）、棉花團，還說砸不爛腦袋、打不斷骨頭！不過即使裝的是蠶繭，我也不會打的。讓咱們的東家們去打吧，他們愛怎麼打就怎麼打吧，咱們還是去喝酒、好好活著吧。咱們也有活到頭的時候，無須由於嘴饞就去摘生果子，熟了它自己會掉下來的。」

「無論怎麼說，」林中侍從說，「我看咱們最少也得打上半個鐘頭吧。」

「不，」桑丘說，「不能那麼無禮，也不能那麼忘恩負義，和人家一起吃喝過後又爲一點兒小事找麻煩。我不會這樣做的，絕對不可能。再說咱們既沒有翻臉，也沒有嘔氣，平白無故地動手，那不是去見鬼了嗎？」

「若是爲這個原因嘛，」林中侍從說，「我倒是可以給您一個充分的理由：開始打鬥之前，我抽冷子走過去搧您幾個嘴巴，把您打趴在我跟前，即便您比睡鼠還沒精神，我想肯定也會把您的火氣給激起來的。」

「對付這一招，我自有辦法，」桑丘說，「而且估計也不會比您差：我備好一根棒子，不等您來給我戳火，我就先消了您的火。讓您不到陰間就別想緩過勁來，到那時候就應該知道我可不是一個任人隨便打嘴巴的人了。還是自己管好自己吧，但是最好壓著點兒火氣。人心隔肚皮，原想剪毛反被剪的事情隨處可見。連上帝都宣導和睦相處，反對打打鬧鬧。貓被逼急了也會變成獅子的，況且我一個大活人，天知道我會變成什麼。因此，侍從先生，我先把話撂在這兒：咱倆一旦交手，一切惡果，您得自己承擔了。」

「好啊，」林中侍從說，「天就快要亮了，咱們還是等到天亮了再說吧。」

這個時候唐吉訶德正在研究自己的對手。林中騎士已經戴好了頭盔，因此看不清楚他的臉。他個頭不高但卻很壯實。鎧甲外面綴滿如同小小月亮一般的閃亮鏡子，那看似金絲的罩袍或外套也讓他顯得非常的英俊和耀眼。頭盔頂上插著的大把綠、黃、白三色翎子也正在輕輕搖曳，倚在樹上的那又長又粗的紮槍上面裝著個一柞多長的鋼尖。

唐吉訶德看到、也注意到了這一切。他仔細觀察過後，斷定這個騎士的力氣一定很大，可是他並沒有因此就跟桑丘一樣感到害怕，相反卻泰然地對鏡子騎士說道：

「騎士先生，如果求戰的心境還沒有使您失去風度，我懇請您掀起面罩讓我看看您臉上的表情是否跟您的氣概一樣。」

「不管您此次是戰勝還是戰敗，」鏡子騎士答道，「您有的是時間和工夫來看我。我這會兒還不想滿足您的願望，因爲我認爲，您應該知道，在讓您承認我想要讓您承認的事實之前，把時間浪費在掀起面罩上，是對美麗的凱西爾德雅的莫大褻瀆。」

「但是趁咱們上馬的這會兒工夫，您總可以說一下我到底是不是那個您自稱打敗了的唐吉訶德吧。」

「在下可以奉告，」鏡子騎士說，「您和被我打敗的那位就像是兩個雞蛋那樣毫無差別。但是，您說過了，有魔法師在跟您搗鬼，因此，我不敢斷定您到底是不是那個跟我較量過的那個。」

「這已經足夠讓我確信您是受騙的了，」唐吉訶德說，「爲了讓您瞭解真相，那就儘快上馬吧。如果上帝和我的心上人保佑、並且我的臂膀也爭氣的話，到時候恐怕也用不著您掀起面罩，我就可以看到您的模樣。而您也就能瞭解我不是您認定的那個手下敗將唐吉訶德。」

說到這裡，兩個人就不再鬥嘴，而是翻身上了坐騎。唐吉訶德撥轉駑騂難得準備量出回衝所需的區間，鏡子騎士也朝相反的方向馳去。然而唐吉訶德還沒有走出二十步遠就聽見鏡子騎士在喊他，於是兩個人同時停了下來，只聽鏡子騎士說道：

「騎士先生，請您記號，咱們這一仗的條件是：敗者聽從勝者的差遣。」

「知道了，」唐吉訶德說，「只是差遣敗者所做的事情不要超出騎士這個行當的規矩。」

「我說的也是這個意思。」鏡子騎士回答道。

就在這個時候，唐吉訶德忽然看到了對方騎士的侍從那怪模怪樣的鼻子。他詫異的程度絕不亞於初見之時的桑丘，他還以爲是遇見了什麼怪物，不然就是某個世上並不多見的新奇人種呢。

桑丘看到自己的主子轉身去準備衝刺的空間，不想單獨跟那個大鼻子待在一起，並且還擔憂只要那人的鼻子照著自己的鼻子輕輕地一碰，他本人的那場戰鬥的結局絕對是：自己不是被打倒，就是被嚇死。因此他揪著駑騂難得的一根鐙帶緊緊地跟在主人身旁，直到認爲應該掉轉馬頭的時候，才對東家說道：

「老爺啊，求求您老人家了，在您準備轉身衝殺之前，協助我爬到那棵軟木樹上去吧，那裡要比這裡可以更好地觀看老爺您跟那個騎士的精彩大戰。」

「我倒是覺得，」唐吉訶德說，「你是想爬到高處去隔岸觀火吧。」

「實話跟您說吧，」桑丘說，「那個侍從的怪鼻子嚇得我心神不寧，我不敢和他待在一塊兒。」

「他那鼻子嘛，」唐吉訶德說，「要是我不是個騎士的話，恐怕也會被嚇一跳的。那就來吧，我幫你爬到樹上去。」

就在唐吉訶德停下來幫助桑丘上樹的時候，林中騎士已經跑了他認爲已經足夠的距離，並認爲唐吉訶德一定也跟自己一樣，因此沒有等待號角或是別的什麼號令，就立馬掉轉自己的坐騎，儘管擺出奮力奔跑的架勢，結果卻不過是緩步徐馳地迎著對手衝了過去。

但是定睛一看，唐吉訶德正忙著扶桑丘上樹，他就又勒住了轀繩，半路停了下來。他胯下的牲口對此倒是顯得很高興，因爲牠實在是已經動彈不得了。看到這個場景，唐吉訶德認爲對手已經朝自己飛奔過來，因此就對著駑騂難得那癟癟的肚子狠命地一蹬馬刺。

受到這突如其來的一刺激，那牲口竟然也難得地騰起四蹄，總算像模像樣地跑了一回。

由於在這之前，每次都明明不過是疾走而已。

憑著這股猛勁，唐吉訶德一下子衝到了鏡子騎士的跟前。與此同時，那鏡子騎士雖然把馬刺都蹬到底了，卻還是沒能讓那坐騎從站立的地方向前挪動一分一厘。唐吉訶德真是交了好運，對手的馬不動，長槍也沒準備好，因爲他的長槍仍放在矛托上。不知道是由於手笨還是由於匆忙，那紮槍也沒能及時插進鎧甲上的槍座裡。

就在這緊要關頭，唐吉訶德已經衝了上來。唐吉訶德並沒有理會對手的窘況，信心十足、沒有任何抵抗地就撞到了他的身上。那力量之大，頓時就出其不意把他從馬屁股上面掀翻在地上，摔得手腳都動彈不得，就跟死了一般。

一看那人落馬，桑丘就敏捷地從樹上滑下來飛，飛奔到主人的身旁。唐吉訶德也翻身下了駑騂難得，走到鏡子騎士跟前，解開了他的頭盔帶子，想看看他是否已經死了，結果他看到……誰又可以說出他看到了什麼，且又不讓聽者感到意外、詫異和驚奇呢？

他看到的是參孫學士本人的面孔、模樣、眉眼、輪廓、表情和神態。看到這種情景，他立馬大聲對桑丘說道：

「快來呀，桑丘，快來看看吧，你是不會相信的！快來看看魔法到底有多大的力量，巫師和術士們有多大的本事吧！」

桑丘湊了過去，一見是參孫學士，立馬就接連畫起十字，不住聲地禱告起來。在此期間，倒在地上的騎士始終沒有表現出絲毫還活著的跡象。桑丘就對唐吉訶德說道：

「找我看來，我的主人，無論對與不對，您還是儘快把劍插進這個長得像參孫學士的傢伙的嘴裡結束了他吧，這樣可能您就能夠斬除一個跟您作對的魔法師呢。」

「這還差不多，」唐吉訶德說，「冤家可是越少越好的。」

他說著就拔出佩劍，準備按照桑丘的提示和建議行事。這時候，林中騎士的侍從跑了過來，已經沒有了之前那個讓他變得奇醜無比的鼻子，只是大聲喊道：

「唐吉訶德老爺，您可要當心啊。躺在地上的是您的朋友參孫學士，我可是他的侍從。」

桑丘見他已經不像先前那麼難看了，就對他說道：

「你那鼻子呢？」

那人回答道：

「在我口袋裡呢。」

他說著，把手伸進右邊的衣袋，拿出了一個用紙板做的用漆塗過的面具，其形狀之前已經說過了。桑丘反覆端詳了那人一陣之後，很驚訝地說道：

「聖母瑪利亞啊，快來保佑我吧！這不是我的鄰居和老夥計塞西阿爾嗎？」

「當然是我啦！」那位已經摘下了假鼻子的侍從說，「我的朋友和老夥計桑丘・潘沙啊，我就是塞西阿爾，待會兒再跟你講我爲什麼會打扮成這副模樣。現在快去懇求你那主人別碰腳邊的林中騎士，他確實就是咱們那個冒失而又錯聽了別人主意的參孫學士。」

這時候，鏡子騎士甦醒了過來。見他甦醒了，唐吉訶德就用明晃晃的劍尖指著他的臉說道：

「騎士，要是不想死的話，您就馬上承認舉世無雙的杜爾西內婭比您的凱西爾德雅漂亮。此外，要是經過這場戰鬥，您能活下來，您還得答應前往托波索城去以我的名義拜見她。」

「我承認，」倒在地上的騎士說，「杜爾西內婭小姐的破鞋爛襪子都比凱西爾德雅那梳理得溜光水滑的毛髮還要金貴。我同意見過她之後，再去找您，並依照您的要求老實而詳盡地向您彙報。」

「您還必須承認和相信，」唐吉訶德又說道，「您戰勝的那個騎士，不是、也不可能是唐吉訶德，只不過是一個跟他長得很像的人罷了。就像我承認、並相信您很像但卻不是參孫學士一樣。您只是像他而已，實際上是另外一個人，是我的對頭把您幻化成了他的模樣，以求讓我手下留情、緩施勝者的榮耀權利。」

「您怎麼想、怎麼判斷、怎麼感覺，我都依從，」那位騎士有氣無力地說道，「只要我還能站起來。懇請您，先讓我站起來吧。您把我打倒在地，把我傷得可真不輕。」

唐吉訶德和塞西阿爾把他扶了起來。桑丘的眼睛始終盯著那位侍從，並向他問東問西。從答話上來看，他認爲那人明顯真的就是自稱的塞西阿爾。但是主人斷定是魔法師讓鏡子騎士幻化成了參孫學士的模樣的。這又讓他犯起嘀咕，不敢相信眼前的事實。最後這一對主僕還是橫了心對自己堅持的事也不信了。

鏡子騎士和他的侍從滿懷懊惱、垂頭喪氣地離開了唐吉訶德和桑丘，計畫找個地方去接骨療傷；而唐吉訶德和桑丘呢，則接著朝著薩拉果薩的方向走去。

傳記丟下那主僕二人不管，掉過頭來交代鏡子騎士和大鼻子侍從到底是何許人物。

chapter 15

鏡子騎士及其侍從的身分

唐吉訶德因爲自己的勝利而忘乎所以、得意自滿，他認定那位林中騎士是一位高貴的紳士，相信他會兌現自己的莊重承諾，這樣就可以知道心上人是否還在魔法的控制之下。因爲那個慘遭失敗的騎士，要是真正的騎士，就必定會回來向他報告自己和那位小姐會面的情形。

不過，當唐吉訶德還在做那美夢的時候，鏡子騎士卻另有打算[180]。原因是，他當時一心只求找個地方療傷。參孫學士之所以會攛掇唐吉訶德重操被荒廢了的遊俠騎士事業，是因爲他事先已經跟神父和理髮師商量過通過什麼辦法才能讓他規規矩矩、安安靜靜地待在家裡。合計的結果是，大家一致同意參孫學士的提議：既然沒有辦法阻止，那就讓他出去。

之後參孫也扮成騎士，半路上把他攔住，並隨意找個理由將他打敗。動手之前先要說

180. 西班牙諺語：「栗色的馬有牠的打算，而牠套鞍的人又另有打算。」

好，敗者必須聽憑勝者發落。唐吉訶德被打敗之後，假扮騎士的學士就差遣他回到村裡去，待在家中，兩年或者另定的期限之內不能出門。經過一段時間的拘禁之後，很可能他會忘了自己的那些妄想，或者可能會找到醫治他的瘋病的良方。

參孫學士依計而行了，桑丘的好友和街坊塞西阿爾是個喜歡熱鬧、愛管閒事的人，因此就自願跟著當起了侍從。參孫戴盔披甲，一如前述；塞西阿爾自備了上文提到過的那個面具鼻子，以防見面之後穿幫。兩個人緊緊地跟著唐吉訶德，差一點趕上死神之車那次奇遇，最後還是在那片樹林子裡追上了他們。

以後的種種事態，讀者已經全都明瞭了。若不是因為唐吉訶德思路反常、認定學士不是學士，那位學士先生大概永遠都當不成碩士了，因為他『以為有麻雀的地方，並沒有麻雀的窩』。看到計策不但沒能得逞，反倒落得這麼悲慘的下場，塞西阿爾對學士說道：

「參孫先生，咱們確實是活該，凡事都是想起來容易，做起來難啊。唐吉訶德瘋了，咱們沒瘋；他毫髮未損、眉開眼笑，您卻體無完膚、愁眉苦臉。現在您就評論一下看到底誰更瘋？」

參孫回答說：

「兩種瘋法是有區別的：自己做不了主的瘋子永遠是瘋的；自願充當的瘋子不願意發瘋就不瘋了。」

「既然這樣，」塞西阿爾說，「我是自願當瘋子，才成了您的侍從。這會兒我不想再當瘋子了，我想回家。」

「您可以回家，」參孫說，「如果想讓我在把唐吉訶德打成肉醬之前改變主意，那是癡心妄想。我現在已經不是去治他的瘋病，而是想要報仇。這肋骨疼得厲害，不容我再發慈悲了。」

兩個人就這麼一路說著，走進了一個鎮上，恰好在那兒找到了一位正骨師，醫好了倒楣的參孫的傷痛。塞西阿爾走了，丟下參孫獨自設計報復的方案。這件事到時候自有分曉，現在且和唐吉訶德一起快活快活再說。

chapter 16

唐吉訶德遇到一位有識之士

唐吉訶德得意自滿、高傲自負地接著趕路，由於剛剛得到的勝利而自以爲是當今世上最了不起的騎士，相信從此往後，不管再遇到什麼事情都肯定會手到擒來。

他已經不再把法術和魔法師們放在眼裡，不再記得自己在之前歷次行俠過程中所挨過的那無數多棍棒；不再記得自己曾經被石塊砸掉了一半多牙齒；苦役犯們的忘恩負義、楊維斯人的無理和那雨點般的敲打都忘得一乾二淨。最後他心裡琢磨著：如果可以找到給他那杜爾西內婭小姐解除魔法的訣竅，真的就不用羨慕歷代最爲走運的遊俠騎士已經得到或者可能得到的最大幸福。他正在這麼浮想聯翩的時候，突然聽到桑丘說道：

「主人，我那老夥計塞西阿爾那奇形怪狀的特號大鼻子還在我的眼前晃悠，您說奇不奇怪？」

「難道你還認爲鏡子騎士是參孫學士，他的侍從是你的老夥計塞西阿爾啊？」

「我不知道該怎麼說，」桑丘說，「要是不是他，不可能那麼瞭解我家裡的情況。還有那個模樣，去掉鼻子，就是塞西阿爾。在村子裡，兩家只隔著半堵院牆，我看他的次數多了，再就是說話的語調也一模一樣。」

「還是清醒一點兒吧，」唐吉訶德說，「參孫學士有什麼緣由要披甲戴盔、持槍拿劍來找我的碴呢？我是他的冤家嗎？我什麼時候冒犯過他嗎？我是他的對頭，或者由於他也出來闖蕩江湖而嫉妒我憑武功博得的威名？」

「那麼老爺，」桑丘說，「別管那個騎士是什麼人吧，他那麼像參孫學士，他的侍從又那麼像我的老夥計塞西阿爾，這又怎麼解釋呢？要是像老爺您說的，那就是魔法在作怪，那爲什麼不像別人，只像他倆？」

「這全是迫害我的那些惡毒的魔法師們設的詭計，」唐吉訶德說，「他們早就知道我會獲勝，事先把那個註定失敗的騎士變成我的那位學士朋友的樣子，我一看是自己的朋友，手就軟了，劍也刺不下去了。噢，桑丘啊！就在兩天之前，你還目睹了舉世無雙的杜爾西內婭的俊美與風韻，而在我的眼裡，她卻成了醜陋鄙俗的鄉野村婦。」

「天知道到底是怎麼回事。」桑丘回答道。

他由於清楚杜爾西內婭的變相是自己弄出來的騙局，因此主人的幻想並沒有折服他。但是他也不想辯駁，以免不慎走嘴露了餡。

兩個人正說著話，一個旅客從後面趕上來。那人騎著一匹非常漂亮的灰褐色母馬，身穿棕黃絲絨鑲邊的綠色細呢外套，頭上戴的也是棕黃色絲絨的帽子。

坐騎的鄉式短鐙高鞍則是紫綠兩種顏色的，鑲金的綠色肩帶上掛著一把摩爾彎刀，高腰皮鞋的做工和肩帶一樣，馬刺漆成綠色，光潔閃亮。搭配那整個裝束，貌似比純金更爲漂亮。那個人追上他們之後，客客氣氣地打了一個招呼，就揚長而過。但是唐吉訶德卻對他說道：

「尊貴的先生，您如果和我們同路，又不必趕路，我希望能和您搭個伴同走，您大概也願意與我們同行吧。」

那位路人把轠繩拉緊，好奇地打量起唐吉訶德的容貌和神情。當時唐吉訶德並沒有戴頭盔，頭盔讓桑丘像掛皮包似的掛在驢馱鞍的前鞍架上。

綠衣人端詳唐吉訶德，唐吉訶德更是目不轉睛地端詳那綠衣人。他覺得這是一位有身分的人，五十左右的年紀，已有白髮，臉形瘦長，看起來和悅又莊嚴，衣著和儀表都給人以高貴的印象。

在綠衣人的眼裡，唐吉訶德的那種做派和樣子都是他從未見過的：那馬的遲鈍；那人的身高；那臉的黃瘦；那盔甲武器；那神態表情，大出他的意外。唐吉訶德注意到了人家打量自己的樣子，從那驚愕的表情上看出了他的心事。他向來對誰都熱情，還沒等對方開口，他主動迎上前去說道：

「您看我這身裝束新奇別致，因此感到驚奇，這並不奇怪。可是閣下馬上就會明白的，因爲我要告訴您：我是一個『踏上坐騎，冒險探奇』[181]的遊俠騎士。我離開了我的家鄉，抵押了我的財產，放棄了享樂，投身於命運的懷抱，聽憑命運的擺佈。我屬意振興業已匿跡的遊俠騎士行當。一直以來，我奉行遊俠騎士的職務，救助孤兒寡婦、護佑弱女、輔佐人妻以及孤幼。在履行遊俠騎士的本分和天職的過程中，讓自己的理想大半得以實現，以至我的很多英勇善舉已被載入史冊，遍傳世界各地。」

從這最後一句話裡，那位同路的紳士懷疑唐吉訶德或許是個瘋子，準備再聽他幾句話就能拿穩。不過沒等再繼續交談下去，唐吉訶德卻請求那人做一個自我介紹，原因是他本人已經說過了自己的身世和經歷。綠衣人回答道：

「哭喪著臉的騎士先生，我是個紳士，住在前面村上。如果上帝保佑咱們，咱們今天就可以在那個地方吃飯。本人名叫堂狄艾果，家境小康有餘，天天都同妻子兒女和親朋好友相依爲伴，性喜打獵和釣魚，但是並不馴鷹養狗，只有一隻馴良的竹雞[182]和一隻凶猛的白鼠狼（狩獵中用於追捕野兔）。書有那麼六七十本，有西班牙文的，也有拉丁文的；有的是史書、有的是宗教著作；騎士小說至今還沒能越過我家的門檻。我虔敬聖母瑪利亞，篤信我主上帝的寬宏。」

桑丘始終認真地聽著這位紳士講述自己的生活和日常習慣，認爲他肯定是個善良的聖

181. 這是當時歌謠裡的句子。
182. 狩獵中用於引誘同類的活鳥。

人，可以創造出奇蹟[183]。因此他就翻身下了毛驢，急不可待地跑過去，揪住紳士右側的馬鐙，滿懷誠心、眼含熱淚，連連親吻起他的腳來。那紳士看他這樣，馬上問道：

「老兄，您這是幹什麼呀？親我的腳是什麼意思？」

「您就讓我親一下吧，」桑丘說，「我認爲您是我這輩子見過的第一個騎馬的聖人，我這輩子總算開了眼界。」

「我不是什麼聖人，」紳士回答說，「我的罪孽多著呢。從您的忠厚勁兒上看，您才是個好人。」

桑丘重又回去，騎上了毛驢。他的舉動惹得他主人那張憂鬱的臉也繃不住笑出來，讓堂狄艾果又吃了一驚。唐吉訶德問堂狄艾果有幾個兒女，並說古代哲學家不知有上帝，以爲人生的至善就是天生稟賦、運氣好、廣交朋友和多子多女。

「唐吉訶德先生，」紳士說，「我有一個兒子。但是如果沒有，指不定我會認爲更幸福。兒子倒不是不好，只是不合我的指望罷了。他就快年滿十八歲了，已經在薩拉曼加大學學了六年拉丁語和希臘語。我原本想讓他改學其他學科，卻發現他已經被詩歌弄昏了腦袋。詩歌難道也能被稱作學問嗎？想讓他學習法律已經是不可能的事了，事實上我更願意讓他學習神學，那才是一切學問的根本呢。我一心指望他能光宗耀祖，原因是咱們趕上了君王重用德才

183. 中世紀天主教的迷信，以為成了聖人就能創造奇蹟。

兼備之士的時代，有才無德就跟埋在垃圾堆中的珍珠一樣。他一天到晚地琢磨荷馬的《伊利亞特》中的某一句詩寫得好不好；馬西阿爾[184]的某篇銘文是否猥瑣；維吉爾的某幾句詩應該怎樣解釋。總之，他只要一開口就一定會引用前面提及的那些詩人的作品。當然還有霍拉斯、貝爾修[185]、朱文納爾[186]和悌布魯[187]，他瞧不起現代西班牙語的作品。他雖然對西班牙語詩歌沒有好感，最近卻絞盡腦汁在爲從薩拉曼加寄來的四行詩作詮釋。我猜是在準備參加什麼詩會。」

唐吉訶德接口說道：

「先生，孩子是父母身上的肉，無論孩子是好是壞，做父母的總當命根子一樣寶貝他們。父母有責任自小就引導他們重視品德、接受教育、養成良好的習慣。以期讓他們成爲父母的老年依託、子孫的效法楷模。至於攻讀哪一學科，我認爲不宜勉強，當然勸誘並無害處。

「我這番話的真實意思，紳士大人，就是讓您的兒子聽從命運的安排，走自己的路。要是貴公子寫詩敗壞別人名聲，您可以罵他、罰他、把他寫的東西撕掉。但是如果他用霍拉斯式的諷喻作品抨擊時弊，而且也像那位詩人的作品一樣高雅，那就應該受到誇獎。因爲詩人有權用詩歌鞭打嫉賢妒能之徒，也可以譏笑其他種種惡癖流俗，只是不要指名道姓。然而還

184. 羅馬銘辭詩人，其作品多有諂媚與誨淫的內容。
185. 羅馬諷刺詩人。
186. 羅馬諷刺詩人。
187. 悌布魯，羅馬哀歌詩人。

是有寧可被流放到龐托島[188]，也要一吐胸中的惡氣的詩人。文筆是心靈的喉舌，心之所思定會溢諸筆端。」

綠衣人聽了唐吉訶德的慷慨陳詞欽佩之至，不再以為他頭腦有毛病了。桑丘對他們的高談闊論不感興趣，半道上下了大路，去找在路邊擠羊奶的牧人討奶喝。綠衣人對唐吉訶德的頭腦和識見十分傾倒，準備再跟他談談。可是唐吉訶德一抬頭，突然看到一輛插滿國旗的大車正朝他們走來。他認為又出現了奇事，就大聲呼喊桑丘儘快把頭盔給他。

桑丘一聽到主人的招呼，儘快撇下牧人，踢著毛驢趕回主人身邊。唐吉訶德又有了一番驚人而又荒唐的舉動。

188. 義大利中南部西面第勒尼安海中的火山群島，自古以來就是流放地。

經典新版世界名著：9

唐吉訶德(上)【全新譯校】

作者：〔西班牙〕塞萬提斯
譯者：魏曉亮
發行人：陳曉林
出版所：風雲時代出版股份有限公司
地址：10576台北市民生東路五段178號7樓之3
電話：(02) 2756-0949
傳真：(02) 2765-3799
執行主編：劉宇青
美術設計：吳宗潔
行銷企劃：林安莉
業務總監：張瑋鳳

初版日期：2019年8月
版權授權：鄭紅峰
ISBN：978-986-352-720-6

風雲書網：http://www.eastbooks.com.tw
官方部落格：http://eastbooks.pixnet.net/blog
Facebook：http://www.facebook.com/h7560949
E-mail：h7560949@ms15.hinet.net
劃撥帳號：12043291
戶名：風雲時代出版股份有限公司

風雲發行所：33373桃園市龜山區公西村2鄰復興街304巷96號
電話：(03) 318-1378
傳真：(03) 318-1378
法律顧問：永然法律事務所 李永然律師
　　　　　北辰著作權事務所 蕭雄淋律師

行政院新聞局局版台業字第3595號 營利事業統一編號22759935

定價：380元

國家圖書館出版品預行編目資料

唐吉訶德 / 塞萬提斯著. -- 初版. -- 臺北市：風雲時代,
2019.07-　冊；　公分
譯自：Don Quixote de la Mancha
ISBN 978-986-352-720-6 (上冊：平裝)

878.57　　　　　　　　108009085